LAURA BASTIAN

Das Amulett der Pilgerin

GOLDMANN
Lesen erleben

Buch

England, 1172. Julian White erhält als Agent des Königs den Auftrag, Hinweisen auf eine Verschwörung gegen Henry II. nachzugehen. Ein Kurier soll per Schiff nach England gelangt sein, um den Verschwörern ein wichtiges Dokument mit den Namen derer zu überbringen, die das Komplott gegen den König unterstützen. Julian soll verhindern, dass der Kurier das Schriftstück seiner Kontaktperson aushändigt – doch ihm fehlen jegliche Anhaltspunkte, um wen es sich bei dem Boten handeln könnte. Bei seiner Suche trifft er auf den Kastraten Rinaldo und dessen schöne junge Begleiterin Viviana, angeblich Rinaldos Schwester, was Julian von Anfang an nicht glauben kann. Die beiden sind auf dem Weg nach Saint Albans, einer bedeutenden Pilgerstätte, und Julian schließt sich ihnen an, um herauszufinden, was es mit diesem seltsamen Paar auf sich hat. Schnell bestätigt sich, dass Viviana ihm nicht die Wahrheit gesagt hat. Julian fühlt sich jedoch mehr und mehr zu der betörend schönen Frau hingezogen, die ihrerseits seine Gefühle erwidert und ihm schließlich offenbart, dass sie bei einem Schiffsunglück ihr Gedächtnis verloren hat und nicht mehr weiß, wer sie wirklich ist. Es beginnt eine gefahrvolle Suche nach Vivianas Identität, bis schließlich die verhängnisvolle Wahrheit ans Licht kommt …

Autorin

Laura Bastian wurde 1967 in Schleswig-Holstein geboren. Sie studierte Altgermanistik und Archäologie und arbeitete anschließend als Fernsehredakteurin. Heute ist sie freie Autorin und lebt abwechselnd in den USA und in Hamburg.

Außerdem von Laura Bastian bei Goldmann lieferbar:

Die Rose von Radwick. Roman (46995)

Laura Bastian

Das Amulett der Pilgerin

Roman

GOLDMANN

FSC
www.fsc.org
MIX
Papier aus verantwortungsvollen Quellen
FSC® C014496

Verlagsgruppe Random House FSC-DEU-0100
Das FSC®-zertifizierte Papier *München Super* für dieses Buch
liefert Arctic Paper Mochenwangen GmbH.

1. Auflage
Originalausgabe Juli 2011

Umschlaggestaltung: UNO Werbeagentur, München
Umschlagmotiv: © The Two Sisters, or Mesdemoiselles Chasseriau:
Marie-Antoinette-Adele (1810–69) and Genevieve (Aline) (1822–71),
1843 (oil on canvas), Chasseriau, Theodore (1819–56)/
Louvre, Paris, France; Bridgeman Art Library/
Giraudon; © FinePic, München
Redaktion: Ilse Wagner
AG · Herstellung: Str.
Satz: omnisatz GmbH, Berlin
Druck und Bindung: GGP Media GmbH, Pößneck
Printed in Germany
ISBN 978-3-442-47304-5

www.goldmann-verlag.de

~ 1 ~

Sie war sehr durstig. Das war das Erste, was sie bemerkte. Sie war so durstig, dass es kaum auszuhalten war. Wasser schwappte über ihr Gesicht, und sie hustete. Es war Salzwasser und brannte in ihrer Kehle. Der Untergrund war weich und nass und bitterkalt. Wasser bedeckte rhythmisch ihre Beine bis zu ihrem Rücken und zog sich dann wieder zurück. Jedes Mal legte sich der Stoff ihres Kleides eiskalt und schwer auf ihre Haut, um sich dann bei der nächsten Welle wieder zu lösen. Wo war sie? Sie wollte sich aufrichten, aber sie war zu schwach. Wenn sie hier liegen blieb, würde sie sterben. Das war ihr letzter Gedanke, ehe sie wieder in eine schwarze Ohnmacht zurückglitt.

»Lebt sie noch?«

»Ich weiß nicht.«

»Doch, sie atmet noch! Komm, wir müssen sie ins Trockene bringen.«

Die beiden Fischer hoben die leblose Frau hoch und trugen sie, so schnell es ging, zu dem Karren, mit dem sie ihren täglichen Fang ins nahe gelegene Dorf brachten. Sie legten die zierliche Person vorsichtig auf die Fische, darauf bedacht, den Ertrag ihrer heutigen Ausfahrt nicht zu beschädigen und auch der Schiffbrüchigen gerecht zu werden. Das helle Kleid, das an ihrem Körper klebte, und die langen schwarzen Haare, die über den Rand des Karrens fielen, ließen sie inmitten der Fische aussehen wie eine Meerjungfrau.

»Sie ist nicht schwer, ich schaff das allein. Lauf du vor und sag Bescheid, dass wir jemanden gefunden haben.«

Der jüngere der beiden Fischer rannte die Dünen hinauf, während der ältere sich langsam mit dem Karren durch den feinen Sand arbeitete.

»Na, mein Mädchen, von welchem Schiff bist du denn gefallen?«, sagte er eher zu sich selbst als zu der bewusstlosen Gestalt vor sich. Bewundernd betrachtete er sie. Unter dem nassen Stoff zeichnete sich jede Kurve ihres schönen Körpers ab. So etwas Wunderbares hatte er noch nie aus dem Meer gezogen! Wer sie wohl sein mochte? Er hatte nichts von einem Schiffsuntergang gehört. Manchmal wurden Schiffe mit falschen Leuchtfeuern absichtlich in die Nähe der Felsen gelockt. Die Ladung wurde dann angetrieben und von Halunken geborgen. Sie machten auch nicht vor Überlebenden und Leichen halt, alles wurde geplündert. Er selbst hatte einmal eine Kiste mit Gewürzen gefunden. Leider war der Inhalt durch das Salzwasser ungenießbar geworden, aber die Kiste war gut und stabil. Die seltsamen Zeichen darauf zeigten, dass sie von weither gekommen war. Er selbst war noch nie weiter als bis Exeter gereist.

»Sieh, sie kommt zu sich!«

Die entscheidenden Persönlichkeiten von Little Willow upon the Sea standen in der zweiten Gästekammer der Schenke »Zum guten Fang« und blickten auf das Strohlager zu ihren Füßen und die darauf liegende Frau. Ihre Lider flatterten, aber sie öffnete die Augen nicht.

»Flöß ihr noch etwas von dem Wein ein.«

»Ich habe ihr schon genug Wein gegeben«, antwortete Trudy, die Frau des Wirtes, die die Schiffbrüchige ausgezogen, abgetrocknet und in ein Nachthemd ihrer dreizehnjährigen

Tochter gesteckt hatte. Sie beugte sich wieder über die Frau und tätschelte ihre Wange.

»Komm, mein Mädchen, es ist Zeit, aufzuwachen!«, sagte sie eindringlich.

Wieder flatterten die Lider mit den langen schwarzen Wimpern, und die Frau murmelte etwas.

»Ruhe! Sie hat etwas gesagt!«

Im Raum herrschte gespanntes Schweigen, als die Frau erneut die Lippen öffnete und etwas sagte. Die Wirtin richtete sich abrupt auf.

»Sie ist Ausländerin!«

Die Dorfältesten sahen sich an. Auch das noch. Wahrscheinlich eine Französin. Sie sah schon so fremdländisch aus: klein, zierlich, mit olivfarbener Haut und schwarzem Haar. Dazu war sie eine echte Schönheit, wie die Männer von Little Willow upon the Sea sofort festgestellt hatten.

»Hol den Riesen, der ist doch auch Ausländer.«

Die Wirtin stand auf und warf ihrem Mann einen missbilligenden Blick zu. Man sprach nicht abfällig über zahlende Gäste. Aber der seltsame Pilger, der gestern hier abgestiegen war, war sicher kein Einheimischer, auch wenn er recht gut Englisch sprach. Vielleicht würden die beiden sich ja verstehen, so als Ausländer unter sich. Also schob sie sich zwischen den Männern hindurch und ging die Treppe hinunter, um den Gast aus der Schankstube zu holen. Als sie wiederkam, fand sie die Szene in ihrem Gästezimmer ein wenig verändert vor. Die Schiffbrüchige war aufgewacht und hatte sich, die Knie angezogen, an die Wand gepresst und die Decke bis unter das Kinn gezogen. Sie starrte mit riesigen dunklen Augen in die Runde. Die anwesenden Männer gafften sie mit offenen Mündern an.

»Nun lasst mich schon durch und steht nicht rum und glotzt dumm. Herrgott, als wenn ihr noch nie eine Frau zu Gesicht bekommen hättet. So, raus jetzt, ihr verschreckt sie ja.« Mit dieser unwirschen Rede, der sich nicht einmal der Dorfvorsteher widersetzen konnte, drängte Trudy die Männer aus dem Zimmer.

»Also, hier ist sie. Vielleicht können Sie sie ja verstehen. Sie ist bestimmt Französin.«

Der große, füllige Mann mit den weichen Gesichtszügen blickte die Wirtin an und sagte mit einer schönen, melodischen Stimme: »Ich komme aus Mauretanien.«

»Das ist doch gleichgültig, vielleicht versteht sie das ja.«

Er trat in den Raum und wandte sich an die Frau auf dem Lager.

»Verstehen Sie mich?«, fragte er auf Spanisch.

Die dunklen Augen blickten ihn konzentriert an, aber es lag kein Erkennen darin.

»Sprechen Sie Französisch?«

Ein Leuchten ging über das Gesicht der Unbekannten, und sie nickte.

»Na also!« Die Wirtin schaltete sich wieder ein.

Die Schiffbrüchige stutzte und sagte plötzlich: »Ich spreche auch Englisch.« Ihr Gesicht drückte ob dieser Entdeckung Überraschung aus. Sie sprach mit einem deutlich französischen Akzent.

»Warum haben Sie das denn nicht gleich gesagt!«, rief die Wirtin empört.

»Ihre Sinne sind noch durcheinander, sie wird nicht gleich alles begriffen haben, was um sie herum vorging«, bemerkte der Spanier. Tatsächlich sah die junge Frau sehr verwirrt aus.

»Wie heißen Sie, Mademoiselle?«, fragte er.

Sie runzelte die Brauen, und ihre großen Augen wanderten suchend im Zimmer umher.

»Ich weiß es nicht.« Betroffen blickte sie von einem zum anderen.

Einen Augenblick starrten sie einander an, dann sagte der Spanier: »Es kann vorkommen, dass man durch einen Schock zeitweise das Gedächtnis verliert. Sie werden sich schon wieder erinnern, wenn es Ihnen besser geht.«

»Und Sie wissen gar nicht, wer Sie sind?«, vergewisserte sich Trudy ungläubig.

Die Fremde schüttelte den Kopf und zuckte unglücklich mit den Schultern.

»Na, das ist ja eine schöne Bescherung.« Sie wandte sich an den Spanier. »Ich gehe jetzt etwas zu essen holen, vielleicht können Sie ja noch was herausfinden. Sie kommen ja schließlich auch vom Festland.« Damit verließ sie die Kammer wieder.

Der Spanier lächelte die Fremde entschuldigend an.

»Den Bewohnern dieser Insel ist offenbar nicht bekannt, wie groß das Festland ist.« Er zog sich den einzigen Stuhl in der Kammer heran und setzte sich.

»Darf ich mich vorstellen, mein Name ist Rinaldo della Rosa del Ranguano. Ich komme aus Saragossa und bin auf einer Wallfahrt nach Saint Albans.«

Es entstand eine kleine Pause, denn an dieser Stelle hätte sich eigentlich die Schiffbrüchige vorstellen müssen, aber sie seufzte nur und blickte ihn an.

»Immerhin haben wir schon feststellen können, dass Sie Französin sind«, sagte er aufmunternd.

»Zumindest, dass ich Französisch spreche.« Ihre Stimme war etwas rau, und Rinaldo fragte sich, ob das vom Salzwasser kam oder ihre natürliche Stimme war. Es hatte etwas reizvoll Verführerisches an sich.

»An was können Sie sich denn erinnern?«

Die Unbekannte fuhr sich mit der Hand über die Stirn, zog konzentriert die Brauen zusammen und schüttelte dann den Kopf.

»Es ist völlig verrückt, ich kann mich an wirklich überhaupt nichts erinnern. An gar nichts.«

»Machen Sie sich keine Sorgen, Mademoiselle, die Erinnerungen werden sicher bald wiederkommen.«

»Ich hoffe es.« Nach einer kurzen Pause fragte sie: »Wo bin ich hier eigentlich?«

»Wir sind etwas westlich von Poole.«

»Poole?«

»Ja, eine kleine Hafenstadt. Die nächste größere Stadt ist Southampton. Heute ist der achte August im Jahre des Herrn 1172.«

Trudy stieß mit dem Fuß die Tür auf. Sie trug ein Tablett, auf dem sich ein Stück Fischpastete und ein Krug Wasser mit einem Holzbecher befanden.

»Na, fällt Ihnen schon was ein?«

Die Unbekannte schüttelte den Kopf.

»Dann stärken Sie sich erst einmal.«

Doch so sehr die junge Frau sich auch anstrengte, sie konnte sich einfach nicht erinnern. Nicht daran, wie sie hieß, wer sie war, woher sie kam oder wohin sie wollte. Der freundliche Spanier hatte ihr noch einige Zeit Gesellschaft geleistet, bis die Erschöpfung sie erneut überkam und sie wieder eingeschlafen war. Jetzt war sie erwacht, und es war dunkel. Der tiefen Stille nach zu urteilen, war es mitten in der Nacht. Der Mond warf ein fahles, unwirkliches Licht in das Zimmer. Wer war sie? Sie betrachtete ihre Hände. Dies waren nicht die Hände einer Bäuerin. War sie von edler Geburt? Oder vielleicht war sie eine Bürgerin oder auch nur eine Zofe? Ihr Blick wanderte durch den Raum. Neben der Tür stand ein Tisch mit einer Waschschüssel und darunter ein Nachttopf. Es war eine sehr schlichte Gästekammer einer bescheidenen Schenke, und sie lag auf einem Strohlager mit schlecht gelüftetem Bettzeug. Dort stand der Stuhl, auf dem der Spanier gesessen hatte. Rinaldo della Rosa del Ranguano war ein ungewöhnlicher Mann. Er war sehr groß und sehr dick, und seine Stimme hätte die einer Frau sein können. Aber er schien ein Freund zu sein und einer, der zudem kein körperliches Interesse an ihr hatte. Die versammelten Männer des Dorfes hatten sie vorhin mit ihren lüsternen Blicken regelrecht ausgezogen. War sie eines Mannes Frau? Hatte sie Kinder? Ergebnislos kreisten ihre Gedanken, bis es anfing zu tagen.

Die Wirtin hatte ihr das Unterkleid der Tochter überlassen. Ihr eigenes war nicht mehr zu gebrauchen. Aber das cremefarbene Kleid, in dem sie angespült worden war, war aus festem Leinen, und wenn es geflickt wurde, konnte sie es noch tragen. Sie saß dem Spanier gegenüber in der Schankstube. Sie waren allein, die Männer des Dorfes gingen ihrer Arbeit nach, und nur ein zahnloser Greis saß am Fenster im Sonnenschein und murmelte leise unverständliche Dinge vor sich hin.

»Haben Sie vielleicht etwas geträumt, Mademoiselle, das ein Hinweis sein könnte?«

»Nein. Gar nichts. Ich weiß nicht einmal, wie ich heiße.«

»Dann müssen wir Ihnen einen Namen geben, bis Sie sich erinnern. Jeder Mensch braucht einen Namen.«

Ja, sie brauchte einen Namen. Sie fühlte sich, als wenn sie gar nicht richtig existierte.

Der Spanier kniff die Augen zusammen und sagte dann: »Wie wäre es mit Viviana? Es heißt ›die Lebendige‹. Ich finde es passend, schließlich sind Sie dem Meer entkommen.«

»Viviana.« Ihre Lippen formten lautlos den Namen. Er gefiel ihr. Ja, sie würde sich Viviana nennen, bis ihr ihr richtiger Name wieder einfiel. Sie lächelte den Spanier an.

»Ich bin Viviana. Es ist schön, Sie kennenzulernen, Señor Rinaldo. Oder wollen wir doch lieber ein bisschen weniger förmlich sein?«

»Sehr gut!« Er strahlte sie an, und sie fand sein freundliches, etwas aufgedunsenes Gesicht sehr liebenswert.

»Also, Viviana, lass uns das Wenige herausfinden, was es über dich zu wissen gibt. Dies ist das Kleid, das du getragen hast, als du an den Strand geschwemmt wurdest?«

»Ja, ich habe nichts Bemerkenswertes daran finden können. Es ist sehr schlicht, aber die Qualität ist gut, sonst hätte es allem nicht so gut standgehalten.« Viviana blickte an sich herunter. »Es ist aber sicher nicht das Kleid einer noblen Dame.«

Sie streckte ihre Hände über den Tisch.

»Schwere Arbeit habe ich mit meinen Händen aber nicht verrichtet.«

Der Spanier betrachtete ihre Hände eingehend und nickte.

»Ich habe nachgefragt. Es ist bisher keine Kunde von einem gesunkenen Schiff ins Dorf gelangt. Nachrichten von einem Schiffsunglück verbreiten sich schnell an der Küste. Immerhin besteht dann die Chance, lohnendes Strandgut zu finden«, fügte er mit einem schiefen Lächeln hinzu.

»Es gibt so viele Möglichkeiten. Ich habe mir letzte Nacht den Kopf zermartert. Ich spreche Französisch, und wahrscheinlich bin ich über den Kanal gekommen. Ich spreche aber auch sehr gut Englisch, und vielleicht lebe ich hier und bin nur bei einer Ausfahrt über Bord gefallen? Oder ich bin einfach unachtsam gewesen und von einer Klippe gestürzt und ein Stück abgetrieben?«

»Wenn du hier aus der Nähe kommst, dann müsste eigentlich bald eine Nachricht eintreffen, dass du vermisst wirst.«

~ 2 ~

Das ist sehr unbefriedigend, meine Herren!« Der Kardinal schlug unwirsch mit seiner fleischigen Pranke auf den Tisch.

Julian pflichtete ihm im Stillen bei.

Letzte Woche war Godefroy Helmet mit aufgeschlitzter Kehle zwischen Westminster und London aus der Themse gefischt worden. Einen Tag zuvor hatte er Julian erzählt, dass im Umfeld des Königs eine Verschwörung geplant wurde. Er konnte noch keine Details oder Namen nennen, aber er war sich sicher, bald mehr Informationen zu bekommen. Julian hatte der Sache keine Bedeutung beigemessen. Godefroy verstieg sich gerne in wilde Theorien, die sich bisher noch nie bewahrheitet hatten. Er war ein Beamter aus einer anderen Ära, der mit den modernen Verfahrensweisen der Geheimen Kanzlei Henrys II. überfordert war. Der Kardinal hatte ihn jedoch weiter im Dienst behalten und mit einfachen Aufgaben betraut – ein Gnadenbrot. Doch jetzt war Godefroy tot, und der Kardinal forderte eine Erklärung.

»Ich habe überhaupt keine Hinweise auf eine Verschwörung«, wiederholte Gilbert Miller zum dritten Mal. Sie drehten sich im Kreise. Julians Blick wanderte über die vertäfelte Wand hinter Miller. In der linken Ecke der Paneele war eine schmale Geheimtür versteckt. Am unteren Rand warf sie jedoch einen hauchdünnen, kurzen Schatten, der nicht zu dem verschlungenen Schnitzmuster gehören konnte. Dort hatte das Holz gearbeitet, sodass sich ein schmaler Spalt gebildet hatte. Außerdem war eine der Rauten auf halber Höhe etwas dunkler als die anderen. An dieser Stelle wurde offenbar der Mechanismus bedient, der die Tür öffnete. Durch die Benutzung hatte sich das Holz verfärbt. Wenn er eine geheime Tür in seiner Halle hätte, würde er sie nur mit Handschuhen bedienen, dachte Julian. Seine scharfe Beobachtungsgabe war vom Kardinal wiederholt gelobt worden, aber Julian konnte nicht recht auf etwas stolz sein, was für ihn selbstverständlich war. Natürlich kam ihm dieses Talent bei seiner derzeitigen Beschäftigung sehr zugute. Aber wenn er musikalisch gewesen wäre, wäre er vielleicht Barde geworden und nicht Agent des Königs von England.

Gleich würde Adam Brentaux, ebenfalls Agent des Königs, abermals auf die Informationen vom Festland hinweisen.

»Sollten wir nicht zumindest dem Hinweis aus Calais nachgehen? Was, wenn dieser Kurier tatsächlich nächste Woche in See stechen will? Wir müssen ihn abfangen, ehe er an Land geht.«

Julian ritzte mit seinem Daumennagel Linien in das Holz des Tisches, an dem die fünf Männer saßen. Es würde schwierig werden, einen feindlichen Kurier zu ergreifen, von dem sie weder eine Beschreibung noch seinen Namen hatten. All das waren wilde Vermutungen ohne viel Substanz. Vielleicht war Godefroy schlichtweg das Opfer eines Raubüberfalls geworden, und dieser Informant wollte sich nur ein bisschen Geld dazuverdienen und hatte ihnen einen Bären aufgebunden. Und deshalb, weil diese beiden Dinge kurz nacheinander passiert waren, saßen sie hier nun schon seit einer Stunde herum.

»Adam, Sie werden sich der Sache mit Godefroy annehmen. Ich erwarte bis nächste Woche erste Ergebnisse.« Der Blick des Kardinals traf auf Gilbert Miller.

»Und Sie werden diese französische Geschichte überprüfen. Gibt es diesen Kurier, wer ist es, wann kommt er nach England, was will er hier, wer ist sein Auftraggeber, wer sind seine Verbündeten? Alles klar?«

»Sollte nicht lieber ich der Fährte aus Calais nachgehen?«, fragte Adam Brentaux zaghaft, und auch Gilbert Miller sah alles andere als erfreut aus.

»Nein, es bleibt so!«

Julian betrachtete Gilbert Millers säuerlichen Gesichtsausdruck mit einem Gefühl der Genugtuung. Es war ein seltener Augenblick ausgleichender Gerechtigkeit. Miller war ein Drückeberger und wälzte gerne Aufträge auf seine Kollegen ab. So hatte er es Julian zugeschoben, in der kommenden Woche eine Mätresse des Königs sicher und unauffällig nach Devon zu bringen. Eine lästige Aufgabe, denn eigentlich musste Julian seine Ermittlungen gegen einen flüchtigen Knecht abschließen, der in London untergetaucht war. Aber die Wünsche des Königs standen natürlich über allem. Was Adam Brentaux betraf, so war es allgemein bekannt, dass er eine Geliebte in Dover hatte und jede Gelegenheit nutzte, an die Küste zu reisen. Offenbar hatte der Kardinal allmählich genug von diesen vorgeschobenen Ermittlungsreisen.

Julians Blick wurde vom fünften Mann am Tisch, Simeon, eingefangen, der hinter seinem buschigen Bart grinste. Julians Mundwinkel zuckten ebenfalls.

Simeon grinste immer noch, als er mit Julian wenig später den gepflasterten Hof in Richtung Stallungen überquerte.

»Das geschieht Miller recht! Der kann jetzt schön nach einer Nadel im Heuhaufen suchen, während der Kardinal ihm im Nacken sitzt. Wer weiß, ob an der Sache überhaupt etwas dran ist.«

»Wäre nicht das erste Mal, dass sich irgendjemand etwas ausgedacht hätte.«

»Wann brichst du nach Devon auf?«

»Montag.«

»Freu dich doch, eine nette Reise in angenehmer Begleitung.«

Julian blieb stehen und blickte seinen Freund einen Moment ausdruckslos an. Simeon brach in Gelächter aus. Julian setzte seinen Weg fort.

»Willst du heute Abend zum Essen kommen? Wir haben eines der Schweine geschlachtet, und Janet macht Braten. Wir haben genug.«

»Das hört man einen Vater von fünf Kindern auch nicht so oft sagen.«

»Stimmt, du solltest also diese seltene Gelegenheit auf jeden Fall nutzen, Julian.«

»Ich komme nur, wenn Janet nicht wieder eine passende Braut für mich eingeladen hat!«

»Keine Sorge, so viel Braten ist auch wieder nicht da.«

Sie hatten die Stallungen erreicht, und Julian rief nach dem Knecht. Kurz darauf führte der Stalljunge einen kräftigen Dunkelfuchs ins Freie. Julian nahm die Zügel und schwang sich in den Sattel.

»Bis heute Abend dann.«

Simeon blickte Julian nach, als er vom Hof ritt. Er teilte die Ansicht seiner Frau Janet, die fand, dass Julian White endlich wieder heiraten sollte. Julian war ein gut aussehender Mann mit großartigen beruflichen Möglichkeiten. Er war der jüngere Sohn eines niederen Landadeligen. Durch Ehrgeiz und Geschick hatte er es im Dienst der Krone schnell weit gebracht. Julian war ausgesprochen intelligent und wissensdurstig. Er konnte lesen und schreiben, sprach mehrere Sprachen und hatte sich ein umfassendes Wissen angelesen. Außerdem hatte er geschliffene Manieren und konnte sich auch auf dem glatten Parkett des Königshofes sicher bewegen. Seiner bescheidenen Herkunft war er bereits um Längen entwachsen, und doch legte er auf seine soziale Stellung nur dann Wert, wenn es ihm für seine Arbeit dienlich war. Und seine Arbeit schien das Einzige zu sein, das Julian interessierte, seitdem seine Frau Aelia vor sechs Jahren spurlos verschwunden war. Ausgerechnet diese Angelegenheit hatte er nicht aufklären können. Simeon fragte sich, als er schließlich ebenfalls auf sein Pferd stieg und sich auf den Heimweg machte, ob Julian nicht doch heimlich immer noch nach ihr suchte.

Vom nahe gelegenen Anwesen des Kardinals war Julian nach Westminster geritten, um am Königshof die letzten Details seiner Reise nach Devon zu besprechen. Die eigentliche Organisation wurde von einem der königlichen Reisemarschälle übernommen, aber Julian war letztendlich für die Sicherheit von Miss Marguerite verantwortlich, und daher hatte er nicht nur die Planung, sondern auch die einzelnen Personen der Eskorte genauestens überprüfen wollen. Nichts wäre seiner Karriere weniger förderlich, als wenn er versehentlich eine Gespielin König Henrys verlieren würde. Die ganze Angelegenheit hatte wie immer länger gedauert als nötig, und er war jetzt hungrig und wollte London erreichen, ehe die Stadttore schlossen und er mit der Wache herumdiskutieren musste. Es dämmerte bereits, und er konnte aus der Entfernung die Lichter der großen Stadt sehen. London sprengte bald seine Festungsmauern, denn die Stadt war Anziehungspunkt für Handwerker und Händler und für alle, die auf der Suche nach ihrem Glück waren. Entlaufene Leibeigene konnten, wenn sie ein Auskommen fanden, nach einem Jahr die Freiheit erlangen. Aber natürlich kamen auch zahlreiche Diebe und Halsabschneider, und die Verbrechensrate war hoch. Das war jedoch das Problem der Londoner Bürgerschaft und nicht Julians, der ausschließlich die Interessen König Henrys vertrat. Er würde Simeons Hilfe in Anspruch nehmen müssen, um den nichtsnutzigen Kerl zu finden, der mit den wenigen Einnahmen eines kleinen Kronguts bei Reading nach London durchgebrannt war. Es war nur eine geringfügige Summe, da der Handel auf dem Land fast immer noch ausschließlich in Sachwerten und Naturalien stattfand. Aber der Mann hatte den König bestohlen, und darauf stand üblicherweise die Todesstrafe.

»Sir, bitte eine milde Gabe für eine arme, alte Frau.«

Am Straßenrand stand eine gebeugte, in Lumpen gehüllte Person und streckte die Hand aus. Julian hielt sein Pferd an und blickte auf die ausgestreckte Hand.

»Bitte eine kleine Gabe, Gott wird es vergelten«, wiederholte die weinerliche Stimme.

»Wird Gott dir auch vergelten, dass du die Mildtätigkeit deiner Mitmenschen ausnutzt?«

Die zerlumpte Gestalt wurde plötzlich steif, und das Gesicht, das sich Julian nun zuwandte, war erstaunlich jung. Es war das schmutzige, blasse Gesicht eines Jungen von etwa zehn Jahren. Julian wartete darauf, dass der kleine Betrüger schnell das Weite suchen würde, aber er stand regungslos da und blickte ihn furchtsam an.

»Willst du hier etwa stehen bleiben, bis der Nächste des Weges kommt, den du anlügen kannst?«

»Nein, Sir.«

»Dann mach dich davon.«

Der Junge setzte sich in Bewegung, und es war sofort erkennbar, dass er lahm war. Mühsam zog er ein Bein nach. Julian bekam Mitleid.

»He, Bursche!«

Die zerlumpte Gestalt blieb stehen.

»Warum tust du so, als wenn du ein altes Weib wärst? Du hast es ja tatsächlich schlecht getroffen.«

»Als Junge bekommt man nicht viel, auch nicht, wenn man ein Krüppel ist.«

Julian sah ihn unter gerunzelten Brauen an und glitt schließlich aus dem Sattel. Das Kind machte eine erschrockene Bewegung rückwärts.

»Ich tu dir nichts, keine Sorge. Aber du könntest etwas für mich erledigen.«

»Ich?«

»Ja, du. Kennst du dich aus in der Stadt?«

»Ja, Sir. Ich bin in London geboren!«

»Gut. Ich suche jemanden. Wenn du herausfinden kannst, wo sich die Person aufhält, bekommst du das.« Julian zog eine Silbermünze aus seinem Beutel. Die Augen des Jungen weiteten sich, und er nickte eifrig.

»Ich suche einen Mann aus Reading. Er ist noch nicht lange in der Stadt und war Knecht auf einem Gut. Er ist nicht arm, aber er ist auch kein Edler.«

Wieder nickte das Kind und blickte aufmerksam in Julians Gesicht.

»Solltest du den Mann finden, sagst du ihm nicht, dass ich ihn suche, verstanden? Du kommst gleich zu mir. Ich werde bis morgen bei Mister Simeon in der Eastlane sein. Alles klar?«

»Ja, Sir.«

Julian schwang sich wieder auf sein Pferd und ritt durch das Stadttor, ohne sich noch einmal umzudrehen. Wenig später überließ er den Fuchs Simeons Ältestem und betrat das Haus seines Freundes. Simeon hatte mit seiner Frau Janet eine gute Partie gemacht und in eine Handwerkerfamilie eingeheiratet.

Er selbst war nur der Sohn eines freien Bauern. Sein Vater hatte ihn als Oblaten in ein Kloster gegeben, um nicht noch ein hungriges Kind durchfüttern zu müssen. Mit vierzehn Jahren hatte Simeon jedoch vom Klosterleben genug gehabt, war ausgerissen und hatte sich nach London durchgeschlagen. Da er eine gewisse Bildung genossen hatte, hatte er zunächst Arbeit bei einem Kopisten gefunden und war dann auf verschlungenen Pfaden schließlich im Dienste des Königs gelandet. Sein Schwiegervater rümpfte zwar die Nase über Simeons Beschäftigung, aber er brachte gutes Geld nach Hause, und daher konnte man nicht wirklich klagen. Simeon und Janet bewohnten den vorderen Teil des Hauses. Im hinteren Teil, in dem sich auch die Werkstatt befand, wohnten die Schwiegereltern mit der Familie ihres ältesten Sohnes, der die Werkstatt in absehbarer Zukunft übernehmen würde. Es war recht beengt, aber das war in einer Stadt nun einmal so. Als Julian durch die Tür in das Haus trat, wehte ihm schon der Geruch des Schweinebratens entgegen, und das Wasser lief ihm im Mund zusammen. Simeon saß an dem großen, runden Holztisch in der Mitte des Raumes. Als Julian eintrat, blickte er auf.

»Da bist du ja endlich. Was hat dich so lange aufgehalten?«

Julian ließ sich seufzend auf einen der Stühle fallen.

»Miss Marguerites Vorstellungen von einer unauffälligen Reisegesellschaft deckten sich nicht mit meinen.«

Simeon grinste.

»Tatsächlich? Wollte sie einen Elefanten?«

»Fast.«

»Damen haben nun einmal mehr Gepäck als Männer.« Janet stellte einen Krug mit frisch gezapftem Bier vor Julian.

»Aber müssen es tatsächlich acht Packtiere sein und ein Schoßhund, der nicht einmal allein laufen kann?« Julian stöhnte. Janet legte ihm freundschaftlich die Hand auf die Schulter.

»Damen ziehen sich einfach öfter um.«

»Wer sich oft auszieht, muss sich eben auch öfter wieder anziehen.«

»Simeon!«, tadelte ihn seine Frau und verschwand wieder in der Küche.

»Wann kommt denn das Nächste?« Julian streckte seinen sehnigen Körper und gähnte. Es war spät, und sie hatten ein reichhaltiges Mahl genossen: fetten Schweinebraten, frisch gebackenes Brot und Zwiebelgemüse. Zum krönenden Abschluss und zur Begeisterung der Kinder hatte Julian eine kleine Tüte Honigküchlein aus Westminster mitgebracht.

»Im Herbst.«

»Wird bald ein bisschen eng da oben, was?« Julian machte eine Kopfbewegung zum Zwischenboden über der Küche, auf dem die Kinder schliefen. Es war ein angenehmer, warmer Platz, besonders im Winter, aber bereits für die vier Kinder war es deutlich zu eng. Das Jüngste schlief noch bei seinen Eltern im Bett, deren Schlafzimmer ein mit Brettern vom Wohnraum abgetrennter Verschlag war.

»Ja, wir werden anbauen müssen, das nützt alles nichts«, sagte Simeon und sah wenig begeistert aus.

»Ich muss diesen Knecht aus Reading noch finden, ehe ich nach Devon aufbreche. Wenn es jetzt nicht klappt, wird die Spur kalt sein, ehe ich zurückkomme.«

»Der kann überall sein. London ist riesig.«

»Deshalb wirst du mir helfen.«

»Ich habe es geahnt.«

Plötzlich klopfte es leise an der Tür. Simeon stand stirnrunzelnd auf, griff einen großen Knüppel, der neben dem Eingang stand, und fragte halblaut, um seine Familie nicht zu wecken: »Wer da?«

»Ich suche den Mann auf dem dunklen Fuchs.«

Julian stand ebenfalls auf.

»Es ist gut, du kannst die Tür öffnen.«

Simeon schob den Riegel zurück, ohne den Knüppel aus der Hand zu legen. In dem spärlichen Licht, das nach draußen auf die Straße fiel, war die Gestalt des Lumpenjungen zu erkennen.

»Deine Informanten werden immer jünger«, bemerkte Simeon und stellte seine hölzerne Waffe wieder neben die Tür.

»Komm rein.«

Der Junge humpelte in die Wohnstube.

»Also, was hast du herausgefunden?«

Es rührte Julian, wie das Kind sich bemühte, Haltung anzunehmen, als wenn es zu einem offiziellen Appell anzutreten hätte.

»Ein Joseph aus Reading ist in der ›Turmschenke‹ abgestiegen.«

»Und woher weißt du, dass das der Mann ist, den wir suchen?«, fragte Simeon, der bei genauerem Hinsehen den verlausten Nachwuchsspion nicht so gerne in seinem Wohnzimmer haben wollte.

»Das Sattelzeug seines Pferdes ist teuer, aber seine Kleidung ist es nicht. Deshalb glaube ich, dass er das Pferd geklaut hat und Sie darum nach ihm suchen, Sir.«

»Er könnte auch einfach ein bescheidener Mann sein, der sich nicht gerne auffällig kleidet.«

Der Junge warf Simeon einen Blick zu, als könne er nicht recht bei Trost sein. Julian brach in Gelächter aus, verstummte aber sofort wieder, um die Kinder nicht zu wecken.

»Ist das der Mann, den Sie suchen, Sir? Habe ich recht, hat er das Pferd geklaut?«

Julian lächelte.

»Das hast du gut gemacht.«

Das Kind erglühte vor Stolz bei diesem Lob.

»Hier ist deine Belohnung.« Er warf dem Jungen eine kleine Silbermünze zu.

»Soll ich noch jemanden finden, Sir?«

»Nein danke, der eine reicht mir.«

»So, nun raus mit dir, Bengel. Geh nach Hause zu deiner Mutter.« Simeon scheuchte das Kind zur Tür.

»Ich sorge für mich selbst!«

»Das sehe ich. Los, es ist schon spät.«

Simeon schob den Jungen aus der Tür, ehe er noch protestieren und erneut seine Dienste anbieten konnte.

»Du bist dir aber sehr sicher, dass er die Wahrheit sagt«, bemerkte Simeon, als er sah, dass Julian dabei war, sich sein Schwert umzugürten.

»Der Knecht ist nicht nur mit der Silbertruhe durchgebrannt, sondern auch noch auf dem Pferd des Verwalters. Es ist sehr wahrscheinlich, dass er es ist. Und wenn er es nicht ist, hat der Zwerg sich wenigstens bemüht.«

»Wenn ich für meine Bemühungen auch so gut bezahlt würde, wäre ich ein reicher Mann«, brummte Simeon.

»Das glaube ich nicht, mein Lieber, denn du hättest ja nicht einmal das Missverhältnis zwischen der Ausstattung des Pferdes und des Reiters bemerkt!«, antwortete Julian in Anspielung auf den – zugegeben unverschämten, aber doch sehr komischen – Blick des Jungen auf Simeon.

»Na gut, dann lass uns gehen und den Kerl bei der Wache abliefern.«

~ 3 ~

Als die kleine Reisegesellschaft Westminster schließlich verließ, stand die Sonne schon hoch am Himmel. Julian hatte gegen besseres Wissen gehofft, dass sie zeitig abreisen könnten, aber es hatte diverse Verzögerungen gegeben. Miss Marguerite, eine derzeitige Favoritin des Königs, war überaus anspruchsvoll und genoss es sichtlich, ihre Bediensteten mit Extrawünschen auf Trab zu halten. Julian kannte dieses Verhalten von Aufsteigern, die endlich ihre Macht genießen wollten. Mit stoischer Ruhe wartete er also den halben Vormittag, bis alles gepackt, umgepackt und auf den Maultieren festgezurrt war, bis die Kissen der Sänfte für Miss Marguerite auch bequem genug waren und schlussendlich der entlaufene Schoßhund wieder eingefangen und seiner Besitzerin zurückgegeben worden war. Hoffentlich würden sie die Zeit aufholen können und ihr erstes Etappenziel noch vor der Dunkelheit erreichen, dachte Julian, als er seinen Fuchs zu einer schnelleren Gangart antrieb. Die Straßen nach Westen waren recht gut, und die beiden Zelter, die die Damensänfte trugen, waren kräftige Tiere. Und tatsächlich ging es zunächst flott voran.

»Sir!«

Einer der Bediensteten hatte zu Julian, der an der Spitze ritt, aufgeschlossen und hüstelte nervös. Das war kein gutes Zeichen.

»Was?«

»Miss Marguerite fühlt sich nicht recht wohl und möchte eine Pause machen.«

»Jetzt schon? Wir sind noch nicht einmal eine Stunde unterwegs!«

»Es ist das Schaukeln der Sänfte, das ihr Übelkeit verursacht.«

»Na, großartig.«

Julian wendete sein Pferd, ritt an den Bewaffneten vorbei zur Sänfte und dirigierte sein Pferd neben das Fenster des Tragegestells. Eine weiße Hand zog den gemusterten Vorhang beiseite und gab den Blick auf die Insassin frei. Miss Marguerite lag theatralisch zurückgelehnt in den zahlreichen Kissen. Es schien, als wenn das Öffnen des Vorhangs ihre Kräfte bereits zu übersteigen drohte. Sie war eine sehr schöne Frau von Anfang zwanzig mit goldblonden Locken und himmelblauen Augen. Ihre Haut war schneeweiß und makellos, und ihre sinnlichen Rundungen wurden durch ein enges, dunkelrotes Kleid hervorgehoben. Ihre Lippen waren zu einem koketten und meist sehr wirkungsvollen Schmollen verzogen, das Julian allerdings kaltließ. Vielmehr durchfuhr ihn der wenig schmeichelhafte Gedanke, dass Miss Marguerite so aussah, als wenn sie einmal unansehnlich fett werden würde.

»Ich wünschte, wir würden anhalten, ich kann dieses Schaukeln nicht vertragen.«

»Möchten Sie lieber reiten, Madame?«

»Nein, das ist mir zu anstrengend.«

Julian betrachtete sie und schwieg.

»Ich kann nicht mehr in dieser beengten Sänfte sitzen und durchgeschaukelt werden!«, jammerte Marguerite.

»Was schlagen Sie dann vor, Madame?«

»Das weiß ich doch nicht! Aber mir ist übel, und zu heiß ist es hier drin ebenfalls.«

Gleich würde sie zornig werden, weil er nicht auf ihre Launen einging. Er wollte sie nicht verärgern, aber es gab nichts, was er tun konnte, und seine Geduld näherte sich gefährlich dem Ende. Noch ehe sie ihm mit ihrer speziellen Beziehung zum König drohen konnte, nahm Julian ihr den Wind aus den Segeln.

»Miss Marguerite, mein Herr hat mich beauftragt, Sie nach Wildemoore zu bringen. Wenn Sie sich außerstande sehen, die Reise zu unternehmen, kehre ich selbstverständlich gerne wieder um und werde ihm das mitteilen.«

Mit einem Ruck wurde der Vorhang zugezogen, und Julian trieb sein Pferd an, um erneut seine Position an der Spitze des Trupps einzunehmen. Er hatte gehofft, sie würden es in gut vier Tagen nach Devon schaffen, aber so, wie es jetzt aussah, würden sie wohl eher fünf Tage brauchen. König Henry plante demnächst dort zu Gericht zu sitzen, und daher rotierte der Hof bereits, damit der König alles vorfände, was er brauchte, inklusive seiner derzeitigen Lieblingsmätresse. Der Kardinal hatte Julian vor Miss Marguerite gewarnt. Sie sei mannstoll, und er solle sich vorsehen, dass sie ihn nicht in Schwierigkeiten brächte. Julian hatte nicht das geringste Bedürfnis, in Marguerites wohlgerundete Arme zu fallen. Es war lange her, dass er eine Frau anziehend gefunden hatte, und diese Frau war seine eigene gewesen.

Die ersten drei Tage der Reise waren ereignislos verlaufen. Miss Marguerite hatte eingesehen, dass Julian nicht willens war, ihre Spielchen mitzuspielen, und hatte ihn in Ruhe gelassen. Mit etwas Glück würden sie morgen Henrys Gut in der Nähe von Exeter erreichen. Dann könnte er seine anstrengende Fracht wohlbehalten abliefern und sich wieder wichtigeren Dingen zuwenden, das hoffte Julian, als sie am Spätnachmittag auf den staubigen Hof einer großen Gastwirtschaft ritten.

Zwei Knechte kamen angelaufen, um die Pferde zu übernehmen und das Treppchen der Sänfte auszuklappen. Julian reichte Marguerite die Hand und geleitete sie in die Halle des imposanten Holzhauses.

»Herzlich willkommen, Herrschaften, wir haben Sie schon erwartet. Bitte hier entlang.« Der Wirt, ein untersetzter Mann mit einem mächtigen schwarzen Vollbart, ging voran und öffnete die Tür zu einer privaten Gaststube. Es war ein gemütlicher Raum, mit einem gold und grün gestreiften Fußboden, und die niedrige Decke war in den gleichen Farben, aber mit einem Rautenmuster bemalt. An den Wänden hingen bunte Teppiche, und auch die Einrichtung war sehr geschmackvoll. Marguerite nahm in einem Sessel am Feuer Platz, und der Wirt reichte ihr einen Becher Wein.

»Wann darf ich das Essen servieren?«

»In einer halben Stunde«, sagte Julian. Der Wirt verbeugte sich und ging.

»Haben Sie alles, was Sie brauchen, Madame? Ihr Mädchen wird sicher gleich kommen, wenn das Gepäck abgeladen ist.«

Marguerite drehte sich zu ihm um und blickte ihn aus ihren himmelblauen Augen an.

»Wollen Sie mir nicht Gesellschaft leisten, Julian?«

Julian hob überrascht die Augenbrauen. Warum suchte sie plötzlich seine Gesellschaft? Vielleicht wollte sie nur freundlich sein, aber das Verhalten, das sie bisher an den Tag gelegt hatte, sprach dagegen. Da er nicht unhöflich sein wollte, nickte er und setzte sich.

»Jetzt reisen wir schon seit Tagen miteinander und kennen uns gar nicht.«

»Nun, ein bisschen kennen wir uns schon«, sagte Julian vorsichtig und dachte, dass ihm ihre bisherige Bekanntschaft völlig ausreichte.

»Wie lange sind Sie bereits im Dienste Seiner Majestät?«

»Schon einige Jahre.«

»Begleiten Sie immer die Damen des Königs auf Reisen, Julian?« Sie zwinkerte ihm kokett zu. Es gefiel ihm nicht, dass sie ihn so vertraulich anredete, und er hatte das ungute Gefühl, dass sie mit ihm flirten wollte. Er durfte ihr nicht die Führung des Gespräches überlassen.

»Aus welchem Teil des Landes kommen Sie, Miss Marguerite?«

»Ich komme aus Kent.«

»Sind Sie mit den Belmonts bekannt?«

Im weiteren Verlauf der Unterhaltung ließ er ihr keine Zeit mehr für Koketterien und befragte sie nach Orten und Personen und Sehenswürdigkeiten. Marguerites Mädchen machte ihrem Gespräch schließlich dankenswerterweise ein Ende, indem sie verkündete, dass Madames Gepäck ausgepackt sei, und fragte, ob sich Madame nicht umziehen wolle. Julian atmete erleichtert auf, als Marguerite das Zimmer verließ, und ging, um die Unterbringung seines Pferdes zu kontrollieren. Er musste vorsichtig sein, denn ein falsches Wort gegenüber Marguerite würde ihn in Teufels Küche bringen. Außerdem konnte er die verwöhnte, junge Frau nicht leiden, die nichts als ihre pralle Jugend zu bieten hatte, und die würde schnell genug vorbei sein.

Das Knarren der Tür ließ Julian aus dem Schlaf hochfahren.

»Wer ist da?« Seine Hand glitt unter das Kissen zu seinem Dolch.

»Ich bin es bloß.«

Julian war schlagartig hellwach.

»Was machen Sie hier, Miss Marguerite, ist etwas passiert?«

Im gleichen Augenblick ließ sie ihren Umhang fallen und

stand plötzlich nackt vor ihm. Ihr Körper glänzte weiß in der Dunkelheit.

Julian zog scharf die Luft ein. Marguerite missdeutete seine Reaktion und lächelte verführerisch.

So schnell er konnte, schlüpfte Julian in seine Hose.

»Madame, bitte gehen Sie wieder.«

Sie stand an der Tür und ließ ihre Hände über die Rundungen ihres Körpers und zwischen ihre Beine gleiten. Dann steckte sie den Mittelfinger ihrer rechten Hand spielerisch in den Mund und sog daran. Gegen seinen Willen regte sich Julians Männlichkeit.

»Nein, nein, nein, Sie müssen sich sofort wieder anziehen und zurück in Ihr Zimmer gehen!«

»Komm schon, Julian, du willst es doch auch.« Sie machte einen Schritt auf ihn zu. Es war so gut wie unmöglich, eine Frau abzuwehren, die man nicht anfassen sollte, und wehtun durfte er ihr auch nicht. Julians Gedanken rasten. Wenn er sie ablehnte, würde sie ihm das übel nehmen, wenn er sie in sein Bett ließ, machte er sich des Hochverrats schuldig. Es war eine Situation, in der er nicht gewinnen konnte.

»Es wird unser Geheimnis bleiben, Julian«, flüsterte Marguerite und streckte ihm aufreizend ihre vollen Brüste entgegen. Sie machte einen Schritt vorwärts, und Julian wich an das Fenster zurück.

»Was ist los, Julian, willst du mich nicht? Verschmähst du etwa, was gut genug für den König ist?«

Er registrierte die unterschwellige Drohung sehr wohl. Wenn er nicht einwilligte, würde sie ihm Schwierigkeiten bereiten. Marguerite war jetzt dicht an ihn herangetreten, um sich an ihn zu schmiegen. Julian hielt sie an beiden Armen fest, um sie sich vom Leib zu halten.

»Los, zeig mir, was für ein Mann du bist«, gurrte Marguerite und versuchte, ein Bein um ihn zu schlingen. Die Situation war grotesk, und er musste dem sofort ein Ende bereiten.

»Genug jetzt!«, sagte er energisch und schob sie zurück zur Tür.

»Aua!«

»Gehen Sie jetzt bitte, Madame.«

»Nein!« Wütend stemmte Marguerite die Hände in die Hüften.

Er konnte sie nicht mit Gewalt hinausbefördern, ohne Aufsehen zu erregen.

»Ich werde sagen, dass du mich in dein Zimmer gezwungen hast! Und der König wird ja wohl eher mir glauben als dir.«

Er war sich nicht so sicher, dass König Henry, ein mit allen Wassern gewaschener Mann, seiner Mätresse diese Geschichte abkaufen würde, aber Julian wollte das Risiko nicht eingehen.

»Gut, wenn Sie unbedingt hierbleiben wollen.« Er drehte sich um und war so schnell aus dem Fenster geklettert, dass Marguerite ihn nicht daran hindern konnte. Sein Zimmer lag im ersten Stock, aber direkt darunter war das Vordach der Eingangshalle. Von dort war der Sprung in den Hof nicht gefährlich. Als er sich umdrehte, sah er sie am Fenster stehen, eine Hand zur Faust geballt. Zum Teufel, genau so eine Situation hatte er vermeiden wollen, dachte Julian, als er in Richtung Stall ging, um das Lager mit seinem Pferd zu teilen.

~ 4 ~

Es war der dritte Tag nach ihrer Rettung, und Viviana saß draußen an der dem Meer abgewandten Seite der Schenke. Die Hauswand in ihrem Rücken war warm, und sie blinzelte in die Sonne. Neben sich hörte sie die Bienen in den wilden Rosen summen und hoch am strahlend blauen Himmel das Schreien der Möwen. Die Luft roch in dieser warmen, windstillen Ecke aromatisch nach Salz und Tang. Nachdenklich grub sie mit ihren nackten Füßen im feinen Sand. Niemand schien sie zu vermissen, es gab keinerlei Hinweise darauf, wo sie hergekommen sein könnte, und sie konnte sich noch immer an nichts erinnern. Der weiße Sand rieselte zwischen ihren braunen Zehen hindurch und über ihre blassrosa Nägel. Dies waren nicht die Füße einer Frau, die lange Wege barfuß oder in schlechtem Schuhwerk gegangen war. Wer war sie? Eines stand fest: Sie konnte hier nicht bleiben. Aber sie wusste auch nicht, was zu tun war. Sie hatte kein Geld. Das dringendste Problem war, irgendwie ihren Lebensunterhalt zu bestreiten, ehe sie überhaupt daran denken konnte, Nachforschungen anzustellen. Für die Männer im Dorf war sie wie Freiwild, und wenn Gott ihr nicht den Spanier als Freund geschickt hätte, wäre es schlecht um sie bestellt. Eine mittellose Frau und ganz allein, das war eine leichte Beute. Rinaldo hatte seinen Aufbruch nach Saint Albans verschoben, um hier mit ihr eine Weile abzuwarten. Aber keiner hatte nach ihr gefragt, und sie wusste, dass er bald weiterziehen wollte. Ihre Füße schoben den Sand zu einem kleinen Wall zusammen. Wenn Rinaldo ginge, wäre sie völlig schutzlos.

»Ein schöner Tag.«

Viviana blickte auf. Der Spanier kam auf sie zu.

»Ja, es ist wunderschön.«

Rinaldo räusperte sich.

»Viviana, wie du weißt, habe ich einen Eid geschworen, diese Pilgerfahrt zu machen. Wenn das nicht so wäre, könnte ich hier noch länger mit dir abwarten.« Er räusperte sich wieder. »Ich kann dich aber auch nicht einfach hier zurücklassen.«

Viviana wollte etwas sagen, aber er machte eine Handbewegung und sprach weiter.

»Ich habe nachgedacht. Gott hat uns sicher nicht grundlos hier zusammengeführt, und wenn du mit mir nach Saint Albans gingest, wird der Heilige dir vielleicht dein Gedächtnis zurückgeben.«

»Du willst mich mitnehmen?«

»Ich kann verstehen, wenn du nicht möchtest.«

»Doch, doch. Aber ich habe nichts, womit ich die Reise bezahlen könnte.«

»Wenn wir uns einschränken, wird das Geld bestimmt reichen.«

»Ich komme sehr gerne mit, und ich werde auch sicher einen Weg finden, dir alles zurückzuzahlen.« Impulsiv griff sie nach seiner großen Hand und drückte sie dankbar.

Der Spanier war hocherfreut und machte ganz den Eindruck, als würde sie ihm und nicht umgekehrt einen Gefallen tun.

»Gut, dann gebe ich der Wirtin Bescheid, dass wir morgen abreisen.«

Viviana sah ihm nach. Es war ihr nicht in den Sinn gekommen, dass Rinaldo befürchtet haben könnte, sie würde sein Angebot ablehnen. Seine merkwürdige Erscheinung machte ihn zu einem Außenseiter, dem oft mit Spott oder Ablehnung begegnet wurde. Vielleicht brauchte auch er genau wie sie einen Freund. Viviana schloss die Augen und sog die Meeresluft tief in sich hinein. Es war sehr seltsam, sie hatte keinen Besitz, keine Vorstellung von ihrer Zukunft, und sie kannte nicht einmal ihren richtigen Namen, aber in diesem Augenblick hier in der Sonne hinter den Dünen fühlte Viviana einen tiefen Frieden. Ihr dringendstes Problem hatte sich vorerst gelöst, und durch die Eindrücke einer Reise würde sie sicher auch den Schlüssel zu ihrem Gedächtnis wiederfinden.

Früh am nächsten Morgen standen sie in der Diele und verabschiedeten sich von Trudy. Die Wirtin hatte einen fadenscheinigen Umhang und ein Paar löchrige Schuhe für Viviana aufgetan, die zwar etwas zu groß waren, aber definitiv besser als keine. Rinaldo hatte seine Rechnung bezahlt und darauf bestanden, auch für Vivianas Unterbringung zu bezahlen. Sein Maultier stand im Hof und wartete, doch Trudy hielt sie plötzlich zurück.

»Einen Moment, Miss, ich habe noch etwas.«

Die Wirtin löste das Band des Beutels, der von ihrem Gürtel hing, und nahm etwas heraus. Sie drückte es Viviana in die Hand.

»Hier, das hatten Sie um den Hals. Ich habe es an mich genommen, als ich Sie versorgt habe.«

Viviana betrachtete das kleine Medaillon, das an einer dünnen Silberkette hing.

»Ich habe genau nachgesehen, es ist leer, und es gibt keine Zeichen darauf, die ein Hinweis hätten sein können«, sagte die

Wirtin schnell, um sich zu verteidigen. Es war deutlich, dass sie ein schlechtes Gewissen hatte. »Ich dachte, es wäre nur gerecht, für die ganze Arbeit und das Essen und alles.«

»Es ist gut. Danke, dass Sie es mir gegeben haben.«

»War das das Einzige, was Miss Viviana bei sich hatte, oder gibt es da noch andere Dinge?« Der Spanier war verärgert.

»Das war das Einzige, das schwöre ich bei dem Leben meiner Kinder.«

Viviana legte die Kette um ihren Hals und zog Rinaldo am Ärmel.

»Lass uns aufbrechen, Rinaldo.«

Das große, kräftige Maultier trug ihre wenigen Habseligkeiten, während sie beide zu Fuß gingen. Schweigend hatten sie bereits ein ganzes Stück des Weges zurückgelegt, als Viviana unvermittelt sagte: »Was ist, wenn ich mich einfach nie mehr erinnern kann?«

»Es wird wiederkommen, bestimmt.«

»Ich fühle mich so losgelöst von allem. Jeder Mensch hat Familie und weiß, wohin er gehört. Nur ich nicht.«

»Ich gehöre auch nirgendwo hin.«

»Aber du weißt, wo du herkommst.«

»Ja, leider.«

Viviana blickte Rinaldo an. Er hatte ihr erzählt, dass er einen Eid geschworen hatte, auf Pilgerschaft zu gehen, um eine Sünde wiedergutzumachen. Viviana konnte sich kaum vorstellen, dass ein so sanfter, freundlicher Mensch wie Rinaldo Sünden begangen haben sollte, die nur durch eine entbehrungsreiche Pilgerfahrt nach England gesühnt werden konnten. Aber sie wusste nur sehr wenig über ihn. Er stapfte neben ihr in der Vormittagssonne, und Schweiß strömte über sein Gesicht. Nein, sie konnte nicht glauben, dass er einer anderen Kreatur etwas anhaben könnte. Aber es gab auch schlimme Sünden, die man ganz für sich allein begehen konnte. Schweigend gingen sie weiter. Eine Unterhaltung zwischen zwei Menschen, von denen der eine kein Gedächtnis hatte und der andere nicht über seine Vergangenheit reden wollte, war gar nicht so einfach.

Am Abend hatten sie bei einem Bauern Unterkunft gefunden, der sie in der Scheune schlafen ließ. Seine Frau hatte mehr über das ungleiche Paar wissen wollen, da sie aber nur Kornisch und kaum Englisch sprach, hatte sie schließlich ihr Verhör abgebrochen.

»Was wollen wir den Leuten erzählen, in welchem Verhältnis wir zueinander stehen?«

Rinaldo, der Stroh zu einer Lagerstatt zusammenschob, hielt inne.

»Ich glaube, wir sollten mit der Wahrheit vorsichtig sein, Viviana. Wenn man niemanden auf der Welt hat, ist man ein leichtes Opfer.«

»Aber wir haben doch uns.«

Er blickte sie an und erwiderte Vivianas Lächeln. Ja, es schien wirklich, als hätte Gott sie zusammengeführt, damit sie sich gegenseitig helfen konnten.

»Wir sollten verwandt sein. Du könntest meine Schwester sein.«

»Wir sehen uns nicht sehr ähnlich«, gab Viviana zu bedenken und blickte von ihrem zierlichen Körper zu Rinaldos hünenhafter Gestalt.

»Aber wir sind beide dunkel und haben einen fremdländischen Akzent. Das dürfte schon reichen. Ich glaube nicht, dass die Leute einen spanischen Akzent von einem französischen Akzent unterscheiden können.«

»Nein, das glaube ich auch nicht.«

»Wo kommen wir her?« Rinaldo schien offenbar zunehmend Gefallen daran zu finden, sich eine Geschichte zurechtzulegen.

»Eine Grenzregion wäre gut, vielleicht Aragonien?« Viviana stutzte. »Ich weiß sehr viel über diese Region, stelle ich gerade fest.«

»Wahrscheinlich kommst du da her.«

»Vielleicht.« Aber ihre Stimme klang unsicher. Sie nahm die Halskette ab und hielt das Medaillon in die untergehende Sonne. Viviana hatte es bereits mehrmals genauestens untersucht, aber es gab absolut keine Hinweise. Es war aus Silber, rechteckig, ohne Verzierungen und leider leer. Was sich auch immer in dem Schmuckstück befunden hatte, lag jetzt unwiederbringlich auf dem Grund des Meeres. Rinaldo machte es sich auf seinem improvisierten Bett bequem und streckte sich seufzend aus. Viviana betrachtete ihn. Armer Rinaldo, jetzt, da er mit ihr reiste, war er gezwungen, zu Fuß zu gehen, und das war er offensichtlich nicht gewohnt. Sie selbst hatte zwar eine viel bessere Kondition als der Spanier, aber lange Fußmärsche schienen auch in ihrer Vergangenheit nicht üblich gewesen zu sein. Sie rieb sich ihre schmerzenden Zehen und warf einen grimmigen Blick auf Trudys ausgelatschte Schuhe. In der nächsten Stadt musste sie eine Möglichkeit finden, etwas zu verdienen, um sich ein Paar neue Schuhe kaufen zu können. Aber wie sollte sie etwas verdienen, wenn sie nicht einmal wusste, ob sie überhaupt irgendeine Fertigkeit besaß? Mutlos legte sie ihre Kette wieder um. Irgendwann musste sie sich doch erinnern! Die Landschaft, durch die sie wanderten, war wunderschön mit den felsigen Höhen und den bewaldeten Tälern, aber nichts kam ihr bekannt vor.

~ 5 ~

Das gedämpfte Licht der alten Kirche hatte eine beruhigende Wirkung auf Julian. Kaum dass er König Henrys Gespielin in Wildemoore abgeliefert hatte, war er weiter nach Exeter geritten, um aus Miss Marguerites Schusslinie zu gelangen. Nachdem er sich einquartiert und eine Mahlzeit zu sich genommen hatte, war er ziellos durch die Straßen geschlendert. Seit gut einer Stunde saß er nun hier, inmitten der geschäftigen Stadt, in der unwirklichen Stille einer kleinen Kirche. Auch in Exeter war in den letzten Jahren eine große Kathedrale für den Bischof gebaut worden. Diese riesigen Gebäude waren beeindruckend, und die Leistung der Baumeister war enorm. Julian interessierte sich für Mathematik. Die statischen Berechnungen, die erforderlich waren, um derartig in die Höhe zu bauen, faszinierten ihn. Er hatte leider nicht genug Zeit, all die großen Wunder dieser Welt zu studieren. Er hatte nicht einmal genug Zeit, sich den kleinen Wundern zu widmen. Julians Blick fiel auf den Altar. Die Zugluft ließ die einzige Altarkerze auf der einen Seite schneller als auf der anderen Seite herunterbrennen. Der Luftzug musste von der Seitentür durch die Apsis herein- und durch die offenen Fensterbögen wieder hinausströmen. Die Wachsspuren auf dem hölzernen Kerzenhalter zeigten, dass die Kerze immer wieder gedreht wurde, um das unregelmäßige Abbrennen auszugleichen. Heute allerdings noch nicht. Warum nicht? War der Küster nachlässig? Hatte er etwas anderes zu tun? Julian schloss die Augen, um seine rastlosen Gedanken zu sammeln. Es hatte keinen Sinn, auszuweichen. Er spürte, wie der Schmerz in ihm hochstieg. Auf den Tag genau vor sechs Jahren hatte er Aelia zum letzten Mal gesehen. Sie hatten sich wie so oft gestritten. Sie wollte, dass er öfter zu Hause war, aber er hatte gerade angefangen, für den Kardinal zu arbeiten. »Das ist nicht möglich und Schluss damit!«, hatte er gesagt, und Aelia war wütend in die Küche gestürmt und hatte die Tür zugeknallt. Als er am nächsten Tag von seinem Auftrag zurückkam, war sie verschwunden. All ihre Sachen waren da, aber seine Frau war wie vom Erdboden verschluckt. Julian saß mit geschlossenen Augen da und spürte dem brennenden Schmerz nach, der sich durch seinen Körper fraß. Reue, Trauer, Wut. Ein teuflisches Gemisch. Seine Ziele waren einmal so klar gewesen: eine Familie gründen, Karriere machen und Geld verdienen. Und wenn er genug Geld verdient hätte, wären sie aufs Land gezogen. Gelegentlich hätte er königliche Verwaltungsaufgaben übernommen und sich ansonsten seinen Studien gewidmet und in Ruhe Bienen gezüchtet oder vielleicht Hühner. Aber mit Aelia war auch der Sinn seines Lebens spurlos verschwunden, und ebensowenig wie seine Frau hatte er ihn wiederfinden können. Julian öffnete die Augen. Der Schmerz hinterließ eine gähnende Leere in ihm. Nach unerfreulichen und, wie er fand, sinnlosen Aufträgen wie dem letzten wurde diese Leere zu einem riesigen, schwarzen Nichts, das ihn verschlang. Sollte das der Inhalt seines Lebens bleiben, sittenlose Weiber durch das Reich zu eskortieren und diebische Knechte zu jagen? Er rutschte von der Bank auf die Knie und faltete die Hände vor seinem Gesicht. Er brauchte eine Inspiration, ein Zeichen. Irgendetwas.

Es war inzwischen später Nachmittag, und die Schankstube war sehr voll. Obwohl die kleinen Fensterluken geöffnet waren, war die Luft stickig und roch nach Schweiß, Bier und einem seltsamen Gemisch von Essensdüften. Julian rümpfte die Nase und wollte gerade wieder gehen, als sein Blick auf den großen, südländisch aussehenden Mann fiel, der am Ende des Raumes in der Ecke saß. Einer Eingebung folgend, bahnte sich Julian seinen Weg zur Theke und setzte sich so hin, dass er den Mann ungestört beobachten konnte. Der Wirt brachte Julian wortlos einen Krug Bier, was anscheinend das einzige Getränk war, das ausgeschenkt wurde. Der Südländer sprach mit einer zierlichen Frau mit langen, schwarzen Zöpfen, die ihm gegenübersaß und von der Julian nur den Rücken sah. Der Mann sah ungewöhnlich aus, fast ein bisschen lächerlich. Er hatte lange Gliedmaßen und einen mächtigen Brustkorb, aber er schien nicht sehr muskulös zu sein. Sein rundliches Gesicht machte einen harmlosen Eindruck, aber das konnte auch an seinen fast femininen Zügen liegen. Julian war überrascht, hier einen Kastraten vorzufinden. Es konnte nicht anders sein. Was machte ein hochspezialisierter Sänger hier, der von Kindesbeinen an gefördert und behütet worden war und für seinen Herrn sicherlich einen großen Wert darstellte? Oder war er ein Wächter eines maurischen Harems? Dem Aussehen nach konnte er durchaus von der Iberischen Halbinsel kommen. Aber auch dann stellte sich die Frage, was er in England in einem, Julian blickte sich um, etwas schäbigen Gasthaus machte? Seine Kleidung war bescheiden, aber ordentlich, das passte zu der Wahl seiner Unterkunft. Er hatte also nur begrenzte Mittel zur Verfügung und war in Begleitung einer Frau. Ihrer Haarfarbe nach zu urteilen, konnte auch sie aus dem Süden kommen.

Julian nahm einen Schluck aus seinem Bierkrug und verzog das Gesicht. Missmutig blickte er in das Tongefäß. Diese dünne Brühe konnte doch wohl keiner als Bier bezeichnen! Er überlegte einen Augenblick, ob er sich beschweren sollte, aber dann hätte er die Aufmerksamkeit des Mannes auf sich gezogen, und das wollte er nicht. Er schob den Krug auf dem klebrigen Tresen zu seinem Nachbarn weiter, einem kugelbäuchigen Kerl in einer speckigen Lederhose.

»Hier, zum Wohl.«

Der Mann blickte erfreut auf und nickte Julian zu, als dieser den Tresen verließ, um sich einen besseren Beobachtungsposten zu suchen. Gerade stand jemand von der Holzbank bei dem Südländer auf. Julian schlängelte sich zwischen den Gästen hindurch und erreichte den Platz, ehe sich jemand anderer setzen konnte. Er saß jetzt Rücken an Rücken mit der Frau.

»Wir müssen uns einen anderen Schlafplatz suchen, Viviana, diese Gaststätte ist überfüllt, einmal davon abgesehen, dass die Preise einfach exorbitant sind.«

Die ungewöhnlich helle, melodische Stimme hatte einen leichten spanischen Akzent. Julian hatte richtig vermutet, der Südländer war entmannt worden, ehe er dem Knabenalter entwachsen war, um seine helle Stimme zu erhalten.

»Vielleicht finden wir ein wenig außerhalb einen günstigeren Platz?«

Auch die Frau hatte einen Akzent. Sie war ganz sicher Französin, aber Julian konnte nicht sagen, aus welchem Teil Frankreichs sie kam. Sie sprach leise und wohlmoduliert. Ihre Stimme war kehlig und leicht rau, und Julian fand sie sehr reizvoll.

»Wie weit ist es noch bis Saint Albans?«

»Was darf ich bringen?« Die Bedienung übertönte dröhnend die Unterhaltung am Nebentisch.

»Was gibt es denn?« Eigentlich hatte er nicht vorgehabt, in dieser schmierigen Absteige zu Abend zu essen, aber die Plätze an den Tischen waren Gästen vorbehalten, die bereit waren, sich den Künsten der Köchin auszuliefern.

»Haferbrei mit Schwarte, Haferbrei mit Zwiebeln und Rüben, gepökelter Aal.« Nach einem kritischen Blick auf Julians Kleidung fügte sie noch »Schweinshaxe und geröstetes Huhn« hinzu. Julian spürte, wie die Französin hinter ihm aufstand.

»Ich habe es mir anders überlegt, danke«, sagte er.

»Auch gut, aber dann musst du den Platz räumen.« Sie wischte halbherzig mit ihrem schmutzigen Handtuch über den nicht minder schmutzigen Tisch, dann wandte sie sich weniger wankelmütigen Gästen zu. Julian war froh, einer Mahlzeit entkommen zu sein, und stand ebenfalls auf. Er drehte sich um und zog überrascht die Luft ein. Vor ihm stand die Französin, und Julian starrte sie einen Augenblick unverhohlen an. Sie war die schönste Frau, die er jemals gesehen hatte. Ihr herzförmiges Gesicht wurde von einem Paar riesiger, dunkler Augen dominiert, die, eingerahmt von einem Kranz schwarzer Wimpern, fragend zu ihm aufsahen. Ihre Lippen waren voll und hatten einen exquisiten Schwung. Sie mochte Mitte zwanzig sein. Julian konnte sich kaum von ihrem Anblick losreißen.

»Pardon.« Sie versuchte, sich an ihm vorbeizuschlängeln, und er spürte einen Moment ihre kleinen, festen Brüste an seinem Körper entlangstreifen.

»Verzeihung.« Julian setzte sich wieder, und die beiden zwängten sich durch die Menschenmenge in Richtung Ausgang. Darauf war er nicht vorbereitet gewesen. Jede Faser seines Körpers brannte in dem plötzlichen Begehren, diese Frau zu besitzen.

»Ist hier noch frei?«

Eine korpulente Dame mit zwei struppigen Kleinkindern wollte seinen Platz auf der Holzbank. Julian gewann seine Fassung wieder.

»Ja, ich gehe gerade.«

Der Blick der Dame machte deutlich, dass sie fand, er könne

sich ruhig etwas beeilen, und Julian gab ihr recht, da er das ungewöhnliche Paar nicht aus den Augen verlieren wollte.

Als er in den Hof trat, wurde gerade ein Maultier aus dem Stall geführt. Die beiden warteten. Ja, auch die Frau kam vermutlich aus dem Süden. Julian beschloss, in die Offensive zu gehen.

»Na, auch kein Bett mehr bekommen?«

Der Südländer drehte sich um und taxierte ihn vorsichtig und ein bisschen abweisend.

»Waren Sie schon mal hier? Gibt es ein anderes Gasthaus in Exeter, das vielleicht günstiger ist?«

Julian, der ja bereits vorgewarnt war, verzog keine Miene, als er von dem Mann mit dieser seltsam hohen Stimme angesprochen wurde.

»Ich werde es im ›Red Inn‹ versuchen, wenn Sie wollen, können Sie mitkommen.«

Der große Mann blickte zu seiner Begleiterin. Sie nickte. »Ja, das machen wir.« Er übernahm den Zügel des Maultieres von dem Knecht, und sie folgten Julian.

»Mein Name ist Rinaldo della Rosa del Ranguano, und dies ist meine Schwester Viviana.«

Die Frau war sicherlich nicht seine Schwester. Kein Mann hätte für die Entscheidung, wo man übernachten sollte, die Bestätigung seiner Schwester einholen müssen; ein Südländer schon gar nicht, dachte Julian. Er stellte sich ebenfalls vor.

»Angenehm, ich heiße Julian White, nennen Sie mich einfach Julian.« Er musste sich sehr zusammenreißen, seinen Blick auf Señor Rinaldo zu konzentrieren und nicht seine vorgebliche Schwester anzustarren.

»Das ›Red Inn‹ ist auf der anderen Seite der Stadt. Es liegt zwar nicht mitten im Geschehen wie dieses Gasthaus« – Julian wies über die Schulter –, »aber es ist recht ordentlich.«

»Wo ist denn Ihr Gepäck?«

Der Südländer war misstrauisch.

»Ich hatte eigentlich vor, bei einem Bekannten zu übernachten. Aber wie sich herausstellte, hat der Gute Besuch von seiner Familie aus Somerset.« Julian zuckte mit den Schultern. »Pech für mich, aber wenigstens konnte ich erst einmal meine Sachen unterstellen.«

Señor Rinaldo nickte, während er vorsichtig den vielen Schlaglöchern und Abfallhaufen auf der Straße auswich. Julian fuhr fort: »Sind Sie zum ersten Mal in Exeter? Dann sollten Sie unbedingt die Kathedrale sehen! Jedes Mal, wenn ich hier bin, gehe ich nachsehen, was wieder neu dazugebaut worden ist. Sehr beeindruckend.« Julian deutete in die Richtung, in der sich die mächtigen Türme über die Dächer erhoben.

»Das würde ich mir gerne ansehen«, sagte die Frau und lächelte. Ihre weißen Zähne strahlten. Julian war hingerissen und stellte gleichzeitig fest, dass sie in guter, gesunder Verfassung war und noch alle Zähne hatte. Ihm war gleich aufgefallen, dass sie nur ein Reittier besaßen. Hatten sie das zweite verloren? Wenn sie tatsächlich zu Fuß nach Saint Albans unterwegs waren, dann konnte er sich nicht das schlechte Schuhwerk der Schwester erklären. Das konnte er sich sowieso nicht erklären, denn die Schuhe passten ihr nicht. Der Rest der Ausrüstung war in gutem Zustand, warum also nicht ihre Schuhe? Irgendetwas war hier faul, und dem würde er auf den Grund gehen.

Sie kamen zu einem langgestreckten, niedrigen Holzhaus, das mit Ochsenblut gestrichen war. Julian schritt durch die Toreinfahrt in den Hof, an den sich ein bescheidener offener Stall angliederte. Der Stalljunge rief ihnen zu, das Maultier anzubinden, er würde sich gleich darum kümmern. Julian scheuchte einige Hühner aus dem Weg und öffnete die Tür zur Diele des

»Red Inn«. Ehe er noch den Fuß hineinsetzen konnte, lief eine Frau mit einem großen Tablett an ihm vorbei.

»Vorsicht!«

»Auch voll hier!«, sagte Julian über die Schulter, als Rinaldo und Viviana ihm in das Gasthaus folgten. Sie gingen zum Tresen und winkten den Wirt herbei.

»Ich brauche eine Kammer und die beiden Herrschaften ebenfalls.«

Der Wirt glotzte Rinaldo aus hervorstehenden, hellen Augen neugierig an. Eines seiner Augen schien immer ausbrechen zu wollen, als hätte es keine Lust, die Dinge zu betrachten, die sein Besitzer ansehen wollte.

»Und Sie wollen auch eine Kammer?«

»Ja, für mich und meine Schwester«, sagte Rinaldo würdevoll mit seiner hohen Stimme.

»Heute noch, wenn es recht ist.« Julian war das unverschämte Starren des Wirtes unangenehm.

»Der muss gerade glotzen«, flüsterte Viviana.

»Immerhin hat eines seiner Augen mehr Benehmen als das andere«, erwiderte Julian, und Viviana unterdrückte ein Kichern.

Kurze Zeit später folgten sie der Tochter des Wirtes in den Hof, dem sich der Schlafsaal angliederte. Ihre Betten befanden sich am Ende des Raumes. Julian scheuchte ein Huhn von seinem Strohlager. Als er sich umdrehte, sah er sich Viviana gegenüber, die ebenfalls gerade ein Federvieh durch die offene Fensterluke bugsierte.

»Meines hat sogar ein Ei gelegt!« Julian hielt triumphierend das Ei hoch, das unter seinem Huhn zum Vorschein gekommen war. Sie blickte ihn entrüstet an und sagte dann ernst:

»Ich will mein Geld zurück!«

Julian lachte, und sie lachte auch.

~ 6 ~

Die beiden waren ein sehr merkwürdiges Paar, dachte Julian, als er zurück zu seiner ursprünglichen Bleibe ging, um seine Sachen und sein Pferd zu holen. Ihm war der Gedanke gekommen, dass Rinaldo vielleicht etwas mit der Verschwörung zu tun haben könnte, über die in Westminster spekuliert wurde. Aber würde man tatsächlich einen so auffälligen Spion schicken? Oder absichtlich einen auffälligen? Das wäre dann aber ein glücklicher Zufall, der Julian den Gesuchten direkt in die Hände gespielt hätte. Glückliche Zufälle waren nicht unmöglich, aber sehr selten. Er war so in Gedanken vertieft, dass er nur noch durch einen großen Sprung zur Seite dem Inhalt eines Kübels ausweichen konnte, der aus dem ersten Stock eines Hauses auf die Straße gekippt wurde. Wie man freiwillig in einer überfüllten und verdreckten Stadt wohnen konnte, war Julian unbegreiflich. Er zog das Landleben in jedem Fall vor. Kopfschüttelnd setzte er seinen Weg fort. Er musste herausfinden, was es mit diesem seltsamen Paar auf sich hatte. Sie wollten nach Saint Albans. Julian fiel der Knecht aus Reading ein, der dem Verwalter sein Pferd und das Silber gestohlen hatte. Ja, das wäre eine Idee!

Rinaldo hatte sich ein bisschen hingelegt, und Viviana saß auf einem Strohballen im Hof und sah den Hühnern zu. Ihre neue Bekanntschaft gefiel ihr. Er mochte um die dreißig sein, vielleicht jünger. Mittelgroß und schlank. Seine Haare waren dunkelblond, eigentlich war er gar nicht weiter bemerkenswert, wenn sie nicht das Aufblitzen seiner grünen Augen gesehen hätte. Es gefiel ihr, dass er Rinaldos Erscheinung und Stimme keine Bedeutung beimaß und ihn behandelte wie jeden anderen Mann. Die letzten Tage ihrer Reise hatten Viviana gezeigt, wie viel Voreingenommenheit und gemeinen Bemerkungen Rinaldo ausgesetzt war. Diese Pilgerfahrt war wahrlich ein Opfer für ihn. Was seine Vergangenheit anbetraf, blieb Rinaldo weiter schweigsam, aber er hatte ihr erzählt, dass er Sänger in Saragossa gewesen war und eine Vertrauensposition im Hause seines Herrn genossen hatte. Was war vorgefallen, dass Rinaldo sein gesichertes Leben hatte aufgeben müssen? Er sprach ohne Hass oder Bitterkeit über sein Zuhause, eher wie jemand, der gerne dorthin zurückkehren wollte, aber nicht konnte. Viviana beobachtete, wie eine Glucke mit ihren Küken über den Hof wanderte. Sie lächelte beim Anblick der kleinen gelben Federbälle, die eilig hinter ihrer Mutter herliefen. Es verging kein Tag und keine Stunde, in der sich Viviana nicht fragte, wer ihre Familie war. Hatte sie einen Mann, hatte sie Kinder? Müsste sie es nicht fühlen, wenn sie Mutter wäre? Konnte man seine eigenen Kinder vergessen? Viviana bemühte sich, hoffnungsvoll zu bleiben, früher oder später würde irgendein Ereignis ihr Gedächtnis wieder zum Leben erwecken. Das Geräusch der Pferdehufe ließ sie aufblicken. Es war Julian. Er ritt einen kräftig gebauten, dunklen Fuchs und schwang sich soeben aus dem Sattel. Nachdem er sein Bündel vom Sattel gelöst hatte, warf er die Zügel dem Stalljungen zu. Dann kam er zu ihr herüber.

»Miss della Rosa …« Er brach stirnrunzelnd ab und lächelte sie entschuldigend an.

»Es tut mir leid, ich konnte mir Ihren Nachnamen nicht merken.«

»Das macht doch nichts. Nennen Sie mich Viviana.« Sie

selbst hatte auch eine Weile gebraucht, bis ihr ihr angeblicher Nachname mühelos über die Lippen kam.

»Danke, das tue ich gerne. Wo ist Ihr Bruder?«

»Er ruht sich aus.«

»Wollen Sie beide noch zur Kathedrale?«

»Ich werde ihn fragen.« Sie sprang auf und lief in den Schlafsaal. Julian sah ihr nach und bewunderte die Grazie, mit der sie sich bewegte. Er folgte ihr mit seinem Bündel. Dieses Quartier war erheblich weniger komfortabel als das Zimmer, das er ursprünglich gemietet hatte. Alles im Dienste Seiner Majestät, dachte Julian, war sich aber sehr wohl darüber im Klaren, dass seine Neugierde diese Nachforschungen vorantrieb.

»Er möchte schlafen. Wir müssen allein gehen«, flüsterte Viviana mit einen Blick auf Rinaldo, der sich auf seinem Lager ausgestreckt hatte und dessen Augen geschlossen waren. Julian fühlte seinen Verdacht, dass sie nicht Rinaldos Schwester sein konnte, bestätigt. Er würde sie nicht mit einem flüchtigen Bekannten allein durch eine fremde Stadt spazieren lassen, wenn sie seine Schwester wäre. Viviana war also eine eigenständige Frau, die über sich selbst verfügte. Es war kein großes Risiko für sie, mit Julian zur Kathedrale zu gehen, dafür war die Stadt viel zu belebt, aber es könnte ihr leicht als ungehörig ausgelegt werden. Wenn es denn moralisierende Verwandte gäbe. Gab es anscheinend aber nicht. Er blickte auf sie hinunter, wie sie ungezwungen neben ihm ging und die Stadt betrachtete. So eine zauberhafte, junge Frau konnte unmöglich völlig schutzlos und allein umherreisen! Es musste doch jemanden geben, der sich um sie kümmerte. Und damit meinte Julian nicht einen seltsamen Südländer, der lieber ein Schläfchen hielt, als dafür zu sorgen, dass ihr nichts zustieß.

»Ja?«

»Wie bitte?«

»Sie haben mich so seltsam angesehen, als wollten Sie etwas sagen?« Ihre dunklen Augen schauten ihn fragend an.

»Sagen Sie doch bitte einfach Julian zu mir.«

»Also, Julian, wolltest du etwas sagen?«

»Ich habe es vergessen.«

»Du hast es vergessen? Was, wenn es etwas Wichtiges war?«

»Es kann nicht wichtig gewesen sein, sonst hätte ich es nicht vergessen.«

Sie blickte ihn mit einem seltsamen Ausdruck an.

»Und wenn es wichtig gewesen wäre, würdest du dich erinnern?«

»Früher oder später.«

»Wie viel später?«

»Wahrscheinlich zu einem gänzlich unpassenden Zeitpunkt. Zum Beispiel, wenn ich meinem Vorgesetzten Bericht abstatten soll.«

Viviana lachte.

»Ist das unangenehm, einen Bericht abzustatten?«

»Das kommt darauf an, ob man getan hat, was man sollte, und wie gut die Ausrede ist, wenn man es nicht getan hat.«

»Tust du öfter Dinge, die du nicht tun solltest?«

Julian überlegte. Seine Methoden waren sicher manchmal unorthodox. Allerdings war er meist erfolgreich damit, und das war das Einzige, was für den Kardinal wichtig war.

»Nein, ich halte mich meistens an die Regeln«, log er.

»Was machst du denn?« Im gleichen Moment ärgerte sich Viviana, dass sie die Frage gestellt hatte. Fragen waren eine Einladung zu Gegenfragen.

»Ich arbeite für die Schatzkammer des Königs.« Das war der langweiligste Beruf, den sich Julian vorstellen konnte, aber je näher er an der Wahrheit blieb, umso besser. Er hatte Vivianas Reaktion bemerkt und beschloss, sie nichts mehr zu fragen.

Sie schien sehr vertrauensvoll zu sein, und er würde früher oder später herausbekommen, was er wissen wollte. Im gleichen Moment dachte er, wie leicht ihr Vertrauen ausgenutzt werden könnte, und ärgerte sich über ihren Begleiter, der nicht besser auf sie aufpasste.

»Das klingt« – sie machte eine winzige Pause – »spannend.«

Julian brach in Gelächter aus.

»Sollte ich deiner Meinung nach einen aufregenderen Beruf haben?«

»Nicht, wenn es nicht dein Wunsch ist, ein aufregendes Leben zu führen.«

»Ich bin also ein Langweiler.«

Viviana schlug erschrocken die Hand vor den Mund.

»Es tut mir leid, habe ich dich beleidigt?«

»Überhaupt nicht, du hast bloß festgestellt, dass ich nicht sehr heldenhaft bin. Aber das macht nichts, denn immer wenn ich die Gelegenheit habe, jemanden mit den ausstehenden Zinsen ins Schwitzen zu bringen, nutze ich das aus, das kannst du mir glauben.« Er zwinkerte ihr zu, und sie lachte erleichtert.

»Welcher verwegeneren Beschäftigung sollte ich denn stattdessen nachgehen?«

Viviana rieb sich das Kinn.

»Die Möglichkeit zu haben, jemanden ins Schwitzen zu bringen, ist schon ein großer Vorteil. Das hatte ich nicht bedacht. Ich erkenne jetzt die verborgenen Reize einer Steuerprüfung.«

»Ich finde, dass ich bei dieser Betrachtungsweise extrem schlecht wegkomme«, beschwerte sich Julian.

»Wenn du besser dastehen willst, musst du eben einen Beruf wählen, bei dem du täglich dein Leben aufs Spiel setzen kannst. Das ist sehr heldenhaft und überhaupt nicht langweilig.«

»Aber generell ein bisschen kurzlebig.«

»Nicht, wenn man den richtigen Beruf hat.«
»Und welcher wäre das?«
»Vorkoster.«
Er blieb stehen und guckte sie verdutzt an.
»Ich habe mir sagen lassen, die leben auch sehr gefährlich und entwickeln sogar, wenn sie Glück haben, einen ordentlichen Leibesumfang.«
»Tatsächlich, wer hat dir das erzählt?«
Das fröhliche Lächeln auf ihren Lippen verschwand, und sie verstummte plötzlich. Wieder stand dieser seltsame Ausdruck in ihren Augen. Der Moment wurde von einem Fuhrwerk unterbrochen, das sich mühsam durch die enge Straße kämpfte. Sie stellten sich in eine Toreinfahrt, um das Ochsengespann vorbeizulassen.
»Ist es noch weit?« Viviana schien sich plötzlich zurückzuziehen. Was hatte er gesagt, das sie verstört hatte?
»Nein, wir sind gleich da«, erwiderte er leichthin und ging etwas schneller. Sie erreichten den großen Domplatz, der sich unmittelbar vor ihnen öffnete. Die Kathedrale glänzte golden im Abendlicht und bot einen spektakulären Anblick. Viviana blieb stehen.
»So stelle ich mir die goldenen Paläste im Morgenland vor.«
»Ich glaube nicht, dass sie dort tatsächlich mit Gold bauen.«
Viviana blickte Julian ob seiner ernüchternden Bemerkung vorwurfsvoll an.
»Ich kann nicht anders, das liegt an meiner Arbeit«, sagte er entschuldigend. »Gold wäre einfach zu teuer.«
»Unermessliche Schätze gibt es also nicht!«
Er schüttelte den Kopf.
»Alles lässt sich zählen.«
»Wie enttäuschend.«
Sie gingen über den Platz, und Julian erklärte: »Baubeginn

war unter dem alten König Henry. Aber es kommt immer noch eine Kleinigkeit dazu.«

»Und was das alles kostet!«, bemerkte Viviana missbilligend.

Julian lachte.

»Du machst dich über mich lustig.«

»Nein, ganz und gar nicht.« Sie schüttelte so vehement den Kopf, dass ihre Zöpfe flogen, lächelte aber gleichzeitig. Sie erreichten die Kathedrale.

»Es ist sehr beeindruckend.« Viviana blickte an den massiven Türmen hoch.

»Wollen wir hineingehen?«, fragte Julian.

»Können wir?«

»Natürlich« – er griff an den eisernen Knauf –, »solange diese Tür nicht abgeschlossen ist.«

Viviana blickte sich um, als Julian die Tür öffnete.

»Viviana, du bist aber nicht sehr abenteuerlustig!«

»Natürlich bin ich das!«, antwortete sie empört.

Er zwinkerte ihr zu und machte eine einladende Geste. Es war kühl und dämmrig im Turm.

»Ich glaube, wir dürfen hier nicht sein«, flüsterte Viviana besorgt.

»Ach was. Wir klettern in den Turm hinauf. Ich bin gespannt auf die Aussicht.«

Sie stiegen die steinernen Stufen empor.

»Was, wenn wir jemandem begegnen?«

»Was soll schon groß passieren? Man wird uns wegschicken.«

»Ich dachte, du hältst dich immer an Regeln, Julian.«

Er drehte sich um.

»Ich hatte geglaubt, die Frage bezöge sich nur auf meinen Beruf.« Er lächelte Viviana unschuldig an. »Mein Privatleben ist selbstverständlich eine gänzlich andere Sache.«

»Ach so.«

Etwas außer Atem erreichten sie schließlich das obere Ende der Treppe und traten ins Freie. Unterhalb von ihnen lag die Stadt. Die Luft war ein bisschen dunstig, aber man konnte weit in das Umland sehen, das von der tiefstehenden Sonne in ein warmes Licht getaucht wurde.

»Na, habe ich zu viel versprochen?«, fragte Julian und drehte sich um. Das Abendlicht, das die Landschaft so wunderbar vergoldete, lag nun auf Viviana. Sie lächelte, und ihre ausdrucksvollen, dunklen Augen waren auf ihn gerichtet.

»Danke, dass du mich hierhergebracht hast.«

Julian hatte das überwältigende Gefühl, dass er in diesem Moment alles für sie getan hätte. Sie blickten eine Weile schweigend hinunter auf die Stadt.

»Guck mal, ist das Rinaldo?«

Julian kniff die Augen halb zusammen, und sein Blick folgte Vivianas ausgestreckter Hand, die nach unten zeigte. Ja, das könnte er sein. Er war ziemlich weit entfernt, aber er befand sich in einer Straße, die gerade von dem Domplatz wegführte und daher gut einsehbar war. Viviana wandte sich zum Gehen.

»Wir sollten lieber gehen, ich will nicht, dass er sich Sorgen macht.«

Julian warf einen letzten Blick auf den großen Mann, der aber zu weit entfernt war, um sein Gesicht genau erkennen zu können. Jetzt sprach er mit jemandem und ging in ein Haus. Hatte Rinaldo nicht gesagt, er sei das erste Mal in Exeter? Zumindest hatte es so geklungen. Mit wem spricht er dann? Julian folgte Viviana, die eilig die Treppen hinabstieg. Für einen Moment hatte er vergessen, dass dies eine Untersuchung und kein Ausflug war.

Etwa eine halbe Stunde später saßen sie zu dritt beim Abendessen im »Red Inn«. Viviana hatte Rinaldo erzählt, dass sie ihn vom Turm der Kathedrale aus gesehen hatten, aber er hatte den Kopf geschüttelt. Er hätte bis vor einer Viertelstunde geschlafen. Sie hatte das so hingenommen und weiter von ihrer Turmbesichtigung berichtet, aber Julian war sich fast sicher, dass er Rinaldo in der Stadt gesehen hatte.

»Ja, es ist ein großartiger Ausblick. Wenn Sie morgen noch hier sind, sollten Sie auf jeden Fall auch auf den Turm steigen.«

Rinaldo reagierte zurückhaltend. Er misstraut mir, dachte Julian und fuhr fort: »Leider breche ich morgen nach Reading auf. Ich muss Dokumente und ein Pferd überführen.«

»Sie überführen ein Pferd nach Reading?«

Die Falle war zugeschnappt. Reading lag auf dem Weg nach Saint Albans, und aus irgendeinem Grund hatten Rinaldo und Vivian nur einen Maulesel. Es drängte sich also geradezu auf, dass sie sich Julian anschlossen.

»Wir reisen in die gleiche Richtung!«, sagte Vivian erfreut, wurde aber durch einen warnenden Blick Rinaldos davon abgehalten, weitere Einzelheiten zu erzählen. Kurz darauf verabschiedete sich Julian, er hätte noch Vorbereitungen für seine Abreise zu treffen. Und tatsächlich musste er auf die Schnelle ein Pferd auftreiben.

»Warum bist du so misstrauisch, Rinaldo? Wir haben doch nichts zu verbergen?«

Viviana betrachtete ihren Weggefährten, der sie nachdenklich und fast ein bisschen schmollend ansah.

»Es ist einfach besser, wenn man vorsichtig ist. Was wissen wir denn über diesen Julian?«

»Er ist ein Beamter des Königs, so etwas wie ein Rechnungsprüfer.«

»Hat er gesagt, was er in Exeter macht?«

»Nein. Ich habe ihn nicht gefragt, damit er mir nicht die gleiche Frage stellen würde.« Viviana war überrascht, dass Rinaldo ihre neue Bekanntschaft so offensichtlich ablehnte. »Ich bin sicher, er hätte es mir gesagt, wenn ich es hätte wissen wollen.«

»Hat er gefragt, wohin wir wollen?«

»Nein.«

Rinaldo ließ die Gelenke seiner Finger knacken und sah nachdenklich vor sich hin.

»Nach Reading haben wir den gleichen Weg. Wenn er ein Pferd überführt und wir uns ihm anschließen, kämen wir erheblich schneller voran.« Warum wollte Rinaldo diese wunderbare Gelegenheit nicht wahrnehmen?

»Hat er dir Avancen gemacht?«

»Mir? Nein, überhaupt nicht. Also wirklich, Rinaldo, wahrscheinlich ist er einfach ein ehrbarer, freundlicher Reisender mit einer Frau und fünf Kindern zu Hause, der sich langweilt und Gesellschaft sucht.«

Rinaldo murmelte etwas Unverständliches. Viviana blickte ihn stirnrunzelnd an.

»Was?«

»Du kannst natürlich tun, was du möchtest, Viviana.«

»Oh, Rinaldo, nun hör aber auf!« Sie streckte die Hand über den Tisch und legte sie auf seinen Unterarm.

»Wenn du partout nicht mit ihm reisen möchtest, dann werden wir eben allein weiterreisen. Das hat bisher ja auch gut geklappt.«

»Allerdings wären wir beritten erheblich schneller.« Rinaldo rang mit sich.

»Und zu dritt wäre es auch sicherer«, pflichtete Viviana ihm bei, die wirklich sehr gerne ihre Bekanntschaft mit Julian vertiefen wollte.

»Na gut. Mir ist zwar nicht wohl bei der Sache, aber die Vorteile liegen auf der Hand.« Er blickte Viviana an. »Sei nicht zu vertrauensselig, die meisten Menschen führen etwas im Schilde.«

Die Sonne war gerade untergegangen, und der Stalljunge hatte die Laternen im Hof angezündet, als Julian auf einem eleganten Braunen durch die Toreinfahrt geritten kam. Viviana saß auf ihrem Strohballen und beobachtete diesmal die Glühwürmchen, die im angrenzenden Garten auf Brautschau waren. Die Hühner waren bereits in ihrem Stall eingesperrt worden, damit sie nicht Opfer herumstreunender Hunde wurden.

»Weißt du, wo der Stalljunge ist?«, fragte Julian Viviana und glitt aus dem Sattel.

»Ich glaube, er isst zu Abend.« Viviana kam zu ihm herüber. »Soll ich ihn holen?«

»Nein, das mache ich schon. Könntest du das Pferd halten?«

»Gerne.«

Ihre Hände berührten sich einen Augenblick zu lang. Er musste sofort damit aufhören, überhaupt in diese Richtung zu denken, rief sich Julian zur Ordnung. Viviana streichelte die Nüstern des Pferdes. Diese Geste kam ihr seltsam vertraut vor, und sie bemerkte, dass sie einfach davon ausgegangen war, dass sie reiten konnte. Sie ging um das Pferd herum und betrachtete den Sattel und das Zaumzeug. Ja, sie war sich sicher, dass sie in ihrer Vergangenheit geritten war. Julian kam zurück, im Schlepptau den kauenden Stalljungen. Viviana überließ ihm den Zügel. Julian blickte sie an.

»Ein nettes Plätzchen da.« Er machte eine Bewegung zu dem Strohballen.

»Das stimmt.« Sie ging wieder zu ihrem Sitzplatz, und er folgte ihr.

»Viviana, du hast vorhin gesagt, dass ihr in dieselbe Richtung wie ich reist. Wo wollt ihr denn hin?«

»Wir wollen nach Saint Albans.« Viviana hatte nicht das Gefühl, ein großes Geheimnis preiszugeben, wenn sie Julian sagte, was das Ziel ihrer Reise war.

»Ah, da bin ich auch schon mal gewesen. Reading liegt in der gleichen Richtung, wollen wir nicht zusammen reisen?« Er stellte diese Frage in dem denkbar unschuldigsten Ton, wie jemand, der gerne den Schutz und die Gesellschaft von zwei weiteren Reisenden genießen wollte.

»Ja, der Gedanke war uns auch gekommen. Das wäre nett. Allerdings müsste dann einer von uns dein zweites Pferd reiten.«

»Das ist ja klar.«

»Sehr schön, ich freue mich.« Sie lächelte ihn vergnügt an. Es gab Julian einen Stich, sie zu belügen, während er sich erneut fragte, in welcher Beziehung sie zu dem Südländer stand. Als hätte er Julians Gedanken gehört, öffnete sich die Tür, und Rinaldo trat aus dem Schlafsaal.

»Ihre Schwester hat mir gerade gesagt, dass wir ein Stück des Weges gemeinsam reiten wollen«, begrüßte er ihn gut gelaunt.

»Ja, das bietet sich an.« Rinaldos Blick fiel auf den Burschen, der gerade den Sattel des Pferdes über den Holm der offenen Box hievte.

»Ist das das Tier?«

»Ja.«

»Wie kommt es, dass es schon Sattel und Zaumzeug hat?«

»Es wurde seinem Besitzer gestohlen, und ich bin sicher, dass er alles zurückhaben will«, log Julian, ohne mit der Wimper zu zucken.

»Nun, wir sind Ihnen dankbar, wenn Sie uns ein Reittier überlassen«, sagte Rinaldo höflich.

»Kein Problem.«

»Unser zweites Maultier hat sich ein Gelenk gezerrt, und wir mussten es zurücklassen. Wir haben leider nicht die Mittel, uns ein neues zu kaufen.«

Oder für Viviana ein paar ordentliche Schuhe, dachte Julian mit einem Blick auf die nackten Füße neben sich im Stroh. Er stand auf und gähnte.

»Ich will morgen bei Tagesanbruch los, passt Ihnen das?«

Rinaldo nickte und ging zurück in den Schlafsaal.

»Dein Bruder scheint mir aber nicht froh darüber zu sein, dass wir gemeinsam weiterreisen?«

Viviana seufzte.

»Er ist Fremden gegenüber sehr misstrauisch. Aber ihr werdet euch ja bald besser kennenlernen, und dann ist er ein anderer Mensch!«

Ja, diesen anderen Menschen würde Julian nur zu gerne näher kennenlernen, aber er hatte das Gefühl, dass Rinaldo das anders sah.

~ 7 ~

Sie waren alle ein bisschen verschlafen, als sie sich früh am nächsten Morgen wieder im Hof zusammenfanden. Nach einem schnellen Frühstück wurde aufgesessen.

Rinaldo hob Viviana in den Sattel, und sie merkte sofort, dass ihr Gefühl sie gestern nicht getrogen hatte. Sie fühlte sich völlig sicher. Rinaldo stieg auf sein kräftiges Maultier, und Julian fragte sich, wie weit das Tier den großen, schweren Mann wohl tragen konnte. Er würde es im Laufe des Tages herausfinden, dachte er und schwang sich auf seinen Fuchs. In der Stadt herrschte trotz der frühen Stunde schon reger Betrieb, und sie mussten sich auf die Straße konzentrieren. So bemerkte auch keiner von ihnen die Gestalt, die ihnen in sicherem Abstand folgte.

Wie viel angenehmer es doch war, auf dem Rücken eines Pferdes zu reisen als zu Fuß zu gehen! Viviana sah sich um. Die Morgenluft roch aromatisch nach Sommer, und es würde ein heißer Tag werden. Sie hatte die Ärmel ihres Kleides hochgekrempelt, und die warme Luft strich über ihre Haut. Welch ein Glück, dass sie Julian kennengelernt hatten. Rinaldo hatte gesagt, dass es nach Saint Albans über zweihundert Meilen waren. Bei dem Tempo, das sie bisher zu Fuß geschafft hatten, würden sie mehr als zwei Wochen unterwegs sein, und Viviana bezweifelte, dass ihr Geld bis dahin reichen würde. Sie blickte zu Julian, der vor ihr ritt. Seine dunkelblonden, schulterlangen

Haare waren im Nacken lose zusammengebunden. Die Sonne hatte zahlreiche Strähnen heller gebleicht. Ob er eine Frau hatte? Es war unwahrscheinlich, dass ein gut aussehender Mann, der zudem sehr nett war, keine Frau hatte. Er trug ein ärmelloses Hemd aus Leinen, und die Haut seiner sehnigen Arme war gebräunt. An seiner Seite hing ein schmales, kurzes Schwert. Die Straße verbreiterte sich, und Viviana trieb ihr Pferd an und holte zu Julian auf.

»Wie weit ist es bis Reading?«

»Das hängt von unserer Schnelligkeit ab. Wir könnten fast eine Woche unterwegs sein.«

»Ist es auf den Straßen gefährlich?«

»Auf den Straßen ist es immer gefährlich.«

»Haben wir noch mehr Waffen als dein Schwert?«

Julian lachte.

»Ich bin mir sicher, dein Bruder hat eine Waffe.«

»Natürlich!« Fast hätte sie sich verplappert. »Aber ich habe keine Waffe.«

»Du brauchst auch keine Waffe, du bist eine Frau.«

»Aber wenn ich mich verteidigen muss?«

»Dein Bruder und ich werden dich verteidigen.«

Viviana runzelte die Stirn.

»Was? Glaubst du nicht, dass ich dich verteidigen könnte?«

»Doch, aber drei Kämpfer sind besser als zwei.«

Julian blickte Viviana neugierig an. Sie war eine seltsame Frau. Manchmal erschien sie ihm unbedarft wie ein Kind, und doch war sie sehr selbstständig. Er beugte sich nach hinten, griff in eine seiner Satteltaschen und zog einen schmalen Dolch hervor.

»Hier. Ich möchte nicht, dass du dir Sorgen machen musst.«

Viviana nahm den Dolch und befestigte ihn an ihrem Gürtel.

»Danke sehr«, sagte sie würdevoll und überhörte seine Ironie.

Julian schmunzelte und betrachtete die zierliche Frau neben sich. Er konnte sich nicht vorstellen, dass sie den Dolch je gebrauchen würde, aber man wusste ja nie. Er jedenfalls hatte die feste Absicht, sie gegen jeden Wegelagerer zu verteidigen.

»Bist du schon einmal überfallen worden?«

»Auf der Straße?«

»Überhaupt.«

Julian war schon zahlreiche Male angegriffen worden und hatte diverse Narben, die von Kämpfen auf Leben und Tod zeugten. Das war seiner Arbeit geschuldet. Aber bisher hatte er immer Glück gehabt, und sicherlich half auch, dass er ein ausgezeichneter Schwertkämpfer war.

»Nun, es gab schon einige brenzlige Situationen. Wenn man so viel unterwegs ist wie ich, lässt sich das nicht vermeiden.«

»Erzähl doch mal.«

»Sie sind aber sehr blutrünstig, Madame.«

Viviana nickte übertrieben eifrig und zwinkerte ihm zu. Julian streckte seinen nackten Arm zu ihr hinüber und deutete auf die lange Narbe, die sich von seinem Bizeps bis zu seinem Unterarm zog.

»Die hat mir ein Schurke im Wald vor Canterbury beigebracht.«

Viviana trieb ihr Pferd näher zu Julian und betrachtete den weißen Streifen auf der braunen Haut.

»Und?«

»Und was?«

»Was hast du gemacht?«

»Ich habe meinem Pferd die Sporen gegeben, was sonst.«

Viviana machte ein enttäuschtes Gesicht.

»Lass dir gesagt sein, dass es ratsam ist, sein Heil in der Flucht zu suchen, wenn es möglich ist.«

»Ist er dir nicht gefolgt?«

»Nein, ich habe meine Satteltaschen abgeworfen, und das war es ja, was der Räuber wollte.«

»Klingt irgendwie nicht heldenhaft«, beschwerte sich Viviana.

»Darf ich dich daran erinnern, dass ich nicht einer von diesen Recken bin, die ihren Lebensunterhalt damit bestreiten, von einem Turnier zum anderen durchs Land zu reisen. So einer hätte sich wahrscheinlich sogar auf einen Kampf gefreut.«

Sie lachte ihn an.

»Nein, es war sicherlich das Vernünftigste, was du tun konntest.«

»Allerdings.«

»Aber jetzt könntest du dir eine großartige Geschichte ausdenken, wie du zu der Narbe gekommen bist.«

»Warum?«

Viviana verdrehte die Augen.

»Um anderen Leuten zu imponieren.«

»Das stimmt natürlich. In der nächsten Schenke könnte ich eine wilde Heldengeschichte erfinden. Allerdings könnten sich dann einige Burschen herausgefordert fühlen, und ich kann ja nicht immer das Weite suchen und mein Gepäck zurücklassen.«

»Ich dachte auch eher an Damen.«

Viviana genoss ihre unbeschwerte Unterhaltung mit Julian. Er war ein anderer Reisegefährte als Rinaldo, der wenig sprach. Julian hatte nicht gleich auf ihre letzte Bemerkung geantwortet und blickte sie jetzt unergründlich an. Sie zog fragend die Augenbrauen hoch.

»Das macht Eindruck auf Damen?«, fragte er schließlich.

»Aber ja. Du kannst mir nicht erzählen, dass du das nicht schon wusstest.«

Sie schäkert mit mir, dachte Julian und warf einen Blick über die Schulter zu Rinaldo, der hinter ihnen ritt. Aber er schien ihrer Unterhaltung keine Beachtung zu schenken, sondern brütete vor sich hin. Julian wandte sich wieder Viviana zu.

»Beeindruckt es dich auch?«

»Wie denn, ich kenne ja schon die Fluchtgeschichte.« Sie lachte fröhlich.

Am späten Vormittag wurde es unerträglich heiß, und sie beschlossen, eine Pause zu machen, ehe die Straße in den Wald führte und gute Rastplätze schwerer zu finden waren. Ein Stück abseits der Straße gab es einen kleinen Hain aus Birken, der Schatten spendete. Rinaldo stieg von seinem Maultier und sah sehr erschöpft aus.

»Der Bach, der die Straße vorhin begleitet hat, muss hier irgendwo sein. Ich werde nachsehen, damit wir die Pferde tränken können.« Julian bahnte sich seinen Weg durch das hohe Gras. Viviana setzte sich neben Rinaldo, der mit geschlossenen Augen an einem der Birkenstämme lehnte. Sie stupste ihn an und reichte ihm den Wasserschlauch.

»Du verstehst dich wirklich gut mit ihm, was?«

»Ja, er ist nett und unterhaltsam.« Viviana hatte das Gefühl, sich rechtfertigen zu müssen. »Gott sei Dank sind wir heute nicht zu Fuß unterwegs.«

Rinaldo nickte widerstrebend.

»Und hast du herausgefunden, ob er eine Frau und fünf Kinder hat?«

»Warum sollte ich das?«

Rinaldo richtete sich auf.

»Viviana, ich habe kein Recht, dir vorzuschreiben, was du tun und lassen solltest. Aber ich möchte zu bedenken geben, dass, wenn du dich ihm gegenüber so ungezwungen verhältst, er einen falschen Eindruck von dir bekommen könnte.«

»Aber ich unterhalte mich doch nur«, sagte sie wider besseres Wissen.

»Männer sind nun mal Männer. Außerdem wird er sich wundern, dass ich, als dein Bruder, dich gewähren lasse.«

Viviana seufzte.

»Das stimmt. Wollen wir ihm nicht einfach erzählen, was mit mir passiert ist? Es ist ja nicht so, dass ich etwas verbrochen hätte.«

»Das könnte ihn nur noch mehr in dem Glauben bestärken, dass du Freiwild und damit leicht zu haben bist.«

»Ich glaube nicht, dass er so etwas denkt!«, sagte Viviana mit Nachdruck.

»Täusch dich nicht, Viviana.«

Das kalte, klare Wasser tat gut. Julian nahm erneut einen Schluck und wusch sich dann Gesicht und Hände. Einen Moment hockte er am Ufer und starrte in das plätschernde Wasser. Er wusste einfach nicht, was er von Viviana halten sollte. Sie war offen und zugleich zurückhaltend. Ihr Englisch war ausgezeichnet, und ihre Wortwahl ließ darauf schließen, dass sie nicht aus der niederen Gesellschaftsschicht kam. Und doch war sie ärmlich gekleidet. War sie davongelaufen? Aber sie verhielt sich nicht wie jemand, der fürchtete, verfolgt zu werden. Zudem war ihr Benehmen das einer selbstständigen Frau und nicht das einer entlaufenen Tochter. Ihre Schönheit schien sie nicht zu kümmern, und doch sollte man annehmen, dass eine so überdurchschnittlich gut aussehende Frau sich ihrer Wirkung auf Männer bewusst war. Entweder war sie vorsichtig, oder sie setzte ihr Aussehen bewusst ein. Aber nichts dergleichen konnte er in Vivianas Verhalten feststellen. Sie war einfach sie selbst, und diese Person war dabei, Julians Herzen gefährlich nahezukommen.

Während Julian die Pferde und das Maultier tränkte, packte Viviana das Proviantpaket aus. Es enthielt ein rundes Brot mit harter Kruste, einen Ziegenkäse und fünf dicke Scheiben kalten Braten. Sie waren, als sie von der Straße abbogen, an einem langgestreckten Brombeergebüsch vorbeigekommen, und Viviana ging zurück, um einige von den reifen Früchten einzusammeln. Als sie mit ihrem provisorischen Taschentuchbündel voller Beeren zurückkam, war Julian auch wieder da.

»Ist es nicht herrlich, so ein schöner Sommertag!« Sie reichte Julian ein Stück Brot und eine Scheibe Braten.

»Ein bisschen zu warm für einen Reisetag«, antwortete er, und Rinaldo nickte.

»Es ist sehr heiß. In meiner Heimat macht man eine lange Mittagspause, man verschwendet sonst zu viel Kraft, um gegen die Hitze anzuarbeiten.«

Julian blickte in den wolkenlosen blauen Himmel und dann auf den dicken Rinaldo, der an dem Baumstamm lehnte und schwitzte.

»So sollten wir es heute auch halten. Statt dass wir uns durch die Mittagshitze kämpfen, sollten sich die Tiere ausruhen. Wenn wir erst am Nachmittag weiterziehen, werden wir schneller vorankommen. Außerdem ist es lange hell und« – er blickte wieder in den Himmel – »wenn das Wetter hält, haben wir Mondschein. Es ist bald Vollmond.«

»Ja, so sollten wir es machen«, sagte Rinaldo, als er von Viviana ein Stück Käse in Empfang nahm.

Nach dem Mittagessen legten sie sich alle ins Gras unter die schattigen Bäume und dösten vor sich hin. Außer den Grillen war nichts zu hören, und die Luft stand flimmernd über der Wiese. Ab und zu hörten sie das Schnauben der Pferde und das Klirren des Zaumzeugs, wenn sich eines der Tiere schüttelte, um ein paar Fliegen abzuwehren.

Viviana betrachtete die Baumkronen über sich. Eine leichte Brise bewegte ab und zu die obersten Blätter, sonst regte sich nichts. Wieder fühlte sie diesen tiefen Frieden. Sie wünschte nichts, sie wollte nichts, dieser Augenblick war perfekt. Es wunderte sie, dass sie so empfand, da ihre Zukunft ungewiss war und sie eigentlich alles andere als zufrieden sein müsste. Aber es war nun einmal so, und sie beschloss, es einfach zu genießen. Nach einer Weile drehte sie den Kopf und blickte auf Julian, der ein Stück entfernt neben ihr lag. Er hatte die Augen geschlossen, und seine hageren Züge waren entspannt. Seine Nase war leicht gebogen und vielleicht ein wenig zu groß. Ein paar helle Haarsträhnen fielen ihm über die Stirn, in seinen Augenwinkeln konnte sie kleine Falten entdecken. Die gebräunten Arme hatte er vor der Brust verschränkt, die sich regelmäßig hob und senkte. Sie ertappte sich bei dem Gedanken, dass sie ihn gerne küssen würde, und dachte an Rinaldos Warnung. Er sollte lieber Julian vor ihr warnen als umgekehrt! Julian streckte sich, öffnete die Augen und blickte sie an.

»Na, genug geschlafen?«

»Ich habe nicht geschlafen.«

»Es sah sehr danach aus.«

Julian richtete sich auf. Es ertönte ein Schmatzen, und plötzlich zerteilte Rinaldos Schnarchen die mittägliche Stille. Sie blickten sich an und unterdrückten ein Lachen. Viviana stand auf und schüttelte ihr Kleid aus. Unternehmungslustig sah sie sich um.

»Hatten wir uns nicht darauf geeinigt, uns bis zum Nachmittag auszuruhen?«

»Ihr alten Männer vielleicht.«

»Alte Männer?« Julian blickte sie entrüstet an. »Welche alten Männer?«

»Ich sehe mich ein bisschen um.«

Julian stand auf.

»Ich komme mit.«

»Du kannst gerne weiterschlafen.«

»Ich habe nicht geschlafen! Und außerdem kann ich dich hier nicht allein herumlaufen lassen.«

»Warum nicht? Hier ist doch niemand.«

»Wie kannst du dir da so sicher sein?«

»Es ist einfach unwahrscheinlich.«

Sie gingen über die Wiese und hinterließen eine Spur im hohen Gras.

»Auch unwahrscheinliche Sachen passieren.«

»Gut, dann sagen wir, dass das Unwahrscheinliche passiert und sich hier doch jemand aufhält. Warum sollte diese Person mir feindlich gesinnt sein?«

»Es könnte aber sein.«

»Aber die Wahrscheinlichkeit ist nicht sehr hoch. Das Ganze kombiniert mit der geringen Wahrscheinlichkeit, dass sich überhaupt ein Fremder hier aufhält, resultiert in einer noch geringeren Wahrscheinlichkeit der ersten Annahme.«

Julian starrte sie verdutzt an.

»Das Ergebnis unserer Betrachtung ist folglich, dass die Anwesenheit einer anderen Person hier als unwahrscheinlich gelten kann«, fuhr Viviana unbeirrt fort und lächelte ihn zufrieden an.

»Du bist wirklich eine sehr ungewöhnliche Frau, Viviana.«

»Bloß weil ich logisch denken kann?«

»Das ist es nicht.«

»Was ist es dann?«

Er brauchte nicht zu antworten, denn im selben Augenblick erreichten sie den Bach. Er floss an dieser Stelle durch eine Senke und breitete sich in einem Kiesbett aus. Julian hob einen flachen Kiesel auf und schleuderte ihn über das Wasser. Viviana bückte sich, um ebenfalls einen Stein aufzuheben.

»Du musst dir einen möglichst flachen Stein suchen.«

»Den hier?«

»Der ist zu dick. Hier, probier diesen.«

Julian gab ihr einen nassen Kiesel, trat zu ihr und umfasste ihr Handgelenk.

»So musst du werfen.« Er führte Vivianas Hand, und es war, als hätte er sie im Arm. Sie drehte ihren Kopf, und ihre Gesichter waren sehr nah beieinander. Julian starrte in ihre dunklen Augen, und ihre geschwungenen Lippen waren direkt vor ihm. Er hörte, wie der Kiesel zu Boden fiel, und zog sie auch schon in seine Umarmung und begann sie leidenschaftlich zu küssen. Sie fühlte sich so gut an, und ihre Lippen waren so weich, dass er einen Moment lang die Kontrolle über sich verlor. Als er sie schließlich schwer atmend losließ und von sich schob, konnte er sich nicht erklären, was gerade geschehen war. Er räusperte sich.

»Viviana, es tut mir leid, ich weiß nicht, wie ich die Beherrschung verlieren konnte. Es tut mir leid«, wiederholte er sichtlich zerknirscht.

Sie griff nach seiner Hand. »Bitte sag nicht, dass es dir leidtut.«

»Das habe ich nicht damit gemeint. Aber es ist unehrenhaft, dass ich die Situation so ausgenutzt habe. Du bist hier allein mit mir, und dann darf ein Mann so etwas nicht tun.«

Viviana nickte schuldbewusst. Obwohl sie sich gewünscht

hatte, ihn zu küssen, wurde ihr schlagartig bewusst, wie unerhört sie sich verhalten hatte. Was musste er jetzt von ihr denken?

»Vergessen wir es.«

Julian blickte sie zweifelnd an.

»Wir sagen Rinaldo nichts davon und vergessen, was gerade geschehen ist, einverstanden?«

Er konnte sich nicht vorstellen, dass er das eben Geschehene einfach so vergessen könnte, nickte aber.

»Dann lass uns zurückgehen, Viviana, es ist an der Zeit, dass wir aufbrechen.«

Sie stiegen aus der Senke des Bachlaufes wieder hinauf auf die Wiese. Schweigend gingen sie nebeneinander her, als Julian plötzlich stehen blieb.

»Was ist das?«

»Eine Spur.«

Julian bückte sich und betrachtete das niedergedrückte Gras.

»Das ist kein Tier gewesen, dafür ist sie zu breit.«

Die Spur zog sich über den Hügel im Westen und führte in die Richtung ihres Lagers.

»Jemand ist zu unserem Lager gegangen, sieh, die Halme sind nur in dieser Richtung abgeknickt.« In Vivianas Stimme lag plötzlich Besorgnis. Ohne ein weiteres Wort rannten sie beide los. Wenige Minuten später sahen sie die Birken und in einiger Entfernung die Pferde. Sie verlangsamten ihren Schritt.

»Rinaldo?«, rief Viviana. »Rinaldo?«

Sie erreichten ihren Lagerplatz, aber von Rinaldo war nichts zu sehen.

»Jemand hat meine Satteltaschen durchwühlt«, bemerkte Julian, mit einem Blick auf sein Gepäck. Viviana lief um die Bäume herum.

»Rinaldo?« Ihre Stimme klang ängstlich.

Julian blickte sich suchend um. Dort war eine Spur, die vom Lager wegführte und in einem dichten Gebüsch verschwand. Viviana kam wieder zu ihm.

»Er antwortet nicht.« Sie blickte sich sorgenvoll um. »Es wird ihm doch nichts passiert sein?«

»Das werden wir gleich überprüfen«, sagte Julian grimmig und zog sein Schwert. »Bleib dicht hinter mir.«

Sie folgten der Spur bis zu der Stelle, an der sie in dem dichten Gebüsch verschwand. Es war deutlich zu erkennen, wo jemand durch die Blätterwand gebrochen war. Hinter dem Gebüsch begann der Wald, der sich von hier aus meilenweit in Richtung Osten ausbreitete. Julian schob die dünnen Zweige beiseite, und sie zwängten sich durch die Sträucher. Im Wald war es schattig und seltsam still, als hätten sie hinter dem Gebüsch nicht nur ihr Lager, sondern auch den Sommertag zurückgelassen. Viviana fröstelte unwillkürlich und folgte Julian auf der Spur durch das Dickicht.

»Hier haben Pferde gestanden«, flüsterte er und deutete auf die Hufabdrücke.

»Sie müssen eine Weile hier gewesen sein.« Viviana fuhr mit der Hand über die Zweige, an denen die Blätter abgefressen worden waren. Julian machte einige Schritte nach rechts.

»Hier sind sie zur Straße geritten.«

Obwohl die Straße nicht sehr weit entfernt war, konnte man sie durch das dichte Unterholz nicht sehen. Julian unterdrückte seinen Ärger. Wie hatte er so unaufmerksam sein können, dass ihm der Südländer durch die Lappen gegangen war? Wenn er nicht so mit Viviana beschäftigt gewesen wäre, wäre das nicht passiert. Mit wem hatte sich Rinaldo hier getroffen? Julian hatte genug von diesem Versteckspiel, er würde Viviana ein paar Fragen stellen müssen, wenn sie wieder am Lager ankämen. Es war auffällig, dass sie so gar keine Informationen über sich preisgab. Jeder Mensch erwähnte irgendwann einmal etwas über sein Leben. Er blickte zu ihr hinüber, wie sie konzentriert den Waldboden abschritt. Sie war sicher keine gewöhnliche Frau aus bescheidenen Verhältnissen, wie ihre Ausstattung, oder vielmehr der Mangel derselben, ihn glauben machen wollte. Julian bereute, dass er sie geküsst hatte. Wenn Rinaldo der Kurier war, dann musste Viviana mit ihm unter einer Decke stecken. Nur, warum hatten sie dann zugestimmt, mit ihm zusammen weiterzureisen? Natürlich, um ihn im Auge zu behalten. Aber wie konnten sie erfahren haben, dass er ein Agent des Königs war? Das alles ergab keinen Sinn. Wahrscheinlich gab es eine einfache Erklärung, und seine Phantasie ging bloß mit ihm durch, weil er sich ärgerte, dass er nicht wusste, was es mit Rinaldos Verschwinden auf sich hatte.

»Es gibt hier nichts mehr zu sehen, lass uns zurück zum Lager gehen«, sagte er brüsk und stapfte davon. Viviana folgte ihm überrascht. Sie hatten das Gebüsch fast erreicht, als sie das Knacken von Zweigen und lautes Rascheln hörten. Etwas Großes kam aus dem Unterholz direkt auf sie zu. Wenn sie jetzt auf eine Rotte Wildschweine oder eine Bache mit Frischlingen träfen, wären sie geliefert. Julian fasste sein Schwert fester und stellte sich breitbeinig hin. Die Blätter teilten sich, und ein großer, massiger Mann kam zum Vorschein. Es war Rinaldo. Er stieß einen kleinen, hellen Schrei des Erschreckens aus. Julian ließ das Schwert sinken.

»Rinaldo!«, rief Viviana erleichtert. »Wir dachten, dir wäre etwas passiert.«

»Mir? Warum? Ich war nur einmal kurz hinter dem Gebüsch.«

»Hast du mich denn nicht rufen hören?«

Rinaldo blickte Viviana an, als sie sich zwischen den Sträuchern hindurch auf die Wiese zwängten.

»Es gibt Situationen, in denen man nicht gestört werden möchte.«

»Wie lange dauerte denn dieser kurze Ausflug hinters Gebüsch?«

Rinaldo sah Julian indigniert an.

»Ich frage, weil jemand hier war und unsere Sachen durchwühlt hat.«

»Was?«

Rinaldo hastete zum Lagerplatz und zu seinem Bündel.

»Es scheint nichts zu fehlen«, meldete er wenig später. »Bei mir fehlt auch nichts«, sagte Julian, als er seine Satteltaschen inspiziert hatte. »Allerdings trage ich Wertvolles grundsätzlich bei mir.«

»Das ist alles sehr merkwürdig«, sagte Rinaldo, als sie sich zu dritt ins Gras setzten.

»Warum hat der Dieb nichts mitgenommen? Warum hat er nicht wenigstens die Pferde gestohlen?«, fragte Viviana.

»Ein kleiner Gelegenheitsdieb würde sich nicht mit großen Tieren belasten, die er verkaufen müsste. Aber dass er so gar nichts mitgenommen hat, ist schon merkwürdig.«

»Und dann sind da noch die Spuren im Wald«, warf Viviana ein.

»Welche Spuren im Wald?«, fragte Rinaldo.

»Ganz in der Nähe hat ein Pferd gestanden, oder auch zwei.«

»Vielleicht haben die Spuren im Wald gar nichts mit dem Dieb zu tun?«, schlug Viviana vor. »Vielleicht ist er auf unserer Spur zurück auf die Straße, und die in das Gebüsch war einfach nur Rinaldos Spur?«

Julian schüttelte nachdenklich den Kopf.

»Wie dem auch sei, es fehlt nichts, und wir sollten uns allmählich auf dem Weg machen.« Rinaldo rutschte ungeduldig hin und her.

»Sollten wir nicht der Spur folgen, die über den Hügel hergeführt hat, die wir auf dem Rückweg entdeckt haben, Julian?«

Er betrachtete sie. Viviana brannte darauf, dieses Rätsel zu lösen. Nein, diese unverfälschte Begeisterung passte nicht zu jemandem, der in diese Sache verstrickt war. Der Dieb hatte nach etwas Bestimmtem gesucht. Was auch immer Rinaldo zu verbergen hatte, und es konnte ja nur Rinaldo sein, Julian wollte ihm nicht das Gefühl geben, dass er ihm misstraute. Er selbst hatte nichts von Wichtigkeit bei sich, und Viviana hatte kein Gepäck und schien nur die Kleider zu besitzen, die sie am Leibe trug. Rinaldo stand auf.

»Ich glaube, wir würden nur unsere Zeit verschwenden, Viviana. Wir haben heute noch einiges vor uns, und es wäre besser, wenn wir aufbrächen. Einverstanden?«

Viviana nickte widerwillig.

»Ich finde das alles sehr seltsam!«

»Ja, es ist merkwürdig, aber eines haben wir immerhin klären können«, sagte Julian, als sie Rinaldo zu den Pferden folgten.

»Was denn?«

»Dass deine Wahrscheinlichkeitsrechnung Unsinn war.«

»Sie war überhaupt kein Unsinn. Es ist eben die unwahrscheinliche Variante eingetreten. Das kann dann ja nur bedeuten, dass wir ab jetzt unsere Ruhe haben werden.«

»Dein Wort in Gottes Ohr!«

~ 8 ~

Wenig später ritten sie wieder auf der Straße, die zunächst am Waldrand entlangführte und nach etwa zwei Meilen in den Wald abbog. Zu beiden Seiten war im letzten Jahr abgeholzt worden, sodass die breite Schneise der Straße Licht und Sonne zu den Reisenden durchließ. Es war angenehm warm, im Straßengraben wuchsen Unmengen von Fingerhut, das Summen der Bienen und das Zwitschern der Vögel waren neben ihrem Hufgeklapper die einzigen Geräusche. Keiner von ihnen sprach, und Viviana starrte gedankenverloren vor sich hin. Diese Angelegenheit war sehr merkwürdig. Nichts war gestohlen worden, niemand war zu Schaden gekommen, und doch hatte man die Sachen durchwühlt. Warum? Hatte Julian tatsächlich etwas zu verbergen, wie Rinaldo annahm, und hatte er mit ihnen reisen wollen, damit er nicht allein irgendwelchen Verfolgern ausgesetzt war? Andererseits war er sicherlich der Wehrhafteste von ihnen. Trotzdem war er mit zwei Zeugen sicherer als allein. Widerwillig dachte Viviana an Rinaldo, über den sie eigentlich fast noch weniger wusste als über Julian. Andererseits hatten alle seine Taten auf ein ehrenhaftes, großzügiges Herz schließen lassen. Nein, auch wenn sie kaum etwas über ihn wusste, konnte sie ihm vertrauen. Aber konnte sie Julian vertrauen? Viviana wollte ihm gerne vertrauen. Sie dachte an ihren Kuss beim Bach, und ein heißes Kribbeln durchlief sie. Es war ein wunderbarer Kuss gewesen. Mehrmals hatte sie heute das Bedürfnis gehabt, ihn in ihre Geschichte einzuweihen.

Sie waren in so kurzer Zeit so vertraut miteinander geworden, als wenn sie sich schon ewig kennen würden. Es war nur natürlich, dass sie ihre Gedanken mit ihm teilen wollte. Aber Rinaldo hatte ihr ernsthaft davon abgeraten, und sie war sich sicher, dass er nur ihr Wohl im Sinn gehabt hatte. Sie konnte nichts anderes tun als abwarten. Viviana betrachtete die aufrechte Gestalt, die vor ihr ritt, und sie fragte sich erneut, ob Julians Herz bereits einer anderen Frau gehörte. Selbst wenn dem nicht so wäre, was wäre dann gewonnen? Sie wusste ja nicht einmal, ob nicht irgendwo eine Familie auf sie wartete. Wann würde sie endlich ihr Gedächtnis wiedererlangen?

Julian hatte geplant, in der kleinen Ortschaft Haxwell zu übernachten. So wie es jetzt aussah, würden sie das Gasthaus jedoch nicht vor Einbruch der Dunkelheit erreichen. Was zunächst ein Ritt durch einen lauschigen Sommerabend gewesen war, stellte jetzt ein unnötiges Risiko dar, das er leicht hätte vermeiden können. Er hatte sich treiben lassen, als machte er einen Sonntagsausflug. Julian ärgerte sich über sich selbst. Nun stand die Sonne schon tief, und zu allem Übel endete die Strecke, die abgeholzt worden war, dort hinten, und der Wald stieß direkt an die Straße. Missgelaunt trieb er seinen Fuchs an. Er würde von Haxwell eine Nachricht nach Westminster schicken, er brauchte Unterstützung, denn ab Reading würde es schwierig werden, Rinaldo weiter zu folgen.

Die Sonne ging langsam unter, und das Summen der Bienen am Straßenrand verstummte. Die Straße lag jetzt vollständig im Schatten der Bäume, und der Himmel über ihnen zeigte ein unwirkliches Abendrot, das nach einiger Zeit von einem Grau und schließlich von dem Schwarz der Nacht abgelöst wurde. Julians Pferd folgte dem ebenen Untergrund der Straße, die –

kaum zu erkennen – vor ihnen lag, bis endlich der Mond aufgegangen war und man wieder besser sehen konnte.

»Ist es noch weit?«, fragte Viviana leise hinter ihm.

»Nein, wir müssten bald da sein.«

Natürlich wusste jeder von ihnen, dass der seltsame Dieb mit oder ohne Komplizen ihnen hier im Wald auflauern könnte. Er hätte alle Vorteile auf seiner Seite, sicher verborgen hinter den Bäumen, während sie gut sichtbar im Mondlicht auf der Straße ritten.

Plötzlich stellte Julians Pferd die Ohren auf. Noch ehe er reagieren konnte, traf ihn etwas Hartes schmerzhaft an der Schulter, und er stürzte aus dem Sattel. Er hörte, wie Viviana erschreckt aufschrie.

»Von den Pferden und in Deckung!«, rief Julian und rappelte sich auf, das Schwert in der Hand. Von beiden Seiten kamen Männer aus dem Wald gestürmt. Dem ersten Räuber rammte Julian sein Schwert in den Bauch, noch ehe er seine Keule heben konnte. Die Axt des nächsten verfehlte ihn nur knapp, und er stand zwei Angreifern gleichzeitig gegenüber. Während er versuchte, beide in Schach zu halten, hörte er das panische Wiehern von Rinaldos Maultier und Geräusche von Füßen und Hufen und Metall, das auf Metall schlug. Ein Schlag traf Julian am Kopf, sodass er zu Boden ging. Blut rann über seine Stirn. Vor seinen Augen war für einen Moment lang alles verschwommen, dann bemerkte er, wie im Mondlicht Metall aufleuchtete, das auf ihn niedersauste. Er wirbelte herum, packte blitzschnell den hölzernen Griff des Speers, zog den überraschten Angreifer mit einem Ruck zu sich und hieb ihm mit dem Schwert in die Kniekehlen. Schreiend fiel dieser zu Boden. Julian sprang auf und drehte sich mit dem Schwert einmal um die eigene Achse. Er war benommen und versuchte, einen klaren Kopf zu bekommen. Der mächtige Axthieb, der auf seine Klinge traf, schleuderte seine Waffe auf die Straße. Julian zog seinen Dolch und sprang den Mann an, ehe er erneut ausholen konnte. Das scharfe Metall bohrte sich in den rechten Oberarm des Angreifers. Die Axt fiel zu Boden. Sie rollten in einem verbissenen Zweikampf über den Weg. Der Räuber war größer und schwerer als Julian, und Julian wurde zu Boden gedrückt. Große, schwielige Hände legten sich um Julians Kehle. Seine Finger tasteten verzweifelt über den sandigen Boden der Straße und stießen an etwas Hartes. Julians Hand schloss sich um den Stein, und mit letzter Kraft hob er seinen Arm und schlug den Stein, so hart er konnte, auf den Kopf seines Gegners. Stöhnend sackte der in sich zusammen, der Druck der Hände ließ nach, und Julian tat einen schmerzhaften Atemzug. Er blickte hoch und sah im gleichen Moment einen weiteren Räuber auf ihn zustürmen. Julian wollte sich bewegen und den Körper des Bewusstlosen von sich herabschieben, aber er lastete schwer auf ihm. Er hatte keine Waffe, um sich zu verteidigen, und lag wehrlos auf dem Boden. Der Räuber hatte ihn erreicht, ein wütendes Grinsen zog sich über sein Gesicht, als er mit seiner Axt ausholte. Im gleichen Moment, in dem das scharfe Metall auf ihn niedersauste, stemmte Julian den schlaffen Körper, der auf ihm lag, der Axt entgegen. Mit einem fürchterlichen Geräusch drang sie in den Rücken des anderen Räubers. Der Mann mit der Axt stieß ein wildes Brüllen aus, packte seinen toten Kumpanen am Arm und riss ihn von Julian herab, der nicht mehr genug Kraft hatte, um aufzuspringen. Wieder hob der Mann die Axt, als plötzlich etwas aus der Dunkelheit schoss. Viviana sprang dem völlig überraschten Räuber von hinten gegen den Rücken, sodass er strauchelte und auf die Knie fiel. Ehe er sich besinnen konnte, hatte sie ihn an den Haaren gepackt, riss seinen Kopf hoch und schnitt ihm mit einer einzigen Bewegung die Kehle durch. Blut spritzte pulsierend aus der klaffenden Wunde. Julian starrte Viviana mit offenem Mund an und erhob sich mühsam. Sie stand still neben dem toten Mann und starrte fassungslos auf den blutigen Dolch in ihrer Hand.

»Viviana?«

Der Dolch glitt aus ihren Fingern und fiel zu Boden. Julian fasste sie am Arm.

»Viviana?«

Sie blickte ihn mit riesigen Augen verstört an.

»Komm, Viviana.« Er drehte sie sanft von dem Toten weg und führte sie ein Stückchen weiter.

»Setz dich hier ein kleines Weilchen hin und ruh dich aus.« Er drückte sie ins Gras. »Ich bin gleich wieder da. Du bleibst hier brav sitzen, verstanden?«

Viviana nickte apathisch. Sie hat einen Schock, dachte Julian und strich ihr beruhigend über die Wange. Er humpelte zurück zum Kampfplatz und untersuchte die Männer, die dort lagen. Es waren fünf, und sie waren alle tot. Von Rinaldo oder den Reittieren keine Spur, so weit er das im Dunkeln erkennen konnte. Er blickte über die Schulter zu Viviana, die bewegungslos im Gras saß. Hier gab es vor Tagesanbruch nichts mehr zu tun, und er musste sich dringend um Viviana kümmern. Julian wusste, dass Menschen an einem schlimmen Schock sterben konnten. Er hatte gehört, dass einmal eine Frau vor Schreck tot umgefallen war, als der Kopf eines Hingerichteten anstatt in den dafür vorgesehenen Korb vor ihre Füße gerollt war. Er ging zurück zu Viviana und kniete sich neben sie. Sie sah ihn immer noch mit diesem seltsam unbeteiligten Blick an.

»Viviana, es ist alles gut.« Er nahm sie in die Arme und wiegte sie leicht hin und her. Nach einem Augenblick entspannte sich ihr Körper, und sie begann zu zittern. Er hörte sie schluchzen.

»Es ist alles gut«, wiederholte er leise und streichelte ihr über den Rücken. Nach einer Weile beruhigte sie sich.

»Wo ist Rinaldo?«

»Ich weiß es nicht, aber er ist nicht unter den Toten.«

Sie standen auf.

»Bist du verletzt, Viviana?«

»Nein. Aber du bist verletzt.«

»Es ist nicht so schlimm, wie es wahrscheinlich aussieht.« Julian stieß einen Pfiff aus und lauschte. Er pfiff noch einmal, und sie hörten ein Geräusch im Wald. Der Fuchs tauchte vorsichtig aus dem Unterholz auf.

»Komm schon, mein Junge, die Luft ist rein«, lockte Julian sein Tier, das zutraulich zu ihm hintrabte.

Julian hob Viviana in den Sattel und stieg dann selbst auf. Er dirigierte das Tier auf die Straße und in Richtung Haxwell. Er hatte einen Arm um Viviana gelegt, mit der anderen Hand hielt er die Zügel. Viviana saß quer vor ihm, hatte beide Arme um ihn geschlungen und lehnte mit geschlossenen Augen an seiner Brust. Sie hatte ihm das Leben gerettet! Doch die Art und Weise, wie sie es getan hatte, hatte ihn verwundert, ja, fast erschüttert.

Als sie Haxwell erreichten, war es schon spät. Nur noch wenig Licht drang durch die geschlossenen Läden auf die Straße, aber eine Laterne brannte vor dem einzigen Gasthof. Julian stieg mühsam vom Sattel und fing Viviana auf, die ihm förmlich entgegenfiel. Ein energisches Klopfen an der Tür rief den Wirt herbei, und sein erstaunter Aufschrei und das darauf folgende Lamento alle anderen Gäste ebenfalls. Sie wurden in die niedrige Gaststube geschoben und an einen Tisch gesetzt. Julian berichtete knapp von dem Überfall und bat dann um heißes Wasser und Leinenstreifen und ein Bad für Viviana. Außerdem wollte er wissen, was es zum Abendessen gäbe, und Wein bräuchte er auf der Stelle. Um dem Ganzen den nötigen Nachdruck zu verleihen, legte er mit einem satten Geräusch seinen Geldbeutel auf den Tisch. Der Wirt stürmte in die Küche, um das Mädchen zu wecken und dem Gast das Gewünschte zu bringen. Ein paar arme Seelen, die überfallen worden waren, hätte er sicher nicht abgewiesen, aber bei zahlenden Gästen war er deutlich zuvorkommender.

Viviana hatte die Augen geschlossen und hielt die Luft an. Sie spürte, wie ihre Haare im Wasser um sie herumschwebten. Sie blieb so lange in dem Badezuber untergetaucht, bis sie es nicht mehr aushielt und nach Luft ringend wieder hochkam. Nach ein paar Atemzügen tauchte sie wieder ab. Sie fühlte eine Beklemmung in sich aufsteigen, die immer größer wurde, sodass Viviana sie schließlich kaum noch aushalten konnte. Hier unter Wasser lauerte etwas auf sie. Etwas Verborgenes, es war ganz nah, und doch konnte sie es nicht erreichen. Sie wollte wissen, was es war, aber sie hatte Angst, große Angst. Sie hatte einen Menschen ermordet, ohne zu zögern hatte sie getan, was sie tun musste. Sie hatte dem Mann die Kehle durchgeschnitten. Viviana tauchte prustend wieder auf und ergriff das winzige Stück grober Seife, das neben ihr auf einem Hocker lag. Wieder spürte sie sein warmes Blut über ihre Hände rinnen. Erneut wusch sie sich die Hände, aber das Gefühl verschwand nicht. Schließlich ließ sie ihre Hände wieder in das inzwischen lauwarme Wasser sinken. Sie hatte Julian retten müssen, Gott würde das verstehen.

Nachdem sie sich abgetrocknet hatte und in ihr Unterkleid geschlüpft war, wickelte sie sich in den großen Wollumhang der Wirtin und ging hinaus in die Gaststube. Das Mädchen würde Vivianas Kleid in dem Badewasser einweichen, aber dass sich die Blutflecken herauswaschen ließen, hielt sie für unwahrscheinlich.

Julian saß mit einem Becher Wein am Feuer. Er hatte seine Wunden verbunden, aber er sah arg mitgenommen aus. Die Platzwunde über der Augenbraue würde eine Narbe hinterlassen, und seine linke Hand war verbunden.

»Wie fühlst du dich?«, fragte sie und legte besorgt ihre Hand auf seine. Er drückte kurz ihre Finger und lächelte sie an.

»Ich lebe noch. Und wie geht es dir?«

»Ich lebe auch noch. Hoffentlich ist Rinaldo nichts passiert. Hätten wir nicht nach ihm suchen müssen?«

»Wir waren beide nicht in der Verfassung, nach ihm zu suchen, Viviana. Du darfst dir keine Vorwürfe machen.«

»Aber wenn er irgendwo verletzt liegt?«

»Wenn er in der Nähe gelegen hätte, hätte er mein Pfeifen gehört und sich zu erkennen geben können. Vermutlich aber hat er das einzig Richtige getan, sich in den Wald geschlagen und sich versteckt.« Julian reichte Viviana einen Becher mit warmem Gewürzwein. »Unter den Toten auf der Straße war er nicht. Wir müssen also noch nicht das Schlimmste annehmen.«

Viviana blickte sich um. Die übrigen Gäste waren vom Wirt auf die andere Seite des Schankraumes beordert worden, um die Fremden nicht zu stören. Jetzt saßen sie dort und starrten Viviana an. Sie wandte sich schnell wieder Julian zu. Er war ihrem Blick gefolgt.

»Natürlich sind sie sehr neugierig.« Er zuckte mit den Schultern.

»Morgen werde ich mit einigen von ihnen zurückreiten und die Sache bei Tageslicht begutachten. Hoffentlich finden wir dann auch eine Spur von Rinaldo.«

Viviana nickte, blickte einen Moment unschlüssig vor sich hin und schaute dann in Julians Augen.

»Ich bin nicht Rinaldos Schwester.«

»Das dachte ich mir.«

»Das dachtest du dir?«

»Ja, er hat dich wie eine gleichberechtigte Person behandelt, nicht wie seine Schwester, für die er verantwortlich ist.«

»Warum hast du nichts gesagt?«

»Warum sollte ich? Es ist ja nicht meine Sache, und ich habe auch nicht das Recht, mich in deine Angelegenheiten zu mischen.«

Er räusperte sich und fuhr fort: »Aber es freut mich sehr, dass du mir endlich dein Vertrauen schenkst. Ich werde es niemals missbrauchen, das verspreche ich dir.« Er nahm ihre Hand und drückte sie kurz. Viviana holte tief Luft.

»Ich weiß nicht, wer ich bin. Viviana ist nicht einmal mein richtiger Name. Ich erinnere mich nicht an meinen Namen. Rinaldo hat ihn mir gegeben.« Sie schluckte hart und blinzelte ein paar Tränen aus den Augen.

»Vor etwa einer Woche bin ich an einen Strand in Devon gespült worden. Das ist alles, was ich weiß. Rinaldo war zufällig auch in dem kleinen Fischerdorf. Er war sehr freundlich zu mir und hat mir angeboten, ihn nach Saint Albans zu begleiten, in der Hoffnung, dass ich auf dem Weg mein Gedächtnis wiederfinde.«

Julian hörte ihr schweigend zu. Er hatte sich alles Mögliche vorgestellt und war auf vieles vorbereitet gewesen, aber diese Geschichte war eine echte Überraschung.

»Und bisher ist dir nichts bekannt vorgekommen?«

»Nein, gar nichts.«

»Ist außer dir noch etwas anderes angespült worden?«

Viviana schüttelte den Kopf.

»Ich hatte auch nichts bei mir. Nur mein Kleid und dieses Medaillon.« Ihre Finger berührten das schlichte Schmuckstück an ihrem Hals. »Es ist leer. Was immer darin gewesen sein mochte, ist verloren gegangen.«

»Darf ich mal sehen?«

Viviana nahm die Kette ab und reichte sie Julian. Auch seine eingehende Untersuchung brachte keinen Hinweis zutage.

»Ich habe von keinem Schiffsunglück in letzter Zeit gehört«, sagte Julian gedankenverloren. »Du bist wahrscheinlich über Bord gegangen. Es wäre sinnvoller, an der Küste zu suchen.«

»Wie denn? Ich besitze nichts, und jetzt habe ich auch noch Rinaldo verloren!« Plötzlich quollen Tränen aus ihren Augen. Meine Güte, wie unsensibel er war, dachte Julian ärgerlich und ergriff schnell wieder ihre Hand.

»Wir werden morgen nach Rinaldo suchen. Wir werden ihn finden. Und komme, was wolle, ich werde dich nicht im Stich lassen, Viviana.«

Viviana wischte sich mit der anderen Hand über die Augen.

»Es tut mir leid. Ich bin eine Last, aber ich weiß wirklich nicht, was ich tun soll.«

»Unsinn, du bist keine Last. Morgen werden wir weitersehen. Am besten, du gehst jetzt schlafen, und ich sollte das auch tun.«

~ 9 ~

Als am nächsten Morgen bei Sonnenaufgang der Hahn krähte, hatte Julian Mühe, aufzustehen. Er fühlte sich wie zerschlagen, und ein Blick auf seine zahlreichen blauen Flecke und Verletzungen bestätigten dieses Gefühl. Gestern Abend war er, kaum dass er sich hingelegt hatte, auch schon eingeschlafen. Er saß auf der Bettkante und versuchte, seine Gedanken zu ordnen, denn er hatte noch keine Zeit gehabt, über alles nachzudenken. Stöhnend erhob er sich und zog sich an. Das Mädchen hatte über Nacht seine Jacke geflickt, und Julian nahm sich vor, ihr ein Silberstück extra zu geben. Als er in den Schankraum hinunterkam, saß Viviana bereits an einem der Tische und trank einen Becher warmer Milch.

»Guten Morgen. Du bist schon auf?«

»Ich konnte nicht schlafen, und wir müssen nach Rinaldo suchen.«

Julian runzelte die Stirn.

»Willst du wirklich mitkommen? All die toten Räuber sind sicher kein schöner Anblick. Wer weiß, was die wilden Tiere während der Nacht mit den Leichen angestellt haben.«

»Selbstverständlich komme ich mit.«

Julian setzte sich zu ihr.

»Wie du meinst.«

Der Wirt kam, brachte eine riesige Pfanne mit Rührei und Speck und stellte sie auf den Tisch. Während sie ihr Frühstück aßen, kamen nach und nach die Männer des Dorfes in den Gasthof. Sie würden Julian und Viviana zu der Stelle des Überfalls begleiten. Eine Räuberbande so nahe bei Haxwell war auch ihre Angelegenheit.

Zwanzig Minuten später brachen sie auf. Viviana ritt mit Julian. Sie saß quer hinter ihm auf dem Pferderücken und hatte die Arme um seine Mitte geschlungen. Die Strecke, die Viviana letzte Nacht schier endlos vorgekommen war, war nicht mehr als ein Ritt von vielleicht drei Meilen. Julian hob die Hand und drehte sich zu den Männern des Dorfes um.

»Ehe wir alle hier herumstapfen, würde ich gerne die Stelle einmal allein abgehen. Wir könnten sonst zu leicht etwas übersehen, was wichtig ist.«

Er stieg ab, hob Viviana vom Pferd und drückte ihr die Zügel in die Hand. Der Anblick, der sich ihnen im klaren Licht des frühen Tages bot, war wahrlich grausig. Julian bemerkte sofort, dass zwei der Leichen nicht mehr da waren und, den Schleifspuren ins Unterholz nach zu urteilen, einigen Waldbewohnern als Nachtmahl gedient hatten. Die anderen Männer lagen zwischen ihren Waffen. Auf dem Sandboden der Straße waren einige große dunkle Flecke, wo das Blut in die Erde gesickert war. Es klebte an Äxten und Speeren und an den Leichen. Julian hockte sich neben den Räuber, den er als Ersten getötet hatte. Seine Kleidung war ordentlich und von guter Qualität, seine Schuhe waren sogar neu. Dieser Mann hier war kein gewöhnlicher Räuber. Julian schnitt ihm seinen Lederbeutel vom Gürtel, hielt ihn hoch und legte ihn neben sich ins Gras. Er wollte nicht, dass die Dörfler dachten, er würde heimlich etwas einstecken und nicht mit ihnen teilen. Die beiden anderen Toten waren nicht so gut ausgerüstet gewesen und hatten, soweit das noch zu erkennen war, auch kein so gepflegtes Äußeres gehabt. Den Blick zu Boden gerichtet, ging Julian langsam den gesamten Kampfplatz ab. Hier war er vom Pferd gefallen. Der Stein, der mit der Wurfschleuder auf seinen Kopf abgeschossen worden war, lag blutig neben dem Mann, den er damit bewusstlos geschlagen hatte. Dort hinten war Rinaldo gewesen. Eine breite Spur führte nach links in den Straßengraben und dann in den Wald. Zwischen den Bäumen sah er etwas liegen. Er bahnte sich seinen Weg durch den hohen Fingerhut, der violett und blau in der Sonne leuchtete und wie am Tag zuvor von den Bienen umschwirrt wurde. Als er näher kam, erkannte er, dass es Rinaldos Maultier war. Es lebte noch, obwohl es offensichtlich von einem Raubtier angegriffen worden war, denn die Hinterläufe wiesen tiefe Kratz- und Bissspuren auf. Er ging um den zitternden Körper herum. Julian schluckte, als er in die Augen des Tieres sah, die die Angst und den Schmerz des Todeskampfes zeigten. Er zog sein Schwert und machte dem Leiden ein Ende. Wo war Rinaldo? Es war nicht mehr zu unterscheiden, ob die Spuren von wilden Tieren oder von Menschen stammten. Als Julian wieder auf die Straße trat, waren die Männer des Dorfes damit beschäftigt, die Toten auf die mitgebrachten Karren zu heben. Augenscheinlich war Julian ja fertig mit der Untersuchung der Straße, da er sich in den Wald begeben hatte. Julian seufzte, immerhin hatte er ein paar Erkenntnisse gewinnen können, die ihm hoffentlich weiterhelfen würden. Er sah Viviana auf der anderen Seite der Straße am Waldrand. Sie bückte sich und hob etwas auf. Julian machte ein paar eilige Schritte zu ihr hin.

»Einer der Räuber hat etwas verloren«, sagte sie und streckte ihm einen kleinen, runden Anhänger aus dünnem Silber hin.

Sehr fein war ein Muster eingehämmert, das einen Schlangenkopf zeigte. Darüber war ein Loch in das Metall gestanzt worden.

»Es scheint ein Anhänger zu sein.«

»Und er hing vermutlich hier dran.« Viviana zupfte einen

dünnen Lederfaden von dem Strauch neben sich und hielt ihn Julian hin.

»Vielleicht gehörte der Anhänger zu einer der Leichen, die von den Tieren weggeschleppt wurden?« Julian kratzte sich am Kinn, aber Viviana schüttelte den Kopf.

»Das Lederband hing hier oben. Der Mann muss sich also aufrecht im Strauch verfangen haben. Wenn er ihn verloren hätte, als er schon tot war, hätten wir den Anhänger ja auf dem Boden gefunden.«

»Ja, das ist richtig.«

Viviana blickte sinnend vor sich hin.

»Das Leder konnte nur unter großer Krafteinwirkung reißen. Es muss ihn also ordentlich in den Hals geschnitten haben.« Sie blickte Julian an.

»Selbst wenn er es bei dem Angriff eilig gehabt hatte, hätte er es doch nicht einfach losgerissen, sondern es per Hand abgelöst. Ich wette, einer der Männer ist geflohen«, schlussfolgerte sie und zeigte in den Wald. »Und zwar dort entlang.«

Julian war beeindruckt.

»Sehr gut!«

Viviana lächelte stolz, sagte aber: »Das ist doch offensichtlich.«

»Wenn man logisch denken kann!«, neckte er sie.

Sie folgten der Spur und fanden die Stelle, an der die Räuber auf sie gewartet hatten und, ein Stück weiter in den Wald hinein, wo sie ihre Pferde angebunden hatten.

»Entweder hat einer von ihnen hier gewartet, oder deine Theorie von dem Flüchtigen ist tatsächlich richtig.«

»Oder beides.«

»Oder beides«, bestätigte Julian.

Sie gingen zurück zur Straße.

»Keine Spur von Rinaldo auf der anderen Seite?«

»Nein, nur sein Maultier. Ich habe ihm den Gnadenstoß gegeben.«

»Immerhin ist er nicht unter den Toten und vielleicht in die entgegengesetzte Richtung geflohen. Was machen wir jetzt?«

Die Männer hatten die Toten geborgen, alles eingesammelt, was sich noch verwenden ließ, und auch Zaumzeug, Sattel und Gepäck von Rinaldos Maultier geholt und waren im Begriff, zurück nach Haxwell zu reiten.

»Ich würde gerne zuerst ins Dorf zurückkehren und noch einmal alles gründlich durchsehen, was wir gefunden haben.« Julian blickte den Männern mit den Eselskarren nach. Er musste sicherstellen, dass er die Gelegenheit bekam, tatsächlich alles zu untersuchen, was da war. Wenn er jetzt erst nach Rinaldo suchte, konnte es leicht sein, dass das eine oder andere Stück bereits einen neuen Besitzer gefunden hatte, ehe er zurück im Dorf war.

»Ich bin mir sicher, dass, wenn Rinaldo in der Nähe ist, er von den anderen gefunden werden wird.« Julian nickte zu den Dörflern, die zurückgeblieben waren und weiter im Wald nach den restlichen Leichen suchten. Immerhin gab es möglicherweise noch Schmuck, Waffen oder Geldbörsen zu ergattern.

Die Leichen wurden in der Scheune des Gasthauses aufgebahrt. Man hatte die Männer untersucht und alle ihre Habseligkeiten auf einen der provisorischen Tische gelegt. Wie Julian schon festgestellt hatte, passte zumindest einer der Angreifer nicht in die Gruppe der Räuber, die, nach ihrem Äußeren zu urteilen, die Art von Schurken waren, die Reisenden im Wald auflauerten. Dies war kein gewöhnlicher Raubüberfall. Es sah vielmehr so aus, als wenn jemand diese Männer angeheuert hätte, um gezielt ihre Reisegruppe zu überfallen. Sie hatten nichts bei sich, womit man sie hätte identifizieren können. Keiner der Dorfbewohner hatte sie je zuvor gesehen. Julian überlegte kurz, ob es sich lohnen würde, die Leichen nach Exeter zu bringen und den Sheriff einen Blick darauf werfen zu lassen. Aber bei diesen Temperaturen wäre es eine sehr unangenehme Angelegenheit, und überhaupt wollte er auch nicht zu viel Aufmerksamkeit auf die Sache lenken. Nein, besser, man verscharrte sie einfach hier, und Julian würde einen Bericht an den Kardinal schicken. Er ging zu den Dörflern hinüber, um zu besprechen, was zu geschehen hatte. Viviana trat an den Leichnam des Mannes heran, dem sie die Kehle durchgeschnitten hatte. Sie schlug das Tuch zurück und blickte ihn an. Es war seltsam, sie konnte sich gar nicht mehr vorstellen, es wirklich getan zu haben. Hoffentlich würde Gott ihr vergeben. Viviana faltete die Hände und sprach ein Gebet.

»Du hast mir das Leben gerettet.«

Sie schaute sich um und sah in Julians Augen.

»Ich habe mich noch nicht einmal bedankt.«

Viviana blickte wieder auf das stille Gesicht des Unbekannten.

»Ich kann mir gar nicht erklären, was in mich gefahren ist.«

»Unter ungewöhnlichen Bedingungen können Menschen manchmal die unglaublichsten Sachen machen.«

»Wie einem Menschen von hinten die Kehle durchzuschneiden?«

»Genau.«

Viviana schüttelte den Kopf.

»Es tut mir leid, aber ich hatte keine andere Wahl.«

»Es braucht dir nicht leidzutun. Er hat kein Mitleid verdient.«

»Vielleicht tut es mir auch nur leid, dass ich jetzt Blut an meinen Händen habe«, sagte Viviana nachdenklich.

»Sie haben uns angegriffen, und wir mussten uns verteidigen.«

»Ich weiß, aber es fühlt sich an, als hätte ich vor Gott meine Unschuld verloren.«

Julian schwieg. Er wusste nicht, was er sagen sollte. Er erinnerte sich daran, wie er das erste Mal einem Menschen das Leben genommen hatte. Er war auch angegriffen worden und hatte sich verteidigt. Er hatte kein Bedauern empfunden. Jemanden im Kampf zu töten war etwas anderes, als jemanden zu ermorden. Es hatte Aufträge gegeben, bei denen ein Feind getötet werden musste. Diese Dinge geschahen zur Sicherheit des Königs und des Reiches, und doch hatte er bei solchen Aufträgen Gewissensbisse. Beichten konnte man diese Erlebnisse auch nicht, weil sie unter die allerstrengste Geheimhaltung fielen. Natürlich gab es Beichtväter in Westminster, die wussten, wie Politik wirklich gemacht wurde, aber Julian ging lieber auf Nummer sicher. Wahrscheinlich hatte er seinen Platz im Himmelreich sowieso schon verspielt. Julian zog das Laken wieder über den Toten.

»Den wird keiner vermissen.«

Viviana folgte Julian aus der Scheune ins Freie. Es war inzwischen später Vormittag, und sie setzten sich an den Holztisch, der im Schatten der alten Buche vor dem Gasthaus stand. Julian legte den ledernen Beutel, den er dem Räuber vom Gürtel geschnitten hatte, auf den Tisch.

»Ich habe mich mit den Dörflern geeinigt. Wir werden einen Großteil des Geldes behalten. Immerhin haben wir ein Maultier und ein Pferd verloren, und schließlich sind wir diejenigen, die überfallen worden sind.«

Viviana blickte ihn aufmerksam an.

»Eigentlich gehört das Geld der Krone, aber es ist nur recht, dass die Räuber uns entschädigen. Den Rest der Sachen und ein paar Münzen behalten die Dörfler. Es kann zudem sein, dass das andere Pferd wieder auftaucht. Außerdem zieht das gemeine Volk sowieso meistens den Kürzeren, wenn es um Räuber geht, und so ist diese Regelung eine Art ausgleichende Gerechtigkeit.«

»Eine unorthodoxe Regelung für einen Beamten der königlichen Schatzkammer, findest du nicht?«

Julian lächelte.

»Manchmal muss man einfach pragmatisch sein.«

»Musst du jetzt nicht mehr nach Reading?«

»Auf jeden Fall muss ich den Verlust des Pferdes melden, und das Dokument soll ja trotzdem dort abgegeben werden. Ich weiß noch nicht, was ich machen werde. Es hängt davon ab, was weiter passiert.«

Gegen Mittag kamen die Männer zurück, die im Wald weitergesucht hatten. Sie kamen mit leeren Händen, weder hatten sie die fehlenden Leichen noch eine Spur von Rinaldo gefunden.

»Wir sollten selbst noch einmal suchen gehen.«

Julian schüttelte den Kopf.

»Du kannst mir glauben, wenn es etwas von Wert zu finden gab, hätten sie es gefunden. Wir sollten lieber nach Exeter zurückkehren und diese Sache melden.«

»Aber was ist mit Rinaldo?«

»Wahrscheinlich wird er auch versuchen, sich nach Exeter durchzuschlagen.«

»Nein, das glaube ich nicht. Er will nach Saint Albans und wird nicht in die falsche Richtung gehen.«

Julian hätte die Sache gerne an jemand anderen abgegeben und sich um Vivianas Angelegenheiten gekümmert. Das wollte er natürlich aus reinem Eigeninteresse tun. Überhaupt, war Rinaldo tatsächlich in die Verschwörung verwickelt? Vielleicht war er auch tot. Julian hatte keine Lust mehr, nach ihm zu suchen. Andererseits verbarg der Spanier etwas, und er hätte zu gerne gewusst, was es war. Und was sollte er mit Viviana machen?

»Meinst du nicht, er kommt ohne uns aus?«

»Aber wir haben alle seine Sachen.« Sie wies zu dem Bündel, das die Männer von dem toten Maultier geborgen hatten und das jetzt neben dem kalten Kamin lag.

»Aber, Viviana, ich bin mir nicht sicher, ob wir einen einzelnen Mann so leicht wiederfinden.«

»Immerhin ist er ein sehr auffälliger Mann.«

Julian schwieg, und Viviana sprach weiter: »Rinaldo hat mir geholfen, als ich in Not war. Ich werde ihn jetzt nicht im Stich lassen. Vielleicht ist er verletzt und braucht meine Hilfe. Er wird sicher Hilfe brauchen, wenn er versucht, ohne Ausrüstung nach Saint Albans zu kommen.« Sie blickte Julian eindringlich an. »Und er wird auf jeden Fall versuchen, dorthin zu gelangen, weil es ihm sehr wichtig war.«

Julian lehnte sich zurück.

»Was will er da eigentlich?«

»Er ist auf einer Pilgerreise.«

»Hat er dir erzählt, was er in dem kleinen Dorf an der Küste gemacht hat?«

Viviana blickte Julian überrascht an.

»Nein, das hat er nicht.«

»Was weißt du denn eigentlich über Rinaldo?«

»Wie meinst du das?«

»Woher kommt er, was will er ausgerechnet in Saint Albans? Es ist ja nicht so, dass es nicht genug Wallfahrtsorte auf dem Festland gibt. Hat er gesagt, was er danach vorhat?«

»Warum willst du das wissen?« Viviana klang zurückhaltend.

»Weil dies Dinge sind, die man über einen Reisegefährten wissen sollte, findest du nicht?«

»Warum misstraust du ihm?«

Julian zuckte ungeduldig mit den Schultern.

»Weil er einfach undurchschaubar ist.«

»Bloß weil jemand nicht mit seinen Geschichten hausieren geht, muss er doch nicht gleich etwas verbrochen haben!«

»Nun sei doch nicht so gutgläubig, Viviana. Es laufen überall Leute herum, die etwas zu verbergen haben. Du bist zu vertrauensselig.«

»Das hat Rinaldo auch zu mir gesagt, als du dich uns angeschlossen hast. Genau das!«, antwortete sie aufgebracht.

»Viviana, es ist doch offenkundig, dass dies kein gewöhnlicher Überfall gewesen ist. Ich bin mir sicher, dass er in Verbindung mit den Leuten steht, die unsere Sachen durchwühlt und diese Schurken angeheuert haben. Einer von diesen Leuten, nämlich der Mann mit der besseren Kleidung, ist jetzt tot. Möglicherweise, und das ist nicht unwahrscheinlich, hatte er einen Komplizen, der entkommen ist. Irgendwo wartet also jemand, um erneut zuzuschlagen. Rinaldo muss in etwas verwickelt sein, und seine Gesellschaft ist nicht ungefährlich, wie wir gestern Nacht am eigenen Leib erfahren haben. Es wäre besser, wenn wir ihn ziehen ließen.«

»Du könntest doch derjenige sein, der in etwas verwickelt ist.«

»Ich?«

»Ja, du. Ehe du zu uns gestoßen bist, hat uns niemand verfolgt oder überfallen. Woher weiß ich, dass es nicht deine Gesellschaft ist, die gefährlich ist?«

»Glaubst du, ich würde dich absichtlich in Gefahr bringen?« Jetzt war Julian aufgebracht.

»Das weiß ich nicht. Aber ich weiß, dass Rinaldo es niemals

tun würde. Immerhin kostete es ihn Bequemlichkeit, Zeit und nicht zuletzt Geld, mich überhaupt mitzunehmen.«

Es war schwierig, etwas gegen diese Einwände zu sagen, dachte Julian. Wenn man die Sache so betrachtete, wie Viviana sie gerade dargestellt hatte, könnte sie durchaus recht haben.

»Du musst mir glauben, Viviana. Diese Männer haben uns nicht meinetwegen überfallen.«

»Ich will dir ja glauben, aber ich glaube eben auch an Rinaldo.«

»Nun nimm doch Vernunft an, Viviana.«

Sie stampfte mit dem Fuß auf.

»Ich werde Rinaldo nicht im Stich lassen! Wenn du nicht mitsuchen willst, dann suche ich eben alleine.«

Julian betrachtete Viviana. Ihre dunklen Augen sprühten Blitze, und sie hatte ihre vollen Lippen zornig zusammengepresst. Es ärgerte ihn, dass sie seinen Plänen nicht zustimmte, aber gleichzeitig respektierte er ihre Treue zu Rinaldo, auch wenn er glaubte, dass der Spanier ihr Vertrauen nicht verdiente. Vielleicht war es auch nicht die schlechteste Idee, denn er könnte weiter die Sache mit Rinaldo untersuchen, und gleichzeitig hätte er ein Auge auf Viviana. Er wusste nicht, wann er eigentlich die Verantwortung für ihr Wohl übernommen hatte, aber er befürchtete, es war der Moment gewesen, in dem sie sich das erste Mal begegnet waren.

»Ich würde nur gerne wissen, für wen ich jetzt durch die Welt reisen muss«, sagte er schließlich versöhnlich. Viviana lächelte.

»Ich weiß, Rinaldo ist sehr verschlossen, aber er hat ein gutes Herz. Er wird seine Gründe haben, und das müssen wir anerkennen.«

Julian fand nicht, dass er das anerkennen musste, sagte aber nichts.

»Sollten wir nicht wenigstens sein Gepäck durchsuchen?«, schlug Julian vor.

»Warum?«

»Vielleicht enthält es einen Hinweis, welche Stationen er eingeplant hat?«

Viviana blickte ihn zweifelnd an.

»Komm schon, Viviana. Es ist ja nicht so, als wenn wir etwas stehlen wollten. Aber es könnte doch immerhin sein, dass wir auf etwas stoßen, das uns weiterhelfen könnte?«

Sie gab sich einen Ruck und nickte.

»Du hast recht.«

Julian holte das Bündel und öffnete es. Der Inhalt war ordentlich gefaltet, und obwohl Julian selten Bedenken hatte, etwas zu durchsuchen, spürte er deutlich, hier in die Privatsphäre eines Menschen einzudringen. Wahrscheinlich war Vivianas nervöses Händeringen an diesen unüblichen Hemmungen schuld. Sorgfältig breitete er den Inhalt des Leinenpakets auf dem Tisch aus: ein Hemd, eine Hose, ein Zahnstocher und ein Ohrenreiniger aus Horn, ein Stück Seife, eine Art dünner Teppich mit einem eingewebten graphischen Muster, ein Holzlöffel, eine Perlenkette aus Bernstein.

Viviana und Julian blickten sich an. Es waren die gewöhnlichen Dinge eines Reisenden, und doch waren sie anders. Viviana rollte den Teppich aus. Er war bestimmt sehr kostbar. Nicht nur das hauchdünne Material, sondern auch das eingewebte Muster machten ihn einzigartig. Den verschlungenen Formen nach zu urteilen war er maurischen Ursprungs. Vielleicht war er als Gastgeschenk gedacht?

»Ich kann nicht verstehen, warum die Diebe gestern Mittag diesen Teppich und die Kette nicht mitgenommen haben.«

Viviana ließ die durchsichtigen, goldbraunen Perlen durch ihre Finger gleiten.

»Es kann ja sein, dass sie nach etwas Bestimmtem gesucht haben. Sie haben es nicht gefunden und uns dann im Wald überfallen.«

Viviana kräuselte unwillig die Nase.

»Ich sage ja nicht, dass Rinaldo etwas Verbotenes tut, aber es hat doch den Anschein, als hätte er etwas bei sich, was jemand anderer ihm liebend gerne abnehmen würde.« Julian blickte zu Viviana hinüber, die dieser Schlussfolgerung offensichtlich immer noch nicht recht folgen wollte.

»Hast du vielleicht irgendetwas dabei, das die Räuber erbeuten wollten?«, fragte sie herausfordernd.

»Nein. Und du?«

»Hätte ich gewusst, dass die Räuber meinetwegen da waren, hätte ich den einen gefragt, wer ich bin, ehe ich ihm die Kehle durchgeschnitten hätte.« Sie trat unwillig gegen das Tischbein.

»Also, das Gepäck bringt uns nicht weiter.«

Viviana ließ die Perlenkette erneut durch ihre Finger gleiten.

»Wenn du Rinaldo wärest, was würdest du tun?«

»Ich würde nach Exeter zurückkehren und mir eine neue Ausrüstung besorgen.«

Viviana verdrehte die Augen.

»Du hast mich gefragt.«

»Ich weiß auch nicht, ich finde es nur eher unwahrscheinlich.«

Julian war anderer Meinung, zumal er glaubte, dass Rinaldo sich mit jemandem in Exeter getroffen hatte. Aber Viviana wusste nichts von seinem Verdacht und von einer Verschwörung gegen den König, und er konnte sie nicht einweihen, ohne seine eigene Identität preiszugeben. Wenn Rinaldo als Pilger allerdings wirklich so dringend nach Saint Albans wollte, könnte er ebenso gut gleich weiterreisen. Julian betrachtete

Vivianas Finger, wie sie geschickt mit der Perlenkette spielten. Plötzlich stutzte er.

»Das ist gar keine Perlenkette. Das ist ein Tasbih.«

Viviana hielt in ihrer Bewegung inne und besah sich die Kette.

»Ja, du hast recht.«

Julian wunderte sich, dass sie wusste, was eine muslimische Gebetskette war.

»Ist Rinaldo denn Moslem?«

»Nein, das heißt, ich glaube nicht. Er ist doch auf dem Weg nach Saint Albans.«

»Der Teppich könnte durchaus ein Gebetsteppich sein. Was wollte er sonst damit?«

»Das weiß ich auch nicht.«

Sie blickten sich ratlos an. Die Sache wurde immer mysteriöser.

~ 10 ~

Julian schrieb zwei Nachrichten. Er musste sich kurzfassen, weil er nur wenig Pergament dabeihatte. Die Nachricht an den Kardinal beinhaltete eine Beschreibung Rinaldos und Julians Plan, weiter in Richtung Saint Albans zu reisen, in der Hoffnung, den Spanier aufzuspüren. Die zweite Nachricht ging an Simeon mit der Bitte, Augen und Ohren offenzuhalten, ob irgendwo eine Frau vermisst wurde, auf die die Beschreibung von Viviana passte. Mehr konnte Julian vorerst nicht tun.

Am nächsten Morgen brachen sie auf. Von dem erbeuteten Geld hatten sie für Viviana von einem der Bauern ein großes Pony gekauft. Es war etwas kühler geworden, und sie kamen gut voran. Am späten Nachmittag erreichten sie Yeovil, einen geschäftigen Marktflecken, an dem zwei Flüsse aufeinandertrafen und den Transport von Gütern erleichterten. Leider blieben ihre Nachforschungen ohne Ergebnis. Niemand hatte Rinaldo gesehen.

»Es kann auch gut sein, dass er hinter uns ist, anstatt vor uns. Immerhin hat er sein Maultier verloren und ist zu Fuß unterwegs.«

Sie schlenderten über den Marktplatz, auf dem die Händler damit begannen, ihre Buden für die Nacht abzubauen.

»Oder er hat eine andere Strecke genommen.«

Dass Rinaldo vielleicht gar nicht mehr am Leben war, erwähnten sie nicht, obwohl sie beide wussten, dass auch das eine Möglichkeit war.

»Sir, wollen Sie Ihrer schönen Frau nicht ein neues Kleid kaufen?« Einer der Händler, der Stoffe und Kurzwaren feilbot, trat in ihren Weg und hob ein fliederfarbenes Gewand hoch.

»Sie haben so eine bezaubernde Gattin, Sir, sie verdient ein schönes Kleid. Ich werde morgen weiterziehen und würde gerne mein Gepäck erleichtern.« Der Händler hielt Julian das leichte Wollkleid hin, damit er es befühlen konnte.

»Es ist eine ausgezeichnete Qualität. Das Tuch kommt aus Flandern, und ich habe es selbst eingefärbt. Meine Tochter hat das Gewand gemacht und« – er hielt Viviana das Kleid zur Begutachtung hin – »Sie werden zugeben müssen, Madame, dass meine Anna ihr Handwerk versteht.«

Julian blickte auf Viviana in ihrem inzwischen arg mitgenommenen Leinenkleid. Die Blutflecke waren immer noch in einem hässlichen Dunkelbraun zu sehen. Selbstverständlich brauchte sie ein neues Kleid. Erst jetzt fiel ihm ein, dass natürlich alle sie für ein Ehepaar halten würden. Es stünde ihm als Vivianas Gatten tatsächlich schlecht zu Gesicht, wenn er seine Frau in Lumpen herumlaufen lassen würde, während er selbst ordentliche Kleidung trug. Diese überaus sinnvolle Erklärung, nicht auffallen zu wollen, machte es Julian leichter, seinem Impuls, Viviana etwas Schönes zu kaufen, nachzugeben.

»Wie viel?«, fragte Julian den Händler, nahm das Kleid und drückte es Viviana in die Hand.

Als sie von ihrem Rundgang wieder zu ihrer Unterkunft zurückkamen, waren noch ein Kopftuch und ein Paar Schuhe dazugekommen.

»Die Leute sollen ja nicht denken, dass ich geizig bin«, sagte Julian, als er Viviana die Tür der Schankstube aufhielt. Sie lächelte.

»Ich gehe mich umziehen. Die Leute sollen auch nicht denken, dass du eine hässliche Frau hast.«

»Das denkt sowieso keiner.« Er sah Viviana nach, die eilig die Treppe hinauf zu ihrer Kammer im ersten Stock lief. Sie sah auch in ihrem abgenutzten, fleckigen Kleid wie eine Prinzessin aus. Er fragte sich, wie es wäre, wenn sie tatsächlich seine Frau wäre. Doch eine Frau wie Viviana war mit aller Wahrscheinlichkeit schon vergeben, und irgendwo wartete ein Mann auf sie. Julian setzte sich an einen der Tische und bestellte Bier. Er musste sich zusammenreißen und jeden Gedanken in diese Richtung aus seinem Kopf verbannen. Als Viviana jedoch zehn Minuten später in ihrer neuen Ausstattung die Treppe herunter und auf ihn zugeschwebt kam, klopfte Julians Herz schneller, und er wünschte nichts mehr, als dass sie die Seine wäre.

»Wie sehe ich aus?« Sie drehte sich einmal um sich selbst und blickte ihn erwartungsvoll an.

»Du siehst sehr schön aus.«

Diesem Urteil schlossen sich die anwesenden Männer der Schankstube an, die die exotische Schönheit mit den sinnlichen Lippen und der katzenhaften Grazie die Treppe hatten herunterkommen gesehen.

Viviana setzte sich zu Julian an den Tisch.

»Was gibt es zu essen?«

»Ich weiß nicht.« Julian winkte das Schankmädchen zu sich. Nachdem Viviana die Nase über Schweinebacke, gefüllten Saumagen und Kohlgemüse gerümpft hatte, einigte man sich auf gebratene Ente, von der Julian den Verdacht hatte, dass sie gewildert worden war. Sie schmeckte aber ausgezeichnet, und auch das Bier, das hier serviert wurde, war erheblich besser als in Exeter. Sie spielten Backgammon, bis die Kerze auf ihrem Tisch heruntergebrannt war. In ihrem flackernden Schein stiegen sie die Treppe hinauf in ihre Kammer.

Als Julian die Tür hinter sich zuzog und sich wieder umdrehte, stand Viviana dicht vor ihm. Er bewegte sich nicht und blickte auf sie hinunter. In der Tiefe ihrer dunklen Augen spiegelte sich das Kerzenlicht. Julian streckte die Hand aus und strich über Vivianas Wange, seine Fingerspitzen berührten den seidigen, schwarzen Zopf, der ihr über den Rücken fiel. Er nahm ihn, streifte das Band, mit dem er zusammengehalten wurde, ab und löste das glänzende Haar. Es glitt geschmeidig und glatt zwischen seinen Fingern hindurch und fiel auf ihre Schultern.

»Du bist wunderschön.« Julians Stimme war rau.

Das mühsam unterdrückte Begehren und die unausgesprochenen Worte, die zwischen ihnen in der warmen Nachtluft standen, schienen so schwer zu sein, dass er sie hätte greifen können.

»Julian, wartet irgendwo eine Familie auf dich?«

»Nein.«

Nach einer kleinen Pause fügte er hinzu: »Aber irgendwo wartet ein Mann auf dich, dessen Frau du bist.«

»Ich kann mich nicht erinnern.«

»Es wird sicherlich so sein.«

»Ich weiß es nicht.«

Julian schluckte hart. Er wollte sie besitzen, nicht nur für eine Nacht, für immer.

»Bald wirst du dich erinnern.«

»Und wenn nicht? Wenn ich mich nie mehr erinnere?«

Gequält schloss er die Augen.

»Warum willst du mich nicht?«

»Weil du sicher einem anderen gehörst.«

»Aber das wissen wir doch nicht.«

Julian schob sich an ihr vorbei und ging in der Kammer auf und ab. Viviana setzte sich auf das Bett und beobachtete ihn. Schließlich blieb er stehen.

»Und wenn du dich doch erinnerst? Irgendwann. Was dann?«

»Das werden wir dann sehen.«

Er setzte sich zu ihr auf das Bett und nahm ihre Hand.

»Vor sechs Jahren ist meine Frau spurlos verschwunden. Ich weiß nicht, was mit ihr passiert ist. Vielleicht hat sie wie du das Gedächtnis verloren? Vielleicht lebt sie irgendwo als die Frau eines anderen, weil sie mich einfach vergessen hat?«

Viviana drückte seine Hand.

»Du bist wie ein neugeborenes Kind, Viviana, dein Gewissen ist rein. Du fühlst dich frei, weil du dich nicht an die Versprechen erinnern kannst, die du einmal gegeben hast. Aber das ist eine Illusion, denn du hast ein Leben gehabt, ehe du an den Strand gespült wurdest. Irgendwo sucht dich jemand verzweifelt, weil er das Licht seines Lebens verloren hat.«

Julian blickte in ihre dunklen Augen.

»Du bist ganz sicher eines Mannes einziges Glück, Viviana. Wie könnte ich ihm das wegnehmen?«

Sie ließ den Kopf hängen, und Julian streichelte ihre Hand.

»Glaub mir, wenn du frei wärest, ich würde dich niemals zurückweisen. Ich würde auf Knien um deine Gunst betteln. Aber ehe wir nicht wissen, wer du bist, haben wir nur geborgte Zeit. Dich zu besitzen, um dich dann wieder zu verlieren, das könnte ich nicht ertragen.«

Er stand auf und bereitete sich ein Lager auf dem Fußboden. Die Flamme des Kerzenstummels flackerte und verlosch. Viviana starrte in die Dunkelheit. Vielleicht hatte Julian recht? Vielleicht liebte sie jemand anderen? Wieso konnte sie sich dann nicht daran erinnern? Wenn sie ihr Herz schon vergeben hatte, wie konnte sie es jetzt ein zweites Mal verlieren?

Sie brachen früh am nächsten Morgen auf. Es war unangenehm heiß und stickig, ein Gewitter lag in der Luft. Die Landschaft war von einer wilden, schönen Einsamkeit, doch die

Stimmung der beiden Reisenden war niedergedrückt. Keiner von ihnen hatte seit ihrem Aufbruch ein Wort gesprochen. Viviana dachte an Rinaldo. War er noch am Leben? In was war er verwickelt? Vielleicht war die Suche nach ihm unsinnig, und möglicherweise wollte er gar nicht gefunden werden? Wäre es nicht sinnvoller, wenn sie zurück an die Küste reisten und versuchten herauszufinden, wer sie war?

»Das sieht gar nicht gut aus, was da vor uns liegt.«

Julian deutete auf die schwarzen Wolken, die sich im Osten auftürmten.

»Wer weiß, wann das Gewitter losbricht.« Viviana blickte sich um. »Und kein Unterstand oder Schutz weit und breit.«

Sie befanden sich auf einer langgestreckten, fast baumlosen Bergkuppe.

Julian deutete nach Norden.

»Dort geht es bergab. Wir sollten in diese Richtung reiten, denn hier auf der Hochebene ist die Gefahr zu groß, von einem Blitz getroffen zu werden.«

Viviana nickte. Sie waren die höchsten Punkte in dieser Landschaft, und während eines Gewitters war das keine gute Sache. Sie lenkten die Pferde von dem Trampelpfad, dem sie gefolgt waren, und ritten querfeldein in Richtung Norden. Sorgenvoll beobachteten sie, wie das Gewitter schnell näher kam, und trieben ihre Tiere zum Galopp an. Es ging bergab zu einem breiten Bach. Einzelne schwere Tropfen fielen, die Sonne war verschwunden, und es war erheblich kälter geworden. Dann zuckte ein gleißender, erster Blitz über den Himmel. Der Donner war ohrenbetäubend. Es war, als wären plötzlich die Pforten der Hölle aufgestoßen worden, und ein unglaubliches Inferno brach über sie herein. Der Regen prasselte so stark auf sie herab, dass sie kaum einen Fuß weit sehen konnten. Mit einem fürchterlichen Knall schlug ein Blitz direkt neben Viviana in den Boden. Ihr Pony ging durch und preschte durch die Wasserflut, die vom Himmel fiel. Viviana klammerte sich an den Sattel und hoffte, dass das Tier nicht stürzte. Es war unmöglich, das Pony zu bändigen. Sie war klatschnass und konnte kaum etwas sehen. Um sie herum schlugen Blitze in den Boden, und der Lärm war kaum auszuhalten. Das Pony galoppierte neben dem Bach her, der immer mehr zu einem reißenden Fluss anschwoll. Wie ein Peitschenhieb traf plötzlich der Ast eines Baumes Viviana und schleuderte sie aus dem Sattel. Das tosende Wasser schlug über ihr zusammen. Sie kämpfte sich an die Oberfläche, nur um augenblicklich wieder nach unten gezogen zu werden. Sie brauchte Luft! Aber nach jedem verzweifelten Atemholen wurde sie wieder unter Wasser gezogen. Viviana kämpfte mit aller Kraft, doch ihre Arme versagten ihr schließlich den Dienst. Da plötzlich war es wieder! Das Geheimnis. Es war ganz nah um sie herum in dem tosenden, kalten Wasser, das sie nicht atmen ließ. Vivianas Sinne schwanden. Sie spürte, wie das Geheimnis von ihr Besitz ergriff, sie erinnerte sich … Plötzlich, fast brutal, wurde sie wieder an die Oberfläche geschleudert. Mit einem verzweifelten, gierigen Atemzug kehrte das Leben in sie zurück. Viviana begann sofort wieder zu kämpfen. Es ging ums Überleben. Und sie wollte leben, sie musste unbedingt leben. Sie erwischte einen kräftigen Ast, der von einem Baum abgebrochen war, und trieb auf dem Fluss, bis die Gewalt der Strömung schließlich nachließ. Der reißende Fluss wurde allmählich wieder zu einem Bach, und es gelang ihr, das Ufer zu erreichen. Erschöpft lag sie zitternd auf dem flachen Kieselstrand. Ebenso plötzlich, wie das Gewitter begonnen hatte, war es auch wieder vorbei. Der Regen wurde schwächer und hörte schließlich auf. Als hätte der schreckliche Tumult überhaupt nicht stattgefunden, schien die Sonne, und die grauen Wolken zogen weiter gen Westen. Die

Luft war klar und frisch. Viviana blickte in den blauen Himmel. Fast hätte sie sich erinnert. Sie hatte ihr Gedächtnis im Meer verloren, und es schien in den Tiefen des Wassers auf sie zu warten. Sie setzte sich mühsam auf. Um sie herum lagen abgerissene Äste und anderes Treibgut. Wie betäubt saß sie am Ufer, und das Wasser gluckerte um ihre Füße. Nach einer Weile raffte sie sich auf, kletterte die sanfte Neigung des Hügels hinauf und blickte über eine unbekannte Gegend. Von Julian keine Spur, und weit und breit nur Einsamkeit, über die sich ein spektakulärer Regenbogen erhob. Viviana fröstelte, von ihren Zöpfen tropfte Wasser. Sie musste ihre Sachen trocknen und sich ein bisschen ausruhen, ehe sie etwas unternehmen konnte, von dem sie noch nicht wusste, was das sein könnte. Sie zog sich aus, legte ihre Kleider und Schuhe in der Sonne zum Trocknen aus. Immer wieder suchte sie die einsame Umgebung ab, aber sie war und blieb allein. Jetzt hatte sie nicht nur Rinaldo, sondern auch noch Julian verloren.

~ 11 ~

Als der Blitz neben ihnen einschlug, bäumte sich Julians Fuchs auf. Julian hörte das erschrockene Wiehern des Ponys, aber er hatte alle Hände voll mit seinem eigenen Pferd zu tun. Er schwang sich aus dem Sattel, hielt den ängstlichen Fuchs am kurzen Zügel und kämpfte sich die Böschung hinunter. Auf halber Höhe ragte ein Felsen aus dem Boden und bildete eine Art Überhang. Julian drängte sein ängstliches Pferd darunter und presste sich gegen das Tier. Er wusste nicht, wo Viviana war, hoffentlich hatte sie ebenfalls in der Nähe Deckung gefunden. Das Tosen des Baches war gewaltig. Keine fünfzehn Fuß von ihm entfernt schlug ein Blitz in einen der niedrigen Bäume ein. Die auflodernden Flammen wurden von der Sturzflut umgehend gelöscht. Julian konnte sich nicht erinnern, jemals in ein solches Unwetter geraten zu sein. Gottes Urgewalten waren fürchterlich, und er hoffte, mit heiler Haut davonzukommen. Nach schier endloser Zeit zog das Gewitter ab, und die Sonne kam wieder hervor.

»Viviana?«

Julian blickte sich um.

»Viviana?«

Er rief ihren Namen, aber Viviana blieb verschwunden. Spuren waren nach dem Gewittersturm nicht zu finden. Verdammt, er würde die gesamte Gegend absuchen müssen. Hoffentlich war ihr nichts zugestoßen. Julian ging zu seinem Fuchs zurück und führte ihn von dem felsigen Hang wieder hinauf

auf die Hügelkuppe, als er feststellte, dass das Pferd mit dem rechten Hinterlauf lahmte. Er kniete sich hin und untersuchte besorgt das Bein. Das Sprunggelenk war leicht geschwollen. Wahrscheinlich war der Fuchs auf einem der glatten Felsen, die überall aus dem Boden ragten, abgerutscht, oder er hatte sich in seiner Panik während des Gewitters vertreten. Frustriert stand Julian auf. Er konnte das Tier unmöglich reiten, das würde die Sache nur noch schlimmer machen. Wie sollte er jetzt nach Viviana suchen? Er brauchte ein Reittier. Dort hinten lag die Straße, und sie würde früher oder später durch einen Ort führen. Julian führte den Fuchs am Zügel und machte sich auf den Rückweg. Die Büsche waren niedergedrückt, und der Boden war von tiefen Rinnen durchzogen, die das Wasser hinterlassen hatte. Es dauerte geschlagene zwei Stunden, bis er hinter sich das Geräusch eines Pferdefuhrwerks hörte, das aus dem Nirgendwo gekommen zu sein schien. Er blieb stehen und wartete, bis es zu ihm aufgeholt hatte.

»Sie sind aber ordentlich nass geworden«, begrüßte ihn der alte Mann auf dem Karren. Das Pferd war nicht weniger alt und ging so langsam, dass Julian sich wunderte, dass es sich überhaupt vorwärtsbewegte.

»Ja, meine Begleiterin und ich sind mitten in das Gewitter geraten.« Er blickte in das runzelige Gesicht des Mannes, der seinen greisen Gaul angehalten hatte.

»Ihre Begleiterin?«

Julian nickte.

»Das andere Pferd ist durchgegangen, ich weiß nicht, wo sie sich jetzt befindet. Nachsehen kann ich auch nicht, weil sich meiner hier« – Julian deutete auf den Fuchs – »das Gelenk vertreten hat.«

Der alte Mann nickte ernsthaft.

»Das Gewitter ist so schlimm gewesen wie lange nicht mehr.

Ich hatte mich vorsichtshalber in dem Schafstall dort drüben untergestellt.«

Julian blickte in die Richtung, konnte aber kein Gebäude erkennen.

»Er ist hinter dem Hügel.«

»Ich hatte mich schon gewundert, als Sie mit dem Karren wie aus dem Nichts auftauchten. Gibt es hier in der Nähe ein Dorf?«, fragte Julian, der die Unterhaltung gerne etwas beschleunigt hätte.

»Kein Dorf, aber ein oder zwei Bauernhöfe.«

»Wollen Sie zu einem von denen?«

Der Mann nickte.

»Zum Hof meines Schwiegersohns, des Taugenichts. Ich habe gleich gesagt, dass er nicht der Richtige für unsere Molly ist, aber die Frauen wollten nicht auf mich hören.« Wieder nickte er.

»Gibt es dort ein Pferd, das ich mieten könnte?«, unterbrach Julian die Familienbetrachtungen seines Gegenübers.

»Gut möglich, dass er Ihnen seinen Klepper überlässt.«

Julians Blick wanderte unwillkürlich zu dem alten Gaul vor dem Karren.

»Sagen Sie nichts über meine Mathilde! In ihrer Jugend hätte sie Ihre Mähre locker stehen lassen.« Die Augen des Greises funkelten Julian erbost an.

»Wie alt ist Ihr Tier?«

»Älter als Sie, junger Spund.«

»Mathilde, hm?« Julian streichelte dem Pferd über die Blesse.

»Jawohl, Mathilde, nach Kaiserin Mathilde! Geboren in dem Jahr, als die rechtmäßige Erbin des alten Henry auf dem Thron saß!« Der Mann hob seinen gichtkranken Finger. »Sagen Sie nicht, dass Sie den Dieb Stephen unterstützt haben.

Ein Dieb ist er gewesen und ein Verräter! Hat dem alten Henry geschworen, seine Tochter anzuerkennen, und kaum hatte der König seine Augen geschlossen, setzte er sich selbst auf den Thron.«

Offensichtlich hatte Julian es mit einem Veteranen des Bürgerkriegs zu tun, und wenn er nicht noch heute Abend hier stehen wollte, musste er jetzt unhöflich sein und den Greis unterbrechen.

»Ach, wissen Sie, ich war während des Bürgerkrieges noch ein Kind und weiß nicht viel darüber.« Letzteres war gelogen, aber das spielte jetzt keine Rolle. »Können Sie mich mitnehmen zum Hof Ihres Schwiegersohns?«

Von dem plötzlichen Themenwechsel etwas verwirrt, nickte der alte Mann.

»Steigen Sie auf.«

Julian band seinen Fuchs am Wagen fest und stieg auf den Kutschbock. Der Mann schnalzte mit der Zunge, und das Pferd setzte sich langsam in Bewegung. Julian betrachtete den knochigen Gaul, der im Schneckentempo die Straße entlangtrottete. Zu Fuß war er schneller gewesen, aber nach zwei Stunden Marsch war er froh, fahren zu können.

»Wie alt ist Ihr Pferd?«

»Einunddreißig.«

»Mein Gott, es ist tatsächlich älter als ich!«

»Habe ich doch gesagt.« Der Greis lächelte zufrieden. In der nächsten halben Stunde erfuhr Julian, dass seine neue Bekanntschaft Paul hieß, aber von seinen Freunden nur »Hammer« genannt wurde. Diesen Ehrentitel hatte er sich 1140 während der Belagerung von Exeter durch Stephen Blois verdient. Baldwin de Revers hatte die Stadt drei Monate für Kaiserin Mathilde gehalten, ehe der Mangel an Trinkwasser ihn zur Kapitulation gezwungen hatte. Julian schätzte Paul, den Hammer, auf etwa siebzig Jahre. Seine Haut sah aus wie Leder, und sein Gesicht war von Falten durchzogen. Er hatte nur noch wenige Zähne, aber er schien ein zäher Bursche zu sein, denn trotz seines Alters konnte Julian die Muskeln an seinen dünnen Armen sehen. Es war später Nachmittag, als sie schließlich den ärmlichen Bauernhof erreichten.

»Da bist du ja, Vater, ich habe mir schon Sorgen gemacht.« Eine blonde Frau trat aus dem niedrigen Holzhaus und blieb verwundert stehen, als sie Julian erblickte.

»Ho!« Paul zog unnötigerweise an den Zügeln, denn seine Mathilde war, nachdem sie endlich zu Hause angekommen war, einfach im Hof stehen geblieben. Julian sprang vom Kutschbock herab. Zwei kleine Jungen kamen aus dem Stall gelaufen, um ihrem Groß- oder auch Urgroßvater das Pferd abzunehmen. Beim Anblick von Julians Fuchs traten sie neugierig näher.

»He, ihr Bengel, kümmert euch um Mathilde, aber ein bisschen plötzlich«, befahl Paul ihnen, während er umständlich von dem Holzkarren herabstieg. Julian ging auf die Frau zu und stellte sich vor.

»Mein Name ist Julian. Ihr Vater war so freundlich, mich mitzunehmen. Er sagte mir, Sie hätten vielleicht ein Pferd, das ich mieten könnte? Mein Tier hat sich das Gelenk vertreten.«

»Sie sind ja ganz nass.«

Julian, der sich inzwischen an seine klammen Sachen gewöhnt hatte, winkte ab.

»Ich habe meine Begleiterin in dem Gewitter verloren und möchte gerne nach ihr suchen. Und dafür brauche ich ein Pferd.«

Paul trat zu ihnen.

»Wo ist der Nichtsnutz von deinem Ehemann?«

»Harold ist auf dem Feld, Vater.«

»Hat er seinen Gaul dabei?«

»Nein, das Pferd ist auf der Weide.«

»Gib unserem Gast einen Schluck Bier, Molly, ich gehe das Pferd holen.«

Julian wollte protestieren, dass er ebenso gut das Pferd holen könnte, aber ein warnender Blick der Frau hielt ihn zurück. Paul stapfte davon.

»Ich bin Molly. Kommen Sie doch für einen Augenblick herein.«

Sie hielt Julian die Tür auf, und er trat in das Strohdachhaus, das nur aus einem Raum bestand. Als er sich auf die Holzbank neben das Feuer setzte, merkte er erst, wie durstig und hungrig er war. Molly reichte ihm einen Krug Bier.

»Mein Vater wird leicht unwirsch, wenn man ihm widerspricht, besonders, wenn ihn seine Gicht plagt. Sie müssen das entschuldigen.«

»Ich habe nichts zu entschuldigen, ich habe mich zu bedanken, dass er mich mitgenommen hat. Er ist ein beeindruckender alter Herr.«

Sie lächelte und nickte.

»Ja, das ist er.«

Julian nahm einen Schluck Bier und war auf das Angenehmste überrascht.

»Das Bier ist ausgezeichnet!«

»Mein Mann macht sehr gutes Bier«, antwortete sie stolz und reichte ihm ein Stück Brot mit Käse.

»Vielen Dank, Sie sind sehr freundlich.« Julian konnte sehen, dass die Familie nicht viel besaß, und es war ihm fast unangenehm, dass sie etwas von dem wenigen mit ihm teilten.

»Sie haben Ihre Begleiterin verloren? Das ist ja schrecklich.«

»Ja, ihr Pferd ist durchgegangen. Ich muss unbedingt nach ihr suchen.«

Die Tür ging auf, und Paul steckte den Kopf herein.

»Das Pferd ist da.«

Julian stand auf, schob sich den Rest seines Brotes in den Mund und ging hinaus.

»Sollen wir den Sattel von Ihrem Pferd auflegen?«

»Nein, das ist nicht nötig. Ich möchte keine Zeit verlieren und das Tageslicht ausnutzen.« Julian blickte hinüber zu seinem Fuchs.

»Machen Sie sich keine Sorgen um Ihr Tier, die Jungs werden sich darum kümmern, und ich sehe mir das Gelenk an.«

»Vielen Dank, Paul. Ich werde bei Einbruch der Dunkelheit wieder zurück sein.« Er schwang sich auf das Pferd, das nur ein Zaumzeug trug, und trabte eilig vom Hof.

Der Grashalm, der über Vivianas Wange strich, hatte sie geweckt. Sie fragte sich, wie lange sie wohl geschlafen hatte, und richtete sich gähnend auf, als sie plötzlich das Gefühl hatte, beobachtet zu werden. Ihre Hand tastete nach ihrem Unterkleid, das ihr am nächsten lag. Mit einer raschen Bewegung zog sie es zu sich herüber und hielt es schützend vor sich. Ihr Herz klopfte ängstlich, als sie sich umdrehte und in die gelben Augen eines Hasen blickte. Aufmerksam betrachtete das Tier sie, seine Nase mit den Barthaaren zuckte unablässig. Erleichtert lachte Viviana auf und ließ sich zurück ins Gras fallen. Der Hase suchte das Weite. Die Sonne stand bereits im Westen, es war später Nachmittag. Viviana zog ihre Kleider an, die inzwischen getrocknet waren. Sie hatte die Orientierung verloren. Die Landschaft gab keinerlei Anhaltspunkte, welchen Verlauf der Fluss genommen hatte, und sie hatte nicht die geringste Ahnung, wo sie sich befand und wie weit sie von der Straße oder überhaupt von einer menschlichen Behausung entfernt war. Viviana blickte über die einsamen Hügel. Am besten, sie hielt sich südlich, irgendwann müsste sie dann wieder auf die Straße treffen. Aber zunächst musste sie etwas trinken, und hungrig war sie ebenfalls. Viviana kletterte den Hang hinunter zum Fluss. Sie war noch nicht ganz unten angelangt, als sie sich umblickte und in einiger Entfernung ihr Pony stehen sah. Sie glaubte, ihren Augen nicht zu trauen. Das Tier musste dem Flussverlauf gefolgt sein, zu erschöpft, die Steigung des Hügels zu bewältigen. Jetzt graste es am Flussufer. Langsam näherte sich Viviana und streckte lockend die Hand aus, aber das Pony würdigte sie keines Blickes. Viviana war unsinnigerweise über dieses Verhalten verärgert und ging schließlich einfach auf das Tier zu und nahm die Zügel.

»So, nun komm, du blödes Vieh. Wenn du nicht so schreckhaft gewesen wärest, würden wir jetzt nicht hier herumirren!«, schimpfte Viviana und zog das widerwillige Pony mit sich. Über dem Hügel hing die Sonne schwer und golden am Himmel. Sie sollte sich auf den Weg machen. Hoffentlich würde sie einen Platz zum Übernachten finden. Das Pony war müde, und Viviana hatte große Mühe gehabt, es den Abhang hinaufzuführen. Wenn sie das Tier nicht ständig antrieb, würde es sowieso nur im Schritt gehen. Viviana blickte missmutig auf den Sattel, der immer noch völlig durchnässt war. Sie beschloss, das Tier zu führen und zu Fuß zu gehen. Sie kam nur langsam voran, im Gegensatz zur Sonne, die sich umso schneller nach Westen zu bewegen schien. Weit und breit waren keinerlei Anzeichen von Menschen zu sehen, nur einsame Hügel. Viviana musste an Wölfe denken. Sie tastete nach dem Dolch, der an ihrem Gürtel hing. Der würde ihr gegen ein hungriges Wolfsrudel auch nichts nützen. Ihre Füße taten weh, das getrocknete Leder der Schuhe war steif und scheuerte an ihren Zehen. Sie hätte gerne eine Pause gemacht, aber sie musste das Licht ausnutzen, in der Hoffnung, doch noch einen Unterschlupf zu finden. Es war früher Abend, und die Schatten wurden immer länger. Gerade als Viviana sich damit abgefunden hatte, unter freiem Himmel schlafen zu müssen, entdeckte sie in einem Hain niedriger Bäume einen Unterstand. Es war eine ausgesprochen windschiefe Bretterbude, aber ihr Anblick ließ Viviana ein kleines Dankgebet gen Himmel schicken. Viviana band das Pony an einem der Bretter fest und blickte durch die Türöffnung. Die eisernen Türangeln waren aus den verrotteten Brettern gebrochen, und die Tür lehnte neben der Öffnung an der Wand. Im Inneren lag ein kleiner Haufen Stroh. Sonst war der Unterstand leer. Viviana trat wieder ins Freie und sattelte das Pony ab. Immerhin, es war besser als nichts und gab ihr die Illusion von Sicherheit. Vor einer Viertelstunde waren sie an einem kleinen Rinnsal vorbeigekommen, an dem sie das Pony getränkt hatte. Wenn sie jetzt noch etwas mehr Heu fände, wäre für das Tier gesorgt. Sie ging um die Bretterbude herum und hatte Glück. An die Nordseite lehnte sich eine Art Vordach, unter dem sich noch mehr Stroh befand. Es würde auch noch für ein bequemes Bett für sie reichen, dachte Viviana zufrieden und griff mit beiden Händen zu. Überrascht ließ sie den Arm voll Stroh wieder fallen. Ihre Finger waren gegen etwas Hartes gestoßen. Neugierig schob sie die Halme beiseite, bis dunkler Stoff zum Vorschein kam. Viviana zog daran und blickte plötzlich auf das grausige Antlitz einer Leiche. Mit einem Schreckensschrei fuhr sie zurück und bekreuzigte sich. Ihr Herz raste, als sie mit zitternden Knien vor den verwesten Überresten eines Menschen stand. Am liebsten wäre sie weggelaufen, aber wohin? Warum war Julian jetzt nicht bei ihr? Er wusste immer, was zu tun war. Unglücklich trat Viviana von einem Fuß auf den anderen. Es dauerte eine kleine Weile, ehe sie sich beruhigt hatte. Sie sollte feststellen, was es mit der Leiche auf sich hatte, sagte sie sich. Schließlich musste sie hier übernachten. Zögernd trat sie wieder näher an den Leichnam heran. Was sollte sie tun? Widerwillig wischte sie den Großteil des Strohs von dem Körper herab und erkannte, dass der dunkle Stoff Teil einer Nonnentracht war. Wieder bekreuzigte sich Viviana. Was machte eine tote Nonne hier mitten in der Einöde unter einem Haufen Stroh? Dem Zustand der Frau und ihres Gewandes nach zu urteilen, war sie schon eine Weile tot. Viviana starrte auf die mumifizierte Gestalt vor sich. Sie musste einem Verbrechen zum Opfer gefallen sein. Erneut griff Viviana nach dem Dolch an ihrer Seite und sah sich um, als wenn der Mörder noch hinter den Büschen lauerte. Wieder wünschte sie sehnlichst, dass Julian hier wäre. Viviana fuhr sich mit der Hand über die Augen. Sie musste sich konzentrieren. Es würde bald dunkel sein, und sie konnte jetzt nichts weiter tun. Sie häufte etwas Stroh zurück auf das Gesicht der Toten, klaubte dann einen Armvoll zusammen und trug es in die Bretterbude. Sie hatte kein Bedürfnis mehr, sich daraus ein weiches Lager zu bauen, und warf es für das Pony in eine Ecke. Dem Tier würde es gleichgültig sein, dass eine Leiche unter seinem Futter verborgen gewesen war. Missmutig grub Viviana mit einem Fuß in dem kleinen Haufen, der in dem Unterstand gelegen hatte. Nicht, dass sie noch etwas Schreckliches finden würde. Aber es fand sich nichts. Sie führte das Pony in den Unterstand und schob die Tür vor den Eingang. Nachdem sie sich in ihren Umhang gewickelt hatte, setzte sie sich in eine Ecke und starrte vor sich hin. Vielleicht war die Frau auch gar nicht ermordet worden, sondern hatte sich verirrt, war verletzt und dann schließlich hier gestorben? Nein, das war Unsinn, sie hätte Schutz in der Bretterbude gesucht, anstatt sich draußen unter das Vordach zu legen. Immerhin war die Leiche noch intakt, soweit sie das erkennen konnte, was zumindest die Anwesenheit von einem Rudel Wölfe in dieser Gegend unwahrscheinlich machte. Wieder durchflutete die Sehnsucht nach Julian ihren Körper.

Was, wenn sie sich nicht wiederfänden? Sie war allein mit einer Leiche. Und sicher gab es hier auch Wiedergänger von all den verdammten Seelen, die in den umliegenden Mooren versenkt worden waren. Eine Träne lief über Vivianas Wange, und sie zog unglücklich den Umhang fester um sich. Ihre Überlegungen wurden jedoch kurz darauf von der Frage unterbrochen, warum der Mörder den Leichnam der Frau nicht vergraben hatte? Vielleicht war es zu viel Arbeit gewesen, und er hatte nicht die Zeit dazu gehabt, grübelte Viviana. Aber wenn man einen Leichnam verschwinden lassen wollte, wäre es sicher sinnvoller, ihn irgendwo zu verscharren, als unter einem Strohhaufen zu verbergen, wo er früher oder später nichts ahnenden Reisenden einen gewaltigen Schreck einjagen würde. Es war inzwischen dunkel geworden, und außer den regelmäßigen Kaugeräuschen des Ponys war nichts zu hören.

Viviana starrte auf die Wand, hinter der die Leiche lag. Sie würde sich das alles morgen bei Tageslicht noch einmal ansehen. Die Frau musste ja irgendwo vermisst werden. Vivianas Gedanken wanderten zu Julian. Würde er überhaupt Nachforschungen anstellen? Der Gedanke, dass er vielleicht nicht nach ihr suchen könnte, war ihr bisher noch gar nicht gekommen. Er hatte ja sicher nicht unbegrenzt Zeit, seinen Auftrag zu verschieben. Viviana unterdrückte weitere Tränen. Sie war entmutigt und fürchtete sich, redete sie sich gut zu und wühlte in ihrer Tasche nach dem halben Brot, das sie als Proviant eingesteckt hatte. Es war natürlich nass und ein unappetitlicher, matschiger Klumpen geworden. Morgen würde alles anders aussehen, dachte sie und begann, ihr karges Abendmahl zu essen.

Als Viviana am nächsten Morgen die Augen aufschlug, war es schon hell. Durch die vielen Spalten zwischen den Holzbrettern schien die Sonne und tauchte das Innere des Stalls in Streifen von Licht und Schatten. Sie stand auf und rieb sich ihren steifen Nacken. Das Pony schnaubte ungeduldig zur Begrüßung.

»Ich kann nicht sagen, dass ich dich besonders gut leiden kann«, sagte Viviana zu ihrem Reittier und schob die behelfsmäßige Tür beiseite. Das Pony drängte hinter ihr ins Freie und begann sofort, das von Tau bedeckte Gras zu fressen. Sie musste Wasser für das Tier finden. Es war noch früh, aber es würde wieder ein heißer Tag werden. Das Wichtigste zuerst, sagte sich Viviana und machte sich auf die Suche. Sie hatte Glück und entdeckte das kleine Rinnsal wieder, an dem sie gestern das Pony getränkt hatte. Nachdem sie das Tier und sich selbst versorgt hatte, ihre Sachen gepackt waren und es nichts anderes mehr zu tun gab, ging Viviana um die Bretterbude herum, um sich die Leiche nochmals anzusehen. Sie holte tief Luft und schob das Stroh von der toten Frau herab. Im hellen Sonnenschein erschreckte sie der Anblick nicht mehr so sehr wie am Abend, als sie müde und erschöpft gewesen war. Das Gesicht der Leiche glich einer Ledermaske. Hände und Füße waren dunkel verfärbt und ausgetrocknet. Mit einem Stock hob sie den Körper vorsichtig an. Ein Heer von wimmelnden Käfern und Larven wurde sichtbar, und der Gestank, der von der Unterseite der Leiche ausging, erzeugte bei Viviana einen Brechreiz. Angeekelt ließ sie die Tote wieder zurücksinken und trat ein paar Schritte zur Seite. Sie glaubte jedoch, gesehen zu haben, wie etwas Glänzendes von der Leiche weggerollt war. Viviana wühlte mit dem Stock in dem Heu und fand es schließlich. Es war ein silberner Knopf. Nachdenklich hob sie ihn auf. Mit diesen Knöpfen wurden Jacken und Mäntel verziert. Viviana ließ den Knopf in ihrem Beutel verschwinden. Jemand anderer musste die tote Frau bergen, sie wusste ja noch nicht einmal, was sie mit ihr tun sollte. Entschlossen häufte sie das Stroh wieder auf die Leiche und brach auf.

~ 12 ~

Julian war den gesamten Weg zurückgeritten. Er hatte die Umgebung abgesucht an der Stelle, an der sie von dem Gewitter überrascht worden waren, aber es gab keine Spur von Viviana oder dem Pony. Ein altbekanntes Gefühl von Verzweiflung stieg in ihm auf. Er konnte sie doch nicht verloren haben, sie musste irgendwo sein! Hoffentlich war sie nicht verletzt. Es half nichts, er musste seine Suche für heute abbrechen, denn es würde bald dunkel werden, und er wollte das Pferd bei Einbruch der Nacht seinem Besitzer zurückgeben. Er würde es morgen noch einmal versuchen. Hungrig, müde und mutlos ritt Julian in der Dämmerung wieder auf den Hof. Ein hochgewachsener, rothaariger Mann kam ihm aus der Scheune entgegen. Das musste Harold, der Schwiegersohn von Paul, sein. Julian glitt vom Pferd.

»Sie haben Ihre Begleiterin nicht gefunden?«

»Nein.«

»Es ist eine warme Nacht, und Wölfe sind aus dieser Gegend schon lange nicht mehr gemeldet worden. Selbst wenn man ungewollt im Freien übernachten muss, ist es zu dieser Jahreszeit nicht so schlimm.«

Sie gingen zusammen zum Stall.

»Mein Schwiegervater hat das Gelenk Ihres Pferdes untersucht«, fuhr Harold fort, nachdem er sich vorgestellt hatte, »hat einen Umschlag gemacht und meint, dass es nur einige Zeit Ruhe braucht. Er versteht sehr viel von Pferden.«

Harold führte das Pferd in die große Box, in der auch Julians Fuchs stand, und nahm ihm die Trense ab. Julian tastete das Gelenk seines Tieres ab und kam zu der gleichen Einschätzung wie Paul. Zeit würde die Sache heilen, aber Zeit war es, was er nicht hatte. Harold lehnte an einem der Pfosten und beobachtete ihn. Julian stand auf.

»Vielen Dank, dass ich Ihr Pferd ausleihen durfte. Ich werde Sie selbstverständlich dafür bezahlen.«

Harold winkte ab.

»Nein, ich bestehe darauf. Ich würde es auch gerne morgen noch mal haben. Ist das möglich?«

»Ja, das lässt sich einrichten. Kommen Sie, Molly hat Ihnen etwas zu essen warmgehalten.«

Dankbar folgte Julian dem Bauern in das einfache Wohnhaus. In der hinteren Ecke schliefen mehrere Kinder, die Julian zuvor noch nicht gesehen hatte. Um die Feuerstelle saßen Molly, Paul, ein etwa fünfzehnjähriger Jüngling und ein etwas jüngeres Mädchen, die beide die flammendroten Haare ihres Vaters geerbt hatten.

»So, macht Platz für den Gast und euren Vater«, scheuchte Paul seine Enkel in der ihm eigenen brüsken Art von den Plätzen.

»Haben Sie nichts gefunden, hm?«, stellte er fest, als Julian sich auf den Stuhl ans Feuer setzte. Molly reichte ihm eine Schüssel mit Gerstengrütze. Es war ein karges Mahl, aber Julian war hungrig und aß mit großem Genuss. Er bekam noch einen Krug mit Harolds vorzüglichem Bier, lehnte sich schließlich zurück und blickte in die Runde.

»Ich bin Ihnen sehr dankbar für Ihre Gastfreundschaft. Nein, leider habe ich meine Begleiterin noch nicht gefunden. Ich werde morgen weitersuchen.«

»Soll gutes Wetter geben, morgen«, brummte Paul.

»Wie weit ist Salisbury von hier entfernt?«

»Die nächste Stadt ist Shaftesbury.«

»Oh, ich dachte, ich wäre schon weiter östlich.«

»Nein, Shaftesbury ist eindeutig näher als Salisbury.«

»Ich muss mir ein Ersatzpferd für den Fuchs besorgen.« Molly blickte von ihrem Nähzeug auf.

»Will der Nachbar nicht seinen Apfelschimmel verkaufen?«

»Ach, was will denn ein Herr wie er« – Paul nickte zu Julian hinüber – »mit so einem grobknochigen Trampel.«

»Ich habe das Tier letzte Woche gesehen und fand, dass es einen guten Gang hatte«, wagte Harold seinem Schwiegervater zu widersprechen. Die darauf folgende Schimpftirade ließ er gleichmütig über sich ergehen. In einer Atempause schaltete sich Julian ein.

»Ich brauche nur ein zuverlässiges, kräftiges Pferd als Ersatz. Es muss keine Schönheit sein.« Er nickte Paul begütigend zu.

»Was meinen Sie, ist es einigermaßen zu gebrauchen?«

»Einigermaßen, mehr aber sicher auch nicht!«

»Vielleicht kann ich es mir morgen Abend ansehen?«

»Ich kann es holen«, sagte Harold.

»Unsinn, ich werde es holen. Reitpferde sind die Angelegenheiten von freien Männern, Ackergäule die von Hörigen!«

»Vater! Jetzt fang doch nicht schon wieder damit an«, schalt ihn seine Tochter. Julian fand, es war an der Zeit, zu Bett zu gehen.

»Ich habe ein Lager für Sie in der Scheune vorbereitet.«

Er folgte Harold hinaus. Sie gingen über den Hof.

»Mein Schwiegervater ist ein sehr stolzer Mann. Er kann es nicht verwinden, dass ich diese Fronstelle angenommen habe und jetzt ein Höriger bin.«

»Sie sind also frei geboren?«

»Ja, mein Vater war freier Bauer. Während des Krieges zwischen der Kaiserin und König Stephen hat er alles verloren. Als freier Mann musste er Waffendienst leisten, als sein Herr dann auf der Verliererseite war und ihm die Güter weggenommen wurden, verloren auch wir den Hof.«

Julian nickte. Häufig war das Leben als freier Bauer schwerer als das in Abhängigkeit. Zwar hatte man als Freier alle Rechte, aber auch alle Pflichten. In schlimmen Zeiten konnten einen die Pflichten zugrunde richten. Wenn dann noch eine Missernte oder persönliche Tragödie dazukam, war man schnell am Ende. Es gab keine Sicherheit, wie es der Fall war, wenn man sich in die Abhängigkeit begab: Schutz vor schlechten Ernten, der Willkür anderer Herren oder dem Waffendienst.

»Ich habe lieber ein Stück Land zu bewirtschaften und kann meine Familie ernähren, als eine Freiheit, die keine ist. Stolz kann man nicht essen.«

»Das ist verständlich.«

»Nicht für meinen Schwiegervater. Schließlich sind nun auch seine Enkel Hörige, und ich habe sie um ihre Freiheit betrogen.«

»Sie hätten nicht viel von ihrer Freiheit gehabt, wenn sie vorher verhungert wären.«

Harold blieb stehen.

»Ich weiß auch nicht, warum ich Sie mit meiner Geschichte belästige. Wir begegnen selten Fremden hier draußen. Verzeihen Sie mir.«

»Wofür? Ich verstehe Ihre Gründe. Es ist einfach, am Ende seines Lebens eine unumstößliche Meinung zu haben. Es ist nicht so einfach, wenn das Leben noch vor einem liegt und gemeistert werden will.«

»Ja, da haben Sie recht. Dort ist Ihr Gepäck. Gute Nacht und bis morgen.«

»Gute Nacht.«

Trotz seiner Erschöpfung lag Julian wach, starrte in die Dunkelheit und konnte durch eine Luke im Dach den Sternenhimmel sehen. Irgendwo da draußen in der Nacht war Viviana. Julian betete, dass es ihr gut ging, dass sie nicht verletzt oder verängstigt war. Er hatte sie in Yeovil abgewiesen, und das hatte ihn seine ganze Selbstbeherrschung gekostet. Er hatte gesagt, dass er es nicht ertragen würde, sie zu besitzen und dann wieder zu verlieren. Jetzt hatte er sie verloren, und obwohl sie nicht sein war, war es trotzdem kaum auszuhalten. Er musste sie unbedingt wiederfinden, und dann würde er sie nie mehr gehen lassen.

Julian hatte am nächsten Tag Unterstützung von Paul und einem seiner Enkel, aber die Suche nach Viviana blieb erfolglos. Zudem stellte sich heraus, dass der Apfelschimmel am Vortag gegen drei Ziegen und zwei Sack Saatgut eingetauscht worden war. Es blieb Julian also nichts weiter übrig, als am Nachmittag Pauls Angebot, ihn auf seinem Karren nach Shaftesbury zu fahren, anzunehmen, in der Hoffnung, dass er dort ein Ersatzpferd für den Fuchs auftreiben könnte.

Shaftesbury war eine große Stadt mit einem überaus wohlhabenden Benediktinerinnenkloster und eigenem Münzrecht. Die Gebeine des Heiligen Edward lagen hier und waren ein Anziehungspunkt für viele Pilger von nah und fern. Möglicherweise war auch Rinaldo unter ihnen, aber Julian glaubte nicht an seine Wallfahrtsgeschichte, und so erwartete er auch nicht Rinaldo oder Viviana zu finden, als er in den zahlreichen Herbergen nach ihnen fragte.

»Einen großen Ausländer mit heller Stimme suchen Sie?« Der Wirt blickte Julian neugierig an. »Da sind Sie nicht der Erste heute, der fragt.«

»Tatsächlich?«

»Vor einer halben Stunde war ebenfalls jemand hier.«

»War es eine Frau?«

Der Wirt schüttelte den Kopf, und der Funken Hoffnung, eine Spur von Viviana gefunden zu haben, erlosch in Julians Herzen ebenso schnell, wie er aufgeflammt war.

»Wie sah der Mann aus?«

»Hm, durchschnittlich, würde ich sagen. Hier kommen jeden Tag so viele Leute rein.« Der Wirt verschwand kurz unter dem Tresen, um eine Anzahl frischer Bierkrüge hervorzuholen. »Die kann ich mir nicht alle merken.«

»Und den Südländer haben Sie nicht gesehen?«

Der Wirt schüttelte den Kopf.

Jemand fragte nach Rinaldo! Das war eine heiße Spur, und er musste sie unbedingt verfolgen. Aber er musste auch Viviana wiederfinden. Solange er beides miteinander verbinden konnte, würde er keine Entscheidung treffen, sagte Julian sich und setzte zielstrebig seine Suche fort. Wer auch immer nach Rinaldo suchte, ging ebenso gründlich vor wie er selbst. Obwohl niemand Viviana gesehen hatte, hörte er mehrmals, dass bereits jemand nach Rinaldo gefragt hatte. Es gab eine Unmenge an Unterkünften für die vielen Pilger, und es würde ewig dauern, bis er sie alle abgeklappert hatte. Es war bereits spät, als er schließlich eine etwas andere Antwort als bisher bekam.

»Sie suchen auch den Südländer? Ihr Freund war schon hier, und ich habe gerade eine Nachricht in den ›Gelben Hund‹ geschickt.«

»Großartig! Wo ist er?«

»Der Südländer?«

Julian nickte.

»Weiß ich nicht.«

»Das nützt mir nicht viel.«

»Er hat nicht gesagt, wohin er wollte, und ich habe nicht gefragt. Aber er hat gut für das Pferd gezahlt. So ein Riesenkerl wie der braucht auch einen kräftigen Gaul.«

Julians Geduld wurde arg strapaziert.

»Wann hat er das Pferd gekauft?«

»Gegen Mittag. Er hat mit meinem Burschen gesprochen, der hat mir erst jetzt davon erzählt.«

Julian wandte sich zum Gehen.

»He, was ist mit dem Silbertaler, den Ihr Freund versprochen hat?«

»Hat er das? Na dann.« Julian nahm eine Münze aus seinem Beutel und drückte sie in die ausgestreckte Hand. Wenn Rinaldo das Pferd erst gegen Mittag gekauft hatte, bestand die Möglichkeit, dass er nicht vor morgen abreisen würde, hoffte Julian. Immerhin hatte er jetzt eine heiße Spur, wenigstens den mysteriösen, anderen Mann zu finden, der ebenfalls nach dem Spanier suchte. Wenig später hatte Julian die große Herberge erreicht, die gegenüber der Abtei lag. Dort hatte er noch nicht nachgefragt.

»Wir haben kein Bett mehr frei!«, sagte der Wirt, als Julian in den Gästesaal trat, der sich neben dem Schankraum befand.

»Ich suche kein Bett, ich suche zwei Freunde von mir. Vielleicht haben Sie sie gesehen?«

Der Wirt machte den Eindruck eines Mannes, der keine Zeit und keine Lust hatte, sich mit einer Suche zu befassen, die ihn nichts anging. In seinem Beruf hatte Julian jedoch gelernt, auf derlei Befindlichkeiten keine Rücksicht zu nehmen, und so beeindruckte ihn das abweisende Gesicht seines Gegenübers nicht.

»Der eine von meinen Freunden ist sehr groß und kommt von der Iberischen Halbinsel. Er müsste Ihnen aufgefallen sein, wenn er hier abgestiegen ist.«

Die schwieligen Hände, die damit beschäftigt gewesen waren, benutzte Becher von sauberen zu trennen, hielten inne.

»Nein, den habe ich nicht gesehen. Aber Sie haben Glück, Ihr anderer Freund ist hier, der hat auch schon nach ihm gefragt.«

»Ah, sehr gut! Wo ist sein Bett?«

»Er hat eine der Kammern oben. Wenn Sie die mit ihm teilen wollen, gebe ich Ihnen einen Nachlass.«

»Ja, das ließe sich vielleicht machen, welche Kammer ist es?«

»Die mit der Sonne an der Tür. Aber ich glaube nicht, dass er schon wieder zurück ist.«

Julian stieg die ausgetretenen Stufen der Holztreppe in den ersten Stock hinauf. Der Flur war eng und roch muffig. Als er die richtige Tür erreicht hatte, lauschte er erst mal, dann klopfte er an. Niemand antwortete. Er schob die Tür auf und stand in einer winzigen Kammer, die nur von innen mit einem Riegel zu verschließen war, der jedoch fehlte. Julian konnte sehen, wo eine Bretterwand eingezogen worden war, um einen größeren Raum in kleinere Kammern zu unterteilen. Wahrscheinlich würde der Wirt für diese Annehmlichkeit einen Wucherpreis verlangen. Sogar die Betten in dem großen Schlafsaal unten kosteten mehr als eine Kammer in jeder anderen Stadt, die nicht das Glück hatte, die Gebeine eines Heiligen zu beherbergen. Julian schob die Tür zu und blickte sich um. Neben dem Lager, das aus einer Strohmatratze und einer Decke bestand, lag ein ordentlich verschnürtes Bündel. Julian löste die Lederbänder und untersuchte den Inhalt. Es waren die üblichen Gegenstände eines Reisenden. Alles war von guter Qualität und auffallend neu. Zuunterst befand sich eine Lederrolle, in der ein Pergament steckte. Er war dabei, das Pergament zu entrollen, als Julian das Knarren der Tür hörte. Gerade noch rechtzeitig konnte er dem Hieb des Prügels ausweichen, der auf ihn niedersauste. Blitzschnell rollte er sich zur Seite und kam auf die Füße. In der kleinen Kammer hatte er kaum eine Möglichkeit, auszuweichen. Julian rammte seine Schulter so hart gegen die Brust des Angreifers, dass dieser nach hinten stolperte und gegen die dünne Bretterwand krachte, die splitternd nachgab. Dann warf er sich auf ihn, ehe er wieder auf die Beine kommen konnte. Verbissen kämpften die beiden Männer miteinander und drückten sich gegenseitig die Kehle zu. Julian hatte keine Hand frei, also schlug er mit seinem Kopf gegen das Nasenbein des Gegners. Für einen Moment löste sich dessen Griff. Augenblicklich hatte Julian seinen Dolch gezogen und drückte ihn an den Hals des Angreifers. Er blickte in das Gesicht eines jungen Mannes, aus dessen Mund und Nase Blut quoll.

»Wer bist du?«, keuchte er und presste die Klinge gegen die glatte Haut. Der Mann antwortete nicht.

»Wer bist du?«, wiederholte Julian. »Antworte, oder ich schlitze dir den Hals auf.«

Er sah Angst in den blauen Augen, aber die Lippen blieben weiterhin verschlossen. Das Messer schnitt in die Haut, und ein dünnes, rotes Rinnsal tropfte auf den Fußboden.

»Zum letzten Mal, wer bist du?«

»Ich würde das nicht tun, White. Es würde den Kardinal verärgern.« Julian spürte die Spitze eines Schwertes im Nacken. Er kannte die Stimme. Ungehalten schob er das Schwert zur Seite und stand auf.

»Was geht hier vor sich, Thorn?«

Feindselig starrten sie einander an. Melchor Thorn war wie er selbst ein Agent des Kardinals, und sie hassten einander.

»Das könnte ich ebenfalls fragen«, antwortete Thorn mit seiner schleppenden Stimme.

»Das ist Emmitt.« Mit einer nachlässigen Kopfbewegung deutete er auf den jungen Mann, der auf dem Fußboden saß und sich das Blut aus dem Gesicht wischte.

»Nachwuchs«, fügte er noch hinzu.

Julian streckte die Hand aus und half ihm auf die Beine.

»Tut mir leid, Emmitt.«

»Macht nichts, Sir.«

Der Wirt und einige der Gäste waren herbeigeeilt, um zu sehen, was es mit dem Lärm auf sich hatte. Ehe der Wirt den Mund auftun konnte, schnitt ihm Thorn das Wort ab.

»Mister White wird das sicher alles regeln, guter Mann. Nun lassen Sie mich schon durch.«

»Ich dachte, Sie wären befreundet!« Der Wirt stand in der Tür.

»Wiedersehensfreude.« Julian drückte dem Wirt einige Münzen in die Hand.

»Hier, sehen Sie zu, dass wir heißes Wasser bekommen und ein paar Leinenstreifen.«

Der Wirt ging.

»Und nehmen Sie den Rest Ihrer Gäste mit, hier gibt es nichts mehr zu begaffen«, rief Julian ihm nach und wandte sich Emmitt zu, der an der Wand lehnte und etwas blass aussah.

»Setz dich.« Julian drückte ihn auf das Lager. »Lass mal sehen.«

Vorsichtig untersuchte er die Nase.

»Ich glaube, sie ist gebrochen. Tut mir leid.«

Emmitt zuckte tapfer mit den Schultern. Ein Mädchen brachte eine Waschschüssel und Leinenstreifen. Nachdem Julian Emmitt, so weit es möglich war, verarztet hatte, gingen sie in den Schankraum, um ein Bier zu trinken. Es war recht leer, da in der Kathedrale gerade die Abendmesse gelesen wurde.

»Also, sprich, was ist hier los?«

»Wir haben neue Nachrichten über die Verschwörung erhalten.«

Es amüsierte Julian, wie sein Gegenüber bereits voller Stolz die Geheime Kanzlei des Kardinals mit »wir« beschrieb. Emmitt war ein schlaksiger, junger Mann mit blauen Augen und einem hellblonden Haarschopf. Er sah sehr unschuldig aus, und der Gedanke streifte Julian, dass ihm das sicherlich in seiner Laufbahn noch zum Vorteil gereichen würde.

»Also, was gibt es Neues, und was hat Thorn damit zu tun?«

»Wir haben eine Nachricht abgefangen, dass ein Kurier der Verschwörer unterwegs ist.«

»Das war doch schon bekannt, ehe ich aus Westminster abgereist bin.«

Emmitt reichte ihm das Pergament, das in seinem Gepäck gewesen war. Julian überflog die Nachricht. Es gab angeblich eine Liste mit den Namen der Männer in England, die sich der Verschwörung angeschlossen hatten. Der Kurier hatte die Liste. Das Erkennungsmerkmal waren sechs Punkte, die in einem Kreis angeordnet waren. Julian runzelte die Stirn über dieses ungewöhnliche Zeichen. Normalerweise schickte man Siegel oder dergleichen mit. Er selbst trug wie alle Agenten das Siegel des Kardinals bei sich, um sich im Notfall ausweisen zu können. Er las weiter. Der Kurier war nicht, wie zunächst gedacht, über Calais gekommen, sondern war von Cherbourg aus gesegelt. Das hieß, dass er wahrscheinlich hier in Dorset oder Devon an Land gegangen war. Julian dachte wieder an Rinaldo. Es wurde immer wahrscheinlicher, dass er etwas damit zu tun hatte. Viviana hatte Rinaldos Gepäck auf ihrem Pony gehabt. Sobald er sie gefunden hatte, musste er das Gepäck noch einmal genau durchsuchen. Sie mussten unbedingt diese Liste mit den Verschwörern in die Hände bekommen. Wahrscheinlich kannten die sich untereinander noch nicht. Wie viel geheime Vorarbeit musste von den Verrätern bereits geleistet worden sein, dass sie eine ganze Liste von potenziellen Unterstützern hatten aufstellen können. Es gärte schon lange auf dem Festland.

Der Thronerbe und sein Bruder, Prinz Richard, konnten sich mit König Henry nicht über die Verteilung des Erbes und der Regierungsaufgaben einigen. Um seine Nachfolge zu sichern, hatte König Henry seinen Sohn, den jungen Henry, bereits als Fünfzehnjährigen zum Mitregenten krönen lassen. Der Bürgerkrieg, der um die Nachfolge seines Großvaters Henry I. entbrannt war, hatte das Land in Chaos und Verwüstung gestürzt. Henry II. war daher darauf bedacht gewesen, die Herrschaft seines Sohnes schon zu seinen Lebzeiten abzusichern. Leider war der Thronerbe mehr mit seiner Leidenschaft des Lanzenstechens als mit dem Mitregieren beschäftigt. Sein mangelndes Interesse an der Politik des Reiches und seine immensen Schulden sorgten dafür, dass er immer neue Forderungen an seinen Vater stellte. Ganz anders war demgegenüber der jüngere Bruder Richard, dessen militärisches Geschick und politische Ambitionen eine noch viel ernstere Besorgnis in Henry II. hervorrief. Nicht vergessen werden durfte die umtriebige, eigenwillige Königin Eleonore, die ebenfalls ihre eigenen Pläne hatte. Auch die Barone des Reiches standen keineswegs geschlossen hinter ihrem König. Eine schwache Königsmacht bedeutete mehr Macht für sie. Henry hatte nach seiner Thronbesteigung die Mehrzahl der illegalen Burgen schleifen lassen und die während des Bürgerkriegs widerrechtliche Annexion von Krongut rückgängig gemacht. Dieses harte Durchgreifen hatte ihm viele Feinde geschaffen. Nein, dachte Julian, er würde nicht gerne mit König Henry tauschen wollen. Sein Leben war ein einziger Kampf um den Erhalt seiner Macht. Er konnte nicht einmal seiner engsten Familie trauen. Seit Längerem gab es das Gerücht, dass sich die Söhne gegen ihren Vater erheben wollten. Würde ein vereintes Vorgehen der Brüder den König tatsächlich in Bedrängnis bringen? Das käme darauf an, wer noch die Gelegenheit wahrnehmen und sich der Rebellion anschließen würde. Ein erneuter Kampf um die Herrschaft würde für das Land eine Katastrophe sein.

»Wissen wir, mit welchem Schiff der Kurier gesegelt ist?«

»Nein, und nicht einmal genau, wo er an Land gegangen ist.«

Julian rieb sich das Kinn. Prinz Richard würde alle Untersuchungen in der Normandie zu behindern wissen, dachte er und fragte weiter: »Wie kommt es, dass du eine Beschreibung von Rinaldo hast? Meine Nachricht aus Exeter kann doch unmöglich schon in Westminster angekommen sein, ehe du abgereist bist.«

»Mister Thorn war bereits in Shaftesbury. Der Bote hat hier Station gemacht.«

Warum wusste Julian nicht, dass Thorn sich hier aufhielt? Üblicherweise informierten sie sich immer über ihre jeweiligen Aufenthaltsorte, denn das erleichterte den Austausch zwischen den Agenten erheblich. Julian zuckte mit den Schultern. Thorn hielt sich selten an Absprachen, und wahrscheinlich war er in irgendeiner seiner dubiosen Missionen unterwegs.

»Thorn hat dich also auf die Suche nach dem Südländer geschickt?«

»Ja.«

Das war typisch, dachte Julian. Thorn war zu bequem gewesen, selbst dem Hinweis nachzugehen. Erst als sich die Hinweise verdichteten und er möglicherweise mit der Ergreifung des Kuriers Punkte sammeln konnte, hatte er sich für Julians Meldung interessiert. Und sogar dann hatte er die Laufarbeit einen anderen machen lassen.

»Ich muss mit Thorn sprechen. Wo ist er abgestiegen?«

»Im Gästehaus der Abtei.«

»Selbstverständlich. Wie hätte es anders sein können.«

»Soll ich mitkommen, Sir?«

»Natürlich.«

Melchor Thorn hatte gerade ein üppiges Abendmahl zu sich genommen, als ihm die Besucher angekündigt wurden. Er winkte dem Diener, den Tisch abzuräumen, und winkte mit der gleichen herrischen Bewegung seine Besucher herein.

»Ich hoffe, wir stören nicht?«

Thorn überhörte Julians sarkastischen Tonfall und deutete, ohne aufzustehen, auf zwei gepolsterte Ledersessel. Der Wohnraum des Gästequartiers war komplett mit dunklem Holz getäfelt. Im Winter wurde der Raum durch einen breiten, gemauerten Kamin geheizt. Es war ein luxuriöses Gemach, dem sich noch ein Schlafraum anschloss. Julian war bekannt, dass Thorn gute Beziehungen zur Abtei in Shaftesbury unterhielt, allerdings wusste er nicht, welcher Art diese Beziehungen waren.

»Also hat« – er schloss kurz die Augen, um sich an den Namen zu erinnern – »Emmitt dich über alles informiert?«

»Ich wusste nicht, dass du hier bist.« Julian blickte Thorn direkt in die Augen.

»Und?«

»Es wäre für die Untersuchung von Vorteil gewesen.«

»Eine Privatangelegenheit.«

»Was sonst.«

Wieder blickten sie sich feindselig an.

»Also, was wollen wir unternehmen? Schlag doch etwas vor, White. Bist doch immer so eifrig.«

Warum duldete der Kardinal einen solch unzuverlässigen, korrupten Mann unter seinen Agenten? Die Erklärung konnte nur sein, dass er jemanden für die wirklich schmutzige Drecksarbeit brauchte, jemanden, der bar jeden Gewissens war. Dafür war Melchor Thorn genau der Richtige. Und deshalb konnte er sich auch Sachen erlauben, die keiner seiner Kollegen je gewagt hätte.

»Mir wurde gesagt, dass der Südländer heute hier ein Pferd gekauft hat. Möglicherweise ist er noch in der Stadt.«

Thorn setzte sich auf.

»Er ist hier?«

»Ja. Wohl nicht so gut aufgepasst, wie?« Julian gönnte sich diese kleine Spitze.

»Wieso hast du das nicht herausfinden können?«, fuhr Thorn Emmitt an, der sich schuldbewusst ein bisschen tiefer in seinen Sessel drückte.

»Es hätte sich gelohnt, vielleicht schon früher die Augen offenzuhalten, Thorn. Dass ich den Südländer überprüfe, ist dir ja schon länger bekannt.«

»Wo ist er jetzt?«

»Das weiß ich nicht.«

»Vielleicht ist er auch schon abgereist«, meinte Melchor Thorn.

»Wenn, dann in Richtung Saint Albans.«

»Ist jemand von uns dort in der Nähe?«

Julian zuckte mit den Schultern und verkniff sich eine Bemerkung über Agenten, die ihren Aufenthaltsort nicht mitteilten. Thorn stand am Kamin und blickte ihn abwartend an. Irgendetwas irritierte Julian.

»Also, ich würde vorschlagen, dass ihr die Suche nach dem Spanier übernehmt. Er war in Begleitung von einer weiteren Person. Ich glaube nicht, dass sie etwas damit zu tun hat, sondern sie diente eher als eine Art Tarnung. Als wir bei dem Überfall getrennt wurden, bin ich mit ihr weitergereist. Dann haben auch wir uns verloren. Ich würde gerne nachforschen, was aus ihr geworden ist, und nochmals ihre Verbindung zu Rinaldo überprüfen.«

»Wer ist die andere Person?«

»Eine Frau.«

»Ah! Eine Frau!« Thorns Lippen kräuselten sich spöttisch.

»Ist sie schön?«

»Was tut das zur Sache?«

»Schöne Frauen neigen dazu, ihr Glück bei anderen Männern zu suchen, White.«

Julian fühlte, wie Wut in ihm hochstieg. Natürlich war dies eine Anspielung auf das Verschwinden von Aelia. Kurz nachdem bekannt geworden war, dass Julians Frau verschwunden war, hatte Thorn sich in ausführlichen Überlegungen ergangen, mit welchem Mann sie wohl durchgebrannt war. Als er dann noch grundsätzlich Aelias Moral infrage gestellt hatte, war es nur der Geistesgegenwart des Kardinals zu verdanken gewesen, dass Julian Melchor Thorn nicht im selben Augenblick sein Schwert in die Brust gerammt hatte.

»Also, willst du den Südländer übernehmen oder nicht?«

Thorn seufzte, obwohl es Julian völlig klar war, dass sein Kollege darauf brannte, den Kurier festzusetzen.

»Na gut.«

»Nimmst du Emmitt mit?«

»Von mir aus.«

»Vergiss nicht, der Mann könnte auch unschuldig sein.«

Thorn verdrehte genervt die Augen, und Julian ging zur Tür. Emmitt stand auf.

»Es wird bald dunkel. Ich werde die Südstadt übernehmen, sieh zu, dass du den Rest abklapperst«, sagte Thorn, ohne Emmitt eines weiteren Blickes zu würdigen.

Julian und Emmitt gingen durch den großen Hof der Abtei.

»Sir?«

»Was?«

»Was meinten Sie mit Ihrer letzten Bemerkung?«

»Melchor Thorn bedient sich Methoden der Wahrheitsfindung, die nicht immer angemessen sind.«

Julian war schon früher mit Thorn aneinandergeraten. Sie waren etwa zur gleichen Zeit in den Dienst des Kardinals aufgenommen worden, und es hatte vom ersten Augenblick an eine tiefe Abneigung zwischen ihnen bestanden. Thorn kannte keine Moral, und ihm war jedes Mittel recht, sein Ziel zu erreichen. Ihre erste Auseinandersetzung hatten sie gleich bei ihrem ersten gemeinsamen Fall gehabt. Thorn hatte einen Verdächtigen festgenommen und wollte Informationen aus dem Gefangenen herauspressen. Julian wusste bereits, dass der Mann unschuldig war, aber Thorn hatte das nicht glauben wollen. Der Verdächtige war an den Folgen des Verhörs gestorben. Es hatte sich »nur« um einen Leibeigenen gehandelt, und sein Besitzer war entschädigt worden. Der Kardinal hatte Thorn zur Mäßigung aufgefordert, aber das war alles gewesen. Es war die erste große Enttäuschung, die Julian hinsichtlich seiner Beschäftigung erfahren hatte, aber nicht die letzte.

Sie erreichten den »Gelben Hund«.

»Werden Sie ein Quartier im Gästehaus der Abtei beziehen?« Julian schüttelte den Kopf.

»Nein, Melchor Thorns Beziehungen haben ihm diese luxuriösen Gemächer ermöglicht. Glaube nur nicht, dass wir alle immer so gut untergebracht sind.«

Emmitt nickte.

»Das hatte ich mir schon gedacht. Wollen Sie dann meine Kammer mit mir teilen? Ich habe sie bereits bezahlt, und es ist schwierig, in dieser Stadt ein Bett zu finden.«

Ihre abendlichen Erkundigungen ergaben, dass die Wachen an den Stadttoren keinen berittenen, dunklen Riesen bemerkt hatten und es wahrscheinlich war, dass Rinaldo sich noch in Shaftesbury aufhielt. Während seine beiden Kollegen am nächsten Morgen die Stadt durchkämmten, beschloss Julian, sich ein Pferd zu leihen und in das etwa zwanzig Meilen entfernt gelegene Salisbury zu reiten, in der Hoffnung, dort eine Nachricht von Simeon vorzufinden. Julian und sein Freund hatten es sich zur Gewohnheit gemacht, sich gegenseitig über alle wichtigen Interna der Geheimen Kanzlei zu informieren. Dafür hatten sie an den üblichen Reiserouten Orte ausgewählt, an denen der andere auf seinem Weg vorbeikommen musste. Dies war ein ähnliches Prinzip wie das der Kanzlei, aber es funktionierte erheblich besser, da die Nachricht nicht durch die allgegenwärtige Bürokratie aufgehalten wurde. In der Vergangenheit hatten diese schnellen, privaten Nachrichten schon zu so manchen Erfolgen geführt, was ihrer beider Laufbahn zugutekam.

Julian spürte einen Anflug von schlechtem Gewissen, die beiden anderen Shaftesbury allein absuchen zu lassen, aber wenn er schon Thorn den Südländer überließ, dann würde er ihm nicht auch noch dabei helfen, diesen zu finden. Nein, seit dem Gewitter war ihm endlich klar geworden, dass Viviana ihm wichtiger war als die Überprüfung einer Spur, sie war ihm wichtiger als ein Kurier, wichtiger als eine mögliche Verschwörung, wichtiger als der Kardinal und wichtiger als König Henry selbst! Es war endlich an der Zeit, mit der Vergangenheit abzuschließen und ein neues Leben zu beginnen. Er hatte viel Geld gespart und würde sich ein kleines Anwesen kaufen, um dort mit Viviana eine Familie zu gründen. Melchor Thorn konnte nach dem Kurier suchen, Julian würde nach Viviana Ausschau halten und sie auch finden.

~13~

Den ganzen Vormittag über begegnete Viviana keiner Menschenseele. Gegen Mittag machte sie eine Rast an einem großen Tümpel, um das Pony zu tränken und es grasen zu lassen. Sie aß den letzten Rest des trockenen Brotklumpens. Erfreulicherweise fand sie einige Beerensträucher und konnte so ihr dürftiges Mittagsmahl ein wenig aufbessern. Kurze Zeit später brach sie wieder auf.

Über Stunden hatte Viviana nur die Geräusche der Natur und ihres Ponys gehört, als plötzlich ein neuer Klang an ihr Ohr drang. Es waren Stimmen! Sie zügelte das Pony und lauschte. Eindeutig, sie hörte zwei Männer miteinander sprechen. Endlich Menschen! Viviana trieb das Tier an, umrundete den Ausläufer des Wäldchens und sah sich einem Haferfeld gegenüber, an dessen Rand zwei Männer saßen. Sie hatten ihre Sensen neben sich liegen und machten offensichtlich eine Pause von der Ernte, die jetzt, Mitte August, allmählich in Gang kam.

Viviana hatte in einiger Entfernung ihr Pony angehalten und grüßte die beiden Männer. Diese erwiderten den Gruß und standen auf.

»Ist hier ein Dorf in der Nähe?«, fragte Viviana freundlich.

»Hast du dich verlaufen, Mädchen?«

Die Antwort gefiel Viviana nicht und auch nicht der Blick, mit dem die beiden Landarbeiter sie musterten. Der eine streckte die Hand aus und lockte das Pony. Viviana zog die Zügel stramm.

»Ich möchte nicht stören, aber können Sie mir nun sagen, in welcher Richtung das nächste Dorf liegt?«

»Ho! Nun mal nicht so zickig. Wir tun dir ja nichts.«

Da war sich Viviana nicht so sicher und betrachtete den einen der beiden misstrauisch, als er näher kam.

»Es gibt hier mehrere Dörfer. In welches willst du denn?«

»In das nächste.«

»Bist du etwa ganz allein unterwegs, meine Hübsche?«

»Nein, bin ich nicht.«

»Sieht aber danach aus. Weißt du nicht, dass das gefährlich ist?«

Viviana wendete das Pony und stieß ihm die Hacken in die Flanken. Der Mann sprang nach vorn und erwischte einen der Zügel. Das Pony bäumte sich auf und hätte Viviana beinahe abgeworfen. Aus dem Augenwinkel sah sie, wie der andere Kerl angerannt kam. Sie hatte plötzlich ihren Dolch in der Hand und stieß ihn in die Hand, die den Zügel hielt. Mit einem Schrei ließ der Mann los, und Viviana trieb das Pony im vollen Galopp durch das Haferfeld. Sie hörte, wie die Männer wüste Verwünschungen hinter ihr herbrüllten. Das war knapp gewesen. Als sie die andere Seite des Feldes erreicht hatte, zügelte sie das Tier und blickte nachdenklich auf den Dolch in ihrer Hand. Viviana konnte sich nicht erinnern, ihn gezogen zu haben. Sie glitt aus dem Sattel, wischte die blutige Waffe im Gras ab und steckte sie zurück in die lederne Hülle an ihrer Seite. Dann stieg sie wieder auf und folgte dem schmalen Trampelpfad, der von dem Feld in Richtung Osten führte. Hier musste es irgendwo eine Siedlung geben. Der Graspfad mündete in einen breiteren Feldweg, der nach einigen Windungen durch die Landschaft tatsächlich zu einem Dorf führte. Als sie auftauchte, kam eine Schar neugieriger Kinder angelaufen, deren Lärm auch eine Frau aus einer der Strohdachhütten blicken ließ.

»Guten Tag. Kann ich Ihnen helfen?«

Viviana stieg ab und trat an das Fenster.

»Ja, ich habe mich verirrt. Wo bin ich hier bitte?«

»Sie sind in Westerfield. Wir gehören zu Amesbury.«

Nachdem sich in Vivianas Gesicht kein Erkennen zeigte, fügte die Frau hinzu: »Amesbury. Das Kloster Amesbury.«

Sofort dachte Viviana an die tote Nonne unter dem Stroh.

»Ja, da möchte ich gerne hin. Ist es noch weit?«

»Nein, nicht sehr weit. Folgen Sie nur dem Weg, der führt Sie direkt dorthin.«

Viviana stieg wieder auf.

»Wollen Sie nicht eine kleine Rast machen und ein Bier trinken? Es sind trotz allem noch fünf Meilen.«

»Nein, vielen Dank.« Zwar war sie durstig und hungrig, aber die beiden Männer gehörten möglicherweise zu diesem Dorf, und sie wollte ihnen nicht wieder begegnen. Zügig trabte sie in Richtung des Klosters Amesbury. Wahrscheinlich gab es dort ein Gästehaus, und sie wäre erst mal in Sicherheit. Außerdem musste sie die Sache mit der Leiche melden. Wie die Frau vorausgesagt hatte, tauchten nach etwa fünf Meilen die Häuser einer größeren Anlage auf. Die Gebäude waren aus Stein und schienen schon älter zu sein. Ein neuerer Anbau bestand aus Holz, und alles war von einer mannshohen Steinmauer umgeben. Vor der Mauer gab es einige Hütten und Gärten. Viviana erreichte den Eingang, das Tor stand offen. Erfreut stellte sie fest, dass es sich um ein Nonnenkloster handelte, und der schwarzen Tracht nach zu schließen waren es Benediktinerinnen.

»Gott zum Gruß!« Die Pförtnerin kam aus dem kleinen Unterstand.

Viviana grüßte ebenfalls und stieg ab. »Ich bitte um ein Nachtquartier. Während eines Gewitters wurde ich von meinem Mann getrennt und irre seit gestern alleine umher.«

»Oh! Sie Arme. Selbstverständlich werden Sie bei uns Zuflucht finden.«

Die Pförtnerin winkte einen Stalljungen heran, der das Pony in Empfang nahm. Die Ankunft einer Fremden war eine willkommene Abwechslung, und Viviana sah, wie einige Nonnen im Hof in ihrer Arbeit innehielten und sie neugierig betrachteten. Mit Arbeitsdisziplin schien man es hier nicht so genau zu nehmen, schoss es Viviana durch den Kopf. Sie wurde von der Schwester Wirtschafterin in Empfang genommen und in eines der niedrigen Seitengebäude geführt, die sich der Kirche anschlossen. Ihre Zelle war mit einem ebenerdigen Strohlager, einem Hocker und einer Kerze möbliert. Der Stalljunge brachte ihr Gepäck.

»Man wird Ihnen in der Küche etwas zu essen geben.«

»Danke sehr.«

Die Wirtschafterin wandte sich zum Gehen.

»Da ist noch etwas. Ich möchte um eine Audienz bei der Mutter Oberin bitten.«

Die kräftigen Augenbrauen der Schwester hoben sich überrascht.

»Natürlich. Ich werde Ihre Bitte vortragen. Mutter Beatrice wird aber wohl erst nach der Vesper Zeit haben.«

Etwa zwei Stunden später saß Viviana einer fülligen Frau in den besten Jahren gegenüber, an deren dicken Fingern erstaunlich viele Ringe steckten. Die Fingernägel waren sorgfältig poliert und überraschend lang.

»Was kann ich für dich tun, meine Tochter?«

»Wie Ihnen sicher schon berichtet worden ist, wurde ich von meinem Mann getrennt und habe mich verirrt. Letzte Nacht habe ich in einem verlassenen Unterstand übernachtet, und dort habe ich eine Leiche gefunden.«

»Eine Leiche?«

»Wird hier jemand vermisst?«

Die kleinen, wasserblauen Augen der Äbtissin glänzten wie Perlen. Plötzlich kam sie Viviana fast abweisend vor.

»Warum fragst du das, meine Tochter?«

»Die Leiche trägt eine Nonnentracht.«

Die Äbtissin bekreuzigte sich.

»Das ist wahrlich schlimm! Erzähle mir alles ganz genau.«

Viviana gab einen detaillierten Bericht über ihren Fund ab. Die Äbtissin klopfte mit ihren langen Fingernägeln nervös auf die Tischplatte.

»Nein, keine unserer Schwestern wird vermisst. Sie könnte aus Shaftesbury kommen. Es ist nur knapp dreißig Meilen von hier in südwestlicher Richtung. Von dort sind Sie ja gekommen. Sicherlich wissen Sie, dass diese Abtei um einiges größer ist als wir es sind. Ich werde mich darum kümmern.«

»Wenn Sie die Leiche bergen wollen, sollte ich Ihnen vielleicht den Weg zeigen?«, bot Viviana verdutzt an, als sie begriff, dass die Audienz offenbar zu Ende war.

»Ja.« Mutter Beatrice zögerte. »Haben Sie denn Zeit dafür?«

»Selbstverständlich.«

»Gut, dann halten Sie sich bitte morgen nach der Prim bereit.«

Fast könnte man meinen, dass die Äbtissin die Leiche einfach dort liegen lassen wollte, grübelte Viviana, als sie langsam über den Hof in den Garten ging. Es war ein schöner, warmer Abend, und das Aroma der intensiv duftenden Blumen und Kräuter lag schwer in der Luft. Sie hatte einfach behauptet, Julians Frau zu sein, weil sie dann nichts erklären musste. Als sie nach ihrem Namen gefragt worden war, hatte sie Viviana White gesagt. Tonlos formten ihre Lippen den Namen. Viviana White. Was Julian wohl von dieser seltsamen Angelegenheit und der merkwürdigen Reaktion von Mutter Beatrice halten würde? Sie dachte an sein Lächeln und das Blitzen in seinen grünen Augen. Wie sehr sie ihn vermisste! Viviana kam an die niedrige Holztür, die in die Kirche führte, und beschloss, erneut Gott zu bitten, dass Julian wohlbehalten zu ihr zurückkehren möge. Sie trat in den kühlen, dämmrigen Raum und setzte sich in eine der hintersten Bänke. Die Kirche war alt und die Ausstattung schlicht. Nur das Gestühl der Nonnen links und rechts des Altars war neuer und aufwändig gearbeitet mit den gedrechselten Ziersäulen und den Schnitzereien. Viviana faltete die Hände und begann zu beten. Sie bat Gott, dass er ihr das Gedächtnis wiedergeben möge, und um Julians Wohl und dass sie ihn wiedersehen würde. Sie ertappte sich dabei, mit Gott zu verhandeln: Er könnte ihr Gedächtnis behalten, wenn er ihr nur Julian wiedergeben würde. Unvermittelt ging eine Tür neben dem Altar auf, und zwei Nonnen kamen in die Kirche. Sie wechselten die Kerzen und glaubten sich allein, denn sie sprachen recht laut.

»Ich habe es genau gehört. Mutter Beatrice hat gesagt, dass die Fremde eine Leiche gefunden hat, die eine Tracht trägt.«

»Das kann doch dann nur Schwester Kendra sein.«

Viviana drückte sich tiefer in den Schatten der Steinsäule. Schwester Kendra? Hatte die Äbtissin nicht behauptet, es würde niemand vermisst?

»Ich habe gleich gesagt, das würde ein böses Ende nehmen, als sie wegen der Geschichte nach Shaftesbury gefahren ist.«

»Mir hat sie nichts erzählt!«

»Sie wollte sich beschweren, du weißt doch, wie sie war. Immer hat sie rumgeschnüffelt und gelauscht.«

Viviana fühlte sich ertappt und schickte augenblicklich ein

kleines Reuegebet gen Himmel. Die beiden Schwestern waren fertig und verschwanden wieder durch die Seitentür. Viviana betrachtete nachdenklich die gefalteten Hände auf ihrem Schoß. Die Äbtissin hatte sie angelogen, das lag auf der Hand. Es hatte hier eine Schwester Kendra gegeben, die in Shaftesbury ein Geheimnis erfahren hatte. Das hatte sie mit großer Wahrscheinlichkeit ihrer Äbtissin erzählt, wenn sie es auch mit den anderen Schwestern geteilt hatte. Und diese Schwester war verschwunden. Viviana stand auf. Sie wollte mehr wissen. Vielleicht war die gut informierte Schwester auch ihr gegenüber so mitteilsam. Sie ging zurück in den Garten und traf dort jedoch auf die andere der beiden Nonnen, die jetzt Blumen für den Altar schnitt. Als sie Viviana sah, hielt sie mit ihrer Arbeit inne und winkte sie zu sich herüber.

»Ich habe gehört, dass Sie eine Leiche gefunden haben, stimmt das?«, fragte sie neugierig.

Viviana nickte.

»Wir hatten hier eine Schwester, die vor ein, zwei Monaten verschwunden ist!«

»Tatsächlich? Ein Unfall womöglich?«

Die Nonne schüttelte den Kopf.

»Nein, ich bin mir sicher, dass sie ermordet wurde!«, flüsterte sie. Viviana machte ein schockiertes Gesicht und amüsierte sich gleichzeitig darüber, mit welcher Selbstsicherheit die Frau ihr die Geschichte erzählte, die sie selbst erst fünf Minuten zuvor von ihrer Mitschwester erfahren hatte. So entstanden Gerüchte.

»Ermordet?«

»Allerdings. Sie war nach Shaftesbury gereist, um sich zu beschweren. Kurz nachdem sie dann wieder hier war, kam dieser Mann und hat mit ihr gesprochen.«

»Wer war der Mann? Wie sah er aus?«

»Er kam auch aus Shaftesbury. Ich habe ihn nur kurz gesehen.«

»Ist Schwester Kendra denn einfach so verschwunden?«

»Nein, sie sollte mit dem Mann zurück nach Shaftesbury reisen, wollte aber in drei Tagen wieder hier sein.« Die Nonne machte eine dramatische Pause und flüsterte dann: »Aber sie ist nicht mehr zurückgekommen!«

Ehe Viviana weiterfragen konnte, kam eine ältere Nonne mit forschem Schritt in ihre Richtung, und die Schwester wandte sich eilig wieder ihren Blumen zu. Viviana zog es vor, ihren Spaziergang fortzusetzen.

Ein Mann war also gekommen und mit Schwester Kendra zusammen wieder abgereist. Seitdem war sie verschwunden. Warum hatte Mutter Beatrice behauptet, alle ihre Schäflein beisammen zu haben? Vielleicht war die Schwester offiziell zur Abtei nach Shaftesbury gewechselt, und deshalb »fehlte« sie nicht? Aber dann würden die anderen Nonnen das doch wissen, besonders in einem Haus, in dem so viel getratscht wurde. Schwester Kendra hatte gelauscht und irgendetwas erfahren, und darüber wollte sie sich in Shaftesbury beschweren. Bei wem? Viviana stieß einen Kieselstein vor sich her. Jemand war also gekommen und hatte Schwester Kendra befragt. Doch es war kein Freund, sondern ein Feind gewesen! Oder es war kein Feind, und er hatte mit dem Mord an Kendra nichts zu tun. Vielleicht war die Schwester auch einfach nur überfallen worden. Immerhin wäre ihr das heute Morgen im Haferfeld auch fast passiert. Nein! Es war nur zu wahrscheinlich, dass das Verschwinden der Nonne und die Geschichte des Geheimnisses miteinander zu tun hatten. Viviana wünschte, sie hätte sich den Leichnam genauer angesehen. Vielleicht hätte es noch einen weiteren Hinweis gegeben als nur den Knopf.

Es war noch sehr früh am nächsten Tag, als Viviana sorgfältig die Decke über ihrem Strohlager zusammenfaltete. Sie trat in den Hof und sah nahe der Pforte drei Männer stehen, von denen der eine leise mit Mutter Beatrice sprach. Vier gesattelte Pferde warteten auf den Aufbruch. Mit einem Mal überkam Viviana Unbehagen. Sollte sie etwa allein mit den drei Unbekannten in die Wildnis reiten? Keine der Schwestern würde sie begleiten? So hatte Viviana sich die Bergung der Leiche nicht vorgestellt. An der ganzen Sache war etwas faul, und die Äbtissin hatte ihr bereits einmal ins Gesicht gelogen. Wer weiß, was sie jetzt im Schilde führte? Möglicherweise sollte es Viviana wie Schwester Kendra ergehen, und sie würde unter einem Strohhaufen im Moor enden?

Die Äbtissin entdeckte Viviana und winkte sie zu sich herüber.

»Mistress Viviana, dies sind die Männer, die Sie bitte zu der Toten führen sollen.«

Viviana legte sich die Hand auf die Stirn und entgegnete in einem jammernden Tonfall:

»Oh, es tut mir so leid, aber ich kann unmöglich mitkommen. Ich habe furchtbare Kopfschmerzen.«

Die kleinen Perlenaugen von Mutter Beatrice blitzten misstrauisch auf, aber sie hatte ihre Stimme unter Kontrolle.

»Wie schade. Ich hoffe, es geht Ihnen bald besser.« An die Männer gewandt, sagte sie: »Ihr könnt wieder an eure Arbeit gehen, wir verschieben diese Sache auf morgen.«

Viviana hatte sich schnell in das Gästehaus zurückgezogen und beobachtete, wie zwei der Männer aus dem Hof hinausritten. Mit dem dritten Mann stand die Äbtissin im Schatten der Toreinfahrt und unterhielt sich vertraulich. Viviana atmete überrascht ein. Hatte sie da gerade richtig gesehen, und der Mann hatte Mutter Beatrice an den Hintern gefasst? Sie rieb sich ungläubig die Augen. Es war unfassbar, aber sie war sich sicher, dass sie die große, helle Hand des Mannes auf dem schwarzen Stoff gesehen hatte, und auch, wie sie zugedrückt hatte. Jetzt waren beide hinter dem Pförtnerhaus verschwunden. Ihr allererster Eindruck hatte Viviana nicht getäuscht, Amesbury war ohne Zweifel ein sehr disziplinloses Kloster. Selbst die Laudes, die zu Tagesanbruch, wenn die ersten verschlafenen Vögel zwitscherten, zelebriert wurde, wurde hier erst zusammen mit der Prim am frühen Morgen gesungen, wenn die Sonne schon aufgegangen war. Zugegeben, im Sommer brach die Dämmerung so früh herein, dass es fast noch mitten in der Nacht schien, aber trotzdem fand Viviana diese Gepflogenheit eine unerhört großzügige Auslegung der Benediktinischen Regeln.

Viviana ließ sich mit einem Seufzer zurück auf ihr Lager fallen. Was sollte sie jetzt tun? Unter keinen Umständen würde sie mit den drei Unbekannten die Sicherheit des Klosters verlassen. Sie wusste zwar nicht, wie sicher sie hier war, aber es war auf jeden Fall besser als in der Wildnis. Warum hatte sie auch darauf bestehen müssen, bei der vermeintlichen Leichenbergung mit dabei zu sein? Hatte sie nicht schon genug Probleme, ohne dass sie sich auch noch in anderer Leute Geheimnisse einmischte? Es nützte nichts, sich jetzt darüber zu ärgern, vielmehr musste sie überlegen, wie sie aus dieser Misere wieder herauskommen konnte.

Es war bereits Vormittag, als Viviana auf dem schmalen Absatz am Brunnen saß, auf dem beim Waschtag die Eimer abgestellt wurden. Sie hatte immer noch keine gute Idee, als unter lautem Gepolter und dem metallenen Klingeln zahlreicher kleiner Glöckchen ein fahrender Händler auf den Hof gerumpelt kam. Der Mann auf dem Kutschbock erhob sich, holte tief Luft und schmetterte mit einer sonoren, durchdringenden

Stimme: »Bänder, feine Seifen, Salben aus dem Morgenland! Alles, was das Herz einer Dame begehrt, gibt es hier, und noch dazu zu unglaublich günstigen Preisen!«

Viviana beobachtete mit offenem Mund, wie aus allen Ecken die Schwestern von Amesbury herbeigelaufen kamen, aufgeregt plaudernd und kichernd. Der Händler und sein Helfer, ein halbwüchsiger Knabe mit wenig Barthaaren, aber umso mehr Pickeln, hatten alle Hände voll zu tun, die Wünsche der Nonnen zu befriedigen. Gegen dieses Spektakel war der Markt in Yeovil eine Einöde. Das Gefährt des Mannes wurde von zwei Maultieren gezogen, die mit stoischer Ruhe zwischen dem Chaos vor sich hin dösten. Der Wagen selbst war ein kleines Häuschen auf Rädern, mit einer Tür und je einem Fenster auf beiden Seiten. Überall waren Haken befestigt, an denen die unterschiedlichsten Utensilien baumelten: Schöpflöffel neben Haarnetzen und getrockneten Kröten, einem angeblich unschlagbaren Mittel gegen Warzen. Es gab nichts, was der Mann nicht hatte, und nichts, was die Schwestern nicht brauchen konnten. Erst die Glocke zum Stundengebet der Sext machte dem Chaos ein Ende. Der Hof leerte sich, und der Händler stieg ab und kam zu Viviana herüber.

»Madame!« Er verbeugte sich, so weit es sein beträchtlicher Körperumfang zuließ. »Mein Name ist Bartholomeus Peddler. Was kann ich Ihnen denn Gutes tun?«

»Ich brauche nichts. Vielen Dank.«

»Sie brauchen nichts?« Der Händler machte ein Gesicht, als hätte sie ihn soeben zutiefst beleidigt.

»Ich habe außerdem kein Geld.« Viviana lächelte ihn versöhnlich an.

»Das ist nicht das Gleiche, wie nichts zu brauchen!«

»Das stimmt, es kommt aber aufs Gleiche hinaus.«

Bartholomeus Peddler zog ein großes Taschentuch aus seiner bunten Weste und tupfte sich die Stirn ab. Die Sonne stand hoch am Himmel.

»Darf ich mich setzen?«

»Natürlich.«

Der Knabe tränkte die Maultiere und sortierte die Waren zurück an die richtigen Haken und in die Beutel.

»Wo kommen Sie her?«

»Aus Salisbury.«

»Wie weit ist das von hier?«

»Vielleicht neun Meilen.«

»Oh, so nahe?«

»Ja, es ist nicht weit.« Er blickte Viviana neugierig an. »Sie kommen augenscheinlich nicht aus dieser Gegend.« Er taxierte ihr Kleid. »Eine der Schwestern sind Sie auch nicht.«

»Nein. Ich habe hier nur übernachtet.« Viviana hatte eine Idee. »Ich warte auf eine passende Reisegesellschaft, um weiterzukommen.«

»Sie reisen allein?« Der Tonfall des Händlers war der eines empörten Vaters.

»Ich war mit meinem Mann unterwegs, aber wir wurden während eines Gewitters getrennt.«

»Wo wollten Sie denn hin?«

»Nach Saint Albans.«

»Dann waren Sie sicher schon in Shaftesbury?«

»Wieso?«

Der Händler stutzte.

»Verzeihung, ich hatte angenommen, dass Sie auf einer Wallfahrt sind, dann hätten Sie ja sicher das Grab des Heiligen Edward in Shaftesbury besuchen wollen.«

»Natürlich.«

Er sah Viviana mit dem Blick eines Vaters an, der feststellte, dass seine Tochter etwas begriffsstutzig war.

»Hat Ihr Mann Ihnen denn nicht gesagt, was die nächste Etappe ist?«

Viviana schüttelte den Kopf und überließ ihm die Führung. Er schien ihr wohlgesinnt, und wenn er sie hier sicher wegbrächte, umso besser.

»Was war denn Ihre letzte Station?«

»Yeovil.«

»Dann wollte Ihr Mann sicher nach Shaftesbury. Ich kann mir nicht vorstellen, dass er sich das Grab entgehen lassen würde.«

Es amüsierte Viviana, wie der Händler seine eigenen Schlussfolgerungen bestätigte, ohne von ihr die geringsten Informationen bekommen zu haben.

»Sie haben Glück, Madame!«, sagte er großartig und stand auf.

»Ja?«

»Ich bin auf dem Weg nach Shaftesbury und werde Sie persönlich bei Ihrem Mann abgeben!«

»Oh!«

»Jawohl!«

»Ich bin Ihnen so dankbar!«, flötete Viviana und klatschte etwas dümmlich in die Hände.

»Haben Sie ein Pferd?«

»Es steht im Stall, es ist ein Pony.«

»Der Junge wird es satteln.« Er hielt inne. »Sie sind doch aufbruchbereit?«

»Ja.«

»Gut, dann zeigen Sie dem Jungen Ihr Reittier, holen Ihre Sachen, und dann brechen wir auf. Ich will fort sein, ehe eine der Damen es sich während der Messe anders überlegt und etwas umtauschen will.« Er zwinkerte ihr zu und schob Viviana in Richtung Stall.

Bartholomeus Peddler war offenkundig ein Mann, der es genoss, die Führung zu übernehmen. Das konnte ihr in diesem Augenblick nur recht sein. Seine etwas selbstherrliche Art, sie wie ein kleines, dummes Mädchen zu behandeln, fand Viviana zum Lachen. Aber er schien gutmütig und von Herzen hilfsbereit zu sein, und etwas Besseres hätte ihr momentan nicht passieren können.

Keine zehn Minuten später saß sie neben ihm auf dem Kutschbock und war in Richtung Shaftesbury unterwegs. Sie hatte keine Ahnung, wo Julian sich aufhielt. Doch die Wahrscheinlichkeit, in einer Stadt etwas über ihn in Erfahrung zu bringen, war deutlich größer als in einem kleinen Kloster auf dem Land etwas von ihm zu hören.

»Mein Name ist übrigens Viviana«, stellte sich Viviana vor.

»Ein sehr klangvoller Name. Ihr Mann kann sich glücklich schätzen. Er hat eine bezaubernde Frau eingefangen.«

Viviana lächelte, und es gelang ihr, schamhaft zu erröten. Da Mister Bartholomeus sich gerne reden hörte, bestritt er den Großteil der Unterhaltung. Er hatte einen unerschöpflichen Fundus an Geschichten und Anekdoten auf Lager, und die Zeit verging wie im Flug. Die Straße wand sich gemächlich um die zahlreichen, großen Hügel. Zweimal hielten sie noch an, um etwas zu verkaufen. Gegen Nachmittag konnten sie die Türme der großen Abtei erkennen, die majestätisch in den Himmel ragten. Shaftesbury lag hoch auf einer riesigen Anhöhe und wurde von der massiven Kirche des Benediktinerinnenklosters dominiert. Um die Mauern der Abtei standen dicht gedrängt die Häuser der Stadt. Sie waren noch eine gute halbe Stunde entfernt. Der Händler zog an den Zügeln und hielt an.

»Eine Stadt ist ein Nest voller Diebe.«

Damit stieg er behäbig vom Kutschbock und ging um seinen

Wagen herum. Sein Helfer war bereits von dem Holzabsatz am Ende des Wagens gesprungen und damit beschäftigt, alle Gegenstände, die außen am Wagen hingen, einzupacken und im Inneren zu verstauen. Viviana bot an zu helfen, aber Mister Bartholomeus winkte ab. Er und der Junge, dessen Namen Viviana immer noch nicht kannte, waren aufeinander eingespielt. Also blieb sie sitzen und blickte über die fruchtbare, grüne Landschaft, während sie hinter sich die beiden Männer hantieren hörte. Sie wusste noch nicht, wo sie übernachten würde, aber Viviana war sich sicher, dass Mister Bartholomeus sie nicht einfach in Shaftesbury aussetzen würde. Wie unterschiedlich die Menschen waren! Seitdem sie in dem kleinen Dorf an der Küste aufgewacht war, waren ihr genauso viele freundliche wie böswillige Menschen begegnet. Viviana blickte auf die Stadt, die vor ihr auf dem Hügel thronte. Hoffentlich würde sie eine Spur von Julian oder Rinaldo finden. Was sollte sie tun, wenn das nicht der Fall wäre? Viviana verschob diese Überlegung resolut auf später. Warum sollte sie sich über etwas Sorgen machen, was noch gar nicht eingetreten war? Außerdem musste sie entscheiden, ob sie ihren Leichenfund in der Abtei melden wollte. Vielleicht wäre es besser, die Sache auf sich beruhen zu lassen, sie hatte schließlich genug eigene Probleme. Aber die arme Schwester Kendra hatte ein christliches Begräbnis verdient, und Viviana wollte nicht diejenige sein, die es der toten Nonne vorenthielt. Wer weiß, ob Kendra sich dann nicht an ihr rächen wollen würde. Wenn sich der Geist an jemandem rächen sollte, fand Viviana, dann käme dafür doch wohl eher der Mörder infrage. Aber man konnte nicht sicher sein. Nein, sie musste diese Sache melden, dann hätte sie wenigstens ein gutes Gewissen.

~ 14 ~

Etwa eine Stunde später ging Viviana mit ihrem Begleiter die steile Straße zur Abtei hinauf. Sie hatten den Jungen mit dem Wagen in der Vorstadt zurückgelassen. Mister Bartholomeus hatte beschlossen, außerhalb der Stadtgrenze anzuhalten, da er sonst für seine Waren hätte Steuern zahlen müssen. Jetzt waren sie auf der Suche nach einem Gasthof, in dem man, wie er es ausdrückte, so richtig ordentlich für sein leibliches Wohl sorgen könnte. Sie hatten sich gerade in den Gastraum der Schenke »Goldener Hund« gesetzt, als sie plötzlich lautes Gepolter und das Bersten von Holz aus dem Obergeschoss hörten. Der Wirt und einige Gäste stürmten die Treppe hinauf. Mister Bartholomeus stand auf.

»Kommen Sie, Miss Viviana. Hier gibt es eine Schlägerei. Das ist nicht der geeignete Ort für eine Frau, und wahrscheinlich brennt deshalb auch gerade der Braten in der Küche an.«

Mister Bartholomeus hatte in dem Gasthaus, in dem sie schließlich das versprochene deftige Abendmahl zu sich genommen hatten, einen Bekannten getroffen. Die Unterhaltung drehte sich von da an um die gänzlich unangemessene Besteuerung von Handelsgütern und die viel zu hohen Preise von Importwaren und wurde mit zunehmendem Alkoholgenuss immer leidenschaftlicher und auch unlogischer. Viviana hätte sich gerne noch nach Julian und Rinaldo erkundigt, aber es wurde bereits dunkel, und sie wollte abends nicht allein unterwegs sein. Einmal davon abgesehen, dass sie es für ihre Pflicht hielt, Mister Bartholomeus sicher wieder zu seinem Wagen zurückzubegleiten. Die Glocke der Abtei hatte die Nonnen bereits zur Komplet gerufen, als sie endlich die Schenke verließen. Mister Bartholomeus hing schwer an Vivianas Arm und schmetterte mit Inbrunst ein Volkslied nach dem anderen, was ihnen in den schmalen Straßen mit den dicht gedrängten Häusern allerlei Verwünschungen einbrachte. Ein paar Mal bemerkte Viviana aus dem Augenwinkel unheimliche Gestalten, die sich in den Hofdurchfahrten herumdrückten. Für diese Galgenvögel wäre Mister Bartholomeus ein leichtes Opfer gewesen. Doch obwohl sie ihn nicht allein gegen einen Dieb hätte verteidigen können, konnte sie um Hilfe schreien. Das machte einen Überfall viel unwahrscheinlicher, da einer der Nachtwächter in der Nähe sein könnte. So erreichten sie das Stadttor unbeschadet. Inzwischen war die Sangeslust ihres Begleiters erschöpft, und Viviana hatte Schwierigkeiten, den zunehmend schlaffer werdenden Körper vorwärtszuschieben.

»Na, Miss, Ihr Vater hat wohl einen über den Durst getrunken.«

Der Wachposten öffnete ihr die Holztür für Fußgänger, die sich in dem großen Tor befand, das jetzt für die Nacht geschlossen war.

»Immerhin singt er nicht mehr.«

Der Wachposten lachte und verriegelte die Tür hinter ihr. Gott sei Dank war es nicht weit bis zu der Stelle, an der sie den Wagen und den Jungen zurückgelassen hatten. Auf ein lautes Klopfen hin tauchte das verschlafene Gesicht des Helfers auf. Als er den Zustand seines Herrn bemerkte, verdrehte er die Augen und kletterte vom Wagen herunter.

»Wir werden ihn nicht in den Wagen kriegen.«

Viviana ließ Mister Bartholomeus los, der mit einem Seufzer zu Boden glitt. Die Nacht war warm, und um sie herum lagen viele Menschen neben oder unter ihren Wagen, in ihre Umhänge eingewickelt. Der Junge nahm eine Decke und warf sie über die leblose Gestalt seines Meisters, der sofort eingeschlafen war. Dann blickte er Viviana zögernd an und fragte schließlich: »Wollen Sie im Wagen schlafen?«

Obwohl sie sah, dass ihm eine andere Antwort lieber gewesen wäre, nickte sie.

»Ja, das wäre nett. Danke schön.«

Wenig später streckte sie sich inmitten des umfangreichen Warensortiments aus und schloss erschöpft die Augen.

Am nächsten Morgen wurde Viviana von dem Blöken eines Esels geweckt, der sich beharrlich und lautstark weigerte, mit dem ihm aufgebürdeten Gepäck auch nur einen Schritt vorwärtszugehen. Sie öffnete die Tür und streckte sich. Mister Bartholomeus lag noch genauso da, wie er in der Nacht zu Boden geglitten war, und schlief noch immer tief und fest. Der Junge war nirgends zu sehen. Viviana nahm den Wasserkrug und stellte sich in die Schlange am Brunnen. Viele der Pilger, die in der überfüllten Stadt kein Bett mehr bekommen hatten oder sich von vornherein keine Schlafstatt leisten konnten, hatten sich vor den Stadttoren niedergelassen. Die Vorstadt hatte sich darauf eingerichtet, und man konnte für ein kleines Entgelt sein Lager aufschlagen und Wasser aus dem Brunnen holen. Nachdem sie sich Gesicht und Hände gewaschen und ihre Zöpfe sorgfältig unter ihr Kopftuch gesteckt hatte, beschloss sie, Frühstück zuzubereiten. Das Inventar von Mister Bartholomeus bot zwar eine erstaunliche Auswahl an nützlichen und weniger nützlichen Dingen, jedoch waren Lebensmittel nicht darunter. Vielleicht ging der Händler zum Essen immer in eine Gaststube? Wieder wurde ihr schmerzlich bewusst, wie hilflos und abhängig sie ohne Geld war. Sie konnte sich nicht einmal ein Frühstück kaufen. Der Junge kam zurück, brachte ein Brot und einen Streifen Speck mit.

»Sollen wir ihn wecken?«, fragte Viviana und wies auf Mister Bartholomeus.

»Bloß nicht.«

Viviana beobachtete ihn, wie er ein kleines Feuer entfachte, dann eine schwere Eisenpfanne von einem der Haken nahm und den Speckstreifen in grobe Würfel schnitt.

»Bist du mit Mister Bartholomeus verwandt?«

Der Junge schüttelte den Kopf.

»Wie lange bist du denn schon mit ihm unterwegs?«

Er zuckte mit den Schultern.

»Du weißt also nicht, wie lange du schon mit ihm durch die Lande reist?«, insistierte Viviana.

Der Junge errötete und zuckte wieder mit den Schultern.

»Vielleicht vier Sommer, oder fünf?«

»Macht dir das Reisen Spaß?«

»Nicht wirklich.«

Viviana wunderte sich.

»Ist er nicht gut zu dir?«

»Doch.«

Sie wusste nicht, ob er nur ungemein schüchtern war oder ob er sich schlichtweg nicht mit ihr unterhalten wollte. Also schwieg sie. Er hatte den Speck klein geschnitten und blickte auf.

»Doch, er ist ein guter Herr, meistens.« Er blickte sich um, um sicherzustellen, dass Mister Bartholomeus noch immer schlief. »Aber ich würde lieber fest an einem Ort wohnen.«

»Kannst du keine andere Arbeit finden?«

»Ich soll irgendwann einmal den Wagen erben.«

Das war ein sehr verlockendes Angebot, wenn man ein mittelloser Jüngling war. Die meisten Männer schufteten ein Leben lang hart, ohne es jemals zu einem solchen Besitz zu bringen.

Sie stippten Brotstücke in das ausgelassene Fett und tranken Wasser zum Frühstück, als sich Mister Bartholomeus regte. Mit einem gepressten Stöhnen setzte er sich auf. Der Junge reichte ihm einen Becher mit Wasser.

»Gab es kein Bier?«, brummte Bartholomeus. »Wer weiß, ob das Wasser hier genießbar ist.«

»Es ist frisch und klar. Der Brunnen ist neu«, schaltete sich Viviana ein. Einen Moment starrte Mister Bartholomeus sie verständnislos an, dann fiel ihm wieder ein, wer sie war. Er nickte und trank den Becher in einem Zug leer.

»Bursche« – er streckte fordernd die Hand aus –, »das Syrische Pulver.« Der Junge verschwand im Wagen.

»Mein Schädel brummt. Da ist Syrisches Pulver genau das Richtige«, sagte er, an Viviana gewandt, und erhob sich mühsam.

»Woraus ist das Pulver denn gemacht?«

»Keine Ahnung, es ist ein Geheimrezept. Aber es wirkt Wunder, das kann ich Ihnen sagen.«

Viviana bezweifelte, dass sie ihre Kopfschmerzen, sollte sie denn welche bekommen, einem dubiosen Pulver anvertrauen würde, von dem sie nicht einmal wusste, woraus es bestand. Aber Mister Bartholomeus rührte zuversichtlich zwei gehäufte Messerspitzen der unappetitlich grün aussehenden Substanz in einen weiteren Becher mit Wasser und trank auch diesen in einem Zug leer. Danach ging er hinter den Wagen, um sich zu erleichtern, und setzte sich schließlich zu ihr an das kleine Kochfeuer. Viviana reichte ihm das Brot, und er begann hungrig, große Brocken abzureißen und in die Pfanne zu tunken.

»Vielen Dank, dass Sie mich so freundlich zurückgeleitet haben, Mistress Viviana«, sagte er mit vollem Mund und nickte ihr zu.

»Das habe ich doch gerne getan.«

»Das Essen ist ordentlich da, aber ich glaube, sie panschen das Bier, sonst hätte ich nicht so einen Schädel.«

Sie war sich nicht sicher, wie trinkfest Mister Bartholomeus üblicherweise war, aber Viviana hegte den Verdacht, dass auch die Menge des Bieres mit den Kopfschmerzen in Zusammenhang gebracht werden konnte.

»Ich würde mich gerne gleich auf die Suche nach meinem Mann machen.«

»Selbstverständlich. Ich kann Sie leider nicht begleiten, ich muss mich um mein Geschäft kümmern. Wenn ich Sie wäre, würde ich zuerst im Kloster nachfragen, da kommen alle Pilger vorbei. Sie wissen ja, wo wir uns aufhalten, falls Sie ihn nicht finden sollten.«

»Ja, vielen Dank. Ich werde auf jeden Fall Bescheid geben.«

Damit stand sie auf, schüttelte die Krümel aus ihrem Kleid und machte sich auf den Weg. Es war gar nicht gewiss, dass Julian überhaupt nach Shaftesbury gekommen war, und wenn, dann war er ja nicht auf einer Wallfahrt. Viviana begann, systematisch in den Herbergen nachzufragen, aber die Antworten entmutigten sie zunehmend. Entweder wurde ihr gesagt, dass man sich nicht jeden Gast merken könnte, oder sie wurde wie ein kleines Mädchen einfach beiseitegeschoben, man habe keine Zeit. Wäre sie ein Mann, würde man nicht so respektlos mit ihr umgehen, dachte sich Viviana verärgert. Es war bereits Mittag, als sie endlich die steile Straße zur Abtei hinaufging. Mit jedem Schritt schickte sie ein kleines Gebet gen Himmel, dass sie entgegen aller Wahrscheinlichkeit Julian hier finden würde. Viviana erreichte das Pförtnerhäuschen. Sie musste eine Weile warten, bis eine der beiden diensthabenden Schwestern sich ihr zuwandte.

»Gott zum Gruß!«, sagte sie in einem Tonfall, der deutlich machte, dass diese Formel dutzende Male am Tag über ihre Lippen kam. Noch ehe Viviana antworten konnte, sagte die Schwester die Zeiten der Messen auf, die für die Pilger zugänglich waren, ohne auch nur einmal Luft zu holen.

»Verzeihung!«, unterbrach Viviana den geradezu übermenschlich langen Redestrom. »Ich bin auf der Suche nach ein paar Freunden von mir.«

Auch dieses Anliegen war nichts Neues für die Schwester, die mit resignierter Geduld die Augenbrauen hob.

»Der eine meiner Freunde ist sehr groß und dunkel. Er heißt Rinaldo della Rosa del Ranguano. Ist er vielleicht hier gewesen?«

Die Schwester schüttelte den Kopf.

»Und der andere heißt Julian White, er ist ein Beamter des Königs.«

Wieder schüttelte die Schwester den Kopf, und Vivianas Herz sank, als plötzlich eine etwas schleppende Stimme hinter ihr fragte: »Sie suchen Julian White?«

Sie drehte sich um und stand einem großen Mann in einem auffälligen Umhang gegenüber, der sie mit geradezu beleidigend gelangweiltem Blick betrachtete.

»Ja, Julian White. Kennen Sie ihn? Er arbeitet für die Schatzkammer des Königs.«

Melchor Thorn betrachtete die zierliche Frau vor ihm. Das musste die Frau sein, die White suchte. Seine blassen Lippen verzogen sich säuerlich. Plante White ein Schäferstündchen mit dieser dunklen Schönheit? Er selbst schätzte ebenfalls schöne Frauen, aber leider schätzten die Damen ihn nicht. Groß, dünn und mit schlechter Haltung, war Thorn nicht gerade gut aussehend. Sein Gesicht war ebenfalls länglich und hatte eine etwas gräuliche Farbe. Helle Augen von undefinierbarer Farbe und mausfarbene Haare taten das Übrige, nämlich nichts, um ihn begehrenswert erscheinen zu lassen. Seine bescheidenen Mittel konnten sein herrisches Auftreten nicht rechtfertigen, und so hielt Melchor Thorn nicht die Frauen im Arm, die er wollte, sondern nur die, die er sich leisten konnte.

»Sie kennen ihn?«

Die Hoffnung in ihrer Stimme verärgerte Melchor noch mehr.

»Allerdings. Und er hat gesagt, dass er für die Schatzkammer arbeitet, wie?« Er sah mit Genugtuung, wie ein Schatten über das hübsche Gesicht huschte.

»Und können Sie mir auch sagen, wo er ist?«

»Möglicherweise.«

»Möglicherweise?«

Er blickte sie provozierend an, und sie wurde ungehalten.

»Also, wollen Sie mir nun sagen, wo er ist, oder nicht? Wenn nicht, dann brauche ich hier auch nicht herumzustehen und mir Ihre dunklen Andeutungen anzuhören.«

Melchor zog überrascht die Augenbrauen hoch. Ihm gefielen temperamentvolle Frauen, er stellte sich dann vor, wie er sie zähmen würde. Aber richtig selbstbewusste Weiber konnte er nicht leiden, Schönheit hin oder her.

»Ich weiß nicht, wo er ist«, log er, denn er hatte sich den gesamten Vormittag darüber geärgert, dass Julian nach Salisbury geritten war und nicht bei der Suche nach Rinaldo hatte helfen wollen. »Irgendwo in der Stadt, nehme ich an, oder er ist schon abgereist. Was weiß ich.«

Er ließ sie stehen und ging zu den Stallungen. Emmitt hatte herausgefunden, dass der Südländer heute sehr früh Shaftesbury durch das Osttor verlassen hatte. Jetzt hatte er einen guten halben Tag Vorsprung, und sie mussten sich beeilen.

Viviana starrte ihm wütend hinterher. Ihr Stolz verbot ihr, ihm nachzulaufen. Am liebsten hätte sie ihm einen Stein ins Kreuz geworfen. Unschlüssig blickte sie sich um. Julian sollte irgendwo in der Stadt sein oder eben auch nicht. Und was hatte der Mann mit seiner Frage gemeint? Hatte Julian sie belogen, und er stand gar nicht im Dienste des Königs? Sie musste nachdenken und sich einen Plan machen, was sie am besten als Nächstes tun sollte. Menschen strömten zur Mittagsmesse in die große Kathedrale, und Viviana schloss sich dem Zug an. Sie fand auf einer der hinteren Bänke Platz, eingezwängt zwischen einem Ehepaar unbestimmten Alters, das offenbar nicht das Bedürfnis verspürte, nebeneinanderzusitzen. Der Gottesdienst begann, aber Viviana hatte keine Augen für die beeindruckende Kirche oder die prachtvolle Zeremonie. Sie wünschte, sie hätte den unangenehmen Kerl in dem hässlichen Umhang nicht einfach so gehen lassen. Er war ihre einzige Spur gewesen. Warum hatte sie sich von ihrem Stolz zurückhalten lassen, ihn noch einmal zu fragen? Viviana seufzte hörbar, und die Frau neben ihr blickte sie tadelnd an. Kein Wunder, dass ihr Mann nicht neben ihr sitzen wollte! Viviana starrte vor sich hin. Wie sollte sie jetzt am besten vorgehen? Vielleicht hatte sie Glück und würde noch jemand anderen treffen, der ihn kannte. Vielleicht hatte er öfter in Shaftesbury zu tun? Wie wenig sie über ihn wusste. Rinaldos Warnung klang Viviana in den Ohren, Julian nicht zu trauen. Bei dem Gedanken an Rinaldo durchflutete sie schlechtes Gewissen. Hoffentlich war er noch am Leben! Sie war so mit ihrer Suche nach Julian beschäftigt, dass sie nach Rinaldo eigentlich immer nur in einem Nachsatz fragte. Welch eine schlechte Freundin war sie ihm. Viviana atmete tief durch, diesmal geräuschlos. Sie würde weiter nach Julian und Rinaldo suchen, was blieb ihr auch anderes übrig? Immerhin gab es hier jemanden, der mit Julian bekannt war. Möglicherweise war er nicht der Einzige, und vielleicht würde sich dann diese rätselhafte Andeutung des Mannes aufklären. Sie musste der Abtei sowieso ihren Leichenfund melden, da konnte sie dann auch gleich nach Julian fragen.

Als sie eine Dreiviertelstunde später erneut an der Klosterpforte stand, antwortete ihr dieselbe Nonne wie zuvor. Sie schien Viviana nicht wiederzuerkennen und holte gerade tief Luft, um die Zeiten der Messe für Pilger aufzusagen, als Viviana sie unterbrach.

»Ich möchte gerne etwas melden, es handelt sich um ein Verbrechen.«

Die Nonne seufzte.

»Sollten Sie das nicht eher dem Sheriff melden?«

Die Gerichtsbarkeit in Städten wie Shaftesbury war kompliziert, da die Zuständigkeiten zwischen der kirchlichen Autorität und der Stadt oder einem Lehnsherrn oder dem König aufgeteilt waren. Jeder war für seinen Besitz zuständig, aber natürlich gab es immer Überschneidungen.

»Ich glaube, es ist eher Sache der Abtei. Ich habe eine Leiche gefunden, und sie trägt eine Benediktinerinnen-Tracht.«

Die Nonne, die bisher keinerlei Interesse an ihr gezeigt hatte, riss erschrocken die Augen auf und bekreuzigte sich.

Wenig später saß Viviana einem Mann mit schütterem Haar und sorgfältig gelocktem Bart gegenüber. Seine reich verzierte Jacke und die aufgeplusterten Ärmel passten nicht recht zu der strengen Einrichtung des Besucherzimmers. Er hatte sich nicht mit seinem Namen, sondern mit seiner Funktion vorgestellt, nämlich als der Stellvertreter des Propstes. Der Propst nahm viele der weltlichen Verwaltungsaufgaben des Klosters wahr und war ein wichtiger Mann. Sein Stellvertreter war, seinem Gebaren nach zu urteilen, mindestens ebenso wichtig, wenn nicht gar wichtiger.

»Nun? Was haben Sie zu melden, Miss?«

Gottlob konnte Viviana mit einer Leiche aufwarten, denn nichts Geringeres hätte die Störung einer so wichtigen Person rechtfertigen können.

»Vor drei Tagen habe ich etwa einen Tagesritt nördlich von hier im Moor eine tote Frau gefunden, sie trägt eine Tracht.« Viviana kam direkt zur Sache.

Die Mundwinkel des Stellvertreters zuckten kurz, doch ansonsten regte sich nichts in seinem Gesicht.

»Wo?«

»In der Nähe von Amesbury.«

»Wir vermissen keine unserer Schwestern, sie muss wohl aus Amesbury kommen.«

»Das Gleiche wurde mir dort gesagt.«

Wieder zuckten die Mundwinkel kurz.

»Nun denn. Hat man die Tote geborgen?«

»Das weiß ich nicht.«

Sie blickten einander einen Moment lang an. Viviana konnte seinen Blick nicht recht deuten, es schien, als versuchte er, sie einzuschätzen. Er strich sich mit seinen manikürten Fingern über den Bart. Der Ausdruck in seinen Augen beunruhigte Viviana. Eine Schweißperle bildete sich an seinem dünnen Haaransatz und rollte langsam über die Schläfe an der Wange entlang und verschwand in dem Bart. Der Stellvertreter löste die Verschnürung seiner Überjacke, um sich ein wenig abzukühlen. Warum war er plötzlich so nervös geworden, fragte sich Viviana, als ihr Blick auf die ärmellose Weste fiel, die unter der Überjacke zum Vorschein gekommen war. Die Weste war mit Knöpfen verziert, mit etwas zu protzigen, silbernen Knöpfen, in deren Mitte ein roter Punkt gemalt war. Es waren aufwändig gearbeitete, teure Stücke, nur der unterste Knopf war etwas kleiner und hatte keinen roten Punkt. Ein kalter Schauer überlief Viviana. Der Knopf, den sie bei der Leiche gefunden hatte, war groß und silbern und hatte eine runde, rote Verzierung in der Mitte. Jetzt schien er wie ein Stück Glut ein Loch in den Beutel zu brennen, der in ihrer Rocktasche verborgen war. Sie war geradewegs in die Höhle des Löwen geraten. Sie blickte in die Augen des Stellvertreters, der sie intensiv beobachtete.

»Können Sie beschreiben, wo sich die Tote befindet?«

»Nicht genau, ich kenne mich in dieser Gegend nicht aus. Einen halben Tagesritt westlich von dem Dorf Westerfield.«

»Hat noch jemand außer Ihnen die Tote gesehen?«

»Warum fragen Sie das?«

Wieder starrten sie sich einen winzigen Moment lang an.

»Vielleicht könnte jemand anderer eine bessere Wegbeschreibung abgeben.«

Viviana wollte ihre Audienz mit dem Stellvertreter auf der Stelle beenden, aber sie wollte auch nicht seinen Verdacht erregen.

»Wenn es nach meinem Mann und seinen Freunden gegangen wäre, hätte ich diese Sache gar nicht melden sollen«, log sie und stand auf. »Ich kann Ihnen leider nicht mehr dazu sagen, aber ich hielt es für meine Pflicht, Ihnen diese Angelegenheit zu melden.«

»Das haben Sie richtig gemacht. Wo sind Sie abgestiegen, falls ich noch eine Frage habe?« Seine Stimme war glatt und geschäftsmäßig.

»Es ist einer der Gasthöfe am Westende.«

»Wie heißt er?«

Viviana zuckte mit den Schultern.

»Ich werde jemanden schicken, der Sie begleitet, dann weiß ich, wo Sie sind.«

Vivianas Herz klopfte etwas schneller, vielleicht hatte er doch in ihren Augen etwas bemerkt, als sie die Knöpfe auf seiner Weste betrachtete hatte? Es gab keinen Mann, keine Freunde, und es gab auch keine Herberge. Es gab nur Mister Bartholomeus, und bei dem stand sie wahrlich schon viel zu tief in der Schuld, als dass sie ihn in einen Mordfall hineinziehen wollte. Sie war allein, und dieser Stellvertreter machte ihr Angst.

»Das ist nicht nötig, dass Sie jemanden schicken. Lassen Sie mich überlegen, ich glaube, das Gasthaus hat einen Eber auf dem Schild.«

Viviana erinnerte sich, in einer solchen Herberge nach Julian und Rinaldo gefragt zu haben. Der Stellvertreter nickte.

»Wie lange bleiben Sie in Shaftesbury?«

»Bestimmt noch bis Sonntag.«

Der Stellvertreter nickte ihr zum Abschied zu und begann in den Unterlagen, die vor ihm auf dem Tisch lagen, zu wühlen.

Viviana atmete tief durch, als sie wieder vor der Abteimauer stand, und versuchte, sich zu beruhigen. Plötzlich war alles so viel schwieriger geworden. Sie sah sich ängstlich nach allen Seiten um, aber keiner achtete auf sie, und die Menschen gingen geschäftig ihren Angelegenheiten nach. Wenn sie doch bloß Julian finden würde, dachte Viviana, und im gleichen Moment hatte sie wieder die Bemerkung dieses unangenehmen Menschen vom Klosterhof in den Ohren. Der Gedanke, dass Julian nicht ehrlich zu ihr gewesen war, beunruhigte sie. Sie fühlte sich in Shaftesbury nicht mehr sicher, aber was blieb ihr übrig, als weiter nach Julian und Rinaldo zu suchen. Ihr Blick fiel auf die große Herberge, in deren Gaststube Mister Bartholomeus gestern ursprünglich hatte zu Abend essen wollen, ehe es dort eine Schlägerei gegeben hatte. Dort hatte sie noch nicht gefragt.

Auf ihre erste Beschreibung hin zuckte der Wirt mit den Schultern. Erst als sie sich nach Rinaldo erkundigte, verdrehte er die Augen.

»Also wissen Sie, so eine seltsame und unorganisierte Reisegruppe wie Ihre ist mir noch nicht untergekommen. Zwei Ihrer Freunde waren schon hier. Der, der zuerst hier war, ist inzwischen abgereist, und der andere, der ihn zur Begrüßung verprügelt hat, hat jetzt sein Zimmer.«

»Wer hat wen verprügelt?«

»Der, nach dem Sie gefragt haben.«

»Der große, dunkle Ausländer?«, fragte Viviana völlig fassungslos.

»Nein, der, nach dem Sie zuerst gefragt haben. Auf den passt die Beschreibung. Der Südländer ist hier noch nicht aufgetaucht.«

»Wen hat er verprügelt?«

»Den jungen, blonden Mann.«

»Aha.« Viviana hatte keine Vorstellung, wen Julian zur Begrüßung verprügelt haben sollte, aber das brauchte der Wirt ja nicht zu wissen.

»Ist denn mein Freund, Julian White, noch hier?«

»Ja, er hat das Zimmer mit der Sonne. Aber er ist in der Frühe weggeritten und noch nicht wieder da.«

»Aber er wollte heute zurückkommen?«

»Jedenfalls hat er für die kommende Nacht bezahlt.«

»Kann ich in seinem Zimmer auf ihn warten?«

Der Wirt machte eine abwehrende Handbewegung.

»Nee, nee, Ihr Freund hat dafür gesorgt, dass hier keiner

mehr allein in das Zimmer eines anderen gehen darf. Warten Sie doch im Schankraum. Wollen Sie etwas zu essen?«

Vivianas Magen knurrte vernehmlich, denn sie hatte seit dem Frühstück nichts mehr gegessen. Sie hatte zwar nichts, womit sie bezahlen könnte, aber Julian würde sie sicher auslösen.

Julian war gemächlich geritten und erreichte Salisbury am frühen Nachmittag. Er bestellte in der Poststation ein Bier, und auf seine Nachfrage hin reichte ihm der Wirt eine lederne Rolle.

»Ist gestern Nachmittag hier angekommen.«

Julian nickte, klemmte die Rolle unter den Arm, nahm sein Bier und setzte sich in die hinterste Ecke des Schankraums. Er brach Simeons Siegel über dem Knoten, der die Rolle zusammenhielt. Es war eine lange Nachricht. Julian hob überrascht die Augenbrauen, denn obwohl Simeon schreiben konnte, war er doch langsam und hielt seine Nachrichten daher stets kurz.

»Ich hoffe, diese Nachricht findet Dich wohlauf«, begann der Brief, und dann wich mit jeder weiteren Zeile, die er las, langsam das Blut aus Julians Gesicht. Er saß wie versteinert da, und nur seine Augen folgten den dichten Wörtern aus schwarzer Tinte. Schließlich sanken seine Hände mit dem Pergament langsam auf seinen Schoß. Er starrte blicklos vor sich hin.

Die Geheime Kanzlei hatte neue Erkenntnisse über den Kurier. Es handelte sich um eine Frau, eine Französin mit Namen Emmanuelle Foulaise. Sie war in Cherbourg in See gestochen, und dann hatte sich ihre Spur verloren. Emmanuelle Foulaise war kein unbeschriebenes Blatt, sie war eine kaltblütige, skrupellose Agentin, die nicht nur in König Louis' Dienst gestanden hatte, sondern auch für Prinz Richard arbeitete. Sie war eine Söldnerin und für den qualvollen Foltertod eines ihrer besten

Männer auf dem Festland verantwortlich, weil sie ihn an König Louis verraten hatte. Außerdem wurde sie verdächtigt, mit dem Tod Sir Rolands, eines hochrangigen Beamten am Hofe von Königin Eleonore, zu tun zu haben. Sie war eine Mörderin. Simeon warnte Julian eindringlich, die Schiffbrüchige in seiner Begleitung nicht einen Moment aus den Augen zu lassen und besondere Vorsicht walten zu lassen. Sobald sich eine Gelegenheit ergab, sollte er sie festsetzen. Die Sache hatte allergrößte Priorität, da noch nicht klar war, wie weit die Verschwörung schon gediehen war.

Julians Kehle hatte sich schmerzhaft zusammengezogen, und seine Augen brannten. Er schluckte trocken. Er sah Viviana vor sich, wie sie in Yeovil die Treppe herunterkam und sich stolz in ihrem neuen Kleid zeigte; wie sie nach dem Überfall vor ihm auf dem Pferd gesessen und er sie in seinen Armen gehalten hatte; ihr lachendes Gesicht, wenn sie sich beide über die gleiche Sache amüsierten. Julian schloss die Augen und spürte wieder ihre Lippen auf den seinen, als sie sich zum ersten Mal geküsst hatten. Sie war eine Lügnerin. Es war alles gelogen, sie hatte ihm etwas vorgespielt. Wie betäubt stand er auf, rollte das Pergament wieder zusammen und steckte es in seine Jacke.

»Schlechte Nachrichten?«, fragte der Wirt vorsichtig mit einem Blick auf den Bierkrug, der unangetastet auf dem Tisch stand.

»Ich brauche ein Pferd, ich muss sofort zurück nach Shaftesbury.«

»Wollen Sie nicht lieber erst noch etwas essen?«

Julian schüttelte den Kopf und war auch schon hinaus. Wenig später galoppierte er auf einem neuen Leihpferd die Straße entlang, die er vor weniger als einer halben Stunde gekommen war.

Sir Roland war einer von Henrys besten Diplomaten gewesen, der immer ein wachsames Auge und scharfes Ohr gehabt hatte. Er war an Königin Eleonores Hof von einer Hure in seinem Bett ermordet worden. Emmanuelle Foulaise. Eine Dirne. Julian trieb sein Pferd an, als könnte er in diesem Wahnsinnstempo dem Höllenfeuer entrinnen, das in ihm brannte. Wieder sah er Viviana vor sich. Für eine Sekunde dachte er daran, sich von dem dahingaloppierenden Pferd zu stürzen und dieser Qual ein Ende zu bereiten. Wie hatte er sich so täuschen können? Er hatte geglaubt, Gott habe sein Flehen erhört und ihm einen Engel geschickt. Vielleicht gab es gar keinen Gott, schoss es ihm plötzlich durch den Kopf. Er war im Begriff, den Verstand zu verlieren! Julian zog am Zügel, und das Tier kam schnaubend und zitternd zum Stehen. Er stieg ab und fiel auf die Knie, seine Stirn gegen die Fäuste gepresst. Gottes Wege waren unergründlich. Vielleicht war er schon verloren, und Gott hatte ihn verlassen, und ein böser Teufel trieb sein Spiel mit ihm. Mühsam stand Julian auf, griff zum Zügel und stieg wieder auf. Er musste Thorn und Emmitt informieren, dass sie auf der falschen Fährte waren. Gemeinsam mussten sie die Französin finden.

~ 15 ~

Es war Abend, als er schließlich wieder durch das Stadttor ritt. Er sprach zunächst beim Sheriff vor, aber es gab keine neuen Nachrichten. Im Gästehaus der Abtei wurde ihm gesagt, dass Melchor Thorn und sein Begleiter gegen Mittag abgereist waren. Julian rieb sich die Stirn. Er konnte heute nichts mehr ausrichten. Eine tiefe Erschöpfung legte sich auf ihn, langsam führte er das Pferd zu Fuß zum »Goldenen Hund« und übergab es dem Stallknecht. Er trat in die Diele, die im Halbdunkeln lag. Die Abendmesse wurde gelesen, und das Gasthaus war fast leer.

»Julian!«

Die Stimme, die ihn rief, betonte seinen Namen auf der letzten Silbe und war ein wenig rau. Sein Körper spannte sich an. Er blickte sich um, und da saß sie am Fenster, getaucht in das weiche Abendlicht erschien ihre Gestalt fast unwirklich. Sie winkte. Er starrte sie einen Augenblick wie eine Erscheinung an.

»Viviana?«

Sie lächelte und winkte wieder. Sehnsucht zog ihn zu ihr, während er gleichzeitig in höchster Alarmbereitschaft war. Er ging zu ihr hinüber.

»Welch ein glücklicher Zufall, dass wir uns gefunden haben!«

»Ich habe nach dir gesucht.«

»Ich habe auch nach dir gesucht.«

Er setzte sich, und sie blickte ihn forschend an.

»Julian. Du siehst schrecklich aus. Bist du krank?«

Sie legte ihre warme Hand auf seinen Arm, und er wollte sie fortschieben, und doch dürstete ihn nach ihrer Berührung. »Ich habe einen langen Ritt hinter mir. Ich bin nur müde. Hast du schon etwas gegessen? Ich bin am Verhungern.«

»Ich habe vorhin schon etwas gegessen, aber ein Bier würde ich nicht verschmähen.« Sie zwinkerte ihm zu.

Das konnte doch alles nicht richtig sein. Vor ihm saß die Viviana, wie er sie kannte, die er liebte – und doch war sie eine mörderische Spionin des Feindes. Julian rief nach dem Wirt und bestellte zwei Bier und ein Abendessen.

»Also, was hast du erlebt, seitdem mein unseliges Pony durchgegangen ist? Hast du irgendetwas über Rinaldo in Erfahrung bringen können? Und wen hast du hier verprügelt?«

»So viele Fragen auf einmal!«

Der Wirt brachte zwei Bierkrüge. Julian schob ihr einen davon über den Tisch zu, und ihre Hände berührten sich.

»Ich bin froh, dass dir nichts passiert ist. Ich habe mir Sorgen gemacht.« Sie lächelte ihn an.

Julian nahm einen Schluck Bier.

»Also, ich habe zuerst gefragt. Welche Abenteuer hast du erlebt?«, fragte sie wieder.

Julian berichtete, was geschehen war, seitdem sie voneinander getrennt worden waren, mit Ausnahme seines Zusammentreffens mit seinen Kollegen und natürlich seines Rittes nach Salisbury. Offenbar hatte der Wirt Viviana von Emmitt erzählt. Er musste sich etwas ausdenken.

»Während ich hier stand und nach Rinaldo und dir fragte, sah ich einen Kerl, mit dem ich noch eine Rechnung offen hatte.«

»Eine Rechnung offen?«

»Ja, er schuldet mir Geld. Das heißt, er schuldete mir Geld. Jetzt nicht mehr.«

»Dir und nicht dem König?«

»Mir.«

»Und du hast ihn verprügelt?«

»Nein, natürlich nicht.«

»Aber der Wirt hat gesagt ...«

»Der Wirt ist ein Idiot. Der Kerl sagte, er hätte das Geld in seinem Zimmer. Ich bin ihm gefolgt. Er wollte aus dem Fenster flüchten, und es gab eine kleine Rauferei. Das war alles.«

»Und jetzt hast du dein Geld wieder.«

»Nicht alles, aber dafür habe ich sein Zimmer.«

»In einer Stadt wie dieser ist das sicher mehr wert, als er dir geschuldet hat«, stellte Viviana fröhlich fest.

»Vermutlich.« Julian betrachtete sie. Emmanuelle Foulaise war eine perfekte Schauspielerin.

»Und was hast du erlebt?«

Viviana berichtete ebenfalls alles, was sich zugetragen hatte, bis auf ihr Zusammentreffen mit Melchor Thorn.

»Das mit dem Leichenfund musst du mir noch einmal in Ruhe ausführlich erklären, aber ich muss sagen, deine Geschichte ist viel abenteuerlicher als meine.«

»Das finde ich auch. Aber du bist ja schließlich der langweilige Beamte und nicht ich.«

»Ja, das stimmt.«

Das Abendessen wurde gebracht, und Julian widmete sich seinem Braten mit Rüben und Zwiebeln. Viviana betrachtete ihn. Entgegen seinen Beteuerungen, dass alles in Ordnung sei, sah Julian blass aus, hagerer als sonst, und um seinen Mund lag ein strenger Zug, der vorher nicht dagewesen war. Er war bei seiner Geschichte, im Dienste des Königs zu stehen, geblieben. Doch es war ihr klar, dass er etwas verbarg, etwas, was ihm Sorgen machte. Sie wusste nicht, ob sie ihn direkt fragen sollte.

»Und du hast nichts von Rinaldo gehört?«

Er schüttelte den Kopf und schob den Teller von sich.

»Ich würde mir gerne die Beine vertreten. Ich habe den gesamten Tag über im Sattel gesessen.«

»Das trifft sich gut, denn ich muss Mister Bartholomeus Bescheid sagen, dass ich meinen Mann wiedergefunden habe. Mein Pony muss ich außerdem abholen.«

Sie gingen hinaus und schlenderten die Straße hinunter. Jetzt, da der Gottesdienst vorbei war, waren wieder mehr Menschen unterwegs. Viviana schob ihre Hand in Julians, die seltsam kalt und starr war. Doch gerade, als sie ihre Hand wieder zurückziehen wollte, erwiderte er ihren Händedruck. Hand in Hand gingen sie in Richtung Stadttor wie ein Liebespaar.

»Warum steht auf dem Schild eigentlich ›Zum Pfeffersack‹, wenn doch jeder das Gasthaus ›Goldener Hund‹ nennt?«, fragte Viviana plötzlich.

Lesen konnte sie auch, durchfuhr es Julian. Es bestand kein Zweifel, Viviana musste der Kurier sein. Mit welchem Geschick sie beim Überfall dem Räuber die Kehle durchgeschnitten hatte. Es passte alles zusammen. Sie hatte ihm in dieser Nacht das Leben gerettet, aber der Grund war, dass sie ihn weiterhin als Deckung benutzen wollte. Er bräuchte einen Beweis. Das Erkennungszeichen hatte sie vermutlich im Meer verloren, denn das Medaillon um ihren Hals war leer. Konnte es sein, dass sie sich tatsächlich nicht daran erinnerte, wer sie war? Ebenso schnell, wie ihm der Gedanke gekommen war, erstickte ihn Julian wieder. Nein, das war einfach zu unwahrscheinlich. Vermutlich hatte sie auch Rinaldo nur als Tarnung benutzt. Oder aber er war ihr Verbündeter.

»Ich nehme an, die Schenke hieß früher einmal so, und da sowieso keiner lesen kann, hat sich der neue Name nicht eingebürgert.«

Viviana nickte nachdenklich. Es war ihr bisher gar nicht aufgefallen, dass sie lesen konnte. Es war so selbstverständlich für sie. Aber Julian hatte recht, die allermeisten Leute konnten nicht lesen oder schreiben. Doch sie konnte es. Das war auffällig und ungewöhnlich, weil sie eine Frau war. Sie warf Julian einen Seitenblick zu. Irgendetwas stimmte nicht, er verhielt sich so seltsam und war gleichzeitig darum bemüht, normal zu erscheinen.

Sie erreichten das Camp und kamen zum Wagen von Mister Bartholomeus. Der Händler saß auf dem Holzbock und war damit beschäftigt, verschiedenfarbige Bänder zu sortieren. Als er Schritte hörte, blickte er auf.

»Ah! Sie haben Ihren Gatten gefunden, Mistress Viviana? Das ist ja großartig. Habe ich doch gleich gesagt, dass sich Ihr Mann die Gebeine des Heiligen Edward nicht entgehen lassen würde.« Er kletterte vom Wagen herunter.

»Ich bin Ihnen sehr zu Dank verpflichtet, dass Sie sich meiner Frau angenommen haben«, sagte Julian und verbeugte sich.

»Keine Ursache. So eine charmante Dame ist unsereins keine Last.«

Julian nahm zwei Münzen aus seinem Beutel und reichte sie Mister Bartholomeus.

»Sie haben sicher Kosten gehabt. Ich möchte Sie gerne entschädigen.«

»Das wäre doch nicht nötig gewesen«, protestierte Mister Bartholomeus, während er die Münzen behände einsteckte. Dann kramte er in einem Kasten, der hinter ihm auf dem Wagen gestanden hatte, holte ein kleines Glasfläschchen hervor und reichte es Viviana.

»Liebe Mistress Viviana, ein Abschiedsgeschenk muss sein.« Er entkorkte das Fläschchen und hielt es ihr hin. Der süße, schwere Duft von Rosen breitete sich aus.

»Ein paar Tropfen davon ins Haar« – er tröpfelte ein wenig von dem Öl auf Vivianas Scheitel –, »und Sie duften wie ein Engel.«

Er verschloss das Gefäß und drückte es ihr in die Hand.

»Nicht, dass Ihre Gattin Hilfe nötig hätte.« Er blickte Julian vielsagend an.

Nachdem sie das Pony beladen hatten, verabschiedeten sie sich und gingen zurück in die Stadt. Während Viviana ihr Gepäck in Julians Kammer brachte und sich ein wenig frisch machte, kritzelte Julian eine eilige Nachricht an den Sheriff. Er hatte mit Sir William gesprochen, als er vorhin aus Salisbury zurückgekommen war, und ihn um Diskretion gebeten. Es war eine reine Vorsichtsmaßnahme gewesen, da er eigentlich nicht erwartet hatte, Viviana eine halbe Stunde später im »Goldenen Hund« zu finden. Jetzt war er froh, dass er den Sheriff in die Untersuchung eingeweiht hatte, dann musste er nicht so viel erklären. Sir William war ein Mann des Königs, ein verständiger, ernster Ritter, der der Geheimen Kanzlei seine volle Unterstützung zugesagt hatte. Die würde Julian jetzt brauchen.

Es war ein schöner Abend, und sie setzten sich in den Innenhof des Gasthauses. Man hatte einige dünne Balken in etwa einem Meter Abstand über den Hof gezogen, an denen sich im Sommer Geißblatt emporrankte und eine natürliche Laube bildete. Im Winter wurden sicherlich als provisorisches Dach Strohmatten darübergelegt, um zusätzlichen Stauraum zu schaffen.

Möglicherweise wurden aber auch Betten aufgestellt und an die armen Schlucker vermietet, die im Sommer draußen schlafen würden, aber im Winter doch etwas mehr Schutz benötigten. Aber jetzt war es angenehm warm, und die Blüten verströmten ihren schweren, süßen Duft, der zahlreiche Nachtfalter anlockte, die um ihre Köpfe flatterten.

»Was machen wir jetzt?«, fragte Viviana, die Julian gegenübersaß und mit ihrem Weinbecher spielte.

Julian zuckte mit den Schultern, er wusste nicht, warum er zögerte. Er sollte sie auf der Stelle festnehmen, aber dann wäre diese Illusion unwiederbringlich für immer vorbei. Außerdem, sagte er sich, um sich nicht selbst zu sehr verachten zu müssen, war Emmanuelle Foulaise gefährlich. Er musste sicherstellen, dass er sie festnahm, ohne dass sie eine Chance zur Flucht erhielt.

»Du verhältst dich wirklich sonderbar, Julian.«

Er durfte ihr keinen Anlass zum Misstrauen geben, schoss es ihm durch den Kopf. Ärgerlich über sein auffälliges Gebaren, riss er sich zusammen.

»Es tut mir leid. Ich habe ein Problem mit meinem nächsten Auftrag. Aber das lässt sich auch morgen lösen.« Er blickte Viviana an und lächelte.

»Also, was machen wir jetzt?«, wiederholte er ihre Frage und beantwortete sie auch gleich: »Die Angelegenheit in Reading hat sich erledigt, und ich muss da nicht mehr hin. Ich nehme an, du willst weiter nach Rinaldo suchen?«

»Ja, das möchte ich wirklich gerne. Mister Bartholomeus war sich sicher, dass jeder Pilger, der hier vorbeikommt, unbedingt den Schrein des Heiligen Edward sehen wollen würde.«

»Hat Rinaldo Shaftesbury erwähnt?«

»Nein, er hat nur von Saint Albans gesprochen, aber das war sein Endziel.«

»Es könnte sich wahrscheinlich lohnen, hier nach ihm zu fragen.« Julian wusste natürlich, dass Rinaldo hier gewesen war, aber eine Suche würde ihm vielleicht die Möglichkeit geben, Viviana unbemerkt an einen Ort zu bringen, an dem er sie ohne Aufsehen festsetzen könnte.

»Ich habe schon in einer Reihe von Herbergen gefragt, aber niemand hat ihn gesehen. Wir sollten es an den Toren versuchen.«

»Was machen wir, wenn wir ihn gefunden haben?«

»Dann geben wir ihm sein Gepäck zurück.«

»Ich meine, was machen du und ich, wenn wir Rinaldo gefunden und ihm sein Gepäck zurückgegeben haben?«

Viviana schob ihre Hand über den Tisch und unter seine. Er nahm ihre schlanken, braunen Finger und betrachtete sie.

»Es sieht nicht so aus, als hätte ich einen Ehering getragen!«

»Nein, es sieht nicht so aus.«

Was, zum Teufel, tat er hier? Er hatte dem Sheriff geschrieben, dass er die französische Spionin morgen früh festnehmen und zum Verhör bringen würde.

Viviana bewegte liebkosend ihre Finger.

»Ich bin so froh, dich wiedergefunden zu haben.«

Julian blickte in ihre dunklen Augen, und fast konnte er glauben, dass sie die Wahrheit sagte. Er nahm ihre Hand und küsste sie. Er war besessen, sie hatte ihn verhext. Er fühlte sich wie ein dem Tod Geweihter, der trotzdem nicht von dem Kelch mit dem Gift lassen konnte. Ohne ein weiteres Wort stand Viviana auf, und Julian folgte ihr die Treppe hinauf in ihre Schlafkammer.

Kaum hatte er die Tür hinter sich geschlossen, zog er sie in seine Arme. Ihr warmer Körper schmiegte sich an ihn, ihr Haar duftete nach Rosen. Er strich darüber und nahm ihr Gesicht zwischen seine Hände. Ihre Augen waren schwarz und von einer bodenlosen Tiefe. Seine Finger glitten über ihre dunkle, samtene Haut. Ihre vollen Lippen boten sich ihm dar, und er beugte sich vor und küsste sie. Der Kuss entfesselte die mühsam zurückgehaltene Leidenschaft. Viviana schlang ihre Arme um seinen Hals und zog ihn hinunter auf das Lager. Ihre Lippen liebkosten seinen Mund, und ihre Zunge strich über seine. Ihre Hände glitten unter sein Hemd und über seinen Rücken. Die Berührung ließ ihn erschaudern. Es war lange her, und er war ein Verdurstender, der endlich eine Quelle gefunden hatte. Sie zog ihm sein Hemd über den Kopf und lehnte sich einladend zurück auf das Lager. Einen Moment betrachtete er sie. Sie war die schönste Frau, die er jemals gesehen hatte. Sie war einfach perfekt, ihre sanften Kurven, nicht zu üppig oder weich, waren fest. Sie bot sich ihm dar, forderte ihn auf, sie zu berühren, seinem Begehren nachzugeben. Seine Hände lösten die Bänder ihres Kleides, schoben sich unter den Stoff und umfassten ihre Brüste. Liebkosend streichelte er über die glatte Haut und die festen Knospen. Langsam zog er sie aus, schob die Ärmel genussvoll über die braune Haut. In ihm brannte das Wissen, dass er dies nur ein Mal tun würde und dann nie wieder, dass sie nur in dieser Nacht ihm gehören würde und der Morgen das Ende brachte. Er schob ihr Kleid zur Seite, und sie lag nackt vor ihm und lächelte ihn an. Er würde sie lieben, diese eine Nacht. Julian streifte seine Hose ab und legte sich auf sie. Er spürte den verborgenen Schatz zwischen ihren Beinen und stöhnte. Viviana schlang ihre Beine um ihn und nahm ihn langsam in sich auf. Julian glaubte den Verstand zu verlieren vor Leidenschaft. Es gab kein Entrinnen, er war verloren in ihrem Netz. Viviana wusste genau, was er wollte, was er brauchte, wonach er sich sehnte. Er liebte sie mit allem, was er hatte, und sie gab sich ihm hin, wie es Frauen nur in Männerträumen tun.

Irgendwann, Julian hatte das Zeitgefühl verloren, ruhten sie schließlich erschöpft auf dem Lager. Viviana lag auf der Seite, und er lag hinter ihr und hatte die Arme um sie geschlungen. Ihr Atem ging regelmäßig und ruhig. Julian fühlte sich erlöst und verloren zugleich. Ihr Haar fiel auf sein Gesicht, und er strich ihr über die Schläfe und schob die schwarze, seidige Pracht beiseite, als sein Blick auf das Fleckchen Haut hinter ihrem Ohr fiel. Eine kleine Tätowierung kam zum Vorschein, ein Kreis aus sechs Punkten. Das Erkennungsmerkmal der Verräter. Die Welle der Verzweiflung und Wut, die Julian erfasste, trieb ihm Tränen in die Augen. Er lag unbewegt da, hielt sie im Arm und konnte sich nicht dazu zwingen, sie loszulassen.

Die Nacht schien endlos, und doch kam das erste Tageslicht viel zu schnell. Julian hatte sich angezogen und saß auf dem Boden gegenüber dem Lager. Er lehnte an dem Bretterverschlag, den der Wirt nach seinem Kampf mit Emmitt wieder geflickt hatte. Auf Hochverrat stand die Todesstrafe, dachte Julian und wunderte sich, dass Viviana so ruhig im Feindesland schlafen konnte. Sie musste sich völlig sicher fühlen mit einem Narren an ihrer Seite, der ihr nichtsahnend Schutz und Unterstützung bot. Julians Lippen pressten sich grimmig zusammen. Bis gestern war er dieser Narr gewesen, das würde heute ein Ende haben. Es wurde immer heller, und die Stadt erwachte zum Leben. Die Geräusche der Straße drangen durch die geöffnete Fensterluke in die Kammer, und Viviana murmelte etwas, streckte sich und erwachte.

Nach einem schnellen Frühstück unter der Geißblattlaube machten sie sich auf den Weg, um nach Rinaldo zu suchen. Viviana erstrahlte an diesem Morgen in lieblicher Schönheit. Sie war anhänglich und zärtlich und schien die letzte Nacht offensichtlich genossen zu haben. Julian begann sie für das, was sie ihm antat, zu hassen. Sie spielte mit ihm, und doch erschien alles so echt. Er musste dieser Qual schnellstmöglich ein Ende bereiten.

»Ich habe etwas bei dem königlichen Verwalter abzugeben, und dann können wir nach Rinaldo fragen.«

Viviana ging neben Julian, die Hand in seiner, die steile Straße hinauf. Er verheimlichte ihr etwas, das spürte sie genau. Es musste etwas mit seiner Arbeit zu tun haben, und er wollte nicht darüber reden. Sie hatte befürchtet, dass er sie belogen hatte, aber nach dieser letzten Nacht war sie sich sicher, dass er sie liebte. Sie hatte sich nicht getäuscht. Was auch immer der unangenehme Mann gestern im Klosterhof gemeint hatte, es würde sich schon aufklären.

Sie folgte Julian in einen rechteckigen gemauerten Innenhof. Wie bei offiziellen Gebäuden üblich, zeugte auch dieser Hof von einer gewissen Strenge, und das Wappen des Königs prangte an allem, was sich dazu eignete. Sie fragte sich, was Julian hier zu erledigen hatte. Die Gebäude waren zweistöckig und hatten einen Wachumlauf. Ein ungutes Gefühl stieg in ihr auf. Sie blickte in die Höhe und sah ein paar Tauben vom unteren Dachrand in den blauen Himmel steigen. Der Gedanke streifte Viviana, dass sie nicht einfach wegfliegen konnte. Wo waren sie hier? Viviana wollte gerade Julian fragen, als sie hörte, wie Männer im Gleichschritt hinter ihnen durch das Tor kamen. Sie drehte sich um und sah sich Hellebarden gegenüber. Erschrocken suchte sie Julians Blick, aber er war einen Schritt zurückgetreten.

»Julian?«

Sein Gesicht war erstarrt, und mit einer Stimme, die sie noch nie bei ihm gehört hatte, sagte er: »Im Namen des Königs, ich nehme Sie wegen Hochverrats fest.« Er nickte den Wachen zu. »Führt sie ab.«

Viviana starrte Julian verständnislos an. War er von Sinnen?

»Julian, was ist denn in dich gefahren?«

Die Wache stieß sie schmerzhaft mit der Spitze der Hellebarde an, und sie stolperte einen Schritt vorwärts. Zwei der Männer packten sie am Arm und schoben sie in Richtung Hofausfahrt. Sie blickte zurück.

»Julian!«

Er stand wie erstarrt da.

Julian sah ihr nach, wie die Wachen sie aus der Hofeinfahrt und in das Gebäude zwei Häuser weiter brachten, in dem sich auch das Verlies des Sheriffs befand. Er war erstaunt, wie einfach ihre Festnahme gewesen war, denn er hatte befürchtet, dass sie früher Verdacht schöpfen würde. Sie war sich offenbar ihrer Sache zu sicher gewesen, dachte er grimmig, als er schließlich den Wachen folgte.

»Hat es Probleme gegeben?«

»Nein, nicht die geringsten. Ich hatte es erwartet, nachdem ich so ausdrücklich vor ihr gewarnt worden war.« Julian setzte sich in den Sessel vor Sir Williams großem Audienztisch.

»Sie muss sich sehr sicher gefühlt haben.«

»Allerdings.«

»Hochmut hat schon so manchen zu Fall gebracht.«

Julian betrachtete Sir William. Er war ein hagerer Mann in den Fünfzigern, nicht mehr als durchschnittlich groß, mit grauem Haar. Er besaß große Ländereien nördlich von Shaftesbury und war seit Henrys Thronbesteigung ein zuverlässiger Vasall gewesen. Der König hatte ihn mit der Position des Sheriffs und noch zusätzlichen Pfründen belohnt.

»Was wollen Sie als Nächstes tun, Julian?«

»Wir sollten sie ein bisschen schmoren lassen. Ich weiß

nicht, was sie damit bezweckt, dass sie so stur bei ihrer Geschichte bleibt, aber ich denke, einer ihrer Männer kann sie vielleicht schon mal ein bisschen mürbe machen.«

Sir William gab dem Mann, der schweigend in der Ecke gestanden hatte, ein Zeichen, und er trat vor.

»Rob, wir werden die Gefangene heute Mittag befragen. In der Zwischenzeit kannst du an ihrer Bereitschaft, zu reden, arbeiten. Wenn sie gestehen will, sag Bescheid.«

»Jawohl, Sir. Wie sehr soll ich ihr zusetzen?«

Sir William blickte fragend zu Julian. Julian betrachtete Rob, der mit seinen braunen Augen und Locken in keiner Weise aussah wie ein Folterknecht. Aber aus Erfahrung wusste Julian, dass das Aussehen nichts zu sagen hatte. Der Gedanke, dass er einen Mann beauftragte, Viviana zu quälen, verschaffte Julian eine Gänsehaut. Wenn Folter sein musste, dann würde er sich nicht hinter einem anderen Mann verstecken.

»Setz ihr nicht zu hart zu. Ich will sie nur ein bisschen weichkochen. Zu bequem sollte sie es aber auch nicht haben.«

»Geht in Ordnung.« Er salutierte, und die Tür schloss sich hinter ihm.

»Rob ist ein fähiger Bursche, niemals nur plump gewalttätig. Er spielt mit der Angst der Gefangenen, das ist erheblich wirkungsvoller«, bemerkte Sir William, der aufgestanden war und ihnen zwei Becher Wein eingeschenkt hatte.

»Es würde mich freuen, wenn er es fertigbrächte, Mademoiselle von ihrem hohen Ross herunterzuholen.«

Etwa drei Stunden später beschlossen Julian und Sir William, dass es Zeit wäre, ihre Befragung zu beginnen. Nach einem eigentlich ausgezeichneten Mittagsmahl, von dem Julian allerdings trotzdem kaum etwas herunterbekommen hatte, hatten sie sich angeregt über Politik und die Verwaltung des riesigen

Reiches unterhalten. Sir William, dessen Familie mit William dem Eroberer auf die Britische Insel gekommen war, war ein wohlinformierter und anregender Gesprächspartner, doch Vivianas bevorstehende Befragung ließ sich trotzdem nicht aus Julians Kopf verdrängen. Sie unterhielten sich über die derzeitige politische Situation, und Sir William gab seiner Befürchtung Ausdruck, dass sich Henrys gigantisches Reich, das sich über halb Frankreich bis zur Iberischen Halbinsel erstreckte, nicht wirklich dauerhaft zusammenhalten lassen würde. Es gab zu viele unterschiedliche Interessen, die alle unter der Krone vereint werden mussten. Wenn sogar ein starker König wie Henry damit Probleme hatte, wie würde es werden, wenn erst einmal der Thronfolger die Krone trüge. Julian und Sir William waren sich hinter vorgehaltener Hand einig, dass der jüngere Prinz Richard der bei weitem geeignetere Nachfolger für Henry wäre. Selbst wenn es jetzt so aussah, als wenn er schon vorzeitig seinen Vater vom Thron stoßen wollte.

»Er ist jung, und Jugend fällt unbedachte Entscheidungen«, meinte Sir William, als Julian ihm die steinerne Treppe hinab in das Verlies folgte.

»Bereit?«

Julian holte tief Luft und nickte. Sir William stemmte sich gegen die schwere, eisenbeschlagene Holztür, und sofort schlug ihnen der typisch ekelhafte Geruch eines Folterkellers entgegen. Es war ein Gemisch aus Blut, menschlichem Urin und Angstschweiß. Angstschweiß roch nicht wie normaler Schweiß, fand Julian, er stank intensiv und ekelhaft wie eine Warnung, dass hier furchtbare Dinge geschahen. Selbst in diesen recht sauberen Gewölben klebte er an den Wänden und hing in der Luft. Auf dem Fußboden aus gestampfter Erde waren zahlreiche dunkle Flecken zu sehen. Der Keller war ein langgestrecktes Gewölbe, an dessen einer Wand sich ein großer

Kamin befand. Er diente weniger zur Erwärmung des Raumes, sondern zum Erhitzen von Brandeisen, mit denen Gefangene gefügig gemacht werden sollten. Ordentlich aufgereiht fanden sich hier die üblichen Utensilien und Gerätschaften eines Folterkellers: Vorrichtungen zum Knochenbrechen, Zangen, um Zähne oder Nägel herauszureißen, eine Wassertränke, eine Streckbank und was sich Menschen sonst noch so ausgedacht hatten, um einander zu quälen. Aus einem Gang auf der linken Seite trat Rob, der Folterknecht. Dort ging es offenbar zu den Zellen. Als er Sir William sah, drehte er sich wieder um und verschwand erneut. Julian hörte, wie quietschend eine Tür aufging, und dann hörte er Schritte. Rob erschien, Viviana vor sich herstoßend. Sie sah arg mitgenommen aus. Ihre schwarzen Zöpfe waren zerzaust, und ihr Kleid war an einigen Stellen zerrissen. Sie hatte dunkle Flecken und Abschürfungen an ihren nackten Armen, und ihre Lippe war aufgeplatzt. Ihre Augen waren gerötet. Sie sah verängstigt aus.

Julian blickte auf Rob, er schüttelte den Kopf. Sie war stur bei ihrer Geschichte geblieben. Julian biss die Zähne zusammen. Der Schmerz, den er fühlte, Viviana in diesem Zustand zu sehen, machte ihn wütend. Sie hatte ihn verhext, oder wie konnte es sonst sein, dass es ihm das Herz zerriss, sie so leiden zu sehen. Rob stieß Viviana zu dem Stuhl, der in der Mitte des Raumes stand, und seine Grobheit ärgerte Julian. Dann ärgerte er sich über sich selbst und räusperte sich.

Viviana sagte nichts, sie starrte ihn nur mit ihren riesigen, tränennassen Augen an. Fassungslos, verwirrt, voller Angst.

»Sie arbeiten für die Feinde des Königs.«

Viviana schüttelte den Kopf.

»Wer sind Sie?«

Tränen rollten über ihre Wangen. Sie war eine ausgezeichnete Schauspielerin, dachte Julian erbittert.

»Was wollen Sie hier?«

»Julian, bitte, ich weiß es doch nicht.« Ihr Flehen quälte ihn und schürte seinen Zorn.

Mit zwei langen Schritten war er bei ihr. Noch ehe er recht wusste, was er tat, holte er aus und schlug ihr ins Gesicht. Sie senkte den Kopf, und er sah Tränen und einige Blutstropfen in ihren Schoß fallen. Sein Blick richtete sich auf seine Hand, die von dem Schlag brannte, und auf Vivianas gesenkten Kopf und ihre zitternden Schultern. Ihm war übel. Er trat zurück. Aus dem Augenwinkel sah er, wie Rob das Feuer schürte und eine Anzahl Haken in die neu entfachte Glut legte. Bald würden sie heiß sein. Er konnte ihr doch nicht ein glühend heißes Eisen in die Haut brennen, durchzuckte es ihn. Doch jedes Zögern seinerseits musste sie für Schwäche halten, und es würde sie nur darin bestärken, ihn weiter zu belügen. Sie glaubte, sie hatte ihn im Griff. Sie hielt ihn für einen Narren.

»Sie können doch nicht ernsthaft glauben, dass ich Ihnen diese Maskerade weiter abnehme?«

Viviana hielt den Kopf zwischen schützend hochgezogenen, schmalen Schultern gesenkt. Sie erinnerte ihn an ein geprügeltes Kind.

»Also?«

Sie rührte sich nicht, ängstlich den nächsten Schlag erwartend.

»Die Haken sind heiß, Sir«, hörte er Rob sagen. Julian fühlte sich wie in einem furchtbaren Alptraum. Er streckte die Hand aus, und Rob gab ihm einen der langen eisernen Haken. Der Griff war aus Holz, das an den Enden, an denen es auf das Eisen traf, schwarz verkohlt war.

»Also? Wer sind Sie?«

Sie zitterte und schien förmlich vor ihm zu schrumpfen. Julian kam mit dem rotglühenden Eisen näher und hielt es ihr vor das gesenkte Gesicht. Die Haare, die aus dem gelösten Zopf heraushingen und mit dem Eisen in Berührung kamen, verschmorten augenblicklich.

»Also?«

»Ich weiß es doch nicht«, flüsterte Viviana kaum hörbar.

»Verdammt noch mal!«

Wütend rammte er das glühende Ende des Eisens um Haaresbreite an ihrem nackten Fuß vorbei in die Erde. Erschrocken schrie sie auf und blickte ihn an. Ihr geschundenes Gesicht war schmutzig von Blut und Erde. Julian musste sich zwingen, den Blick nicht abzuwenden und in ihre Augen zu sehen. Er sah Entsetzen. Entsetzen über ihn. In welche Hölle war er hier hineingeraten? Er gab Rob das Eisen zurück. Es hatte einen tiefen, schwarzen Abdruck auf dem Boden hinterlassen.

»Gut, dann werde ich Ihrem Gedächtnis auf die Sprünge helfen. Ich hoffe für Sie, dass Sie sich dann vielleicht doch erinnern können und wir hier nicht noch weiter unsere Zeit verschwenden.«

Sie starrte ihn an.

»Ihr Name ist Emmanuelle Foulaise. Sie sind ein Kurier im Auftrag unserer Feinde. Wer genau das ist, werden Sie mir noch sagen. Sie sind auf dem Weg, eine Liste mit den Namen der Verschwörer an die richtigen Leute weiterzugeben. Ich könnte Ihnen noch einiges anderes vorwerfen, aber dies hier reicht schon für den Strang.«

Er stutzte. Vor seinen Augen veränderte sich etwas in Vivianas Gesicht. Der Ausdruck von verzweifelter Unschuld war plötzlich verschwunden. Die Augen, die ihn jetzt ansahen, schienen seltsam alt in ihrem jungen Gesicht. Es waren die Augen eines Menschen, der für sein Alter schon zu viel von den dunklen Seiten des Lebens gesehen hatte. Sie lehnte sich in ihrem Stuhl zurück.

»Das reicht schon für den Strang? Wie kleinlich.« Ein zynisches Lächeln umspielte ihre Lippen, und sie wischte sich ihre Augen trocken.

Julian blinzelte. Es rauschte in seinen Ohren, und er versuchte zu begreifen, was sich gerade vor seinen Augen abgespielt hatte. Sie war plötzlich zu einem anderen Menschen geworden, es war, als hätte sich Viviana einfach in Luft aufgelöst. Nein, sie hatte sich tatsächlich nicht erinnert! Er starrte die Fremde vor sich an. Sie erwiderte seinen Blick provozierend. Noch ehe Julian seine Gedanken neu sortieren konnte, öffnete sich die Tür, und die Wache ließ einen Mann in den Keller. Es war der Kardinal.

»Danke, White, ich übernehme.«

Er entließ ihn mit einem Nicken. Irritiert verließ Julian den Keller. Die Tür schloss sich hinter ihm. Was, zum Teufel, machte der Kardinal plötzlich hier? Simeon musste ihm gemeldet haben, dass Julian in Begleitung einer Frau war, bei der es sich möglicherweise um den Kurier handelte. Er lehnte sich an die kalte Steinwand des Ganges. Wieder sah er die großen, dunklen Augen vor sich, aus denen Viviana plötzlich verschwunden war und wo eine Fremde Platz genommen hatte. Er hatte sie zu Unrecht beschuldigt und doch zu Recht. Dass der Kardinal selbst sich hier befand, konnte nur bedeuten, dass die Sache von extremer Wichtigkeit war. Aber es war gut, dass man ihm die Angelegenheit jetzt abgenommen hatte, dachte Julian. Sein Herz war viel zu tief in diese Sache verstrickt, als dass er seinem König noch einen guten Dienst erweisen könnte. Er merkte, wie seine Hände zitterten, und er spürte wieder das Brennen, das er gefühlt hatte, als er Viviana ins Gesicht geschlagen hatte. Seine Gefühle hatten ihn blind gemacht, er hatte so viele Fehler begangen. Wieder einmal fragte sich Julian, ob er für diesen Beruf noch geeignet war, ob er so weiter sein

Leben fristen wollte. Er wusste nicht, wie lange er dort gestanden hatte, als die Tür wieder aufging. Der Kardinal trat durch die Tür, gefolgt von der Französin. Sie trug keine Fesseln mehr.

»Ich will Sie sprechen, White.« Er ging an ihm vorbei. Die Frau blieb stehen und blickte ihn an.

»Ich stehe in deiner Schuld. Ich weiß jetzt wieder, wer ich wirklich bin.« Ihre Augen waren unergründlich. »Und auch, wer du wirklich bist, Julian.«

Damit folgte sie dem Kardinal den Gang hinunter. Julian sah ihr nach. Der Sheriff trat zu ihm.

»Tja, das ist die hohe Politik. Ich kann Ihnen keine Einzelheiten sagen, aber der Kardinal hat ein Geschäft abgeschlossen.« Er klopfte Julian auf die Schulter. »Nehmen Sie es nicht so schwer.«

~ 16 ~

»Aber wir können ihr doch unmöglich trauen!« Julian versuchte den Kardinal wenig später in einem der Schreibzimmer des Sheriffs zu überzeugen.

»Ich vertraue ihr keineswegs, aber wenn wir sie festsetzen, haben wir gar nichts.«

»Was, wenn sie versucht zu fliehen?«

Der Kardinal sah Julian amüsiert an.

»Dann sind Sie ja dabei, White.«

»Großartig.«

»Das werden Sie schon meistern, White. Ich glaube, Mademoiselle Foulaise wird für denjenigen arbeiten, der ihr das beste Angebot macht. Derzeit sind wir das. Wenn sie uns die Verräter liefert, erhält sie freien Abzug zurück aufs Festland und noch ein nettes Sümmchen obendrauf. Wie sie sich dann mit Richards Leuten einigt, ist nicht mein Problem.«

»Und wenn sie sich nicht an die Abmachung hält?«

»Dann werden Sie sie töten, White.«

Viviana schaute aus dem Fenster über die Stadt, aber ihr Blick ging ins Leere. Alles fühlte sich bekannt und vertraut an. Der leere Raum, in dem sie geschwebt hatte, war verschwunden. Sie stand wieder mit beiden Beinen in ihrem Leben. Sie amüsierte sich über das Gefühl von Ernüchterung, das sie empfand. Vielleicht war es auch Bitterkeit, aber das spielte keine Rolle. Der Kardinal war ein gescheiter Mann und hatte die Vorteile sofort erkannt, die ihm eine Zusammenarbeit mit ihr einbrachten. Es würde Julian, der sie ja unbedingt am Galgen sehen wollte, sicherlich missfallen. Er hatte ihr etwas vorgespielt, und sie war auf ihn hereingefallen. Die Nägel ihrer Finger hinterließen kleine Halbmonde in ihrem Arm, doch der Schmerz konnte sie nicht von ihren Gedanken ablenken. Sie war nicht recht bei Sinnen gewesen, eine leichte Beute. In ihrer Umnachtung hatte sie ihm vertraut, ihn vielleicht sogar … Sie wusste nicht, was. Doch was es auch gewesen war, es war nicht mehr da. Geblieben war nur ein Nachgeschmack des Gefühls, von ihm betrogen worden zu sein.

Die Tür öffnete sich, und der Kardinal und Julian betraten den Raum. Er deutete auf die Sessel an dem leeren Kamin, und sie setzten sich.

»Also, noch einmal von vorn, damit es keine Missverständnisse gibt.« Der Kardinal schenkte sich ein großes Glas Wein ein und ließ sich auf einen der gepolsterten Stühle fallen.

»Mademoiselle, Sie wurden beauftragt, eine Liste an sich zu bringen und einer Kontaktperson auszuhändigen.«

»Das ist richtig.«

»Sie wissen nicht, wer diese Kontaktperson ist?«

»Nein, er oder sie wird sich mit mir in Verbindung setzen.«

Julian schnaubte ungeduldig.

»Ich kann mir nicht vorstellen, dass Sie nicht wissen, wer Ihre Kontaktperson ist«, warf er unwirsch ein.

Ihre Augen trafen sich einen Moment.

»Versuche es einfach.«

»Und wer hat Sie geschickt? Wissen Sie das etwa auch nicht?«

»Ich bin nur der Kurier. Ich bekam meine Anweisungen und bin in See gestochen. Unglücklicherweise versuchte man mich aufzuhalten, und dabei bin ich über Bord gegangen.«

»Bertrand Duvale wird vermisst«, schaltete sich der Kardinal ein.

»Er hat mich angegriffen.« Sie zuckte gleichgültig mit den Schultern.

»Für wen arbeiten Sie?«, fragte Julian weiter.

»Du meinst, wer mich bezahlt?«

»Wir sind also richtig informiert, dass Sie eine Art Söldnerin sind, die für denjenigen arbeitet, der am meisten bezahlt?« In seiner Stimme schwang Verachtung mit.

»Oh, macht mich das jetzt noch übler? Ich bitte um Verzeihung, aber meine Erfahrung ist, dass sich Loyalität nur von unten nach oben bewegt, niemals andersherum. Treue ist etwas für Narren.«

Julian wollte etwas erwidern.

»Können wir bei der Sache bleiben?«, schaltete sich der Kardinal ein und wandte sich an Viviana.

»Also?«

»Ich gehe davon aus, dass es Prinz Richards Leute waren, die mich kontaktierten. Aber ich kann es nicht beweisen, und es ist mir auch gleichgültig.«

»Uns ist das allerdings nicht gleichgültig. Können Sie Kontakt mit Ihrem Auftraggeber aufnehmen?«

»Nein.«

Die fleischigen Finger des Kardinals klopften auf die Armlehne seines Stuhls.

»Ich könnte mir allerdings vorstellen, dass sie Kontakt zu mir aufnehmen werden, sollte ich meinen Auftrag nicht ausführen«, schlug Viviana vor.

»Wo befindet sich die Liste?«

»In Saint Albans.«

»In Saint Albans?«, fragte Julian ungläubig. Viviana zuckte mit den Schultern.

»Zufälle gibt's.«

Julian starrte sie grimmig an.

»White und Sie, Mademoiselle, werden gemeinsam nach Saint Albans reisen. Sie werden die Liste holen und auf eine Übergabe warten. Das wird uns hoffentlich die Möglichkeit geben, einen der Verräter festzunehmen.«

Julian sah alles andere als erfreut aus, aber um Vivianas Lippen spielte ein zynisches Lächeln.

»Ist dir meine Gesellschaft plötzlich so unangenehm? Ich habe das anders in Erinnerung.«

»Sie beide reisen morgen ab, und versuchen Sie bitte, sich nicht ständig gegenseitig an die Kehle zu gehen.«

Der Kardinal stand auf. Julian folgte ihm zur Tür.

»Sir, sind Sie wirklich sicher, dass sie kooperieren wird?«, flüsterte er verzweifelt ein letztes Mal.

»Sie haben gute Arbeit geleistet, White. Jetzt bringen Sie das auch zu Ende.«

Damit verließ er das Gemach. Julian blickte ihm einen Moment lang nach und drehte sich dann wieder um. Viviana saß in ihrem Sessel und betrachtete ihn. Ihr Gesicht war immer noch etwas geschwollen, aber es zeigte keine Gefühle mehr.

»Also, Mademoiselle Foulaise, Sie arbeiten jetzt für König Henry, ich hoffe, Sie kommen nicht durcheinander.«

»Ich wünschte, du würdest aufhören, mich so albern beleidigt zu siezen.«

»Und mit welchem Namen soll ich Sie dann anreden?«

»An Viviana haben wir uns doch schon gewöhnt, oder?«

»Ich kann nicht sehen, dass Sie noch etwas mit dieser Person gemein haben.«

Sie beugte sich vor, und ihre Augen blitzten.

»Dafür hast du ja gesorgt, nicht wahr, Julian?«, zischte sie, um sich augenblicklich wieder zurückzulehnen und ihn kalt anzulächeln. »Da kannst du dich jetzt ja wohl kaum beschweren.«

Julian schwieg einen Augenblick und sagte schließlich in einem rein geschäftsmäßigen Ton: »Gut, Viviana. Wir sollten uns weiterhin als Ehepaar ausgeben. Das ist die einfachste Tarnung. Wir sind Pilger auf dem Weg nach Saint Albans.«

»Haben wir auch Kinder?«

Er zuckte ungeduldig mit den Schultern.

»Wenn wir morgen aufbrechen, möchte ich noch ein paar Sachen einkaufen. Ich bin es herzlich leid, so gänzlich ohne Gepäck zu reisen«, sagte Viviana.

»Muss ich dich jetzt auch noch zum Einkaufen begleiten?«

»Allerdings musst du das, du wirst ja schließlich dafür bezahlt.«

Julian knirschte mit den Zähnen. Sie würde alles versuchen, diesen Auftrag für ihn so unangenehm wie möglich zu machen. Es wäre besser, wenn er sich nicht derartig von ihr provozieren lassen würde. Gleichzeitig war ihm klar, dass er geradezu Übermenschliches von sich verlangte.

Viviana lag auf dem Strohlager und lauschte in die Stille der Nacht. Es war dasselbe Lager, das sie gestern Nacht mit Julian geteilt hatte. Diese Nacht erschien ihr wie ein Traum. Eine Nacht voller Liebe und Leidenschaft, unschuldig und wahrhaftig. So hatte sie es tatsächlich empfunden, aber die Realität war eine andere. Sie hatte sich Julian hingegeben, und er hatte sie ausgenutzt. Er hatte sich Rinaldo und ihr angeschlossen, weil er sie in Verdacht gehabt hatte. Die ganze Zeit hatte er ihr etwas vorgespielt. Wann hatte er die Wahrheit erfahren? Er musste es bereits gestern Abend gewusst haben, noch ehe er tatsächlich das Bett mit ihr geteilt hatte, denn ihr war aufgefallen, dass er sich so seltsam verhalten hatte. Wenn er sie begehrte, warum hatte er dann ihr Angebot in Yeovil nicht angenommen, als sie sich ihm förmlich an den Hals geworfen hatte? Vielleicht war er sich da noch nicht über ihre Identität sicher gewesen. Das passte zu ihm und seiner selbstgerechten Moral. Aber nachdem er wusste, dass sie eine Feindin war, hatte er keine Skrupel gehabt, sich sein Vergnügen zu holen. Es war auch gleichgültig, er war wie alle anderen Männer, die sie kannte. Und doch spürte sie in der dunklen Stille der Nacht ihr Herz schlagen. Sie hatte sich kurz einer Illusion hingegeben, und das Erwachen schmerzte. Es war sehr lange her, dass ihr das passiert war. Sie wandte den Kopf und blickte auf die dunkle Gestalt, die in eine Decke gewickelt neben ihr auf dem Fußboden schlief. Eine Welle von Hass erfasste sie. Wer sich gefühlsmäßig einer Sache annahm, machte Fehler. Sie könnte ihn jetzt heimlich ermorden und dann fliehen, kam ihr in den Sinn. Ihre Finger tasteten nach ihrem Bündel und dem Dolch.

»Denk nicht mal dran.«

Viviana lachte leise.

»Du kannst nicht schlafen?«

»Mit einer Schlange wie dir im Zimmer?«

»Wie gemein du bist.«

Julian setzte sich auf.

»Wenn du mich umbringst, wird der Kardinal dich ebenfalls töten lassen, das ist dir ja wohl klar.«

»Ich könnte untertauchen.«

»Wenn du alle deine Auftraggeber immerzu gegeneinander ausspielst, wirst du bald keine Arbeit mehr finden.«

»Deine Sorge rührt mich, aber ich bin mir ziemlich sicher, dass meine Dienste immer gerne in Anspruch genommen werden.«

»Ja, für Leute wie dich wird es immer Arbeit geben.«

»Und was genau ist der Unterschied zwischen Leuten wie mir und Leuten wie dir?«

»Es hat etwas mit Loyalität und Ehre zu tun.«

»Dein Lügen, Betrügen und Morden ist also besser als meines?«

»Ich diene dem König.«

»Sehr nobel.«

»Und du dienst ausschließlich dir selbst.«

»Du hast also letzte Nacht der Krone und nicht dir selbst gedient?«

Ihre Frage hing wie ein scharfes Schwert im Raum, aber Julian gab ihr keine Antwort.

Was sollte er ihr auch antworten? Er hatte geglaubt, Viviana hätte ihm etwas vorgemacht, ihn ausgenutzt und seine Liebe betrogen. Er war wütend und verletzt gewesen und verzweifelt. Er hatte wenigstens etwas von seinem Traum genießen wollen, und es war, oh, so köstlich gewesen. Doch er hatte sich geirrt. Nicht Viviana war es gewesen, die ihn betrogen hatte, er war es gewesen, der sie betrogen hatte. Er hatte sie nicht nur betrogen, er hatte sie ermordet. Statt ihrer war nun Emmanuelle Foulaise hier, und die Viviana, die er geliebt hatte, war für immer verschwunden. Julian biss die Zähne zusammen. Er hatte mit Gott gehadert, und nun war alles noch viel schlimmer gekommen.

Früh am Morgen brachen sie auf. Sie hatten für Viviana einen schlanken Grauschimmel gekauft, und ihr Pony würde als Lasttier dienen. Viviana trug ein neues, taubenblaues Reisekleid mit passendem Schleier, das ihr ausgesprochen gut stand.

»Wir sollten Rinaldos Gepäck hier zurücklassen«, sagte Julian, als er ihre Bündel auf dem Pony festzurrte.

»Ich finde, wir sollten es mitnehmen.«

Musste sie am frühen Morgen schon Streit suchen? Julian drehte sich um.

»Es ist nur zusätzliches Gewicht.«

»Vielleicht treffen wir ihn ja in Saint Albans.«

»Saint Albans ist groß.«

»Ich möchte ihm aber sein Gepäck zurückgeben.«

»Wie fürsorglich.«

Viviana packte Rinaldos Bündel und drückte es grob an Julians Brust.

»Er war gut zu mir, und deshalb geben wir ihm seine Sachen zurück!« Ihre schwarzen Augen funkelten ihn an. Julian sah aus dem Augenwinkel, wie der Stalljunge ihren Streit beobachtete. Es wäre besser, wenn sie kein Aufsehen erregten, und so nahm er wortlos das Bündel und schnürte es ebenfalls auf dem Pony fest. Als sie schließlich aus dem Hof ritten, schüttelte er ungeduldig den Kopf über sich selbst. Der Südländer hatte ihm nichts getan, und es wäre nett, wenn sie ihm sein Gepäck zurückgäben, falls das möglich war. Er hatte es bloß nicht tun wollen, weil Viviana es wünschte. Sie brachte wahrlich nicht die besten Seiten in ihm zu Vorschein, dachte Julian und beschloss, sich zu bessern. Er würde ihr keine Kontrolle über seine Gefühle erlauben.

Bis zur Mittagsrast waren sie schweigend hintereinander hergeritten, jeder in seine Gedanken vertieft. Julian führte sie zu einer schattigen Stelle an einem kleinen Weiher, der als Viehtränke diente. Während die Pferde grasten, packte Viviana das Mittagessen aus. Es war ein sonniger Tag, eine leichte Brise wehte. Sie sprachen kaum ein Wort miteinander, während sie aßen. Schließlich legte sich Viviana ins Gras, während Julian sich an einen der Bäume lehnte. Er hatte die Augen geschlossen. Viviana betrachtete ihn und blickte dann in den blauen

Himmel. Sie dachte an ihren ersten Kuss während einer Rast wie dieser.

»Ich frage mich, wer die Leute waren, die uns im Wald überfallen haben«, sagte sie schließlich und setzte sich auf.

Julian öffnete die Augen und rieb sich über das Kinn.

»Vielleicht waren es deine Auftraggeber, die befürchteten, dass du übergelaufen bist?«

»Wie hätten sie das so schnell herausfinden können?«

»Oder die Empfänger, die um ihre Liste fürchteten?«

»Nein, die werden sich erst jetzt wundern, wo ich bleibe. Außerdem wissen sie nicht, wo ich übersetzen wollte.«

»Irgendjemand muss das aber gewusst haben, immerhin wussten wir es, und Bertrand Duvale hat es auch gewusst.«

Viviana runzelte die Stirn.

»Das habe ich mich auch schon gefragt, woher er das wusste.«

»Bedauerlich, dass du ihn ermordet hast, sonst hätten wir ihn fragen können.«

»Ja, daran habe ich nicht gedacht, als er mir den Hals zudrückte.«

Julian erwiderte ihren spöttischen Blick nicht.

»Oder der Angriff galt doch Rinaldo«, fuhr Viviana fort. »In was er wohl verwickelt ist?«

»Meinst du nicht, dass du selbst schon genug Schwierigkeiten hast, als dass du dich um Rinaldo kümmern solltest?«

»Bin ich in Schwierigkeiten? Das war mir entgangen.« Sie blickte ihn mit hochgezogenen Brauen an. »Ich habe mit deinem Kardinal ein Geschäft abgeschlossen. Es ist mir durchaus klar, dass er meinen Kopf will, sollte ich mein Wort nicht halten.« Sie blickte ihn wieder spöttisch an. »Und mir ist auch bewusst, dass du es kaum abwarten kannst, ihn ihm zu präsentieren. Aber das sind keine Schwierigkeiten, Julian, das sind die normalen Bedingungen einer solchen Abmachung.«

»Glaubst du, dass ich dich ans Messer liefern will?«
»Selbstverständlich glaube ich das.«

Die Lichter wurden bereits angezündet, als sie in einem kleinen Ort mit einer Herberge haltmachten. Viviana bestellte ein Bad und verschwand in der Kammer, die Julian für sie beide gemietet hatte. Er überprüfte die Unterbringung der Tiere und aß zu Abend. Wenn Viviana hungrig war, dann konnte sie sich ja selbst darum kümmern, dachte Julian. Nach einem zweiten Bier nahm er die Kerze und ging hinauf in die Kammer im ersten Stock. Er öffnete die Tür, aber der Raum war leer. War sie geflohen? Er rannte die Treppe wieder hinunter und in den Stall. Die Reittiere waren alle noch da. Langsamer ging er zurück zum Haus. Sie hatte ein Bad nehmen wollen. Julian ging um den Gasthof herum und sah ein schwaches Licht in der Waschküche. Leise schlich er näher und blickte durch die angelehnte Tür.

Nein, es war nicht dasselbe. Wenn sie mit dem Kopf unter Wasser tauchte und die Luft so lange anhielt, bis ihre Lungen zu bersten drohten – passierte nichts. Es war nicht wieder rückgängig zu machen. Man konnte sein Gedächtnis nicht einfach wieder im Wasser abgeben. Viviana bewegte das Seifenstück zwischen ihren Händen. Sie hatte in Shaftesbury ein Stück dieser teuren Seife aus dem Land der Sarazenen gekauft, weil sie Julian hatte ärgern wollen und auch, weil sie endlich wieder ein luxuriöses Bad nehmen wollte. Viviana betrachtete ihre Hände: nicht die Hände einer noblen Dame, einer Bürgerin oder einer Zofe. Es waren die Hände einer Diebin, einer Verräterin, einer Mörderin. Sie tauchte das Gesicht in den Schaum. Ein bisschen Seife geriet zwischen ihre geschlossenen Lider und mischte sich mit ein paar Tränen. Das Wasser wusch die Seife fort. Wieder blickte Viviana auf ihre zierlichen, braunen Hände. Es waren die Hände einer Person, die trotz allem noch am Leben war und die tat, was sie tun musste, damit das auch so blieb. Viviana stand auf und wrang das Wasser aus ihren langen Haaren. Sie trocknete sich ab und war gerade dabei, ihre Haare zu einem Zopf zu flechten, als sie plötzlich das Gefühl hatte, beobachtet zu werden. Sie drehte sich um und blickte zur Tür. Dort war Julian. Er stand reglos da und sagte nichts. Wie lange beobachtete er sie schon? Für einen Moment blickten sie einander an. Die Zeit stand still. Viviana kannte den hungrigen Blick, den Männer bekamen, wenn sie sich entkleidete. Aber dies war nicht der Ausdruck, der in Julians Augen lag, und doch lag Verlangen in seinem Blick.

»Was willst du?«, fragte sie brüsk.

»Nichts, ich wollte nur sehen, wo du bist.«

»Das hast du ja jetzt gesehen.«

Julian nickte und ging. Sie blickte ihm nach. Es würde bald vorbeigehen wie jeder Schmerz.

~ 17 ~

Die Nacht verlief ereignislos, und der nächste Morgen brachte zuverlässig wieder schönes Wetter. Auf den Wiesen am Wegesrand lag noch der Tau, und die Luft roch frisch nach nächtlichem Regen. Der rote Klatschmohn strahlte mit dem Blau des Himmels um die Wette. Viviana dachte, dass der Tag geradezu provozierend idyllisch war, als wenn er sich über sie lustig machen wollte. Sie hatte von Anfang an Bedenken gehabt, diesen Auftrag anzunehmen, und jetzt war sie in dieser unguten Situation gelandet. Sie saß zwischen allen Stühlen. Irgendjemand musste ihre Identität verraten haben. Es gab so viele Möglichkeiten. Im normannischen Reich intrigierte jeder gegen jeden und alle gegen König Henry: der Thronfolger, der wie sein Vater Henry hieß, sein Bruder Richard, Louis von Frankreich, Königin Eleonore und wer weiß wer sonst noch alles. Viviana bewegte sich durch das Geflecht von Beziehungen und gegensätzlichen Interessen geschmeidig wie eine Schlange. Sie würde sich auch aus dieser Klemme herauswinden können. Viviana blickte auf Julian, der vor ihr ritt. Er hatte von Ehre und Loyalität gesprochen, als wenn er tatsächlich daran glauben würde. Doch sie wusste, dass er den Auftrag hatte, sie zu töten, sollte sie versuchen zu fliehen. Aber diese Gelegenheit würde sie ihm nicht geben. Zunächst musste sie unbeschadet nach Saint Albans kommen. Was dann weiter passieren würde, blieb abzuwarten.

Gegen Mittag kamen sie an einen großen Bauernhof, bei

dem auch die Postpferde gewechselt werden konnten. Im Schatten einiger Bäume hatte man Bänke und Tische für die unregelmäßigen Besucher aufgestellt, und aus der Küche war das Mittagessen serviert worden. Viviana stand auf.

»Wo gehst du hin?«

Sie würdigte ihn keiner Antwort und wollte zum Haus gehen, als er vorschnellte und ihren Arm packte.

Viviana wirbelte herum, und sie starrten einander wütend an.

»Du scheinst zu vergessen, unter welchen Bedingungen du hier in England auf freiem Fuß bist.«

Sie wollte ihm ihren Arm entziehen, aber er hielt sie schmerzhaft fest.

»Also, wo gehst du hin?«

»Ich wollte nach Rinaldo fragen.«

»Wir werden nicht von unserem Weg abweichen, um ihm sein elendiges Gepäck wiederzugeben.«

»Meine Güte, Julian. Es kostet dich nichts, ein bisschen freundlich zu sein, ist das so schwierig?«

Er blickte sie missgelaunt an. Je eher dieser Auftrag erledigt war, desto besser.

»Wir sind sowieso schon spät dran und sollten nicht auch noch zusätzliche Zeit verlieren.«

»Aber fragen kann ich doch wohl, oder verschwende ich damit auch schon Zeit?«, schnappte Viviana giftig.

Julian zuckte mit den Schultern und ließ sie los. Sie rieb sich den Arm und ging hinüber zum Haus. Julian fuhr sich mit den Händen über das Gesicht. Wenn sie sich den gesamten Weg nach Saint Albans nur streiten würden, würde es die längste Reise seines Lebens werden.

Viviana ging in die Küche. Die Frau, die an dem großen, offenen Herd arbeitete, war in etwa ihrem Alter und knetete mit kräftigen Händen Brotteig.

»Verzeihung. Ist hier vielleicht ein Bekannter von mir vorbeigekommen? Ein großer, kräftiger Mann. Dunkel wie ich mit einer hellen Stimme und einem Akzent?«

Die Magd richtete sich auf und wischte mit dem mehligen Arm eine Haarsträhne aus dem Gesicht. Sie schüttelte den Kopf.

»Am besten fragen Sie den Knecht.«

Der Stall der Poststation war ein großes Gebäude mit einem Heuboden. Es gab bestimmt zehn Pferdeverschläge. Das Innere des Stalls war dämmrig, und die Luft war erfüllt vom Staub des Heus. Am anderen Ende auf der gegenüberliegenden Seite gab es noch ein zweites Eingangstor, das auf den hinteren Hof hinausging. Viviana ging an den Verschlägen vorbei zur hinteren Tür. An der Tränke waren drei Pferde festgebunden, die Tiere schienen vor nicht allzu langer Zeit angekommen zu sein, aber Viviana hatte noch keine weiteren Gäste bemerkt. Eines der Pferde kam ihr bekannt vor. Wo hatte sie diese auffällige blaue Trense schon einmal gesehen, fragte sie sich und wollte gerade neugierig aus dem Stall treten, als sie plötzlich von den Füßen gerissen wurde. Sie wurde zu Boden geschleudert, und ein Mann stürzte sich brutal auf sie und presste ihr schweres Sackleinen auf Mund und Nase. Viviana bekam keine Luft mehr, vergebens zerrte sie am Arm des Angreifers. Mit sinnloser Gegenwehr verschwendete sie nur Kraft, fieberhaft suchten ihre Finger in den Falten ihres Kleides nach dem Dolch. Sie musste atmen, sie brauchte Luft! Vor ihren Augen begann alles zu verschwimmen, gleich würde sie ohnmächtig werden, und dann wäre alles vorbei. Endlich, der Dolch! Sie packte den Griff und rammte dem Angreifer die Klinge in die Seite. Er zuckte zusammen und stieß einen unterdrückten Schmerzensschrei aus. Noch einmal und noch einmal stach Viviana mit letzter Kraft zu. Endlich erschlaffte sein Griff, und der Mann sackte auf dem Boden zusammen. Keuchend und hustend zwängte sie sich unter ihm hervor und saß einen Augenblick schwer atmend auf dem Boden. Der Angreifer lag regungslos da, wahrscheinlich war er tot. Mühsam stand Viviana auf. Wer war der Kerl? Sie beugte sich über den Mann, um ihn umzudrehen, als aus dem Tor ein Schatten auf sie fiel.

»Hast du sie erwischt, Ed?«

Viviana schnellte empor.

»Nein, hat er nicht.«

Ihr noch blutiger Dolch verfehlte den Hals des zweiten Mannes nur knapp und blieb zitternd im Holz des Türrahmens stecken. Viviana hörte einen Fluch, und der Schatten verschwand. Den würde sie noch erwischen! Viviana machte einen Satz über die leblose Gestalt am Boden und wollte auf den Hof stürmen, um die Verfolgung aufzunehmen, als sie stolperte und lang hinschlug. Der erste Angreifer war doch nicht tot. Er hatte sie, noch immer auf dem Boden liegend, an ihrem Rock gepackt und zerrte sie zu sich her. Wütend trat Viviana mit den Füßen nach ihm.

»Lass mich los, du Schwein!«, zischte sie, aber sie konnte sich nicht befreien und wurde über den Erdboden geschleift. Wieder trat sie mit aller Kraft zu und traf diesmal seinen Kopf. Es gab einen unguten Knacklaut, und der Mann fiel dumpf zu Boden. Als Viviana endlich auf den Hof kam, waren von den drei Pferden zwei nicht mehr da. Sie konnte in der Entfernung die Staubwolke der Reiter auf der Straße sehen. Kurz entschlossen machte sie das dritte Pferd los, schwang sich in den Sattel und nahm die Verfolgung auf.

Auf Julians Stirn hatte sich eine Falte gebildet. Wieder blickte er auf das Tor, durch das Viviana vor ein paar Minuten verschwunden war. Was trieb sie so lange? Unruhe beschlich ihn. Er stand auf und ging zum Stallgebäude hinüber. Neben dem Eingang war der Stalljunge damit beschäftigt, einen Halfter zu flicken. Julian warf ihm eine kleine Münze zu.

»Sattel unsere Pferde, wir wollen aufbrechen.«

Der Junge sprang eilfertig auf. Julian betrat den großen Holzbau. Es war niemand zu sehen, die Knechte waren mit der Heuernte beschäftigt und die meisten Pferdeverschläge waren leer.

»Viviana?«

Auf der gegenüberliegenden Seite des Mittelganges vor dem hinteren Tor lag etwas Großes auf der Erde. Es sah aus wie ein Mensch! Mit schnellen Schritten war Julian an der Stelle. Ein Blick auf den Mann sagte ihm, dass er tot war. Der Winkel seines Kopfes zu seinen Schultern ließ darauf schließen, dass das Genick gebrochen war. Außerdem war der Boden unter ihm rot verfärbt. Was, zum Teufel, war hier los? Da fiel Julians Blick auf das blutige Messer, das in dem Pfosten steckte. Er kannte den Dolch, er hatte einmal ihm gehört. Julian rannte auf den Hof und blickte sich um. Er glaubte am Horizont einen Reiter zu erkennen. Verdammt, Viviana war abgehauen! Sie hatte den Mann ermordet und sein Pferd gestohlen. Wut schwoll in Julian an wie ein Vulkan. Er rannte durch den Stall zurück auf die Vorderseite. Der Stalljunge hatte bereits ihr Gepäck geholt und gerade eines der Pferde aufgezäumt. Julian schnappte sich seinen Bogen, riss dem überraschten Burschen die Zügel aus der Hand und galoppierte auch schon vom Hof.

Wie konnte sie es wagen? Wie konnte sie es tatsächlich wagen und einfach abhauen? Sie musste ihn für einen unfähigen Trottel halten, wenn sie glaubte, dass er sie nicht einholen würde, dass er sie nicht bis an das Ende der Welt verfolgen würde. Julian war so wütend, wie er es lange nicht mehr gewesen war. Warum hatte sie den Mann umbringen müssen? Nur um sein Pferd zu stehlen? Sie machte vor nichts halt, sie war völlig skrupellos. Wenn er sie erwischte, dann gnade ihr Gott.

Die Straße, die sich zunächst ihren Weg völlig gerade durch die Landschaft gebahnt hatte, gabelte sich. Julian war diesen Postweg schon einmal geritten und wusste, dass die rechte Abzweigung einen weiten Bogen schlug, um dann nach etwa zwei Meilen wieder auf die linke Abzweigung zu stoßen. Sollte Viviana sich rechts gehalten haben, würde er sowieso wieder auf sie treffen. Julian trieb sein Pferd nach links und folgte der gewundenen Straße in scharfem Galopp. Tatsächlich war wenig später vor ihm ein Pferd zu erkennen. Er verlangsamte sein Tempo und legte einen Pfeil in den Bogen. Das Pferd stand auf der Straße, und er sah, wie Viviana sich über den rechten Vorderlauf des Tieres beugte und den Huf untersuchte. Julian lächelte grimmig. Das Tier musste sich einen Dorn oder einen Stein in den Huf getreten haben, und schon war ihre Flucht vereitelt worden. So schnell konnte das Glück einen verlassen. Das Geräusch der Hufe ließ Viviana aufblicken. Julian legte den Bogen an.

»Zeig mir deine Hände und bleib ruhig stehen!« Er wusste, dass sie schnell mit dem Messer war, und möglicherweise hatte sie sich inzwischen noch mehr Dolche zugelegt. Er wollte kein Risiko eingehen.

»Was soll das, Julian?«, fragte sie ungeduldig.

»Dir ist schon klar, dass ich Anweisungen habe, dich zu erschießen, solltest du versuchen zu fliehen.«

»Ich fliehe nicht.«

»Nein? Es sieht aber sehr danach aus. Immerhin liegt da ein

toter Mann im Stall der Poststation, und wenn ich nicht irre, ist dies sein Pferd. Ist es sein Pferd?«

»Ja, das ist sein Pferd.«

»Und du hast ihn getötet?«

»Allerdings habe ich das. Er hat mich angegriffen.«

»Weil du ihm sein Pferd wegnehmen wolltest?«

»Nein, verdammt, natürlich nicht deshalb. Du glaubst doch wohl nicht, dass ich jemanden ermorden muss, um mir einen lahmen Gaul wie diesen zu besorgen!«

Viviana stieg in den Sattel.

»Ich habe jetzt keine Zeit, dir das alles zu erklären, wenn du so begriffsstutzig bist. Ich muss diese Spur verfolgen.«

Sie wollte gerade ihr Pferd antreiben, als ein Pfeil so dicht vor ihrem Gesicht vorbeisauste, dass sie die Berührung der Federn spürte. Ihre Miene zeigte eine Mischung aus Erschrecken und Empörung.

»Bist du von Sinnen, Julian?«

Julian hatte einen weiteren Pfeil angelegt.

»Ich sagte doch, du solltest dich nicht bewegen.«

Viviana starrte ihn an, dann schüttelte sie wütend den Kopf.

»Glaubst du tatsächlich, ich bin eine solche Närrin, dass ich versuche auf so unsinnige Weise zu fliehen? Der Mann wollte mich töten! Es waren noch zwei weitere Reiter bei ihm. Sie sind geflohen, und wenn du vielleicht endlich diesen Bogen senken würdest, könnten wir sie noch einholen!«

»Warum hat er versucht, dich zu ermorden?«, fragte Julian überrascht und nahm tatsächlich den Pfeil aus dem Bogen.

»Einer der Reiter muss zu den Männern gehören, mit denen ich die Leiche der Nonne in Amesbury bergen sollte. Ich habe sein Zaumzeug erkannt.«

Julian stieß seinem Pferd die Hacken in die Seite und ritt an Vivianas Seite.

»Ich habe dir doch erzählt, dass der Stellvertreter des Propstes sich so seltsam verhalten hat, als ich ihm von der Leiche berichtete. Vielleicht hat er die Männer beauftragt, mich aus dem Weg zu räumen. Ich sage dir, Julian, der hat etwas mit dem Verschwinden von Schwester Kendra zu tun.«

Diesen Eindruck hatte er auch. Zwar sollten sie eigentlich nach Saint Albans reiten, aber hier handelte es sich um einen Mordfall. Die Spur war heiß, und sie waren nahe dran. Das rechtfertigte eine hoffentlich kleine Verzögerung.

»Ich bin mir nicht sicher, ob sie diesen Weg genommen haben, aber er scheint derjenige zu sein, der häufiger benutzt wird«, stellte Viviana fest.

»Der andere Weg trifft wieder auf die Straße. So oder so sind wir ihnen auf den Fersen.«

Er warf ihr einen Seitenblick zu. Er hatte tatsächlich auf sie geschossen. Dass er sie verfehlt hatte, war kein Zufall gewesen, denn Julian war ein guter Schütze mit einer ruhigen Hand, aber es war sehr knapp gewesen. Er war davon ausgegangen, dass Viviana ihr Wort gebrochen hatte und geflohen war. Hätte er die Sache ruhig und nüchtern betrachtet, wären ihm gleich Zweifel an einer Flucht gekommen. Aber er war sofort wütend geworden und hatte augenblicklich seine schlimmsten Erwartungen bestätigt gesehen. Einmal mehr ärgerte sich Julian über sich selbst.

Wenig später kamen sie an die Stelle, an der der Rundweg wieder auf die Hauptstraße führte. Julian stieg ab und untersuchte den Boden.

»Aus dieser Richtung ist heute noch keiner gekommen. Entweder sind sie vor uns auf der Straße, oder sie haben den Nebenweg genommen. Das ist ein ziemlicher Umweg, und sie werden dann noch nicht hier vorbeigekommen sein.«

»Warum sollten sie den Umweg genommen haben?«

»Weil sie sich nicht auskannten. Du wusstest ja auch nicht, dass es nur eine Nebenstraße ist.«

Viviana nickte.

»Da hinten kommt jemand.«

Ihnen kam eine Bäuerin auf einem Maultier entgegen. Es war schwer beladen mit Säcken, lief aber trotz der zusätzlichen Last zügig voran.

»Guten Tag! Sagen Sie, sind Ihnen zwei Reiter entgegengekommen?«, rief Julian sie an.

Die Frau schüttelte den Kopf.

»Mir ist in der letzten halben Stunde niemand begegnet«, antwortete sie, ohne auch nur ihr Maultier zu zügeln, und war schon an ihnen vorbeigetrabt.

Viviana und Julian sahen sich an.

»Von der Straße zweigt keine andere Straße ab?«

»Nein, es gibt nur Felder und Moor. Es ist unwahrscheinlich, dass sie den Weg verlassen haben.«

»Na, dann sollten wir sie gebührend empfangen, findest du nicht?«, fragte Viviana und lenkte, ohne eine Antwort abzuwarten, ihr Pferd in den Seitenweg.

Sie banden die Pferde ein Stück weit querfeldein hinter ein paar Sträuchern an. Julian legte sich seine Pfeile zurecht, als er sah, wie Viviana unter ihrem Gewand einen breiten Gürtel hervorholte. Vier schlanke Wurfmesser glänzten in der Sonne.

»Ich habe in Exeter etwas aufgestockt, und anscheinend war das auch nötig.«

Er schüttelte nur den Kopf.

»Jetzt werden wir noch mehr Zeit vergeuden, um diese Mörder in Verwahrung zu nehmen«, meinte Julian missmutig.

»Du willst sie ja wohl nicht etwa am Leben lassen?«

»Natürlich. Sie werden vor ein Gericht gestellt und verurteilt werden.«

»Sie haben wahrscheinlich die arme Schwester Kendra auf dem Gewissen und obendrein versucht, mich zu ermorden«, empörte sich Viviana. »Ich sehe nicht ein, weshalb ich sie am Leben lassen sollte, um dann auch noch meine Zeit mit ihnen zu verschwenden!«

»So ist nun einmal das Gesetz.«

»Aber du hast doch gesagt, dass wir uns beeilen müssen.«

Julian, gefährlich nahe am Ende seiner Geduld, presste seine Fingerspitzen zwischen seine Brauen.

»Die werden keine Skrupel haben, uns zu töten«, argumentierte Viviana weiter.

»Ich kann sie aber nicht einfach ohne Verfahren hinrichten. Das ist nicht rechtens.«

Viviana schwieg. Julian betrachtete sie kritisch.

»Und du machst das bitte auch nicht!«

»Ich werde mich bemühen«, sagte sie hoheitsvoll, ohne Julian zu überzeugen.

Von der Stelle aus, an der sie warteten, konnten sie den Weg ein gutes Stück einsehen. Das gab ihnen genug Zeit, sich zu positionieren, wenn es so weit war. Wenig später sahen sie in der Ferne eine Bewegung. Julian kniff die Augen halb zusammen. Es waren zwei Reiter, die zügig den Weg entlangritten. Sie nahmen ihre Positionen ein, jeder auf einer Straßenseite. Julian fand die ganze Situation irrwitzig. Vor nicht einmal einer Viertelstunde hätte er Viviana fast als Feindin des Reiches vom Pferd geschossen, und jetzt war sie seine Komplizin in einem Hinterhalt. Die Reiter waren nahe herangekommen.

»Ich habe doch gleich gesagt, wir hätten uns links halten

sollen«, sagte ein hagerer, junger Kerl mit weit auseinanderstehenden Augen, die ihn aussehen ließen wie einen Vogel.

»Halt endlich die Klappe!«, schnauzte ein etwas älterer Mann zurück, den Viviana aus Amesbury wiedererkannt hatte.

»Halt, im Namen des Königs!« Julian trat mit erhobenem Bogen auf die Straße.

Die Reiter zügelten die Pferde und starrten ihn überrascht an.

»Absteigen«, befahl Julian.

Die zwei blickten sich an und wogen das Risiko ab.

»Absteigen, ein bisschen plötzlich«, wiederholte Julian.

»Und wenn ich nicht will?«, fragte der Mann aus Amesbury. Noch ehe Julian antworten konnte, schrie der Reiter plötzlich laut auf. Er fasste sich an die Schulter, aus der der Schaft eines Messers ragte. Blut quoll unter seinen Fingern hervor, und er fiel taumelnd aus dem Sattel. Die Pferde wieherten erschrocken. Der vogelgesichtige Jüngling stieg eilig ab.

»Auf den Boden legen, die Hände über den Kopf.«

Er legte sich auf die steinige Straße, während er sich unsicher suchend umsah, wer das Messer geworfen hatte. Viviana trat auf die Straße und ging zu dem Mann aus Amesbury, der stöhnend und blutend versuchte, sich das Messer aus der Schulter zu ziehen. Sie gab ihm einen Tritt, dass er auf den Bauch rollte, und kniete sich auf seinen Rücken. Mit einer Hand packte sie seine Haare und bog seinen Kopf nach hinten, mit der anderen hielt sie ein Messer an seine Kehle.

»Warum wolltest du mich töten?«

»Was? Ich weiß nichts davon«, keuchte er unter Schmerzen.

»Wirklich nicht?«

»Nein, wirklich nicht.«

»Und warum musste Schwester Kendra sterben?«

»Ich weiß wirklich nichts, ich kenne diese Schwester gar nicht.«

»Ganz ehrlich?« Die Spitze des Messers bohrte sich in das Ohr des Mannes.

»Aufhören, aufhören!«, schrie er in plötzlicher Todesangst. »Bitte, ich habe doch nur getan, was mir befohlen wurde.« Der Mann aus Amesbury fing an zu weinen. »Ich sage die Wahrheit, bitte töten Sie mich nicht! Ich habe doch nur getan, wie mir geheißen wurde«, flehte er.

»Viviana!«

Julian hatte den Bogen abgelegt und war dabei, das Vogelgesicht zu fesseln. Missmutig blickte sie zu ihm hinüber und ließ das Messer sinken. Sie drehte ihr Opfer mit den Fuß um und blickte angewidert auf ihn hinab.

»In die Hose hat er sich auch noch gemacht, der elendige Feigling!«

Sie griff nach ihrem Messer und zog es unsanft aus der Schulter des vor Schmerzen stöhnenden Mannes. Julian kam zu ihr herüber.

»Mein Gott, Viviana, ein bisschen Gnade könntest du ruhig walten lassen.«

»Gnade kann ich mir nicht leisten«, sagte sie kalt, wischte ihr Messer im Gras ab und machte sich daran, die Pferde der beiden Männer einzufangen.

Julian konnte Ben, den Mann aus Amesbury, überzeugen, dass es in seinem Interesse war, mit der Wahrheit herauszurücken. Er gab zu, dass er von dem stellvertretenden Propst aus Shaftesbury, zusammen mit dem Toten im Stall und dem Vogelgesichtigen, angeheuert worden war, um Viviana aus dem Weg zu räumen. Er gab außerdem zu, dass er bei der Ermordung der Nonne dabei gewesen war, aber die Tat selbst sei von dem Stellvertreter ausgeführt worden. Schwester Kendra war erst kurze Zeit in Amesbury gewesen, und die sittenlosen Zustände hatten sie geschockt. Als gute Benediktinerin hatte sie sich hilfesuchend an die große Schwesterabtei in Shaftesbury gewandt. Leider war sie jedoch an den Stellvertreter geraten und damit an einen Mann, der regelmäßig in Amesbury zu Gast war und selbst an dem beklagten, gottlosen Treiben seinen Anteil hatte. Der Stellvertreter hatte versucht, Schwester Kendra zu beschwichtigen, was aber offensichtlich fehlgeschlagen war, denn wieder zurück in Amesbury hatte sie Mutter Beatrice gedroht, sich direkt an den Bischof zu wenden. Keinem konnte daran gelegen sein, das Kloster oder gar den Stellvertreter in Misskredit zu bringen, und so musste Schwester Kendra, eine kinderlose Witwe, verschwinden. Der Stellvertreter war nach Amesbury geritten und hatte Schwester Kendra unter dem Vorwand, ihr eine Audienz beim Bischof zu ermöglichen, mit sich gelockt und dann ermordet. Alles hatte wie am Schnürchen geklappt, bis Viviana auf die Leiche stieß. Auf Vivianas Frage, warum die Leiche nicht ordentlich im Moor versenkt und stattdessen einfach unter einem Heuhaufen verborgen worden war, zuckte der Mann mit den Schultern. Er hätte den Auftrag gehabt, die Leiche verschwinden zu lassen, aber dann hatte es sich nicht ergeben, nochmals hinauszureiten, wo doch ohnehin niemand jemals dort vorbeikäme. Dieser Bericht brachte ihm von Viviana nur ein verächtliches »Pfuscher« ein.

Der Nachmittag war fast vorüber, als sie schließlich wieder bei der Poststation ankamen. Natürlich war die Leiche im Stall inzwischen entdeckt worden. Der Verwalter des naheliegenden Gutes, zu dem die Poststation gehörte, war ebenfalls eingetroffen, um den toten Unbekannten und das seltsame Verschwinden der beiden Reisenden zu untersuchen. Julian war bis in die Abendstunden damit beschäftigt, dem Vogt Bericht zu erstatten und Ben aus Amesbury seine Aussage wiederholen zu lassen. Danach wurden die beiden Gefangenen auf dem Gutshaus in Gewahrsam genommen, und die Leiche wurde in einer Ecke jenseits der Friedhofsmauer, die Dieben und Mördern vorbehalten war, verscharrt. Nachdem nach zunächst erfolgloser Suche dann doch noch ein Stück Pergament herbeigeschafft werden konnte, schrieb Julian mit einer erbärmlichen Feder an Sir William in Shaftesbury einen kurzen Bericht über die Machenschaften des stellvertretenden Propstes der Abtei. Sir William würde wissen, an wen er diese Informationen weitergeben musste, damit der Mann dingfest gemacht werden konnte.

Schließlich ging er zu Viviana, die in der Abenddämmerung unter den Bäumen saß. Es hatte keinen Sinn mehr, heute noch weiterzureisen.

»Ich kann nicht glauben, dass wir fast einen ganzen Tag verloren haben«, sagte Julian, als er sich ihr gegenüber auf die Bank setzte.

»Einen halben.«

Er blickte sie an.

»Sieh mich nicht so vorwurfsvoll an, Julian. Ich konnte ja nicht wissen, dass man mir auflauerte. Ich wollte nur nach Rinaldo fragen.«

»Warum willst du Rinaldo so dringend sein Gepäck zurückgeben? Es ist ja nicht so, als wenn du nichts anderes, Wichtigeres, zu tun hättest.«

Viviana schwieg einen Moment und sagte dann: »Rinaldo ist der einzige Mensch in einer sehr langen Zeit gewesen, der völlig selbstlos freundlich zu mir war.« Sie zeichnete mit ihrem Finger den Rand ihres Bierkruges nach. »Mehr noch, er hat große Unannehmlichkeiten in Kauf genommen, nur um mir zu helfen.« Sie hielt in ihrer Bewegung inne und blickte Julian an. »Und er hat nichts als Gegenleistung gewollt.«

»Er hat irgendetwas zu verbergen«, entgegnete Julian, der sich mit seinen weniger selbstlosen Motiven ertappt fühlte. Viviana zuckte mit den Schultern.

»Das ist mir gleichgültig, ich beurteile ihn nach dem, wie er sich mir gegenüber verhalten hat.«

»Und wenn er ein gemeiner Mörder ist?«

Sie hob die Brauen.

»So wie du und ich?«

»Ich würde nicht so weit gehen, mich als einen gemeinen Mörder zu bezeichnen.«

»Aber mich würdest du so nennen?«

Ihre Stimme klang neugierig, ein bisschen belustigt, aber sie suchte keinen Streit.

»Leben an sich scheint für dich wenig Wert zu haben. Du hättest die beiden Männer heute getötet.«

»Ja, sie haben den Tod verdient.«

»Ich bin mir sicher, dass sie ein solches Urteil bekommen werden.«

»Wenn nicht einer von ihnen zufällig der beste Freund des Lehnsherrn ist, oder sein heimlicher Bettgenosse oder sein Bastardsohn oder der seines Freundes«, entgegnete sie und fuhr fort: »Oder er kann seinem Richter sonst irgendwie dienlich sein, oder einem Freund oder dem Freund eines Freundes …«

Julian hob die Hand.

»Das wäre dann die Beugung des Rechts.«

»Recht ist sehr geschmeidig.«

Er runzelte die Stirn. Fast könnte man meinen, dass er wirklich an Recht und Ordnung glaubte, dachte Viviana. Ihre eigenen Erfahrungen waren andere. Es galt das Recht des Stärkeren. Überall. Selbst wenn es das Recht des Königs war, war dies auch nur der Wille des Mächtigsten. Wo es nötig war, da wurde das Recht gebeugt, gerne auch im Dienste einer vermeintlich guten Sache. Nein, sie hatte alle Gründe und Rechtfertigungen schon einmal gehört. Wenn Julian glaubte, einen gerechten Kampf zu führen, dann war er ein Narr. Sie fragte sich, was alles von dem, was er ihr über sein Leben erzählt hatte, gelogen war. Es war immer gut, so dicht wie möglich an der Wahrheit zu bleiben, weil man dann weniger Fehler machte. Manchmal genoss es Viviana aber auch, in unterschiedliche Rollen zu schlüpfen. Es war, als ob sie sich aus ihrem eigentlichen Leben stehlen und eine andere Person werden würde. Während der kurzen Zeit, in der sie sich nicht hatte erinnern können, war sie da tatsächlich jemand anderer geworden? Es gab kein Entkommen, man blieb, wer man war.

»Hast du wirklich eine Frau gehabt?«

»Warum willst du das wissen?«, fragte Julian vorsichtig.

Viviana zuckte mit den Schultern.

»Warum nicht? Ist es ein großes Geheimnis?«

»Je weniger du über mich weißt, desto besser.«

Viviana lachte.

»Glaube mir, ich kann das auch anders herausbekommen.«

»Dann habe ich es dir zumindest nicht aufgedrängt.«

Sie legte den Kopf schief.

»Lass uns ein Spiel spielen. Ich stelle dir drei Fragen, und du kannst mir drei Fragen stellen.«

»Gut, für wen arbeitest du wirklich?«, fragte Julian sofort.

Viviana seufzte.

»Drei persönliche Fragen.«

Er überlegte einen Moment und nickte dann.

»Du fängst an.«

»Ist die Geschichte mit deiner verschwundenen Frau wahr?«

»Das sind zwei Fragen in einer.«

»Wieso?«

»Die Frage, habe ich eine Frau und ist sie verschwunden.«

»Warum bist du immer so kleinlich?«

»Ich bin nicht kleinlich, ich bin nur genau.«

Viviana blickte ihn auffordernd an.

»Ja, die Geschichte ist wahr.«

»Du bist dran.«

»Ich weiß, ich denke nach.«

Er hörte das rhythmische Klicken ihrer Fingernägel auf dem Tisch und musste lächeln.

»Also gut. Wo kommst du her?«

»Was genau willst du wissen? Wo ich geboren wurde, wo ich aufgewachsen bin, wo meine Familie herkommt?«

»Ich will wissen, wo du aufgewachsen bist.«

»In Paris.«

Viviana nahm einen Schluck Bier und sah nachdenklich hinauf zu dem dunkler werdenden Himmel. Dann blickte sie Julian wieder an.

»Was hat dich bewogen, ein Agent König Henrys zu werden?«

Diese Frage hatte sich Julian schon Hunderte von Malen gestellt. Was hatte ihn tatsächlich dazu veranlasst? Die Gelegenheit einer gut bezahlten Laufbahn? Dass er diese Art von Arbeit gut machte? Treue zu seinem König? Der Glaube an Recht und Gerechtigkeit? Er wusste es nicht mehr. Er sah in Vivianas dunkle Augen, die ihn erwartungsvoll betrachteten. Warum sollte er lügen, welchen Unterschied machte es?

»Ich kann mich nicht mehr erinnern.«

Sie stutzte, nickte dann aber.

»Und was hat dich dazu bewogen, das zu werden, was auch immer du jetzt bist?«, fragte Julian.

»Es war nicht meine eigene Entscheidung.«

»Wie meinst du das?«

»Es hat sich so ergeben.«

»Wie, es hat sich ergeben?«

Sie zuckte mit den Schultern.

»Ich war ein Kind, eine Diebin. Ich möchte sagen, man hat mein Talent entdeckt«, antwortete sie in einem Tonfall, der deutlich machte, dass dies keine tragische Geschichte war.

Julian dachte an den kleinen Lumpenjungen in London und fand es trotzdem tragisch.

»Und wo hast du lesen und schreiben gelernt?«

»Ich bin dran!«

»Verzeihung.«

»Wenn Gott dir einen Wunsch gewährte, was würdest du dir wünschen?«

Seine Viviana zurück, schoss es Julian durch den Kopf, die Viviana, die er in Exeter kennengelernt hatte. Oder dass er nicht so verzweifelt bedauern würde, getan zu haben, was er getan hatte. Vielleicht hätte sie sich nie erinnert, wenn er sie nicht gezwungen und auf der Wahrheit bestanden hätte? Vielleicht wäre es für immer so geblieben? Vielleicht hätten sie einander erlösen können.

»Frieden«, sagte er schließlich.

Er wusste nicht, wie viel von seinen Gedanken sich in seinem Gesicht abgezeichnet hatte, aber als er in Vivianas Augen blickte, sah er Mitgefühl. Nicht das Bedauern eines Menschen über das Leid des anderen, sondern das tiefe Verstehen eines Gefühls, das einen innerlich zerfraß. Er fühlte sich ihr plötzlich sehr nahe, es war, als hätten sie einander erkannt. Viviana fragte brüsk: »Es ist spät. Was ist deine dritte Frage?«

»Wie stellst du dir deine Zukunft vor? Zum Beispiel, wenn du dreißig Jahre alt bist?«

»So alt werde ich nicht.«

Sie stand auf und ging zurück zum Haus. Julian blickte ihr nach. Sie hatte keinen Spaß gemacht. Wahrscheinlich war ihre Einschätzung auch richtig. Menschen wie sie lebten gefährlich, es gab keine Freunde, sondern nur Feinde in ihrem Leben. Aber auch Viviana fühlte sich niemandem verpflichtet und würde jeden, ohne mit der Wimper zu zucken, ans Messer liefern, wenn es ihr nützlich war. So leicht, wie sie ihre Auftraggeber an den Kardinal verkauft hatte, würde sie das Gleiche mit ihm tun. Es war irrwitzig, dass er immer versuchte, sich an die Spielregeln zu halten. Sie hatte ihm einen Spiegel vorgehalten, und er hatte einen Narren gesehen. Es gab keine Spielregeln. Julian starrte in sein Bier. Er war deprimiert. Er musste sich zusammennehmen, sagte er sich. Seine Aufgabe war es, den König und das Reich zu schützen, und das war eine ehrenhafte Aufgabe, ganz gleich, welche zynischen Ansichten Viviana hatte. Sie war eine Feindin, und das durfte er nicht vergessen.

~ 18 ~

Die nächsten vier Reisetage vergingen ohne besondere Vorkommnisse, und sie erreichten Saint Albans am späten Nachmittag. Viviana hatte immer wieder versucht, Julian in Gespräche zu verwickeln, aber er war ausgewichen. Wenn sie glaubte, dass sie seinen wunden Punkt gefunden hatte und gegen ihn ausspielen könnte, irrte sie sich.

Saint Albans war eine der mächtigsten und einflussreichsten Abteien des Reiches. Es gab eine Reihe von Kirchen, die die Pilger auf das Ziel ihrer Reise, den Schrein des Heiligen Alban, vorbereiteten. Die drei größten lagen an den drei Haupteinfallstraßen. St. Stephen war eine von ihnen, ein stabiles, graues Steingebäude mit einem neueren Anbau. Viviana zügelte ihr Pferd und glitt aus dem Sattel.

»Ich will hier nach Rinaldo fragen.«

Julian verdrehte die Augen. Manchmal kam es ihm so vor, als wenn sie diese Suche nur durchführte, um ihn zu ärgern. Außerdem passte ihre Sorge um Rinaldo nicht in das Bild, das er sich von der neuen Viviana gemacht hatte, und Julians Gefühlsleben war ohnehin schon so schwierig, dass er mögliche gute Seiten an ihr nicht auch noch in Betracht ziehen wollte. Viviana verschwand in der Kirche. Nachdem Julian etwa fünf Minuten gewartet hatte, stieg er vom Pferd. Er band die Tiere an und beschloss, nachzusehen, was so lange dauerte. Es waren eine Handvoll Menschen in der Kirche, der Priester sprach mit einem recht vornehm gekleideten Herrn, der entweder bedeutend war oder sich zumindest dafür hielt. Viviana saß in der Nähe auf einer der hölzernen Bänke und wartete. Julian wollte sich gerade wieder umdrehen und hinausgehen, als sein Blick auf den Mann fiel, der vor ihm an einer der Säulen lehnte und in das Innere der Kirche blickte. Er hatte zunächst den Eindruck gehabt, dass er wie er selbst auf jemanden wartete, aber jetzt bemerkte Julian etwas am Hals des Fremden. Es war ein dünner Streifen, an dem die Haut dunkler war, als wenn ihm das Leder eines Halsbands in die Haut geschnitten hätte, als das Band mit Gewalt abgerissen worden war. Julians Blick glitt erneut durch das Kirchenschiff. Außer einem alten Mütterchen, das am Marienaltar kniete, und einem älteren Pilgerehepaar auf der letzten Bank, waren die Anwesenden Männer. Und bei genauerem Hinsehen sahen sie auch nicht so aus, als wenn sie auf einer Wallfahrt wären. Es waren drei, den Mann, der direkt vor ihm stand, nicht mitgezählt. Man hatte auf sie gewartet, schoss es Julian durch den Kopf. Viviana spielte mit den Bändern ihres Kleides, ihr Blick wanderte langsam durch die Kirche. Sie betrachtete die Schnitzereien des Gestühls, die Malerei an den Wänden, und schließlich schaute sie auch zu ihm, ohne ein Zeichen des Erkennens, und weiter an der gegenüberliegenden Wand entlang. Er hatte überlegt, wie er ihre Aufmerksamkeit erregen könnte, doch jetzt war ihm klar, dass Viviana die Gefahr schon erkannt hatte. Julian drückte sich in den Schatten der geöffneten, schweren Holztür und wartete. Der Priester und sein Gesprächspartner waren aufgestanden und gingen zur Sakristei. Zum Teufel, damit verschwand ihre einzige Sicherheit, dachte Julian. Kaum hatte der Priester die Tür geöffnet, sprang Viviana auf und stürmte hinter ihnen her. Die beiden Männer nach vorn schubsend, verschwand sie in der Sakristei und schlug die Tür mit einem lauten Knall zu. Das nächste Geräusch war der Riegel, der von innen vorgeschoben wurde. Der Mann, der vor ihm gestanden hatte, wirbelte herum und prallte schmerzhaft gegen Julians Faust. Die anderen Männer kamen zur Eingangstür der Kirche gestürmt, die Julian ihnen vor der Nase zuschlug. Er stemmte sich mit aller Kraft gegen die Tür, als Viviana um die Kirche gerannt kam, den wild gestikulierenden Priester hinter sich.

»Die Pferde!«, rief Julian, der dem Ansturm der Männer in der Kirche nicht mehr lange gewachsen war. Sie band die Tiere los und sprang in den Sattel. Julian wartete auf den Augenblick, an dem seine Widersacher Anlauf nahmen, um sich dann erneut mit voller Wucht gegen die Tür zu werfen. Er ließ die Tür los und war mit ein paar großen Sätzen bei seinem Fuchs, als die Männer, ihres Hindernisses überraschend beraubt, mit Schwung durch die sich öffnende Tür fielen. Sie rappelten sich fluchend auf, konnten aber Julian und Viviana nicht mehr erreichen, die in vollem Galopp die Straße hinunterjagten.

»Das war knapp!«, keuchte Julian, als sie die Pferde schließlich zügelten. Viviana blickte zurück.

»Wir haben sie abgeschüttelt.«

»Zumindest wissen wir jetzt, dass sie nicht hinter Rinaldo her waren.«

»Wie meinst du das?«

»Der Kerl, der vor mir stand, hatte einen dunklen Striemen am Hals. Es ist sehr wahrscheinlich, dass er der Räuber aus dem Wald war, der sein Halsband verloren hat.«

Viviana stieß einen undamenhaften Pfiff aus und meinte dann: »Es kann aber auch sein, dass es doch um Rinaldo geht und sie mich nur wiedererkannt haben.«

»Mag sein, aber ich glaube eher, dass es deine Handelsgenossen sind.«

Viviana verzog das Gesicht, antwortete aber nicht. Julian

führte sie durch die verwinkelten Straßen zu einer privaten Herberge, die von außen nicht als solche zu erkennen war. Das Haus war sehr schmal, dafür aber zweistöckig. An der rechten Seite befand sich eine Toreinfahrt, die höchstens einem Handkarren genug Platz bot. In dem aufgeräumten Hof lag ein kleiner Stall und der Nebeneingang des Hauses.

»Mister Julian!«, begrüßte ihn ein älterer Herr, der eine große, erstaunlich saubere Schürze trug.

»Guten Tag, Bert.« Julian schwang sich aus dem Sattel und warf ihm die Zügel zu. »Wir brauchen ein Bett und ein Abendessen.«

»Sehr gerne, selbstverständlich, sofort.« Bert blickte Viviana neugierig an. Julian streckte die Hand aus, um ihr vom Pferd zu helfen. Es war eine höfliche Geste, die Viviana überraschte, denn er hatte sich in keiner Weise um sie bemüht, seit er ihre wahre Identität aufgedeckt hatte. Julian war hier bekannt, aber er wollte offenbar trotzdem die Tarnung aufrechterhalten, dachte sie, als sie seine Hand ergriff und graziös vom Pferd glitt. Der Wirt ging voran in die Wohnstube, die neben der Küche lag. Die vom Ruß geschwärzte Decke war niedrig, die hölzernen Läden zum Hof waren geschlossen, aber die Nebentür stand offen und ließ Licht und Luft herein. Julian setzte sich auf eine von drei Holzbänken und streckte seine Beine aus. Viviana setzte sich ihm gegenüber. Er blickte sie nachdenklich an.

»Erstaunlich, dass sie keine Wachen außerhalb der Kirche aufgestellt hatten«, sagte er.

»Einer war hinter der Kirche.«

»Und?«

»Ich habe ihn aus dem Weg geräumt.«

»Du hast ihn erstochen?«, fragte Julian, dem inzwischen klar war, dass der Einsatz von Messern Vivianas Spezialität war.

»Abgestochen wie ein Schwein«, antwortete sie provozierend.

Sein Blick ruhte missbilligend auf ihr.

»Er hat mich angegriffen. Was sollte ich tun?«

»Du hättest ihn unschädlich machen können.«

»Wozu, damit er sich wieder erholt und mich beim nächsten Mal erwischt?«

Er schüttelte den Kopf, dann sah er das Glimmen in ihren Augen.

»Du hast ihn nicht getötet.«

Sie unterdrückte ein Grinsen.

»Das ist wirklich keine Sache, über die man Witze macht!«

»Du empörst dich immer so schön.«

»Ich empöre mich?«, rief Julian empört, und sie mussten beide lachen. Er wurde wieder ernst.

»Ich frage mich, warum die Männer ausgerechnet in dieser Kirche auf uns gewartet haben.«

Sie erwiderte seinen Blick, sagte aber nichts.

»Was befindet sich in der Kirche? Du wolltest gar nicht nach Rinaldo fragen, du wolltest etwas anderes.« Er sah sie aus halb zusammengekniffenen Augen an. »Du wolltest die Liste holen.«

»Wäre das nicht sehr riskant gewesen? Immerhin hättest du mitkommen können.«

»Ich bin auch die letzten Male nicht mitgekommen. Du hast häufig genug gefragt, da habe ich schließlich die Lust verloren.« Er dachte nach. »Wenn ich doch hätte mitkommen wollen, hättest du immer noch nach Rinaldo fragen können.«

Viviana lächelte.

»Oder die Männer haben auf Rinaldo gewartet. Immerhin kommt er von Westen, und für diese Pilger ist St. Stephen die richtige Kirche. Es wäre also sehr wahrscheinlich, dass er dort Station machen würde.«

»Wo ist die Liste, Viviana?«

»Viel interessanter ist doch die Frage, wer sind diese Männer gewesen?«

»Ich fand die Frage nach der Liste schon recht interessant.«

Der Wirt kam und brachte ihnen Wein und eine große Schüssel mit Kohleintopf. Unter dem Arm hatte er außerdem einen Laib frisch gebackenes Brot, den er ebenfalls auf dem sauber gescheuerten Holztisch ablegte. Als er wieder weg war, blickte sich Viviana um.

»Das hier ist das absolut sauberste Gasthaus, das mir je untergekommen ist.«

Julian nickte und riss sich ein großes Stück Brot ab.

»Bert ist ungemein reinlich. Er badet jeden Tag und wechselt die Wäsche.«

»Er muss viele Kleider haben.«

»Wo ist die Liste, Viviana?«

Anstatt zu antworten, schob sie sich einen großen Löffel voll mit Kohleintopf in den Mund. Julian wartete, und Viviana gab schließlich nach.

»Die Liste ist in Saint Stephens.«

»Du wolltest mich hintergehen!« Ärger stieg in Julian hoch wie in einem Vulkan. »Du wolltest die Liste holen und dich dann davonmachen.«

»Ohne Pferd?«

»Warum hast du nichts gesagt?«

»Warum hätte ich das tun sollen?«

Julian presste ungehalten die Lippen zusammen, um nicht zu sagen, was er eigentlich im Sinn hatte.

»Was ich nicht verstehe, ist, wer diese Männer waren und was sie da wollten?«, rätselte Viviana, Julians Zorn ignorierend.

»Vermutlich wollten sie die Liste.« Sein Tonfall war sarkastisch, aber sie schüttelte den Kopf.

»Woher wussten sie, wo sich die Liste befindet? Das sollte eigentlich nur ich wissen.«

»Offensichtlich gibt es noch jemanden auf deiner Seite, der es mit der Loyalität nicht so genau nimmt.«

»Ich wünschte, du würdest aufhören, den Moralapostel zu spielen, Julian. Erst drohst du mir, mich aufzuknüpfen, und wenn ich einwillige, die Seite zu wechseln, wirfst du mir Untreue vor. Das ist reichlich doppelzüngig.«

»Ich hätte dir keinen Seitenwechsel angeboten. Wer einmal die Seite wechselt, wird das wieder tun.«

Ihre Augen blitzten.

»Ich weiß, du hättest mich lieber gleich aufgeknüpft.«

»Nicht ohne Gerichtsverfahren.«

Sie stutzte und lachte dann plötzlich.

»Das stimmt, Ordnung muss sein.«

»Wir müssen uns überlegen, wie wir an die Liste herankommen. Wo genau befindet sie sich?«

»Das werde ich dir nicht sagen.«

»Warum nicht?«

»Weil ich dann wertlos für dich bin.«

Er wirkte einen Moment überrascht, sagte dann aber: »Das stimmt nicht ganz. Immerhin sollst du dich ja in der westlichen Poststation für eine Übergabe treffen. Ich brauche dich also noch.«

Viviana stocherte mit dem Löffel in dem Kohleintopf herum.

»Du siehst, du bist also noch nicht wertlos für mich, Viviana«, fuhr Julian fort. »Vielleicht sollten wir jemand anderen die Liste holen lassen.«

»Das geht nicht.«

Julian nahm ihr den Löffel weg. Sie blickte auf.

»Das geht nicht, weil meine Instruktionen sehr kompliziert sind. Ich muss vor Ort sein, damit alles einen Sinn ergibt.«

»Und jemand anderer könnte das nicht.«

»Nein.«

Julian fluchte leise.

»Wer auch immer die Männer sind, die uns heute in der Kirche erwarteten, sie werden sicher das Gebäude beobachten.«

»Aber nicht mit voller Stärke.«

»Es wären noch weniger, wenn ich den einen heute tatsächlich wie ein Schwein abgestochen hätte.«

Julian blickte sie finster an.

»Ich meine ja nur.«

»Es bleibt uns keine Zeit, wir müssen es heute Nacht versuchen.«

Sie hatten die Pferde in einer Seitengasse zurückgelassen und schlichen leise durch die Dunkelheit. Die nächtliche Stille war alles andere als still. Zwei Katzen stritten sich lautstark in einem Hof, und etwas entfernt die Straße hinunter hing bei einem Ehepaar offensichtlich der Haussegen schief. Julian und Viviana näherten sich der Kirche von hinten. Geduckt im Schatten der Steinmauer, die den Friedhof von einer Gasse trennte, schlichen sie bis zur Sakristei. Durch diese Tür war Viviana heute Morgen entkommen. Es war niemand zu sehen.

»Das ist merkwürdig, dass sie keine Wachen aufgestellt haben«, flüsterte Julian.

»Vielleicht ist jemand in der Kirche?«

»Warte hier, ich werde die Vorderseite überprüfen.« Julian schlich davon. Aber auch an der Vorderseite des Gebäudes war keine Wache zu sehen. Die Kirche ragte schwarz in den Nachthimmel. Der Mond hing wie eine fahle Scheibe in der

Dunkelheit und spendete gerade genug Licht, damit sie sich zurechtfinden konnten. Alle Schatten waren tiefschwarz, und wenn sich jemand hinter einem Busch oder einem Grabstein versteckt hätte, dann wäre er gut verborgen. Dies war eine sehr riskante Angelegenheit, aber es nützte alles nichts, sie mussten die Liste haben. Als Julian wieder zurück an die Mauer kam, war Viviana verschwunden. Er fluchte leise. Wieder versuchte sie, ihn abzuhängen. Schnell hastete er über den Friedhof in Richtung Sakristei. Die Tür war verschlossen. Er blickte sich um, doch von Viviana war nichts zu sehen. War sie einfach geflüchtet? Etwas rieselte plötzlich auf seine Schulter. Er blickte nach oben und sah gut zwei Meter in der Höhe zwei Beine aus dem offenen Fensterbogen baumeln.

»Viviana!«, flüsterte Julian.

Die Füße über ihm suchten nach einem Vorsprung im Stein, um sich abzustoßen. Julian kletterte auf den untersten Absatz der Mauer, griff nach Vivianas Knöchel und schob sie nach vorn. Die Beine verschwanden in dem schwarzen Fensterloch, und er hörte ein dumpfes Geräusch und einen leisen, französischen Fluch. Julian packte den unteren Rand des Fensters und zog sich daran hoch. Er stemmte sich über den Sims und blickte in den dunklen Raum.

»Vorsicht, direkt unter dem Fenster steht eine Kommode«, flüsterte Viviana.

Er ließ sich in den Raum hinunter.

»Hast du dir wehgetan?«

»Nicht so schlimm.«

Sie schlichen zur Tür, die zum Kirchenschiff führte. Vorsichtig spähten sie hindurch. Nichts rührte sich, alles war still. Viviana entzündete einen kleinen Kerzenstummel. Sie hielt schützend die Hand vor die Flamme, damit die Zugluft sie nicht gleich wieder ausblies und damit der Schein des Lichts nicht zu hell strahlte. Suchend blickte sie auf die Fliesen des Fußbodens.

»Wonach suchen wir?«, flüsterte Julian.

»Drei Kreise.«

Die Bodenfliesen waren mit unterschiedlichen geometrischen Mustern verziert. Nach vorn gebeugt, betrachteten sie im schwachen Licht der Kerze den Fußboden.

»Ich habe die Fliese heute Morgen schon entdeckt. Sie muss hier in der Nähe des Altars sein.«

Sie standen in der dritten Bankreihe.

»Hier ist sie.«

Julian sah eine Fliese, die mit drei ineinandergelegten Kreisen verziert war.

»Vier Schritte zurück und dann drei nach Westen.«

Sie folgten der Anweisung und standen vor einer Heiligenfigur, deren strenger Blick deutliche Missbilligung ob ihres nächtlichen Treibens ausdrückte. Viviana drehte sich um und hob die Kerze hoch. Julian drückte ihren Arm nach unten.

»Man wird das Licht von draußen sehen.«

»Ich muss aber erkennen, was die Figur sieht.« Sie machte sich ungeduldig los und hob erneut die Kerze. An der schwach erleuchteten gegenüberliegenden Wand stand eine weitere Heiligenfigur. Stirnrunzelnd ließ Viviana ihren Arm sinken.

»Nun?«

»Die nächste Anweisung ist, dass die Liste an der Stelle ist, auf die der Heilige Columban schaut, und dann direkt hinter dem Holz.«

»Geradeaus? Wohin geradeaus?«

Viviana zuckte mit den Schultern. Sie gingen zu der gegenüberliegenden Figur, dem Heiligen George, der ähnlich tadelnd auf sie herabblickte. Julian tastete den steinernen Sockel ab, fand aber nichts Ungewöhnliches.

»Ich hasse so kryptische Anweisungen!«, fluchte Viviana leise. »Warum kann man nicht einfach sagen, die Liste ist unter dem Fußbrett der dritten Bank?«

»Sie muss hier irgendwo sein.«

Sie suchten und suchten, aber es war absolut nichts zu finden. Erschöpft setzten sie sich auf eine der Bänke.

»Wir haben etwas übersehen.«

»Aber was?«

Julian ging zurück zum Heiligen Columban. Es bestand kein Zweifel, die Figur stand der anderen gegenüber. Die Anweisung konnte nichts anderes als den Heiligen George meinen. Die Darstellung war die übliche, die des Drachentöters.

»Fällt dir irgendetwas zum Heiligen George ein?«

»Wieso George? Das ist doch der Michael.«

»Saint Michael?« Julian untersuchte den Sockel erneut. Der Heilige stand auf einer Miniaturlandschaft und stieß seine Lanze in einen etwas größeren Drachen. Das konnte natürlich auch Michael sein, ebenfalls ein Drachentöter. Der Heilige George war in England sehr beliebt, und so hatte Julian spontan an ihn gedacht. Sein Blick fiel auf die kleine Abbildung einer Kirche auf dem Sockel. Er tippte mit dem Finger auf den Stein.

»Die Liste ist gar nicht hier, sie ist in der anderen Pilgerkirche, Saint Michaels.«

»Meine Güte!«, entfuhr es Viviana. »Ich hätte mehr Geld verlangen sollen. So ein Aufwand.«

»Dann macht auch die letzte Anweisung einen Sinn.«

Die Flamme von Vivianas Kerzenstummel flackerte und verlosch. Im Dunkeln tappten sie zurück zur Sakristei. Sie hatten die Tür fast erreicht, als sie plötzlich ein Geräusch hörten und Licht zu sehen war.

Blitzschnell glitt Viviana unter den Tisch, der vor dem Altar stand und der mit einem bodenlangen, schweren Seidentuch bedeckt war. Schritte waren zu hören, und das Licht bewegte sich langsam den Mittelgang herunter. Viviana hörte das leicht gepresste Atmen, wenn sich jemand vorbeugte und wieder aufrichtete. Immer wieder verharrte das Licht an einer Stelle. Sie wagte kaum zu atmen, und ihr linkes Bein war so unglücklich eingeklemmt, dass es sich bereits taub anfühlte. Das war gar nicht gut, wenn man möglicherweise schnell weglaufen musste. Die Füße blieben direkt vor dem Tisch stehen, und das Licht wurde abgestellt. Jemand ging langsam um den Tisch herum. Jemand suchte etwas. Ihre Hand schloss sich um den Griff ihres Dolches. Sie fragte sich, wo Julian sich versteckt hatte. Das Seidentuch wurde bewegt, sie war entdeckt worden. Ihr Körper spannte sich an, Angriff war die beste Verteidigung, und sie befand sich in einer denkbar schlechten Position. Das Seidentuch wurde zurückgeschoben und gab den Blick auf ein Paar Sandalen frei. Die Füße, die in ihnen steckten, waren alt und hätten mal abgeschrubbt werden müssen. Fast hätte sie laut gelacht. Das Seidentuch wurde wieder nach unten geschoben und so begradigt, dass es parallel zum Fußboden hing. Dann wurde die Kerze wieder aufgenommen und die Schritte entfernten sich, bis schließlich die Haupttür geschlossen wurde. Viviana kam unter dem Tisch hervor und prustete hinter vorgehaltener Hand los. Julian löste sich von der Nische hinter dem Heiligen Columban.

»Meine Güte, ich hätte fast den armen Priester erschlagen.«

»Ich hätte ihn fast abgestochen.«

»Wie ein Schwein.«

»Genau.« Viviana kicherte. »Nur seine Füße haben ihn gerettet.«

»Er muss das Licht gesehen haben.«

»Warum schläft er nachts auch nicht wie alle gottesfürchtigen Menschen?«, fragte Viviana, als sie auf die Kommode in der Sakristei stieg, um wieder aus dem Fenster hinauszuklettern.

»Er ist alt. Alte Menschen schlafen nicht mehr so viel. Wahrscheinlich, weil sie die wenige ihnen verbleibende Zeit auskosten wollen.«

Sie standen wieder auf dem Friedhof. Der Mond war untergegangen, und es würde bald tagen.

»Saint Michaels ist nicht weit, wollen wir dort gleich nachsehen?«

Julian schüttelte den Kopf.

»Es wäre besser, wenn wir uns bei Tage einen Eindruck verschaffen, statt im Dunklen herumzusuchen.«

»Hoffentlich deuten wir die Anweisungen auch richtig, sonst wird es wirklich kompliziert.«

»Anweisungen, die man deuten muss, taugen nichts«, brummte Julian.

»Angeblich kommt man leichter durcheinander, wenn die Instruktionen aus einem herausgefoltert werden sollen.«

Sie erreichten die Pferde.

»Aber das ist Unsinn«, fuhr sie fort. »Glaub mir, wenn du gefoltert wirst, erinnerst du dich genau an das, was dir gesagt wurde.«

Der Gedanke, dass Viviana ein Opfer von Folter geworden war, brachte Julian etwas aus der Fassung. Sie stiegen auf und ritten zurück zu Berts Gasthaus.

~ 19 ~

Nach ein paar Stunden Schlaf und einem späten Frühstück machten sie sich auf den Weg zur zweiten Pilgerkirche Saint Michaels. Was Julian gestern Nacht als großartige Eingebung erschienen war, fand er bei Tageslicht nicht mehr ganz so wahrscheinlich.

»Es ist nicht mehr als eine Vermutung, aber wir müssen es trotzdem überprüfen.«

»Die Liste muss ja irgendwo sein. Ich habe auch keine bessere Idee.«

Diesmal gingen sie zu Fuß. Viviana blieb vor den Auslagen eines Händlers stehen, um einen bestickten Beutel zu begutachten.

»Dies ist wirklich nicht die Zeit für Einkäufe, Viviana!«

»Meine Güte, bist du missgelaunt.« Sie legte den Beutel wieder zurück und griff nach einem geflochtenen Ledergürtel, um ihn zu inspizieren. Julian nahm ihn ihr aus der Hand und schob sie weiter.

»Wir haben etwas Dringendes zu erledigen, schon vergessen? Man könnte meinen, dass du auf einer Erholungsreise bist.«

Sie hakte sich bei ihm ein und lächelte unschuldig.

»Wir werden verfolgt«, hauchte sie, ohne die Lippen zu bewegen.

»Ich weiß.«

Sie machte ein ungehaltenes Gesicht.

»Warum hast du nichts gesagt?«

»Warum sollte ich?«, fragte er in dem gleichen provozierenden Ton, den sie gerne benutzte. Sie blickte ihn einen Moment erbost an, musste dann aber die Lippen zusammenpressen, um ihr Grinsen zu verbergen. Julian bog in eine Seitengasse ab. Die Häuser standen so eng, dass die ebenerdigen Räume kaum vom Sonnenlicht erreicht wurden. Hier war es sogar am helllichten Tag düster und stickig. Als sie an eine Kreuzung kamen, schob Julian Viviana unauffällig nach rechts, während er nach links abbog. Sie huschte schnell in eine der Toreinfahrten und wartete. Die Gestalt, die ihnen gefolgt war, kam nicht an ihr vorbei. Sie musste also Julian nachgegangen sein. Viviana lugte vorsichtig in die Gasse, aber weder der Verfolger noch Julian waren zu sehen. Sie eilte zurück zur Kreuzung und überquerte sie. Aufmerksam nach links und rechts spähend, ging sie langsam weiter. Auf der Straße vor ihr entstand ein Tumult, der sich rasch in ihre Richtung bewegte. Ein Hund hatte einen Laib Brot gestohlen und rannte mit seiner Beute, so schnell er konnte, die Straße entlang. Er wurde verfolgt von einer Rotte anderer Streuner, einer Gruppe barfüßiger Straßenkinder, dem Besitzer des Brots sowie dessen Frau, die mit schriller Stimme ihr Mittagessen zurückforderte. Vivianas Aufmerksamkeit war durch das Spektakel einen Moment abgelenkt, und in genau diesem Augenblick wurde sie von hinten umklammert und in eine der engen Hofeinfahrten gezerrt. Sie biss kräftig in die Hand und hörte ein unterdrücktes Fluchen. Der andere Arm war fest um ihre Mitte und ihre Arme geschlungen und hob sie hoch, sodass sie den Boden unter den Füßen verlor. Augenblicklich trat sie mit den Hacken nach hinten und erwischte schließlich ein Schienbein, was einen erneuten Fluch hervorrief. Der Angreifer schleuderte Viviana hart auf den Boden und stürzte sich dann auf sie, noch ehe sie Zeit hatte, eines ihrer Messer zu ziehen. Sie änderte die Taktik und hörte auf, sich zu wehren. Als der Mann daraufhin von ihr abließ, presste sie sich mit einem unterdrückten Schluchzen an den Pfosten des Fachwerkhauses. Der Mann stand auf und bedeutete ihr, das Gleiche zu tun.

»Aber keine Tricks!«

Sie erhob sich und zog unbemerkt eines ihrer Messer. Das Ziehen und Ausholen zum Wurf waren eine einzige Bewegung. Als Viviana das Messer auf ihren Angreifer schleuderte, sah sie, wie Julian durch die Toreinfahrt auf den Verfolger zurannte. Sie schrie eine Warnung, aber das Messer hatte sich schon in Julians Arm gebohrt, und die beiden Männer fielen zu Boden. Viviana holte gerade erneut mit einem zweiten Messer aus, als Julian sich aufrappelte.

»Halt, Viviana!« Er drehte sich zu dem Mann um.

»Zum Teufel mit dir, Emmitt«, fluchte er, biss die Zähne zusammen und zog sich das Messer aus dem Arm. Viviana ging zu Julian hinüber, löste, ohne sich weiter mit dem Angreifer aufzuhalten, das Tuch von ihrem Kopf und riss es in Streifen.

»Es tut mir leid, Julian«, sagte sie, als sie die Wunde verband.

Emmitt stand auf, war aber sichtlich außer Fassung. Ein paar der Anwohner waren herbeigelaufen, um zu sehen, was vor sich ging.

»Es ist alles in Ordnung, es war ein Missverständnis«, sagte Julian mit lauter Stimme in einem Tonfall deutlicher Autorität, der keinen Widerspruch hervorrief.

»Was ist denn in dich gefahren, Emmitt?«

Der junge Mann sah schuldbewusst und verwirrt aus. Viviana verknotete den Verband und wischte mit dem Rest des Kopftuchs ihr Messer ab, ehe sie es wieder einsteckte.

»Kommt, gehen wir woanders hin«, sagte Julian mit Blick auf die gaffenden Anwohner. »Ist da noch jemand draußen?«

Emmitt schüttelte den Kopf.

»Sir, ich verstehe nicht …«, begann er.

»Ich verstehe auch nicht, was das sollte!«, schnitt ihm Julian ungehalten das Wort ab.

Sie gingen gemeinsam zurück auf die Hauptstraße und in das erstbeste Gasthaus. Als der Wirt drei Bier gebracht hatte und sie wieder allein waren, sagte Julian, zu Viviana gewandt: »Das ist Emmitt, ein angehender Agent des Königs. Ich bin mir nicht sicher, ob er es jemals so weit bringen wird, dass du mit ihm zu tun haben wirst.«

Der junge Mann mit den blonden Locken ließ den Kopf hängen.

»Emmitt, ich bin Viviana. Willst du uns nicht erklären, was hier vor sich geht?« Sie legte ihm freundlich die Hand auf den Arm. Julian blickte sie empört an.

»Es tut mir furchtbar leid, Sir, und ich entschuldige mich auch bei Ihnen, Miss Viviana.«

»Vergiss nicht, sie ist der Feind«, warf Julian ätzend ein.

»Haben Sie denn keine Nachrichten aus Westminster bekommen, Sir?«

»Was für Nachrichten?«

»Es gibt eine Klage gegen Sie, und der Kardinal hat Sie vorläufig von Ihren Aufgaben entbunden.«

»Was?« Julian blickte ihn entgeistert an.

»Offenbar hat sich eine Miss Marguerite beschwert, dass Sie, nun ja …« Emmitt stockte.

Julian winkte ab. Das hatte ihm gerade noch gefehlt.

»Miss Marguerite, hm?«, bemerkte Viviana provozierend.

Julian warf ihr einen wütenden Blick zu.

»Wir hatten Sie schon gestern oder vorgestern erwartet, Sir«, erklärte Emmitt weiter.

Er hätte sich tatsächlich melden sollen, dachte Julian, aber die Ereignisse hatten sich derart rasant entwickelt, dass ihm die Inbesitznahme der Liste vorrangig erschienen war. Er hatte Viviana nicht die Gelegenheit geben wollen, die Liste zu holen und sich dann aus dem Staub zu machen. Gleichzeitig war es nicht wünschenswert, dass sie wusste, wo die Geheime Kanzlei ein Büro in Saint Albans hatte.

»Und da konntest du mich nicht einfach ansprechen, Emmitt?«

Der junge Mann errötete.

»Mister Thorn hatte gemeint, dass Sie vielleicht übergelaufen sind und auf eigene Faust die Liste an sich nehmen wollten, Sir.«

Viviana brach in Gelächter aus.

»Das kann doch wohl nicht dein Ernst sein, Emmitt!«

»Es tut mir leid, Sir, aber Mister Thorn hatte mir Anweisungen gegeben, den Kurier« – er blickte unsicher auf Viviana –, »also Miss Viviana in Gewahrsam zu nehmen.«

Julian stand auf.

»Entschuldige, Viviana, aber ich muss mal mit meinem Kollegen allein sprechen.«

Viviana lächelte spöttisch und neigte den Kopf. Emmitt und Julian setzten sich zwei Tische weiter.

»Wer ist außer euch noch hier?«

»Gilbert Miller.«

»Sonst niemand?«

»Die Kanzlei wird morgen noch zwei weitere Agenten schicken. Ich glaube, der Kardinal ist nervös, weil hier noch nichts passiert ist.«

»Habt ihr den Spanier eingeholt?«

»Jawohl, Sir.«

»Wo ist er jetzt?«

»Er ist im Loch, also ich meine, wir haben ihn eingesperrt.«

Das »Loch« war ein unterirdischer Kerker in dem inoffiziellen Gebäude der Geheimen Kanzlei in Saint Albans. Es wurde für Verhöre und die kurzfristige Festsetzung von Verdächtigen und Feinden benutzt.

»Steht der Spanier in irgendeiner Verbindung zu dem Kurier?«

»Er behauptet nein, Sir.«

Julian hob die Brauen. Emmitt hüstelte.

»Mister Thorn hat ihm ordentlich zugesetzt, aber der Gefangene ist bei seiner Aussage geblieben.«

»Was hat Thorn dann jetzt mit ihm vor?«

»Das weiß ich nicht, Sir.«

Julian dachte nach. Er konnte sich einer Anweisung des Kardinals nicht widersetzen, so sehr es ihm auch widerstrebte, die Angelegenheit abzugeben. Niemand, der ihn kannte, konnte ernsthaft glauben, dass er sich Miss Marguerite gegenüber ungebührlich benommen hatte. Aber ehe die Sache geklärt war, hatte der Kardinal wahrscheinlich keine andere Wahl. Wenn er Viviana erzählte, dass Rinaldo hier in Gefangenschaft war, würde sie darauf bestehen, ihn sofort zu befreien. Nein, besser er behielt diese Information zunächst für sich, und der Spanier musste leider noch ein bisschen länger im Verlies ausharren. Er blickte auf Viviana, die dort am Tisch mit ihrem Glas Bier das Bild einer unschuldigen Jungfer bot. Ihre Blicke trafen sich, und er konnte das ungute Glimmen in ihren Augen sehen. Sie stand auf und kam zu ihnen herüber.

»Nun? Alles geklärt?«

»Wollen Sie mit Mister Thorn sprechen, Sir? Ich kann solange auf sie aufpassen«, schlug Emmitt vor.

»Du kannst nicht einmal auf dich selbst aufpassen. Ich habe vorhin dein Leben gerettet«, sagte Julian, missgelaunt auf seinen verletzten Arm blickend, der sich mit einem pochenden Schmerz deutlich bemerkbar machte, und Julian fragte sich, ob er nicht wegen der Verwundung die Aufgabe sowieso würde abgeben müssen.

»Mach dir nichts draus, Emmitt, wenige Männer können mich in Schach halten.« Sie lächelte den jungen Mann freundlich an. »Außer Sir Julian hier, natürlich!«, fügte sie hinzu, sich über Emmitts formelle Anrede amüsierend. Emmitt errötete erneut.

»Viviana und ich werden jetzt gehen und hoffentlich die Liste finden. Viviana wird sich dann, wie geplant, in der westlichen Pilgerherberge einquartieren und auf die Kontaktaufnahme warten.« Julian blickte Viviana an. Sie nickte. »Von da ab könnt ihr dann übernehmen, aber es wäre zu kompliziert, jetzt die Begleitperson zu tauschen. Alles klar?«

Emmitt nickte, sah aber sehr besorgt aus.

»Was?«

»Mister Thorn wird der Plan nicht gefallen.«

»Das ist mir völlig gleichgültig.«

»Armer Emmitt«, sagte Viviana vergnügt, als sie wieder auf der Straße waren und ihren Weg in Richtung Saint Michaels fortsetzten.

»Das kannst du zweimal sagen. Melchor Thorn ist ein unangenehmer Bursche.«

»Und er kleidet sich seltsam.«

Julians Kopf fuhr herum.

»Woher kennst du ihn?«

»Ich hatte das Vergnügen in Shaftesbury.«

»Du hast ihn in Shaftesbury getroffen?«

»Allerdings. Ich war auf der Suche nach meinem Retter, einem Beamten der Königlichen Schatzkammer namens Julian White.« Ihr Tonfall klang unbeteiligt, aber Julian meinte, eine gewisse Schärfe herauszuhören.

»Wo hast du ihn getroffen?«

»Im Hof der Abtei. Er war so nett, mir zu sagen, dass er dich kennen würde, aber er konnte sich einfach nicht erinnern, wo du dich aufhieltest.«

Julian presste wütend die Lippen zusammen. Das war typisch für Thorn, ihm ohne jeden Grund schaden zu wollen. Immerhin wusste er zu dem Zeitpunkt, dass Julian auf der Suche nach einer Frau war.

»Also, Julian, wer ist Miss Marguerite?« Viviana wechselte das Thema.

»Niemand.«

»Nun sei doch nicht so mürrisch auf unserem letzten gemeinsamen Ausflug.«

Julian blieb stehen.

»Ist das alles nur ein Spiel für dich, Viviana?«

»Durchaus nicht. Aber wir werden uns wahrscheinlich nicht wiedersehen, da können wir doch wenigstens nett zueinander sein.«

Er blickte sie an, und der Schmerz, den er in seinem Herzen fühlte, ließ ihn die Wunde an seinem Arm vergessen. Sie hatte recht. Wenn alles glattging, würde Thorn den Rest der Angelegenheit übernehmen, und er würde auf dem schnellsten Weg nach Westminster reiten, um sich vor dem König zu rechtfertigen. Viviana würde nach Frankreich zurückkehren und ihr Leben wieder aufnehmen. Vermutlich würde irgendwann vor ihrem dreißigsten Geburtstag das Glück sie verlassen, und sie würde mit durchgeschnittener Kehle in einem Pariser Hinterhof gefunden werden. Brüsk drehte er sich um und ging weiter.

»Wir sollten keine Zeit verschwenden.«

Sie folgten der Straße, die um die Abtei herumführte, und kamen schließlich zu einer Kirche, die große Ähnlichkeit mit Saint Stephens hatte. Es war gegen Mittag, und Saint Michaels war gut besucht. Viviana blickte Julian an, und er schüttelte den Kopf.

»Ich kann auch nichts Verdächtiges sehen«, sagte sie, und sie traten in das Innere des Steingebäudes, das angenehm kühl war. Auch an diese Kirche war in den letzten Jahren angebaut worden. Das Mittelschiff war um zwei Seitenschiffe verbreitert worden, und das Licht fiel jetzt durch Fensteröffnungen oberhalb der Seitenschiffe herein. Direkt gegenüber dem Eingang befand sich ein hölzerner Seitenaltar.

»Geradeaus und hinter dem Holz«, murmelte Viviana.

»Verzeihung, können wir hier mal vorbei!«, ertönte eine ungehaltene Stimme hinter ihnen. Viviana und Julian traten zur Seite, um eine Gruppe verschwitzter Pilger vorbeizulassen. Der Altar war mit einer hölzernen Reling abgetrennt und nicht direkt zugänglich.

»Wir müssen warten, bis es leerer wird«, flüsterte Viviana und blickte zu Julian. Er sah blass aus, und sie entdeckte feine Schweißperlen auf seinen Schläfen. Der Verband an seinem Arm wies einen großen, dunklen Fleck auf. Julian brauchte eine Pause, und sie musste die Wunde neu verbinden.

»Komm, wir suchen uns ein schattiges Plätzchen.« Sie schlang den Arm um seine Mitte und schob ihn nach draußen. Sein Arm lag schwer auf ihrer Schulter, als sie um die Kirche herumgingen. Ein wenig entfernt, aber mit gutem Blick auf das Geschehen, fand Viviana eine geeignete Stelle unter den tief hängenden Zweigen einer Trauerweide. Mit einem unterdrückten Stöhnen ließ sich Julian zu Boden gleiten und lehnte sich an den Stamm des Baumes. Viviana kniete neben ihm und untersuchte den Verband.

»Du verlierst zu viel Blut. Ich muss das richtig versorgen.«

»Willst du etwa noch mehr von deinem Kleid zerreißen?«

»Auf keinen Fall, ich will ja schließlich nicht ohne dastehen. Ich werde versuchen, Leinenstreifen aufzutreiben, und vielleicht gibt es hier auch irgendwo Kräuter zu kaufen.«

»Ich komme mit.« Julian wollte aufstehen, wurde aber von Viviana daran gehindert.

»Nein, du kommst nicht mit. Du brauchst Ruhe. Meinst du nicht, dass, hätte ich mich davonmachen wollen, ich das nicht schon längst getan hätte?«

Julian blickte sie zweifelnd an.

»So ein guter Aufpasser bist du auch nicht, mein Lieber.« Sie stand auf. »Ich bin bald wieder zurück.«

Noch ehe Julian protestieren konnte, raffte Viviana ihre Röcke und lief eilig über die Wiese zurück zur Straße. Ja, sie könnte jetzt versuchen, die Liste an sich zu bringen und zu flüchten. Aber wohin? Julian wusste, wo die Übergabe stattfinden sollte, und sie selbst hatte keine Möglichkeit, mit den Empfängern Kontakt aufzunehmen. Wenn sie jetzt einen Alleingang wagte, würde sie von allen Seiten gejagt werden und hätte überhaupt keinen Schutz. Wie viel der Schutz des Kardinals wert war, konnte sie schlecht einschätzen. Julian würde sich an die Abmachung halten, ob die Zusage des Kardinals ihm gefiel oder nicht, aber bei einem Mann wie Melchor Thorn war sich Viviana alles andere als sicher. Es widerstrebte ihr sehr, dass sie mit Thorn zusammenarbeiten sollte. Sie würde sehr aufpassen müssen. Von einem Händler, der auf dem Weg zum Markt nach Saint Albans war, kaufte sie ein Stück Leinen. Leider hatte er nur Stoffe und keine Heilmittel, aber am Straßenrand wuchs Schafgarbe, und die würde ebenfalls helfen, die Blutung zu stillen. »Du bist tatsächlich zurückgekommen«, stellte Julian fest, als Viviana die Zweige beiseiteschob und in das natürlich gewachsene Zelt trat. Sie machte ein beleidigtes Gesicht.

»Erzähle mir nicht, du hast nicht daran gedacht, die Liste zu holen und dich aus dem Staub zu machen.«

Viviana grinste.

»Natürlich habe ich das, aber ich konnte dich doch hier nicht hilflos zurücklassen!«

»Rücksichtsvoll, aber gänzlich unwahrscheinlich.«

»Und warum bin ich dann wohl zurückgekommen?«

»Weil dich sonst alle jagen würden.«

»Du hast mich durchschaut.«

Sie kniete sich neben ihn und löste den Verband von seinem Arm. Julian betrachtete sie.

»Du bist schwer zu durchschauen.«

»Ich nehme das als Kompliment.«

Sobald sie die Wolle entfernt hatte, begann die Wunde sofort wieder zu bluten.

»Ein guter Treffer«, stellte sie fest, als sie das Leinen in lange Streifen riss.

»Herzlichen Glückwunsch.«

»Ich habe doch gesagt, dass es mir leidtut, aber es war trotzdem ein guter Wurf.«

»Ehre wem Ehre gebührt«, presste Julian zwischen zusammengebissenen Zähnen hervor. Sie legte die Schafgarbenblätter auf die Wunde und wickelte mehrere Lagen des Verbandes darüber.

»Das Blut wird den Stoff durchnässen und auch das Kraut. So kann es wirken. Ich habe kein frisches Wasser gefunden, mehr können wir also erst mal nicht tun.«

Julian bewegte seinen Arm. Er musste versuchen, ihn so ruhig wie möglich zu halten, damit er kein Wundfieber bekäme.

»Danke.«

»Glaube nur nicht, ich habe das aus Menschenliebe getan.«

»Um Gottes willen.«

»Ich will bloß nicht, dass du krank darniederliegst«, sagte sie ernsthaft, zwinkerte Julian aber zu.

»Trotzdem danke.«

~ 20 ~

Sie hatten beschlossen, bis zum späten Nachmittag zu warten, in der Hoffnung, dass die Kirche sich dann leeren würde.

»Willst du mir nicht doch erzählen, wer Miss Marguerite ist?«

»Du wirst sonst keine Ruhe geben?«

Viviana machte einen Gesichtsausdruck, als würde er ihr etwas gänzlich Absurdes unterstellen.

»Natürlich, wie dumm von mir«, entschuldigte sich Julian.

»Allerdings«, stimmte sie ihm zu.

»Also, Miss Marguerite ist eine Mätresse des Königs.«

»Oh, Julian, mir schwant Schlimmes. Du hast doch nicht etwa in königlichen Revieren gewildert?«

»Sehe ich aus, als wäre ich lebensmüde?«

»So mancher Mann hat schon alles für die Liebe einer Frau aufs Spiel gesetzt«, antwortete Viviana theatralisch und fügte dann in einem nüchternen Ton hinzu: »Und verloren!«

»Zweifelsohne hätte ich alles riskiert, aber Miss Marguerite entspricht nicht meinen Vorstellungen.«

»Was? Obwohl sie gut genug für den König ist?«

»Das hat sie auch gesagt.«

Viviana brach in Gelächter aus.

»Kein Wunder, dass sie sich über dich beschwert hat!«

»Ich hätte mich über sie beschweren sollen. Immerhin war sie es, die nachts nackt in meiner Schlafkammer stand.«

»Oho!«

»Mein Gedanke war eher: Oh, nein.«

»Warum, sie war doch schon nackt?«

Julian blickte Viviana indigniert an.

»Sie ist die Mätresse des Königs.«

»Na und, sie wäre sicher nicht damit hausieren gegangen.«

»Außerdem wollte ich sie einfach nicht.«

»Und sie hat nicht versucht, dich zu überzeugen?«

»Doch, hat sie.«

»Aber?«

»Aber sie hat mich eben nicht überzeugt.«

Viviana schüttelte ungläubig den Kopf.

»So eine Dilettantin!«

»Du könntest also jeden Mann verführen?«

Sie legte den Kopf schief und wog ihre Antwort ab.

»Jeden, der nicht lieber Knaben in seinem Bett hätte.«

Julian fand den Ausdruck in ihren Augen beunruhigend. Sie rückte näher an ihn heran.

»Soll ich dir zeigen, wie ich es anstelle?«

»Das ist keine gute Idee, Viviana.«

Sie wurde nicht schlau aus ihm. Sie war sich sicher, dass er sie begehrte, denn sie hatten eine wunderbare Nacht zusammen verbracht. Ein Gefühl der Wärme durchflutete sie, wenn sie nur daran dachte. Und dann hatte er sie am nächsten Morgen festgenommen. Er hatte ihr etwas vorgespielt, und doch, je mehr sie ihn kennenlernte, desto weniger konnte sie das glauben. Es passte nicht zusammen. Sie war zuerst wütend und verletzt gewesen, dass er sie so hintergangen hatte. Aber sie hatte sich schnell daran erinnert, dass Liebe im Leben der Emmanuelle Foulaise sowieso nicht vorgesehen war. Sie konnte ihm daher nüchtern betrachtet keinen Vorwurf machen, er hatte Viviana aus dem Meer das Herz gebrochen und nicht ihr. Aber die Erinnerung an ihre Nacht mit Julian ließ sie nicht los. Viviana hatte sich geliebt und geborgen gefühlt, und der Hunger und die Sehnsucht, dieses Gefühl noch einmal zu erleben, waren groß. Vielleicht, wenn sie noch einmal das Bett miteinander teilten, würde dieser Bann gebrochen werden. Sie blickte auf Julian, der sie vorsichtig abwartend ansah. Einmal von diesen Gründen abgesehen, wollte sie ihn schlicht und einfach. Er hatte etwas an sich, das sie reizte, und seine Art, sie zu lieben, war intensiv und zärtlich. Er war kein Liebhaber, der nur an sich dachte. Warum also sollte sie ihn nicht verführen? Sie hatten Zeit, und sie würde ihn nach dem heutigen Tag wahrscheinlich sowieso nicht wiedersehen. Der letzte Gedanke gab den Ausschlag, und Viviana rückte ein Stückchen näher. Sie legte ihre Hand auf seinen Schenkel und schob sie mit leichtem Druck nach oben.

»Viviana, lass das.« Julian hielt ihren Arm fest.

»Ich habe zwei Hände«, schnurrte sie.

»Ich auch.« Er packte ihr anderes Handgelenk.

Sie beugte sich zu ihm vor, und ihr Gesicht war seinem ganz nah. Seine Züge waren angespannt, aber er drehte den Kopf nicht zur Seite. Zärtlich rieb sie ihre Wange an seiner, und ihre Lippen berührten leicht seinen Mund. Das Gefühl, das in ihr hervorbrach, überraschte sie. Zärtlich glitten ihre Lippen über sein Gesicht. Julian atmete schwer. Schließlich ließ er ihre Handgelenke los, nahm ihr Gesicht zwischen seine Hände und begann, sie zu küssen.

»Pass auf deinen Arm auf«, flüsterte sie.

»Dafür ist es jetzt zu spät.«

Vivianas Hände wanderten zu ihrem Ziel, und sie stellte mit Genugtuung fest, dass er sehr wohl für ihre Reize empfänglich war. Sie löste das Band seiner Hose, und ihr Streicheln entfachte sein Feuer noch mehr. Julian ließ ihr Gesicht los, und seine Hände glitten unter ihr Kleid und an ihren glatten Schenkeln empor. Er umfasste ihre Hüften und hob sie auf sich. Ein lustvolles Stöhnen löste sich aus Vivianas Kehle, als sie einander in einem gierigen, heftigen Rhythmus fanden.

»Ich habe doch gesagt, ich könnte dich verführen.« Viviana lächelte zufrieden, als sie sich erschöpft an Julians Brust schmiegte.

»Ich habe nie behauptet, dass du es nicht könntest. Ich habe lediglich gesagt, dass es keine gute Idee ist.«

»Und, war es keine gute Idee?«

»Jetzt im Moment oder später, wenn ich wieder bei Sinnen bin?«

»Zum Teufel mit dir, Julian.« Sie lachte und setzte sich auf, um ihr Kleid zu richten.

Er sah ihr zu, wie sie die Bänder ihres Kleides band. Schmerzhaft wurde ihm bewusst, wie sehr er sie liebte. Ja, sie war eine Feindin, aber sie war auch ein Opfer der Umstände. Zu welcher Frau wäre sie herangewachsen, wenn ihre Werte und ihre Weltsicht nicht vergiftet worden wären? Wenn ihr Leben kein steter Kampf ums Überleben gewesen wäre? Sie wäre seine Viviana geworden.

»Was?«

»Nichts.«

»Du hast mich so merkwürdig angesehen.«

Julian schüttelte den Kopf. Ein Lächeln huschte über ihr Gesicht, das er nicht deuten konnte.

»Ich weiß, was du denkst.«

»So, was denke ich denn?«

»Du denkst, wie schade es ist, dass ich eine so skrupellose Verbrecherin bin.«

Er antwortete nicht, und Viviana fuhr fort: »Du denkst, was für ein nettes Mädchen ich hätte werden können, wenn die Umstände anders gewesen wären.« Sie beugte sich vor und blickte in seine Augen. »Aber täusch dich nicht, Julian, die Umstände waren nicht anders.«

»Ein gut gemeinter Rat?«

Viviana lächelte.

»Unter Freunden.«

Sie warteten, bis es Essenszeit und noch eine halbe Stunde zur Abendmesse war. Die Kirche war leer bis auf einen Greis, der in der letzten Reihe während seines Gebets eingenickt war. Sie gingen zu dem Holzaltar, und Julian stieg ohne weitere Umstände über die Absperrung. Viviana tat es ihm gleich, und sie blickten hinter die bemalte Holzwand. Das Licht im Kirchenschiff, das aus den Oberlichtern hereinfiel, war zu dieser Zeit spärlich, und sie konnten nichts erkennen. Eilig tasteten sie suchend nach der Liste. Vivianas Finger stießen an etwas Hartes, Rundes. Sie griff in dem Moment zu, als Julians Finger sich am anderen Ende darum schlossen.

»Lass los!«, zischte Viviana und zog an der Rolle. Von draußen hörten sie Stimmen. Mit einem Ruck riss sie die Liste an sich und schob sie in die tiefe Tasche, die in ihrem Kleid verborgen war. Gerade noch rechtzeitig stiegen sie wieder über die Absperrung, um gleichmütig das ihnen entgegenkommende Ehepaar zu grüßen und hinauszugehen.

»Das war einfach«, sagte Viviana, als sie gemeinsam eilig die Straße entlangliefen. Julian zog sie hinter die Hecke eines angrenzenden Gartens.

»Lass mal sehen.«

Viviana holte die lederne Pergamenthülle aus der Tasche, behielt sie aber in der Hand.

»Was? Glaubst du, ich würde damit türmen, Viviana?«, fragte Julian ungeduldig. »Dann hätte ich ja wohl schnell eines deiner Messer im Rücken.«

»So ist es.« Sie ließ sich die Rolle aus der Hand nehmen. Julian untersuchte die unscheinbare Lederhülle. Die Knoten der Schnüre waren unter einem dicken Klecks Siegellack verborgen. Er betrachtete das Siegel, das ein Kreuz zeigte.

Julian seufzte.

»Ich dachte, das Erkennungsmerkmal wären sechs Punkte in einem Kreis?«

Viviana schüttelte den Kopf.

»Nein, das war nur das Zeichen für mich.«

Julian wollte sie fragen, warum und woher sie diese Tätowierung hatte, aber es würde sicher eine wenig erfreuliche Geschichte sein, und so ließ er es bleiben.

Viviana betrachtete die Pergamentrolle in Julians Hand.

»Du hast ja jetzt die Liste. Also kann ich gehen«, stellte sie fest.

»Nicht so voreilig. Wir hatten eine Übergabe abgemacht.«

»Glaubst du wirklich, dass die noch auf mich warten und denken, ich habe mich bloß ein bisschen verspätet?«

Ja, es war unwahrscheinlich, dass die Geheime Kanzlei die Verräter jetzt noch überraschen könnte, dachte Julian. Wahrscheinlich musste sich der Kardinal einfach mit der Liste zufriedengeben.

»Das kann ich nicht allein entscheiden.«

»Schon gar nicht, da du doch von der Sache abgezogen worden bist«, neckte ihn Viviana.

Julian machte ein säuerliches Gesicht.

»Am besten, wir gehen zurück in die Stadt, und ich werde mit der Kanzlei Kontakt aufnehmen und herausfinden, was sie zu tun gedenken.«

Viviana streckte die Hand aus. Julian zögerte.

»Solange diese Sache nicht abgeschlossen ist, ist die Liste mein Trumpf, das wirst du verstehen.«

Julian gab Viviana die Rolle zurück, die wieder in ihrer Tasche verschwand.

»Ich bin müde und hungrig«, bemerkte Julian, als sie durch die schmale Toreinfahrt zu Berts Gasthaus gingen. Viviana hatte ihn auf dem Heimritt mehrmals forschend von der Seite betrachtet. Er sah blass und angestrengt aus. Für solch eine tiefe Wunde war zu viel Bewegung Gift. Zerknirscht dachte sie daran, dass sie ihn auch noch verführt hatte.

»Ich auch, hoffentlich gibt es was Gutes«, stimmte sie ihm zu.

Julian betrat den Gastraum, und Viviana ging über den Hof, zu ihrer über dem Stall gelegenen Schlafkammer.

»Wir müssen auch deinen Arm neu verbinden«, rief sie über die Schulter und verschwand die Treppe hinauf.

»Bert?«

Julian hörte in der Küche ein Geräusch.

»Bert?« Er durchquerte den Gastraum. Zwischen dem breiten Holzblock in der Mitte der Küche und dem offenen Herd lag der Gastwirt, mit dem Gesicht nach unten. Julians Hand schnellte zu dem Griff seines Schwertes, aber im gleichen Augenblick schlug etwas hart an seinen Hinterkopf, und er verlor das Bewusstsein.

Viviana saß auf dem Bett und band sich ein neues Kopftuch um, als sie plötzlich stutzte. Es war so still! Sie verharrte bewegungslos und lauschte. Julian hatte zweimal nach dem Wirt gerufen, aber er hatte keine Antwort bekommen. Wenn er sich jetzt mit Bert in Zimmerlautstärke unterhalten würde, müsste sie zumindest ein Murmeln hören. Irgendetwas stimmte nicht. Viviana spürte ein Prickeln auf der Haut. Sie saß weiterhin still da, und ihre Blicke suchten den Raum ab. Es sah genauso aus wie zu der Zeit, als sie das Zimmer verlassen hatte. Doch halt – ihr Bündel lag anders. Jemand war hier gewesen. Viviana stand lautlos auf. In ihrem Kopf schrillten alle Alarmglocken. Derjenige, und es waren wahrscheinlich mehr als einer, war noch hier. Wer hatte Julians geheimen Unterschlupf entdeckt? So leise sie konnte, schlich Viviana aus der Kammer und den Gang entlang. Sie spähte in die anderen zwei Kammern, deren Türen offen standen, aber niemand lauerte dort. Sie war äußerst vorsichtig, aber trotzdem knarrten die trockenen Holzdielen. Wer auch immer auf sie wartete, wusste genau, wo sie war. Am besten, sie tat so, als wenn sie nichts bemerkt hätte, dann hätte sie zumindest einen winzigen Überraschungsmoment auf ihrer Seite.

»Nun, was gibt es zu essen?«, rief sie und lief leichtfüßig die Treppe hinunter. Sie überquerte den Hof und sah, dass das Hoftor geschlossen war. Sie saßen in der Falle! Viviana erreichte die Tür. Und genau in dem Augenblick, in dem sie aufrecht durch den Türrahmen getreten wäre, duckte sie sich und sprang blitzschnell über die Schwelle. Hinter ihr schlug ein Prügel hart an den Türrahmen. Der Angreifer blickte sich suchend um, als sie ihm auch schon von hinten ein Messer an den Hals hielt. Er ließ den Prügel fallen.

»Nutzloser Trottel, lässt dich von einem Weib übertölpeln.« In der Tür zur Küche stand ein kräftiger Mann. Die Haare seiner Halbglatze waren kurz geschnitten. Seine Oberarme, die aus dem ärmellosen Hemd herausragten wie Baumstämme, waren dagegen von wild wuchernden Haaren bedeckt.

»Du hast keine Fluchtmöglichkeit, Weib, kannst ihn also ruhig loslassen.«

»Wo ist mein Begleiter?«

Viviana spähte an dem Glatzköpfigen vorbei in die Küche. Julian lag leblos auf dem Boden, sein Haar war blutverklebt, und sie wusste nicht, ob er noch lebte. Viviana sah den Glatzkopf abwartend an, während sich in ihrem Kopf die Gedanken überschlugen. Sie war in einer verzweifelten Lage. Es ging um Leben oder Tod.

»Gib die Liste raus.« Er streckte seine große Hand aus. Sogar die Finger waren behaart. »Oder deinem Gefährten hier wird es schlecht ergehen.«

Der dritte Mann packte Julian an seinem verletzten Arm und zerrte ihn in die Wohnstube. Der Schmerz durchdrang Julians Bewusstlosigkeit, er stöhnte auf, und seine Lider flatterten. Gott sei Dank, er lebt, dachte Viviana. Aber ihre Lage war aussichtslos. Zwar hielt sie immer noch dem einen der Angreifer ein Messer an die Kehle, doch sie war sich sicher, dass der Glatzkopf seinen eigenen Mann opfern würde, wenn es nötig wäre. Sie hätte nichts gewonnen, sondern ihn nur gegen sich aufgebracht.

»Die Liste.« Er winkte ungeduldig mit der großen behaarten Hand.

Sie entließ den Mann aus ihrem Griff, ließ das Messer fallen und holte aus ihrer Rocktasche die Liste hervor. Der Glatzkopf war nah an Viviana herangetreten, nahm die Pergamentrolle und steckte sie ein. Dann grinste er hämisch und packte sie an beiden Armen.

»Wollen wir doch mal sehen, was du sonst noch so versteckst, Weib.« Er bog Vivianas Arme hinter ihren Rücken und starrte sie lüstern an. Sie konnte sich nicht bewegen, trat aber mit ihren Füßen gegen seine festen Stiefel. Er hob sie hoch, trug sie in die Küche und warf sie auf den Tisch. Ehe sie sich aufrappeln konnte, zerriss er ihr Kleid, und seine Finger griffen nach ihren Brüsten.

Es war nicht das erste Mal, dass sich ein Mann nahm, was er wollte, um sie zu demütigen. Am besten war es, keine Gegenwehr zu leisten und es über sich ergehen zu lassen. Die meisten Männer fanden es langweilig, eine Frau mit Gewalt zu nehmen, die unbeweglich dalag. Dann gab es diejenigen, die wütend wurden, und man musste entsprechend mitspielen. Am schlimmsten waren Männer, die Freude daran hatten, einen anderen Menschen zu quälen. Da war es eigentlich gleichgültig, ob man ein Mann oder eine Frau war. Einen dieser Männer hatte sie als Kind gekannt. Als sie alt genug war, um alles zu begreifen, hatte sie ihm zerbrochenes Glas in seine Hafergrütze gerührt, und er war qualvoll gestorben. Bis zum heutigen Tag bedauerte sie, dass er nicht noch mehr gelitten hatte. Neben der Gefahr, verletzt zu werden, war ihre größte Sorge, schwanger zu werden. Das erste Mal hatte ihr Meister Ives erfolgreich in den Bauch getreten, und sie hatte das Kind verloren. Das zweite Mal hatte eine Engelmacherin es ihr aus dem Bauch gezogen, und sie wäre fast krepiert. Das letzte Mal hatte sie das Kind ausgetragen. Es war ein kleines rosafarbenes Würmchen gewesen, ein Mädchen. Sie hatte für das Kind nicht einmal einen Namen ausgesucht, sondern es gleich fortgegeben. Das war die schwerste Entscheidung ihres Lebens gewesen. Ein halbes Jahr später hatte sie gehört, dass es an einer Infektion gestorben war. Sie würde niemals wieder ein Kind austragen und weggeben, lieber im Hinterzimmer einer Engelmacherin sterben.

Unter dem Johlen seiner Kameraden wurde der Glatzkopf schließlich fertig. Er keuchte.

»Ich bin dran«, grunzte der Mann, dem sie das Messer an die Kehle gehalten hatte.

»Wir haben keine Zeit. Los, fessle sie und bring sie zu dem anderen.«

Der Mann murrte, zog Viviana vom Tisch und fesselte ihr die Hände.

»Ich hätte es dir schön besorgt, du Schlampe«, flüsterte er in ihr Ohr und stieß sie in die Ecke, in der Julian lag. Die Männer verließen die Gaststube und verriegelten die Tür von außen.

Kaum waren die Männer verschwunden, zerrte Viviana an ihren Fesseln. Sie konnte das Seil ein Stück nach oben schieben und beugte sich mit erstaunlicher Gelenkigkeit nach vorn, zu ihren halbhohen Stiefeln. Mit den Zähnen gelang es ihr, einen schmalen Metallstift aus einem Etui an ihrem Knöchel herauszuziehen. Sie ließ ihn fallen, griff den Metallstab mit den Händen und rammte ihn in den Fußboden. Dann begann sie, das Seil an ihren Händen durchzusägen.

Julian betrachtete Viviana mit benebeltem Blick. Er hatte das Johlen der Männer gehört, und obwohl er begriffen hatte, was geschehen war, versuchten seine Gedanken noch die Bedeutung dessen zu erfassen. Er musste sich zunächst darauf konzentrieren, nicht wieder ohnmächtig zu werden. Vivianas Gesichtsausdruck war verschlossen. Verbissen arbeitete sie an dem Seil. Julians Arm brannte wie Feuer, und sein Kopf schmerzte, als wolle er zerspringen. Er fühlte sich so schwach, dass er sich nicht mal bewegen konnte. Mit unendlicher Langsamkeit schienen seine Sinne ihren Dienst wieder aufzunehmen. Er hatte seinen Hinterkopf noch nicht abgetastet und betete zu Gott, dass der Mann ihm kein Loch in den Schädel geschlagen hatte. Plötzlich stieg ihm Rauch in die Nase. Die Angreifer hatten das Haus angezündet! Draußen hörte er die Pferde ängstlich wiehern. Julian versuchte sich aufzurichten, aber sofort verschwamm alles um ihn herum. Ihm kam der Gedanke, dass ihn diesmal sein Glück tatsächlich verlassen hatte. Wahrlich, auch er würde seinen dreißigsten Geburtstag nicht erleben, dachte er und konnte sich nicht erklären, warum er das so komisch fand.

»Hoch mit dir, Julian!« Viviana hatte sich befreit und zerrte an seinem gesunden Arm. Er versuchte auf die Füße zu kommen, aber seine Beine gaben nach.

»Los, reiß dich zusammen!« Es gelang Viviana, Julians Arm über ihre Schultern zu legen und ihn in Richtung Tür zu schleifen. Sie ließ ihn wieder zu Boden gleiten, und er erbrach sich. Die Tür war verrammelt. Viviana rannte in die Küche, aber auch die Tür zum Stall war verschlossen. Über der Tür war ein schmales Fenster, das als Abzugsschacht diente. Viviana schob einen Stuhl darunter und zog sich an der unteren Kante hoch. Das Wandmaterial, Lehm und Stroh, bröckelte ab, und sie wäre fast nach hinten gefallen. Kurz entschlossen nahm sie den Stuhl und schlug mit aller Kraft gegen die Wand, die nachgab. Die Küche füllte sich mit Rauch. In wütender Verzweiflung vergrößerte sie das Loch in der Wand und zwängte sich hindurch. Aus dem Stall hörte sie die Pferde aufgeregt wiehern. Das Dach brannte lichterloh, und sie konnte die Menschen von draußen nach Wasser schreien hören. Die Angreifer hatten die Pferdetränke umgeworfen und vor die Tür geschoben. Viviana versuchte sie wegzuschieben, aber sie ließ sich nicht bewegen. Ohne weitere Zeit zu verlieren, rannte sie zum Tor und stieß es auf.

»Hilfe, Hilfe, jemand ist im Haus eingesperrt!«

Die Straße wimmelte von Leuten mit Wassereimern, die die benachbarten Dächer begossen. Zwei Männer ließen ihre Eimer fallen und rannten mit Viviana in den Hof. Während sie den ausgehöhlten Holzstamm, der als Tränke diente, zur Seite schoben, holte Viviana die Pferde aus dem Stall. Augenblicke später brach das Dach funkensprühend in sich zusammen. Die Helfer stießen die Tür zur Gaststube auf, und Julian kam aus dem Raum getaumelt. Viviana griff nach seinem Arm.

»Wir müssen sofort verschwinden, Julian.«

Menschen drängten sich im Hof und versuchten das Feuer zu löschen. Wenn es erst einmal auf die Nachbarhäuser übergegriffen hatte, dann war alles verloren. In diesem heißen Sommer waren die Strohdächer und Holzbalken der dicht an dicht gebauten Häuser ungewöhnlich trocken, und in kurzer Zeit könnte die gesamte Stadt brennen. Viviana hatte alle Hände voll damit zu tun, die Pferde zurückzuhalten, die ängstlich aus dem Hof drängten. Julian hievte sich mit Hilfe der erhöhten Tränke auf das Pferd, und einen Moment später galoppierten sie aus dem Hof hinaus und zwischen den Menschen hindurch die Straße hinunter.

Zwei Häuserblocks weiter hatte Viviana Julian eingeholt, griff nach dem Zügel seines Pferdes und lenkte die Tiere aus der Stadt hinaus. Wenig später fand Viviana einen Unterstand für Vieh, der im Sommer nicht genutzt wurde. Sie half Julian vom Pferd, der erschöpft ins Stroh fiel.

»Lass mich sehen, Julian.« Sie drehte ihn auf die Seite und untersuchte seinen Hinterkopf. Ihre Finger tasteten die Haut unter den blutverschmierten Haaren ab, aber der Knochen schien intakt zu sein.

»Ich kann kein Loch fühlen.«

Mit einem Seufzer der Erleichterung rollte sich Julian wieder auf den Rücken, nur um einen Augenblick später vor Schmerzen aufzustöhnen, als Viviana seinen Arm untersuchte.

»Ich hole Wasser. Du musst versuchen, wach zu bleiben.«

Sein Blick war verschwommen, und das Hämmern in seinem Kopf war kaum auszuhalten. Sie waren entkommen und noch am Leben! Was war jetzt zu tun? Sie hatten die Liste verloren, aber an wen? Woher wusste der Glatzkopf von Julians geheimem Aufenthaltsort? Man musste sie beobachtet haben, aber wann? Es hatte keinen Zweck, in seinem Kopf drehte sich alles. Er musste sich ausruhen, nur eine Weile. Julian schloss erschöpft die Augen.

Die östliche Seite der Weide, auf der sich der Unterstand befand, fiel leicht ab und endete an einem kleinen Fluss, der an dieser Stelle zu einem tiefen Graben ausgehoben worden war. Auf der anderen Seite des Flusses lagen die Gemüsegärten einer Reihe von bescheidenen Katen der unfreien Arbeiter, von denen die meisten im Dienst der Abtei standen. Der Tag neigte sich dem Ende zu, und die Schatten wurden länger. Viviana watete in das Wasser, das ihr bis zur Taille reichte. Wie betäubt stand sie in der Mitte des Wasserlaufs und spürte die Strömung. Sie zerrte an ihrem Kleid und wusch alles weg, was sie beschmutzt hatte. Sie wusste nicht, wie lange sie im Wasser gestanden hatte, als Rufe sie aufschreckten. Eine Mutter rief ihre Kinder ins Haus, es war Zeit, ins Bett zu gehen. Viviana blickte zum Abendhimmel empor. Für einen winzigen Moment fühlte sie sich völlig verloren. Selbst Gott hatte sie verlassen. Sie war allein. Wütend drängte sie das Gefühl wieder zurück in die Tiefe, aus der es hervorgebrochen war, kletterte das gegenüberliegende Ufer hinauf und spähte vorsichtig in den Garten. Sie entdeckte einen Holzeimer, der vermutlich zum Gießen benutzt wurde, und eine lange Reihe Rüben. Viviana zog zwei aus der Erde, nahm den Eimer und machte sich auf den Rückweg. Einen Moment verharrte sie wieder in der Mitte des Flusses und schloss die Augen. Den Eimer und die Rüben an sich gepresst, sank sie auf die Knie. Das Wasser floss über sie hinweg. Es war kühl und dunkel und irgendwie tröstlich. Nach Luft japsend, kam sie wieder an die Oberfläche. Sie konnte Julian nicht so lange allein lassen. Dieser Gedanke trieb sie schließlich zur Eile an.

Ein scharfer Schmerz weckte Julian. Viviana hatte ihm den angetrockneten Verband von der Wunde gelöst.

»Ich habe doch gesagt, du sollst wach bleiben!«, herrschte sie ihn an.

Julian antwortete nicht. Das Hämmern in seinem Kopf hatte nachgelassen, und auch sein Blick war nicht mehr so getrübt. Viviana war völlig durchnässt. Sie hatte sich die Ärmel vom Kleid abgerissen und wusch damit das verkrustete Blut von der Wunde.

»Hier« – sie hielt ihm den Eimer hin –, »trink etwas, ehe das Wasser völlig blutig ist.«

Julian schöpfte mit den Händen Wasser und trank. Er fühlte sich gleich besser, obwohl sein Arm und sein Hinterkopf immer noch stark schmerzten. Viviana riss den Stoff ihrer Ärmel in Streifen und verband seinen Arm neu.

»Du hast Glück, es sieht nicht so aus, als ob sich die Wunde entzündet hat.«

»Ich habe Heilfleisch.«

»Das kannst du auch brauchen.«

Sie rutschte um ihn herum und untersuchte seinen Hinterkopf.

»Es blutet nicht mehr.«

Sie setzte sich wieder vor ihn hin und reichte ihm eine der kleinen Rüben.

»Hier, etwas anderes gab es nicht.«

Julian nahm die Rübe und betrachtete Viviana. Sie war ein bisschen abweisend. Noch immer hatte sie diesen verschlossenen Ausdruck im Gesicht. Er wollte sie in den Arm nehmen und sie trösten. Er wollte ihr sagen, dass alles gut werden würde und dass sie ruhig weinen durfte. Aber natürlich würde er das nicht tun. Sie würde ihm ein Messer in den Bauch rammen, sollte er es auch nur versuchen. Wie könnte er ihr auch sagen, dass alles gut werden würde. Nichts war gut, und es gab auch nichts, das er tun konnte, um das zu ändern. Er betrachtete die Rübe und fühlte sich nutzlos.

»Wer, glaubst du, waren die Männer?«, fragte Viviana.

»Ich weiß nicht, ich habe keinen von ihnen jemals zuvor gesehen.«

»Wie viele Leute wussten, dass wir dort abgestiegen sind?«

»Eigentlich keiner.«

»Was meinst du mit eigentlich?«

»Niemand außer meinem Freund Simeon in London.«

»Bist du sicher, dass er dein Freund ist?«

»Er ist absolut vertrauenswürdig. Ich würde meine Hand für ihn ins Feuer legen.«

»Ich lege meine Hand für niemanden ins Feuer.«

Julian schwieg einen Moment und fuhr dann fort: »Jemand muss uns gefolgt sein.«

»Saint Albans scheint nur so von Feinden zu wimmeln.«

»Ich muss morgen Bericht erstatten, dass wir die Liste verloren haben.«

»Dann kann ich ja gehen.«

»Warte doch einfach noch das offizielle Ende der Geschichte ab, Viviana. Dann erhältst du sicheres Geleit zur Küste, obwohl ich nicht glaube, dass der Kardinal dir dein versprochenes Geld geben wird.«

»Bist du sicher, dass er mir das versprochene sichere Geleit geben wird?«

»Der Kardinal ist ein Ehrenmann und wird sein Wort halten.« Er konnte ihr Gesicht in der Dunkelheit nicht erkennen, aber er war sich sicher, dass es verächtliche Ungläubigkeit zeigte. Konnte er sich wirklich sicher sein? Würde der Kardinal Wort halten, obwohl sie nichts erreicht und außerdem die Liste verloren hatten? Das Ganze, zusammen mit der Tatsache, dass er eigentlich die Angelegenheit an Thorn hätte abgeben sollen, konnte nur richtig großen Ärger bedeuten. Julian streckte sich aus und schloss die Augen. Vielleicht würde der Kardinal ihn auch einfach wegen Unfähigkeit von seinen Aufgaben entbinden.

~ 21 ~

Es begann zu tagen, als Julian erwachte. Er blickte sich um. Der Stall, in dem sie die Nacht verbracht hatten, war noch schäbiger, als es gestern den Anschein gehabt hatte. Im Dach fehlten einige Bretter, und es war recht schmutzig. Viviana lag in einiger Entfernung in ihrem Unterkleid auf einem Haufen alten Strohs. Das neue taubenblaue Reisekleid, das sie in Shaftesbury gekauft hatte, hing über einer der niedrigen Trennwände und war kaum wiederzuerkennen. Vorsichtig stand Julian auf. Er war noch schwach, aber sein Kopf war wieder klar.

»Ich gehe die Pferde tränken.«

»Das habe ich gestern Nacht noch gemacht.« Viviana setzte sich auf.

»Danke. Für alles.«

Sie winkte ab und schüttelte im Aufstehen das Stroh aus ihrem Unterkleid. Sie schlüpfte in das Kleid und band es in der Taille mit einem der Lederbänder zusammen, die ursprünglich Teil der seitlichen Verschnürung gewesen waren. Wieder hatte Julian das Keuchen des Glatzkopfs und das Johlen seiner Männer in den Ohren.

»Was jetzt?«, fragte sie.

»Ich muss mit der Kanzlei Kontakt aufnehmen. Also sollten wir nach Saint Albans reiten. Ich kann verstehen, wenn du jetzt abreisen willst, und würde dich auch nicht daran hindern.« Er lachte leise und blickte an sich hinunter. »Ich könnte dich auch gar nicht daran hindern, selbst wenn ich wollte.

Aber wenn du mitkommen möchtest, kann ich sicher zumindest eine Reiseausrüstung für dich organisieren.«

Viviana dachte kurz nach und sagte dann: »Ich komme mit. Ich habe tatsächlich keine Lust, mich in diesem Aufzug und auf einem Pferd ohne Sattel zur Küste durchzuschlagen.« Sie band die Tiere los und schwang sich auf den nackten Pferderücken. Julian stieg etwas umständlich mit Hilfe eines Holzblocks auf.

»Ich würde auch gerne sicherstellen, dass du wohlbehalten bei deiner Kanzlei ankommst. Es wäre doch schade, wenn der ganze Aufwand umsonst gewesen wäre und du auf dem Weg vom Pferd fällst und im Straßengraben verreckst.«

Sie zwinkerte ihm zu, und Julian war froh, wieder etwas von dem üblichen Schalk in ihren Augen zu entdecken. Sie ritten auf dem noch menschenleeren Weg Richtung Stadt.

»Was wirst du tun, jetzt, wo alles vorbei ist?«

»Es ist keineswegs alles vorbei. Es fängt doch erst an. Eine Verschwörung gegen den König ist im Gange, und unsere Feinde haben durch die Liste gerade die erste Runde gewonnen.«

»Das stimmt.«

»Jetzt heißt es also, noch mehr arbeiten, um diese Verschwörer zu finden.«

Und den Glatzkopf abzustechen, und zwar ohne Gerichtsverfahren, dachte Julian grimmig. Das würde er aber nicht laut sagen, sonst würde Viviana es ihm immer wieder vorhalten. Dann fiel ihm ein, dass sie sich wahrscheinlich nicht wiedersehen würden, und wenn, dann nicht unter diesen seltsam freundschaftlichen Umständen. Julian hatte keine Lust, diesem Gedanken weiter nachzugehen. Sie kamen an der Saint-Michaels-Pilgerkirche vorbei und erreichten die Stadtgrenze, als sich ihnen plötzlich zwei Wachen der Stadt in den Weg stellten und sie aufforderten anzuhalten. Hinter ihnen tauchten zwei weitere Männer der Wache auf. Vivianas und

Julians Blicke trafen sich, aber er schüttelte unmerklich den Kopf.

»Was ist los?«

»Steigen Sie bitte ab, Sir, und Sie auch, Madame.«

Julian glitt aus dem Sattel.

»Ist Ihr Name Julian White?« Julian nickte.

»Wir haben den Auftrag, Sie festzunehmen und zum Sheriff zu bringen.«

»Warum?«

»Das weiß ich nicht, Sir. Werden Sie, ohne Widerstand zu leisten, folgen, oder müssen wir Gewalt anwenden?«

Julian hob beschwichtigend die Hände.

»Das ist nicht nötig, wir kommen auch so mit.«

Von vier Bewaffneten begleitet, wurden sie in die Stadt geführt. Ein paar Kinder liefen neben ihnen her, riefen Verwünschungen und warfen kleine Steine nach ihnen. Passanten blickten neugierig auf das schäbige Paar, das abgeführt wurde. Einige Leute spuckten vor ihnen aus.

»Ich habe mal gehört, dass man unschuldig ist, bis einem etwas nachgewiesen worden ist.«

»Das war bestimmt römisches Recht«, bemerkte Viviana trocken.

»Ich habe keine Ahnung, was das hier soll. Es ist sicher ein Missverständnis.«

Sie erreichten ein wehrhaftes Steingebäude, das die Stadtwache beherbergte. Kurz darauf wurden sie in einer der Zellen eingeschlossen, deren einziges Licht aus zwei schmalen, vergitterten Schlitzen unter der Decke kam.

»Na, wunderbar«, sagte Viviana und ging rastlos von einer Wand zur anderen. Julian zermarterte sich das Hirn, konnte aber keine Erklärung für ihre Verhaftung finden. Sie mussten nicht lange warten, bis sich die Tür wieder öffnete.

»Vielen Dank, Captain, der Kardinal ist Ihnen sehr verbunden.«

Julians Brauen zogen sich unwillig zusammen, als Melchor Thorn eintrat.

»Ah, White. Welch unglückliche Umstände führen uns wieder zusammen.«

»Was soll der Unsinn, Thorn?«

»Das erkläre ich dir gleich, aber zunächst möchte ich erst einmal Mademoiselle Emmanuelle beglückwünschen.« Er klatschte lässig in die Hände. »Sie sind eine sehr scharfsinnige Frau, ich bin beeindruckt!«

»Wie meinen Sie das?«, fragte Viviana.

»Die Liste.«

»Wir haben die Liste nicht mehr«, schaltete sich Julian ein.

»Das weiß ich doch schon längst«, winkte Thorn ab und wandte sich wieder an Viviana.

»Es tut mir leid, Mademoiselle Emmanuelle, aber wir werden Ihre Hilfe noch weiter in Anspruch nehmen müssen.«

»Was bieten Sie mir?«

Julian starrte Viviana überrascht an.

»Freien Abzug, und wir verdoppeln auch gerne Ihre Bezahlung.«

»Einverstanden.«

»Was, zum Teufel, geht hier vor sich?« Julian explodierte.

Melchor Thorn wandte sich ihm provozierend lässig zu.

»Sag du es mir, White, welchen Wert haben Namen, die man nicht lesen kann?«

»Du hast die Liste?«, fragte Julian völlig überrascht.

»Richtig. Nur leider kann ich sie nicht lesen.«

»Die Namen auf der Liste sind verschlüsselt?«

»Allerdings. Alles schöne Namen, aber es gibt keine Personen dazu.«

»Wie kommst du an das Pergament, Thorn?«

»Du wolltest es mir ja nicht geben, da musste ich es mir eben selbst holen.«

Julian starrte Melchor Thorn an. Jetzt bekam alles einen Sinn. Thorn hatte von ihrem Aufenthaltsort erfahren. Immerhin kannte er Julians Identität, und so war es einfach, ihn zu finden. Vielleicht war Emmitt ihnen auch schon länger auf der Spur gewesen und hatte Berts Gasthaus entdeckt. Melchor Thorn hatte die Männer geschickt, die sie überfallen hatten.

»Weiß der Kardinal, dass du bei der Beschaffung der Liste auch gleichzeitig versucht hast, mich aus dem Weg zu räumen?«

»Was hast du denn erwartet, White?«

»Was meinst du?«

»Alles, was du tun musstest, war nach Westminster zurückzukehren.« Er kam näher und stand nun dicht vor Julian. »Doch nun stellt sich heraus«, fuhr Melchor Thorn in einem aufreizend sanften Tonfall fort, »dass du ein Verräter bist. Julian White, der Aufrechte, der Ehrenwerte, begeht Hochverrat.«

»Ein Verräter?«

»Aber ja. Wie könnte ich das wohl sonst deuten? Anstatt wie angewiesen mir die Sache zu überlassen, musstest du unbedingt die Liste an dich bringen.« Es war deutlich, wie sehr Melchor Thorn den Augenblick genoss. »Anstatt dann mit der Liste unverzüglich zu mir zu kommen, versteckst du dich damit. Was kann ich anderes daraus schließen, als dass du im Begriff bist, Hochverrat zu begehen?«

»Das glaubst du ja wohl selbst nicht.«

»Was ich glaube, ist nicht wichtig. Wichtig ist, was der Kardinal glaubt.«

»Ah, ich verstehe.«

»Na endlich.« Thorn wandte sich wieder an Viviana. »Aber nun werden Mademoiselle Emmanuelle und ich die Sache zu Ende bringen, während du im Loch verschwinden und dann nach Westminster überstellt werden wirst.« Er ging zur Tür und klopfte.

»Kommen Sie, die Zeit drängt.« Er winkte Viviana zu. Sie ging an Julian vorbei und blickte ihm sekundenlang in die Augen.

»Viel Glück, Julian.«

Dann folgte sie Melchor Thorn hinaus. Julian starrte ihr nach. Die Karten waren neu gemischt worden, und nichts war mehr so, wie es eben noch zu sein schien. Gilbert Miller kam mit einer Wache herein.

»Das hätte ich nicht von dir gedacht, White.«

»Sei doch kein Narr, Miller.«

»Binde ihn«, wies Gilbert Miller die Wache an. Julian schüttelte nur den Kopf. Miller würde ihn auch ungefragt exekutieren lassen. Befehle waren Befehle, und es wäre zu mühsam, sie zu hinterfragen. Er folgte Miller hinaus auf die Straße, und die Wache ging hinter ihnen her. Einige Häuser von dem Quartier der Geheimen Kanzlei nickte Gilbert Miller der Wache zu.

»Ab hier übernehme ich, vielen Dank.« Die Wache salutierte und ging.

»Ziemlich fahrlässig, jemanden so nahe zum Quartier zu führen.«

»Das kann dir doch jetzt gleichgültig sein, White.«

»Du bist ein Dummkopf, Miller.«

Gilbert Miller wirbelte herum.

»Tatsächlich, wer ist denn der Verräter und wurde gefasst?«

»Willst du vor allen Leuten Streit anfangen, damit wirklich jeder weiß, wo der Stützpunkt ist?«

Ärgerlich packte Miller Julian an den gebundenen Handgelenken und schob ihn vorwärts. Sie gingen durch eine dunkle Hofeinfahrt, dann durch noch eine in einen zweiten Hinterhof und schließlich durch eine unauffällige Tür. Die Innenräume waren überraschend groß, was daran lag, dass mehrere Wände zu dahinterliegenden Räumen anderer Häuser durchbrochen worden waren. Emmitt, der an einem Tisch saß und sein Schwert putzte, sprang auf. Seine Miene war bedrückt und sorgenvoll, und bei Julians Anblick sah er regelrecht unglücklich aus.

»Schließ ihn weg, Emmitt«, sagte Gilbert und schubste Julian vorwärts. Dann goss er sich einen Becher Wein ein, als wenn er selbst diesen gefährlichen Schwerverbrecher dingfest gemacht hätte. Julian kannte den Weg.

»Was ist hier los, Emmitt? Sind denn alle von Sinnen?« fragte Julian, als sie den niedrigen Gang zum Verließ entlanggingen.

»Ich weiß nicht, Sir. Mister Thorn hat die Anweisungen gegeben. Es tut mir leid.«

Sie erreichten die Zellentür, und Emmitt löste Julians Fesseln und öffnete das Schloss. Julian trat durch die Tür in den hohen, fast runden Raum. Angeblich sollten die gemauerten Wände ein Teil eines römischen Bades gewesen sein, als Saint Albans noch Verulamium hieß und neben London eine der bedeutendsten Siedlungen im römischen Britannien war. Die Tür schloss sich hinter ihm. Julian blickte auf die Gestalt, die an die Wand gelehnt auf dem Boden saß.

»Guten Tag, Rinaldo.«

Viviana folgte Melchor Thorn aus der Wachstation. Er hatte Julian in große Schwierigkeiten gebracht. Wer mit solchen Männern zusammenarbeiten musste, brauchte eigentlich gar keine Feinde. Eine der Wachen folgte ihnen, um sicherzustellen, dass Viviana nicht versuchte zu flüchten. Melchors grüner Umhang fegte den Staub der Straße auf. Die Sonne stand bereits hoch am Himmel, und es war warm, aber trotzdem schien Melchor Thorn nicht zu schwitzen. Sie musste sich blitzschnell überlegen, wie sie ihren letzten Trumpf ausspielen konnte. Aber dazu musste sie wissen, auf welcher Seite Thorn stand. Sie hatte nicht die geringsten Zweifel, dass er sie auf der Stelle töten würde, wenn sie ihm nicht mehr dienlich war. Er würde sich nicht an die Abmachungen halten. Thorn war gerissen, und er hätte Julian nicht festnehmen lassen, wenn er nicht etwas geplant hatte, um die Anschuldigungen zu untermauern. Es würde für ihn sonst eher von Nachteil sein, übereifrig einen Unschuldigen festgesetzt zu haben. Thorn hatte Größeres vor. Er brauchte Julian als Sündenbock.

Sie erreichten eine große Schenke, und Viviana wunderte sich, warum er sie hierhergeführt hatte. Er schickte die Wache zurück zu ihrer Station. Die private Gästekammer im ersten Stock ging nach Norden hinaus und war angenehm kühl. Der Dielenboden glänzte frisch gescheuert und geölt, und man hatte duftende Blütenblätter ausgestreut, um dem Gestank der Straße zu trotzen. Die Blüten waren inzwischen verwelkt, erfüllten aber den Raum immer noch mit einem süßlichen Aroma. Melchor Thorn bedeutete Viviana, sich zu setzen, und sie ließ sich graziös in einem der bequemen Holzsessel nieder.

»Also« – Melchor Thorn streckte die Hand aus – »den Code zur Entschlüsselung der Liste.«

»Auf welcher Seite stehen Sie? Ich dachte, Sie gehörten zu den Leuten des Kardinals.«

»Das braucht Sie nicht zu interessieren.«

»Es muss mich aber interessieren, immerhin habe ich einen Auftrag zu erfüllen.« Viviana schloss erschöpft kurz die Augen, um sie dann mit einem atemberaubenden Schwung ihrer langen Wimpern wieder zu öffnen und Melchor Thorn anzusehen.

Der Ausdruck in ihren Augen sagte, dass sie trotz allem nur eine schwache Frau und allmählich am Ende ihrer Kräfte war.

Melchor Thorns Gesicht verriet Überraschung. Sein Blick lag kurz auf Vivianas Dekolleté und dann wieder auf ihrem schönen Gesicht. Viviana schien, wenn auch widerstrebend, um die Hilfe eines starken Mannes zu bitten. Er lehnte sich zurück und runzelte die Stirn.

Sie hatte ihn bei ihrem ersten Treffen in Shaftesbury richtig eingeschätzt, dachte Viviana. Wenn sie es geschickt anstellte, würde sie Zeit gewinnen können.

»Machen Sie mit den Männern, die das Gasthaus niedergebrannt haben, gemeinsame Sache?« Ihre Lippen zitterten kaum, aber eben doch merklich, und ihre Augen schimmerten feucht. Heldenhaft blinzelte sie ihre Tränen zurück, in der Hoffnung, dass ihr Gegenüber sie nicht bemerkt hätte. Das jedenfalls sollte er denken und tat es auch.

»Sie haben mir wehgetan, und ich werde die Liste nicht für diese Bestien entschlüsseln.«

Melchor Thorn war auf diese Wendung der Dinge nicht vorbereitet. Sein erster Eindruck von Viviana war der einer starken Frau gewesen, aber er schien sich getäuscht zu haben.

»Selbst wenn ich Sie dafür töten würde?«

Viviana reckte das Kinn vor.

Das war die Schwierigkeit, wenn man es mit Frauen zu tun hatte, dachte Melchor. Sie waren eigenwillig und stur bis zur Selbstaufgabe. Er konnte sich vorstellen, was sich abgespielt hatte. Hugh Bigods glatzköpfiger Handlanger war ein brutaler Klotz ohne jede Finesse. Melchor waren bereits Zweifel gekommen, ob eine Zusammenarbeit mit dem Earl of Norfolk in dieser Angelegenheit tatsächlich zu seinem Vorteil sein würde. Außerdem ärgerte ihn der Ton, den der Glatzkopf ihm gegenüber anschlug. Wenn er ihm nicht den Hinweis auf Berts

Gasthaus gegeben hätte, hätten sie die Liste immer noch nicht. Doch die Karten waren neu gemischt worden. Die Liste war verschlüsselt, und er, Melchor, war im Besitz der einzigen Person, die sie entziffern konnte. Das nahm er jedenfalls an. Er betrachtete Viviana, die sich besonders vorteilhaft in ihren Sessel drapiert hatte. Er könnte sie foltern, aber es war immer schwierig, komplizierte Informationen aus jemandem herauszufoltern. Außerdem wäre es schade um sie. Lieber wollte er sie besitzen. Ein Barbar wie der Glatzkopf hatte sie gehabt, und das ließ Melchors Wunsch nur noch größer werden. Er änderte seine Vorgehensweise.

»Würden Sie die Liste für mich entschlüsseln?«

»Auf welcher Seite stehen Sie?«

»Sagen wir, ich weiß es noch nicht.«

Viviana löste nachdenklich ihren Zopf, und Melchor kam der Gedanke, dass er seine Hände gerne in ihren offenen, schwarzen Haaren vergraben würde.

»Der Schlüsselcode ist verloren gegangen.« Sie öffnete das Medaillon um ihren Hals und zeigte ihm, dass es leer war.

Melchors Brauen zogen sich unwillig zusammen.

»Aber«, fuhr Viviana fort, noch ehe er seinen Unmut äußern konnte, »es gibt einen zweiten Code.«

»Wo ist er?«

»Er befindet sich in London.«

»Wo?«

»Sie werden verstehen, dass ich Ihnen das jetzt noch nicht sagen möchte. Er befindet sich bei einem Verbündeten des Mannes, der mich beauftragt hat.«

»Ich dachte, Sie könnten keinen Kontakt zu Ihren Auftraggebern aufnehmen.«

»Ich habe gelogen.« Ein verschwörerischer Funke glomm in Vivianas dunklen Augen auf.

Sie hatte doch mehr mit der Verschwörung zu tun als sie zugegeben hatte, dachte Melchor. Wenn er mit ihr gemeinsame Sache machte, könnte er Bigod vielleicht ausbooten. Hugh Bigod, Earl of Norfolk, hatte sich in der Vergangenheit dadurch ausgezeichnet, seine Unterstützung dem Meistbietenden anzutragen. Nach dem Tod des alten König Henry war er der Erste gewesen, der seinen Eid gebrochen und sich offen für Stephen als Nachfolger ausgesprochen hatte. Als das Kriegsglück Stephen zeitweilig verließ, war er wiederum der Erste, der seinem Herrn die Treue aufkündigte. Während des Bürgerkrieges wechselte er mehrmals die Seiten, immer auf seinen eigenen Vorteil bedacht. Stephens Nachfolger, der jetzige König Henry, hatte ebenfalls schon ein paar Mal Schwierigkeiten mit dem eigenwilligen Earl gehabt. Diese Angelegenheit jedoch war größer als jeder Widerstand, mit dem König Henry bisher konfrontiert worden war. Melchor verstand Bigods eigennütziges Lavieren bestens, aber einem Mann, der keine Treue kannte, war nicht zu vertrauen. Das konnte er aus erster Hand bestätigen. Er selbst war jetzt ein Helfershelfer Bigods und stand auf der gleichen Stufe wie der Glatzkopf. Außerdem war Melchor sich keineswegs sicher, dass Bigod sich für seine Hilfe ausreichend erkenntlich zeigen würde. Er betrachtete Viviana, deren langes Haar ihr wie schwarze Seide über die Schultern fiel. Vielleicht war dies tatsächlich ein Glücksfall. Wenn er sich mit der Französin verbünden würde, könnte er direkt mit den Verschwörern auf dem Festland Kontakt aufnehmen. Dann würde er Bigod nicht mehr brauchen und könnte ihn als einen der Organisatoren in England kaltstellen. Immerhin befand er sich im Besitz der Liste mit den Namen der möglichen Unterstützer der Rebellion, die er dann selbst kennenlernen könnte. Außerdem hatte er Informationen darüber, was die Geheime Kanzlei Henrys unternahm, um eine

Rebellion zu verhindern. Das machte ihn zu einem der wichtigen Männer unter den Verschwörern. Wenn er es richtig anstellte, könnte er als zusätzliche Vergütung sogar noch diese ungemein verlockende Frau in sein Bett bekommen.

Viviana beobachtete Melchor Thorn unter ihren langen Wimpern hervor und streckte den Rücken etwas durch, um ihre Rundungen besser zur Geltung zu bringen. Sie hatte ihm ein ausgezeichnetes Angebot gemacht: Macht und die Aussicht darauf, ihr Bett zu teilen. Kaum ein Mann konnte einer solchen Versuchung widerstehen, und das Beste daran war, dass Melchor jetzt dachte, es wäre seine eigene, brillante Idee gewesen.

»Also, Mademoiselle Emmanuelle, was wäre, wenn wir auf derselben Seite stünden?«

Viviana lächelte erfreut und verführerisch zugleich.

»Nennen Sie mich ruhig weiter Viviana. Es ist fast wie mein Deckname hier.« Sie beugte sich vor. »Wir müssen nach London, um die Liste entschlüsseln zu können. Haben Sie das Pergament?«, fragte sie.

»Nein, aber das lässt sich besorgen.«

»Kann ich helfen?«

Melchors Lippen verzogen sich zu der Andeutung eines Lächelns.

»Nein, das kann ich schon selbst erledigen.«

Viviana lehnte sich mit einem Seufzer der Erleichterung zurück und dachte gleichzeitig, welch ein überheblicher Mann Melchor Thorn doch war. Er war nicht besonders gut aussehend oder hatte sonst etwas, was ihn für Frauen anziehend machen würde. Aber trotzdem bildete er sich ein, dass eine Frau von Vivianas Schönheit Interesse an ihm haben könnte. Viviana kannte seine Art und wusste mit ihm umzugehen.

»Ich habe mein Gepäck verloren und würde mich gerne ein bisschen hübsch machen.«

Wieder erschien auf Melchors Gesicht die Andeutung eines Lächelns. Viviana fragte sich, ob er überhaupt richtig lächeln oder gar lachen konnte. Für einen Moment sah sie Julian vor sich, wie er sie verschmitzt angrinste und seine grünen Augen amüsiert Funken sprühten.

Melchor Thorn hatte Viviana eine der Schlafkammern im oberen Stockwerk zugewiesen. Ein Mädchen hatte Wasser zum Waschen und ein Tablett mit kaltem Braten, Brot und Brombeerkompott gebracht. Wenig später war eine Schneiderin mit einem Arm voller Kleider gekommen. Viviana entschied sich für ein schmales, dunkelgrünes Wollkleid, dessen Rock ihr bequemes Reiten ermöglichte. Es hatte einen tiefen Ausschnitt und war mit goldenen Bändern verziert. Die Schneiderin nickte wohlgefällig, als sie Viviana betrachtete. Melchor hatte ihr gesagt, dass sie in dem Zimmer bleiben sollte, bis er die Liste an sich genommen hatte. Viviana vermutete, dass es damit zu tun hatte, weil sie so klein und zierlich war, dass Männer dazu neigten, sie für hilflos zu halten. Selbst ein gerissener Mann wie Melchor Thorn, der es eigentlich besser wissen müsste, war dieser Fehleinschätzung zum Opfer gefallen. Sie machte sich keine Illusionen, denn er würde sie skrupellos töten, wenn es zu seinem Vorteil wäre. Aber er begehrte sie, und das war der wunde Punkt im Kopf eines jeden Mannes. Viviana entließ die Schneiderin, nicht ohne sich noch ein weiteres neues Unterkleid und eine Anzahl schmückender Bänder und Toilettenartikel auf Melchor Thorns Kosten zu kaufen, legte sich auf das Bett und schloss die Augen.

Melchor Thorn spielte ein doppeltes Spiel! Eigentlich war es sogar ein dreifaches Spiel. König Henrys Geheime Kanzlei hatte Wind von der Verschwörung bekommen und Vivianas Identität als Kurier entdeckt. Julian hatte sie festgenommen, und sie war gezwungen gewesen, für ihr Leben die Liste preiszugeben. Melchor Thorn wollte die Situation nun zu seinem eigenen Vorteil nutzen und die Pläne des Kardinals vereiteln. Er hatte irgendwie herausgefunden, wer die Empfänger waren, und wollte die Liste an sie verkaufen. Als es ihm jedoch nicht gelang, Julian in Saint Albans auszubooten, hatte er den Glatzkopf auf sie gehetzt. So waren die Verschwörer in England nun doch zu ihrem Pergament gekommen. Aber sie hatten sich nicht an die Regeln des Spiels gehalten, und deshalb hatten sie jetzt eine wertlose Liste. Nur für Melchor Thorn wurde es immer besser. Er war auf die Idee gekommen, und Viviana hatte dabei noch nachgeholfen, ein erheblich größeres Geschäft zu machen. Er wollte nicht mehr Handlanger eines Verschwörers sein, sondern selbst einer werden. Das war gar nicht gut für König Henry und auch nicht für Julian, der jetzt der Sündenbock war.

Das Klopfen an der Tür unterbrach Vivianas Gedanken. Sie stand auf und öffnete die Tür. Melchor trat ein.

»Sie haben einen ausgezeichneten Geschmack, Mademoiselle Viviana«, sagte er und betrachtete sie genießerisch.

»Es hatte auch seinen Preis«, entgegnete sie und lächelte kokett.

»Ich verfüge über ausreichende Mittel.«

»Wie angenehm«, schnurrte sie und ging zum Fenster, um etwas Distanz zwischen sich und Thorns begehrlichen Blick zu bringen.

»Haben Sie die Liste bekommen?«

Er nickte.

»Es sollte einige Zeit dauern, bis sie bemerken, dass die Liste nicht mehr da ist.«

Viviana war enttäuscht, sagte aber: »Sehr elegant gelöst.«

»Ich muss noch etwas erledigen und bin in einer halben Stunde zurück. Dann brechen wir auf. Sie sollten in der Kammer bleiben, Viviana, denn die Männer wohnen in dem gleichen Flügel am Ende des Ganges. Zwar haben sie schon ihre Pferde satteln lassen, aber wir sollten kein Wagnis eingehen.«

Viviana machte eine Miene unterdrückter Bestürzung und schüttelte vehement den Kopf.

»Keine Sorge, hier sind Sie sicher.«

Damit ging er und schloss die Tür hinter sich. Viviana setzte sich missgelaunt auf das Bett. Sie hatte gehofft, dass Thorn den Glatzkopf töten würde, stattdessen hatte er nur die Liste getauscht. Das an sich war natürlich keine schlechte Idee, aber Viviana wollte es den Brandstiftern heimzahlen. Sie versuchte, die wilde Wut, die in ihr tobte, zu unterdrücken, aber es gelang ihr nicht. Was geschehen war, ließ sich nicht rückgängig machen, Rache würde das nicht ändern. Normalerweise hatte Viviana ihre Gefühle unter Kontrolle, aber der Gedanke, dass ausgerechnet Julian Zeuge dieses Vorfalls geworden war, war unerträglich. Kurz entschlossen stand Viviana auf und öffnete vorsichtig die Tür. Sie spähte den Gang hinunter, an dessen Ende sich tatsächlich eine Tür befand. Das musste die Gästekammer der Brandstifter sein. Viviana lauschte, aber alles blieb still. Die Tür der Kammer war nicht verschlossen, sondern gab dem Druck ihrer Hand nach. Es war ein geräumiges Gemach mit einem erhöhten Bett, Tisch und zwei Stühlen und einer Art Kommode. Jemand hatte hier übernachtet, war aber offenbar schon abgereist, denn es lagen keine persönlichen Sachen mehr herum. Sie entdeckte eine weitere Tür an der linken Wand, öffnete sie und blickte in eine kleine Kammer. Sie hatte kein Fenster, sondern nur eine Luke im Dach, die auch für frische Luft sorgte. Im Winter war es sicherlich ein muffiges, dunkles Quartier. Zwei Betten standen über Eck. Auf dem einen lagen ein Hemd, zwei Beinlinge und ein Holzkamm, dessen Zinken vom Haarfett des Besitzers dunkel verfärbt waren. In beiden Betten war geschlafen worden, aber es befanden sich nur die Sachen einer Person im Zimmer. Einer der drei Männer schien noch bleiben zu wollen. Sie ging wieder in den größeren Raum und blickte aus dem Fenster, das zum Hof hinausführte. Da standen sie tatsächlich abreisebereit mit zwei Pferden auf dem Pflaster! Der Glatzkopf sprach mit einem seiner Männer, aber wo war der dritte Kerl? Ärgerlich verließ sie das Fenster, um zurück in ihr Gemach zu gehen. Sie hatte die Gelegenheit zur Rache an dem Glatzkopf verpasst. Gerade als Viviana die Tür öffnen wollte, hörte sie Schritte den Gang entlangkommen. Mit einem Satz war sie bei dem erhöhten Bett und beugte sich schnell über das zerwühlte Bettzeug. Langsam zog sie das Leinentuch von der Strohmatratze. Sie hatte richtig vermutet, und einen Augenblick später ging die Tür auf.

»He, was machst du hier?«

»Ich wechsle das Leinen, Sir«, murmelte sie, ohne sich umzudrehen. Sie kannte die Stimme, es war der dritte Mann.

»Bist du sicher, dass wir die Laken nicht noch brauchen können?« Der Mann lachte anzüglich und griff ihr von hinten zwischen die Beine. Viviana wirbelte herum und rammte ihm ihr Messer bis zum Heft in die Brust. Er starrte sie erschrocken an.

»Na«, zischte sie, »wer hat es jetzt wem besorgt, du Schwein?«

Der Mann taumelte nach hinten und rutschte an der Wand entlang zu Boden. Er starrte sie völlig überrascht an, bis seine Augen langsam glasig wurden und das Leben in ihnen erlosch. Viviana zog ihr Messer aus seinem Körper heraus und wischte es an dem Bettzeug ab. Zumindest einen von ihnen hatte sie erwischt. Sie bugsierte die Leiche unter das Bett und verdeckte sie notdürftig mit dem Bettzeug. Dann eilte sie zurück in ihre eigene Kammer. Hoffentlich würde Melchor nicht zu lange auf sich warten lassen, dachte Viviana, als sie sich das Blut von den Händen wusch. Es war töricht gewesen, den Mann zu ermorden, schalt sie sich, und obwohl es ihr eine kurze Genugtuung verschafft hatte, war ihr doch auch die Sinnlosigkeit ihres Tuns klar. Es wäre ungünstig, wenn die Leiche vor ihrer Abreise entdeckt werden würde. Sie hätte sich nicht dazu hinreißen lassen sollen, ihren Gefühlen nachzugeben, dachte Viviana verärgert. Doch ihre Sorge war unbegründet, denn wenig später klopfte Melchor Thorn erneut an die Tür. Er sah zufrieden aus.

»Sie sehen aus, als wenn Sie Ihre Angelegenheit erfolgreich erledigt haben«, sagte Viviana leichthin.

»Allerdings habe ich das. Ihr ehemaliger Reisebegleiter, Julian White, Sie erinnern sich?«

»Natürlich.«

»Ich hoffe, Sie haben keine Freundschaft geschlossen, denn er wird sicher wegen Hochverrats hängen.«

»Tatsächlich, wie das?«

»Er hat die Liste gestohlen und will nicht verraten, wo er sie versteckt hat.«

»Der Arme«, sagte Viviana, griff nach ihrem Umhang und folgte Melchor die Treppe hinunter. Er half ihr auf eine hübsche, braune Stute, eine höfliche Geste, wenn seine Hand nicht zu lange auf ihrem Bein gelegen hätte. Sie musste sich etwas ausdenken, um ihn sich vom Leib zu halten.

~ 22 ~

Julian White!«, sagte Rinaldo überrascht. »Sind Sie mit der Schatztruhe des Königs durchgebrannt?«

Julian schüttelte den Kopf. Er hatte den Spanier völlig vergessen, dachte er schuldbewusst. Seit Emmitt ihm von Rinaldos Festnahme berichtet hatte, hatte er nicht mehr an ihn gedacht.

»Wo ist Viviana?«

»Das ist eine lange Geschichte.«

»Setzen Sie sich, wir haben viel Zeit.«

»Ich habe leider überhaupt keine Zeit und muss hier sofort wieder raus.« Julian hämmerte gegen die Tür, aber niemand kam. Rinaldo betrachtete seine Bemühungen mit dem nachsichtigen Ausdruck eines Mannes, der alle Fluchtversuche schon einmal erfolglos durchexerziert hatte.

Julian ließ von der Tür ab und lief rastlos hin und her. Was hatte Thorn vor? Er konnte nicht wirklich glauben, dass seine Anschuldigungen gegen ihn Bestand haben würden. Wollte er ihm bloß eins auswischen? Etwas anderes musste dahinterstecken. Es waren einfach zu viele Leute in diese Angelegenheit verwickelt, als dass alles immer nur ein Zufall sein könnte. Julian setzte sich schließlich an die gegenüberliegende Wand und blickte Rinaldo an.

»Und, wie ist es Ihnen ergangen, seit dem denkwürdigen Überfall im Wald?«

»Ich verlor mein Maultier und mein Gepäck.«

»Ihr Gepäck hätten wir Ihnen bis gestern gerne zurückgegeben, leider ist es jetzt verbrannt.«

Rinaldo schloss kurz die Augen, fragte aber dann: »Sie sprachen von ›wir‹, sind Sie mit Viviana nach Saint Albans gekommen?«

»Ja.«

»Geht es ihr gut? Hat sie ihr Gedächtnis wiedergefunden?«

Julian betrachtete Rinaldo. Nein, er hatte nichts mit der Sache zu tun. Trotzdem saß er hier im Loch, und die blauen Flecken und wunden Stellen auf seinem Körper waren ihm bei Thorns Befragung zugefügt worden. Julian selbst hatte Thorn auf den Spanier angesetzt. Er hatte alles falsch gemacht.

»Geht es ihr gut?«, wiederholte Rinaldo.

»Ja, es geht ihr gut.« Was hielt sie als Trumpf zurück, um sich jetzt noch loskaufen zu können?, überlegte Julian. Die ganze Zeit hatte sie gewusst, dass die Liste verschlüsselt war, und hatte nichts gesagt. Jeder von ihnen hatte seine Geheimnisse für sich behalten. Es konnte kein Vertrauen zwischen ihnen geben. Jeder war sich selbst am nächsten, und trotzdem hatte Viviana alles riskiert, um ihn aus dem Feuer zu retten. Es hatte Momente gegeben, in denen er sich ihr nahe gefühlt hatte, und doch hatten sich jetzt ihre Wege getrennt. Er konnte ihr nichts vorwerfen, sie hatte eine Möglichkeit gesehen, ihre Haut zu retten, und sie ergriffen. Sie schuldete ihm nichts, und doch fühlte er sich von ihr verlassen. Rinaldo wartete immer noch, dass Julian seine Antwort etwas ausführte.

»Bis auf ein paar Tage, in denen wir uns verloren hatten, bin ich bis heute mit ihr zusammen gereist.«

»Kann sie sich wieder erinnern?«

»Sie hat ihr Gedächtnis wiedergefunden, als wir in Shaftesbury waren.«

»Sie waren auch in Shaftesbury?«

»Ja, wir haben Sie knapp verpasst, Rinaldo.«

»Sie haben nach mir gesucht?«

»Allerdings, Viviana hat darauf bestanden.«

Ein Lächeln huschte über Rinaldos Gesicht, dessen Wangen jetzt nicht mehr rosig und prall waren, sondern schlaff herunterhingen.

»Sie hat sich wieder erinnert, und dummerweise stellte sich heraus, dass sie eine Agentin unserer Feinde ist.«

Julian überlegte kurz, wie viel er Rinaldo von der Angelegenheit erzählen sollte. Er würde die Wahrheit sagen, beschloss er, es machte jetzt keinen Unterschied mehr. Immerhin hatte er Rinaldo schuldlos in diese missliche Lage gebracht, also war es das Mindeste, was er ihm schuldig war. Rinaldo hörte Julian schweigend zu, ohne zu unterbrechen.

»Es tut mir leid, dass Sie da mit hineingezogen worden sind, Rinaldo. Ich werde mein Bestes versuchen, die Kanzlei zu überzeugen, dass Sie nichts mit der Sache zu tun hatten.«

»Es ist einfacher, einen Unschuldigen zu hängen, als einen Fehler zuzugeben.«

Rinaldo hatte sich bereits ein recht präzises Bild von Melchor Thorn gemacht, dachte Julian, der leider die mutlose Einschätzung des Spaniers teilte.

Plötzlich war ein Geräusch an der Tür zu hören, eine ebenerdige Klappe ging auf, und jemand schob ein Tablett mit zwei Schüsseln hinein. Julian war mit zwei Schritten bei der Klappe.

»Emmitt?«

Die Person hinter der Tür zögerte.

»Emmitt, was ist da draußen los? Hat Thorn die Liste entschlüsselt?«

»Mister Thorn hat die Liste nicht, Sir.«

»Wieso nicht? Wer hat sie dann?«

»Er sagt, dass Sie sie versteckt haben.«

»Ich? Vor weniger als einer Stunde hat er noch behauptet, die Liste zu haben, und wollte Viviana sie entschlüsseln lassen.« Es gab allerdings keine Zeugen für ihre Unterhaltung, durchfuhr es Julian.

Emmitt schwieg.

»Wo ist Viviana?«

»Das weiß ich nicht, Sir. Mister Thorn ist auch noch nicht wieder da.«

»Tatsächlich?« Hier stimmt etwas nicht, dachte Julian. Wo war Thorn mit Viviana hingegangen? Er konnte sie doch hier im Gebäude befragen? Emmitt schob die Klappe wieder zu.

»Emmitt, halt.«

Die Klappe öffnete sich wieder.

»Emmitt, glaubst du das?«

»Was?«

»Dass ich ein Verräter bin?«

»Ich weiß nicht, was ich glauben soll, Sir.« Emmitts Stimme klang unsicher und bedrückt. »Immerhin haben Sie darauf bestanden, die Liste allein zu holen, und sie dann nicht abgegeben.«

»Ich konnte sie auch nicht abgeben, weil wir in Berts Gasthaus überfallen worden sind.«

»Ich habe gehört, dass es abgebrannt ist.«

»Ja, die Männer haben es angesteckt, nachdem sie uns die Liste abgenommen haben.«

»Armer Bert.«

»Du kanntest Bert?«, fragte Julian überrascht.

»Ich habe ihn in der Schenke zwei Straßen weiter kennengelernt. Ich wusste, dass Sie irgendwo in dieser Gegend wohnten. Er hat mir ein Bier gekauft, und wir haben uns unterhalten. So habe ich herausgefunden, wo Sie sich aufhalten, Sir.«

Julian seufzte. Berts Vorliebe für gut aussehende, junge Männer war ihnen allen zum Verhängnis geworden.

»Und diese Erkenntnis hast du Thorn berichtet.«

Julian deutete das Schweigen hinter der Tür als Zustimmung.

»Emmitt, nicht ich bin der Verräter, Melchor Thorn ist es. Er muss die Männer geschickt haben, die uns bei Bert überfallen haben. Niemand sonst wusste, wo wir uns aufhielten und dass wir im Besitz der Liste waren.«

»Ich weiß nicht, was ich glauben soll, Sir.«

»Du sollst nicht einfach etwas glauben, du sollst es selbst herausfinden. Stell deine eigenen Nachforschungen an. Ich sage dir, ich bin unschuldig.«

»Ich werde die Sache überprüfen, Sir.« Die Klappe schob sich wieder zu.

»Hoffentlich stellt er sich schlauer an als bisher«, sagte Rinaldo, als er sich eine der Schüsseln nahm und missmutig den Inhalt betrachtete.

»Er ist jung und hat gerade erst angefangen. Thorn wird ihn wie seinen Lakaien behandelt und kritische Fragen nicht gerade gefördert haben.«

Julian aß einen Löffel voll aus der Schüssel und schob sie angewidert von sich.

»Ist das Essen die ganze Zeit über so schlecht gewesen?«

»Ja.«

Julian starrte grübelnd vor sich hin. Melchor Thorn war zu den Verrätern übergelaufen. Es konnte nicht anders sein. Er hatte die Liste, und er hatte Viviana, die sie entschlüsseln konnte. Aber trotzdem glaubte Emmitt, dass er, Julian, in Besitz des Pergaments sei. Melchor Thorn hatte die günstige Gelegenheit erkannt und versuchte jetzt den großen Sprung nach oben. Wenn eine Revolte gegen König Henry erfolgreich war und er auf der richtigen Seite stand, dann hatte er sich bestimmt einen Titel und Ländereien gesichert. Steckte er auch hinter dem Überfall im Wald?

»Rinaldo, Sie haben mir nicht gesagt, was Ihr tatsächlicher Grund für Ihre Reise ist, aber kann es sein, dass die Männer, die uns im Wald überfallen haben, hinter Ihnen her waren?«

»Möglich.«

Julian zog den Anhänger, den Viviana gefunden hatte, aus seiner Jackentasche und hielt ihn Rinaldo hin. Er nahm das Amulett, stand auf und hielt ihn in die Höhe, um besser sehen zu können.

»Woher haben Sie das«, wollte Rinaldo von Julian wissen.

»Viviana hat es am Waldrand gefunden. Es wurde an einem Halsband getragen. Der Mann, dem es gehört hat, hat vorgestern in der Saint-Stephens-Kirche auf jemanden gewartet. Ich nehme an, auf Sie, Rinaldo. Als Viviana und ich nämlich nachts wiederkamen, um die Liste zu holen, war er nicht dort. Er wartete nicht auf einen Einbrecher, sondern auf einen Pilger. Pilger schlafen nachts, Einbrecher nicht.«

Der Spanier nickte bedächtig und gab ihm den Anhänger zurück.

»Ja, er hat auf mich gewartet.«

Julian hoffte vergebens auf weitere Erklärungen.

»Na, immerhin. Wenigstens eine Gruppe von Übeltätern, die nicht hinter uns und der Liste her waren.«

Es hatte nicht lange gedauert, bis das Stubenmädchen den Toten entdeckte. Ein schriller Schrei, und die beiden Schankmädchen und der Wirt liefen zu der Kammer. Er verpasste dem kreischenden Mädchen eine Ohrfeige und herrschte sie an, das Schreien zu lassen. Die Schankmädchen wurden umgehend zurück in die Wirtsstube geschickt, und dem Stubenmädchen wurde befohlen, sich in der Küche einen Becher Wasser geben zu lassen. Das hatte Ailred gerade noch gefehlt, ein Mord in seinem Gasthaus. Er hatte lange und sehr hart dafür gearbeitet, dass seine Herberge eine der besten am Platz war, und Leichen konnte er nicht gebrauchen. Energisch zog er die Tür wieder zu und machte sich auf den Weg zum Sheriff.

»Es waren drei Männer. Sie haben nicht gesagt, woher sie kamen. Ihrem Dialekt nach zu urteilen irgendwo aus dem Norden, aber nicht Schottland.«

»Und zwei von ihnen sind heute abgereist«, wiederholte der Offizier.

»Habe ich doch gesagt.«

»Hatten sie Streit?«

»Was weiß denn ich?«, brummte Ailred. »Sie haben sich mit noch einem anderen Kerl getroffen.«

»Wie sah der Mann aus?«

»Normal.«

»Wenn du willst, dass wir den Mörder finden, musst du schon etwas präziser sein, Mister Ailred.«

»Er trug einen grünen Umhang. Ich fand das etwas seltsam bei der Hitze, aber das ist ja kein Verbrechen.«

Der junge, blonde Mann, der unbeteiligt an der Wand gelehnt hatte, horchte auf.

»In welche Richtung sind die Männer geritten?«, fragte er. Der Offizier warf Emmitt einen missmutigen Blick zu. Als diese dubiosen, königlichen Agenten vor ein paar Tagen in die Stadt gekommen waren, hatte der Sheriff angeordnet, ihnen jede Art von Unterstützung zu geben. Normalerweise waren ihm solche Sachen gleich, aber sich die Befragung von einem solchen Grünschnabel aus der Hand nehmen zu lassen, das wurmte den Offizier doch.

»Weiß ich nicht, fragen Sie einen der Knechte.« Der Wirt

war ebenfalls verstimmt, dass dieser Fall offenbar von einem reinen Anfänger untersucht werden sollte.

»Haben Sie eine Frau in Begleitung der Männer gesehen?«

Der Wirt kratzte sich am Kopf.

»Das stimmt, da war eine Frau. Sie wollte ein Bad am hellichten Tag! Ich habe ihr sagen lassen, dass wir zwar ein gehobenes Haus wären, aber dass solche besonderen Wünsche unsere Möglichkeiten dann doch übersteigen.« Er wandte sich wieder dem erfahrener aussehenden Offizier zu. »Ich meine, was soll man dazu auch sagen, kurz nach dem Mittagsmahl und zwei von den Küchenhilfen krank.«

»Ist die Frau mit den Männern fortgeritten?« Emmitt unterbrach den Wirt.

»Nein. Sie ist mit dem anderen Mann weg«, erklärte der Wirt, wieder zu dem Offizier gewandt.

»Dem Mann mit dem Umhang?«

Der Wirt nickte.

»Wie sah die Frau aus?«

»Weiß ich nicht, ich habe sie nur kurz gesehen. Hören Sie, ich muss zurück zu meiner Arbeit, ich habe nicht den ganzen Tag Zeit.«

»Ich komme mit und werde noch ein paar Fragen stellen. Irgendjemand muss die Leute ja bedient oder zumindest etwas gehört haben«, sagte Emmitt.

Der Wirt stand auf.

»Aber nicht, dass Sie mir die Gäste stören, das würde mir gar nicht gefallen.«

Die Zeit floss unendlich zäh dahin. Kurz war Julian eingedöst, aber der harte Boden war für ein bequemes Nickerchen alles andere als geeignet. Er fragte sich, wie spät es wohl war. Rinaldo saß mit stoischer Ruhe an seinem Platz und starrte ins Leere.

»Sie kommen aus dem Maurenland, Rinaldo, nicht wahr?«

»Aus Saragossa.«

»Sind Sie dort Sänger?«, fragte Julian, der den Anflug von Gesprächigkeit seines Gegenübers nutzen wollte.

»Ja, ich bin auch Sänger.«

»Wie gefällt Ihnen England?«

Rinaldo blickte Julian mit einem komisch entrüsteten Ausdruck an, und sie fingen beide an zu lachen.

»Es tut mir leid. Nach allem, was Sie hier durchgemacht haben, war das eine wenig feinfühlige Frage.«

»Unter anderen Umständen würde es mir vielleicht gut gefallen. Aber ich reise nicht gerne, es ist beschwerlich und voller Gefahren. Wie steht es mit Ihnen?«

»Ich würde gerne mehr von der Welt sehen. Ich war erst dreimal auf dem Festland und bin nie weiter als nach Anjou gekommen.«

»Das ist schon recht weit.«

»Ja, aber ich würde gerne das Heilige Land sehen.«

Es war erstaunlich, dass derselbe Ort für so viele Menschen heilig war, obwohl sie an unterschiedliche Dinge glaubten. Es würde keinen Frieden dort geben, solange jeder Jerusalem für sich allein haben wollte. Im letzten Jahr war mit Saladin ein weitsichtiger und fähiger Herrscher auf den ägyptischen Thron gestiegen. Alles deutete darauf hin, dass der Sultan noch Großes vorhatte. Nach dem katastrophalen Zweiten Kreuzzug hatte sich die Lage der christlichen Kreuzfahrerländer erheblich verschlechtert. Wie bereits zuvor hatte die Gier nach Macht und Reichtum den eigentlichen Sinn der Reisen vergiftet. Aber diese Gedanken behielt Julian lieber für sich, denn wer nicht uneingeschränkt Gottes Sache vertrat, geriet schnell in den Verdacht, ein Ketzer zu sein. Julian war kein Ketzer, und er glaubte an Gott, aber er befürchtete, dass die Menschen allzu oft ihre eigenen Anliegen mit den Anliegen Gottes verwechselten.

»Das Heilige Land ist eine Reise wert.«

»Sie sind dort gewesen?«

Rinaldo nickte.

»Ich war noch sehr jung, als mein Herr mit seinem gesamten Haushalt eine Pilgerreise machte. Es war sehr aufregend und auch sehr gefährlich.«

Julian blickte Rinaldo von der Seite an und versuchte, sich den Hünen von einem Mann als Jungen vorzustellen. Ein trauriger Zug lag um seinen weichen Mund, und er schwieg. Der kurze Moment, in dem er Julian in sein Leben hatte blicken lassen, war vorbei.

~ 23 ~

Es dauerte wieder eine Ewigkeit, bis sie schließlich hinter der Tür Schritte die Treppe herunterkommen hörten.

»Sir?« Emmitt öffnete die Klappe und schob erneut zwei Schüsseln unklaren Inhalts in das Verlies.

»Hast du was herausfinden können, Emmitt?«

»Das habe ich.«

Rinaldo murmelte etwas Beifälliges auf Spanisch.

»Mister Thorn wurde heute Mittag mit einer Frau in der großen Herberge bei der Brücke gesehen. Der Beschreibung nach könnte es Miss Viviana sein.«

»Wo sind sie jetzt?«

»Der Knecht hat gesagt, dass sie nach London wollten.«

»Das hat Thorn dem Knecht erzählt?«

»Nein, Miss Viviana hat es gesagt, der Knecht konnte sich deutlich an sie erinnern. Sie hat ihm ein großes Trinkgeld gegeben und, na ja, es ist immerhin Miss Viviana.«

Warum wollte sie eine so deutliche Spur hinterlassen?, wunderte sich Julian. Was machte sie überhaupt noch in Begleitung von Thorn? Hätte sie sich nicht gleich aus dem Staub gemacht, nachdem sie die Namen auf der Liste entschlüsselt hatte?

»Hast du sonst noch etwas erfahren?«

»Allerdings. Drei Männer haben in der Herberge übernachtet, mit denen sich Mister Thorn getroffen hat. Einer von ihnen wurde vorhin tot aufgefunden. Der Wirt hat es gemeldet, und so bin ich überhaupt auf die Spur gekommen.«

»Kamen sie aus dem Norden?«

»Ja, das ist richtig.«

»Die drei Brandstifter schienen aus dem Nordosten gekommen zu sein. Thorn hat uns also tatsächlich diese Kerle auf den Hals geschickt, um die Liste an sich zu bringen. Der Anführer hat eine Glatze, einer hat dunkle Locken und der andere graue Schläfen.«

»Der mit den dunklen Locken ist tot, ich habe ihn gesehen.«

»Wo sind die anderen?«

»Sie sind abgereist.«

»Verdammt.«

»Aber der mit der Glatze ist tatsächlich zurückgekommen!«, triumphierte Emmitt.

»Was?«

»Ja, ich konnte es kaum glauben, aber er ist sehr aufgebracht in den Hof galoppiert. Als er die Wachen sah, wollte er schnell wieder weg, aber sie haben ihn festgenommen.«

»Du hast ihn festnehmen lassen?«

»Ja, immerhin hat er einen Toten zurückgelassen. Wenn er außerdem tatsächlich einer der Brandstifter ist, wie Sie gesagt haben, hätte er die Liste dabeihaben können.«

»Hatte er die Liste dabei, Emmitt?«

»Nein, aber er hatte ein Pergament mit Zahlen und Nummern bei sich.«

»Der Schlüssel zur Liste.«

»Aber keine Liste.«

»Du sagtest, er wäre sehr wütend gewesen?«

»Ja, er war aufgebracht, als er in den Hof kam, und noch aufgebrachter, als er von seinem toten Mann hörte. Ich glaube nicht, dass er davon etwas gewusst hat, aber es war eine gute Begründung für den Offizier.«

»Wie ist der Mann umgekommen?«

»Er ist erstochen worden.«

Julian dachte nach. Der Glatzkopf war mit einer Pergamentrolle, die aber nicht die Liste war, auf dem Weg nach Norden gewesen, und Thorn war mit Viviana auf dem Weg nach Süden. Was hatte den Glatzkopf dazu bewogen, umzudrehen und zurückzureiten, und warum war er so wütend gewesen? Eine mögliche Erklärung war, dass Thorn ihn betrogen hatte und selbst im Besitz der Liste war. Deshalb hatte er möglicherweise auch immer noch Viviana bei sich. Ja, so könnte es gewesen sein.

»Ich glaube«, sagte Julian langsam, »dass Thorn sich mit der Liste und Viviana abgesetzt hat und jetzt auf eigene Rechnung arbeitet. Hast du das alles auch Miller berichtet?«

Emmitt seufzte frustriert.

»Mister Thorn hat vorhin, als ich nicht da war, bei Gilbert Miller ein schriftliches Geständnis von Miss Viviana abgegeben, dass Sie, Sir, die Liste haben.«

»Na, großartig.«

»Ich verstehe Mister Miller nicht. Wir haben so viele neue Informationen. Alles spricht dagegen, dass Sie zu den Verschwörern gehören, oder zumindest spricht nichts dafür, und er will einfach nicht zuhören. Ich habe wirklich versucht, es ihm zu erklären.«

Julian winkte ab. Er kannte Gilbert Miller schon viel zu lange, um sich von ihm Hilfe zu erhoffen.

»Es ist nicht deine Schuld, Emmitt.«

»Ich verstehe nur nicht, warum Miss Viviana behauptet, dass Sie die Liste haben?«

»Darf ich daran erinnern, dass Miss Viviana nachgewiesenermaßen eine Agentin des Feindes ist?«, sagte Julian ungeduldig, dem Emmitts schwärmerischer Ton, sobald er von Viviana sprach, nicht gefiel.

Emmitt errötete.

Viviana hatte ihn mit einer Lüge verkauft. Warum hatte sie ihn noch zusätzlich ans Messer geliefert, obwohl sie die Liste entschlüsseln konnte? Sie musste doch tiefer in die Sache verwickelt sein, als sie zugegeben hatte. Den Verschwörern kam es gerade recht, einen Sündenbock für das Verschwinden des Pergaments zu haben. Viviana musste sich mit Thorn zusammengetan haben. Dieser Gedanke ließ Julian erschauern.

»Was machen wir jetzt, Sir?«, fragte Emmitt durch die Tür.

»Wo ist der Glatzkopf?«

»Im Verlies des Sheriffs, Miller will ihn nach dem Abendessen verhören.«

»Wieso Miller, du hast ihn doch geschnappt?«

Emmitt schwieg.

»Du darfst ihn nicht vom Haken lassen, Emmitt, der Glatzkopf ist die Verbindung zu den Verschwörern«, fügte Julian hinzu.

»Wenn Mister Thorn die Liste hat, dann müssen wir die Verfolgung aufnehmen«, schlug Emmitt schließlich vor. »Leider habe ich keinen Schlüssel, um die Tür zu öffnen.«

»Du wirst auch nichts dergleichen tun, ich will dich da nicht mit hineinziehen. Wir müssen einen Ausbruch vortäuschen, der dich nicht in Verdacht bringt.«

Wenig später stürmte Emmitt in heller Aufregung die Treppe vom Verlies hinauf.

»Den Schlüssel, den Schlüssel«, rief er, »ich brauche den Schlüssel!«

»Was, zum Teufel, ist los, Emmitt?« Gilbert Miller sah von seinem Abendessen auf.

»Der Spanier, ich glaube, er stirbt.«

»Was?«

»Er keucht und zuckt und hat sich erbrochen.«

»Verdammt, das hat uns gerade noch gefehlt.« Gilbert Miller stand auf und zog seinen gigantischen Schlüsselbund aus der Tasche. Gefolgt von Emmitt, hastete er die steinerne Treppe hinunter. Er blieb vor der Tür stehen und blickte durch das Guckloch. Julian kniete neben Rinaldo, dem eindrucksvoll der abendliche Haferschleim aus dem Mund quoll. Miller öffnete die Tür.

»Zurück, White!«

Er kam näher, und Julian stand auf und trat einen Schritt von Rinaldo weg.

Miller beugte sich über Rinaldo, der urplötzlich und erstaunlich geschickt hochschnellte und Miller beim Hals packte. Julian sprang wieder nach vorn und zog seinem überraschten Kollegen das Schwert aus der Scheide. Rinaldo ließ sein Opfer los und wischte sich den Haferschleim aus dem Gesicht.

»Einfach widerlich«, murmelte er.

»Die Tür, Emmitt!«, rief Miller.

»Emmitt, du bleibst schön da stehen, wenn du Miller nicht auf dem Gewissen haben willst.«

Emmitt blickte überzeugend verwirrt von einem zum anderen.

»Das würdest du nicht tun, White«, sagte Miller gepresst.

»Nein, würde ich das nicht? Das erstaunt mich, dass du mich für fähig hältst, Hochverrat zu begehen, aber nicht, dich abzustechen.«

Julian machte eine Bewegung mit dem Kopf in die hinterste Ecke.

»Da hinüber, Emmitt, ein bisschen plötzlich.«

»Emmitt, wenn du die Tür von außen zuschließt, sitzen sie in der Falle!«

»Dann bist du auf jeden Fall tot, Miller. Ich konnte dich sowieso noch nie leiden, du fauler Sack.«

In Julians Stimme klang jetzt so viel Abneigung mit, dass Gilbert Miller unsicher wurde.

»Emmitt, geh von der Tür weg und in die Ecke, oder willst du, dass ich ihn aufspieße.«

Emmitt machte ein paar Schritte in die gegenüberliegende Ecke. Rinaldo ging zur Tür.

»Das wirst du bereuen, White!« Miller schäumte.

Julian hieb ihm mit dem Schwertknauf auf den Kopf, sodass er bewusstlos zusammensackte.

»Wann erwartet ihr die Verstärkung aus Westminster? Ich will nicht, dass euch hier keiner findet.«

»Sie sollen heute Abend eintreffen. Ansonsten kommt morgen früh auf jeden Fall der Bursche, und eine Nacht können wir es hier aushalten.«

»Bist du sicher? Er ist ein ganz schöner Jammerlappen.« Julian deutete mit dem Schwert auf Gilbert Miller, der ihm zu Füßen lag.

Emmitt lachte.

»Ich komme zurecht, Sir.«

Julian deponierte den Schlüssel zum Verlies mitten auf dem Tisch, dann warf er einen kurzen Blick auf die Unterlagen, die die Geheime Kanzlei hier aufbewahrte. Rinaldo aß Gilbert Millers Abendbrot. Julian wusch sich, verband seinen Arm neu und zog eines von Millers frischen Hemden an, dann nahm er seine Waffen wieder an sich und war bereit. In seinem Kopf hatte er alle Möglichkeiten mehrmals durchgespielt. Am wahrscheinlichsten war, dass Thorn im Besitz der Liste war und Viviana mit ihm gemeinsame Sache machte. In seiner Position als Agent der Geheimen Kanzlei war Thorn ein wertvoller Verbündeter, und wenn Viviana doch tiefer in diese Sache verstrickt war, als er angenommen und sie zugegeben hatte, dann würde es Sinn machen, dass sie sich mit ihm verbündete.

»Ich werde jetzt Thorn in Richtung London verfolgen«, sagte er zu Rinaldo, der mit seinem Mahl fertig war. »Sie sollten sich auch, so schnell es geht, auf den Weg machen, denn es werden zwei Männer als Verstärkung erwartet.«

»Ich schließe mich Ihnen an, wenn es recht ist.«

»Warum?«, fragte Julian überrascht.

»Melchor Thorn hat mir etwas gestohlen, und das muss ich wiederhaben.«

Keine Viertelstunde später hatten sie auf den Pferden von Miller und Emmitt die Stadtgrenze passiert. Julian fragte sich, was Thorn dem Spanier wohl abgenommen hatte. Es musste von großer Wichtigkeit sein, denn es war deutlich, dass Rinaldo Thorn bis vor die Höllentore verfolgen würde. Julian hatte befürchtet, dass der Spanier ihn möglicherweise aufhalten würde, aber jetzt sah es nicht danach aus, als wenn er überhaupt zu bremsen wäre, denn Rinaldo trieb sein Pferd stetig an. Julian zog sich die Kapuze von Millers Umhang über das Gesicht, denn er wollte nicht Gefahr laufen, von den zusätzlichen Männern aus Westminster erkannt zu werden, sollten sie sich auf der Hauptstraße begegnen. Er fragte sich, wen der Kardinal geschickt hatte. Nicht alle Agenten waren so leichtgläubig und unaufmerksam wie Miller. Zugegeben, Melchor Thorns Sicht der Dinge infrage zu stellen, das war eine unangenehme Sache, aber es war jämmerlich, dass sich Miller dem nicht aussetzen wollte. Es konnte natürlich auch sein, dass es ihm schlicht gleichgültig war, was aus Julian wurde, Hauptsache, die Angelegenheit wurde erledigt und es entstand keine weitere Arbeit für Miller. Julian ging im Geiste die anderen Agenten durch, aber er war jetzt schon zwei Wochen unterwegs und wusste nicht, wer derzeitig mit welchen Aufgaben betraut war. In der Eile hatte er im Büro auch nicht Vivianas Zeugenaussage über seinen vermeintlichen Hochverrat gefunden. Vielleicht trug Miller dieses Pergament bei sich. Es traf Julian, dass sie nach allem, was sie gemeinsam durchgemacht hatten, ihn so einfach ans Messer geliefert hatte. Aber er konnte ihr nichts vorwerfen, sie hatte keinen Zweifel daran gelassen, dass sie sich selbst am nächsten stand. Er hatte schon so viele Fehler begangen, weil er sich Hoffnungen und Träumen hingegeben hatte, dachte Julian. Das musste endlich ein Ende haben.

»Viviana ist also eine Agentin Ihrer Feinde?«, fragte Rinaldo, als hätte er Julians Gedanken gelesen. Sie ritten etwas langsamer, damit die Pferde nicht vorzeitig ermüdeten.

»Nicht ganz. Sie arbeitet auf eigene Rechnung.«

»Sie ist eine Söldnerin?«

»Wenn Sie so wollen.« Obwohl er selbst sie mehrmals so genannt hatte, hatte Julian jetzt fast das Gefühl, Viviana verteidigen zu müssen.

»Das hätte ich nicht vermutet.«

»Ich auch nicht, ich hielt ja schließlich Sie für den Agenten.«

Zu Julians Überraschung lachte Rinaldo leise.

»Ist das komisch?«

»Allerdings, denn können Sie sich einen schlechteren Agenten vorstellen?«

»Es ist eine gute Tarnung.«

»Dass meine Erscheinung eine gute Tarnung sein soll, kann ich nicht recht glauben.«

»Immerhin hält man Sie nicht für einen Agenten.«

»Zu Recht.«

Nach einem Moment des Schweigens sagte Rinaldo: »Ich habe mich immer gefragt, wie schrecklich Vivianas Leben wohl sein musste, dass sie sich so standhaft weigerte, sich daran zu erinnern.«

»Sie glauben, das war der Grund für ihren Gedächtnisverlust?«

»Was sonst?«

Julian wusste es nicht. Er hatte geglaubt, Viviana für immer verloren zu haben. Dann hatte er Emmanuelle Foulaise besser kennengelernt und wider Erwarten Seiten von Viviana in ihr entdeckt. Doch jedes Mal, wenn die Hoffnung wie eine hartnäckige Krankheit wieder in ihm aufkeimte, erinnerte sie ihn daran, wer sie wirklich war. Wie jetzt, wo sie sich mit Thorn gegen ihn verbündet hatte. Er konnte sich nicht erinnern, jemals in einer so vertrackten Situation gesteckt zu haben. Die einzige Möglichkeit, seinen Namen reinzuwaschen und letztendlich seinen Kopf zu retten, war, die Liste zurückzuholen und Melchor Thorn zu überführen. Auf eigene Faust würde das sehr schwierig werden.

Emmitt musste Gilbert Millers Beschwerden nicht allzu lange ertragen, denn keine zwei Stunden später drehte sich der Schlüssel im Türschloss herum, und ein rundlicher, kleiner Mann mit schulterlangen rötlichen Haaren öffnete die Tür.

»Terrence of Wiltonbridge!«

»Gilbert, alter Junge. Lass doch die Formalitäten, kein Mensch fragt danach, wo ich geboren wurde. Sag mir lieber, was hier los ist.«

»Das kann ich dir gerne sagen«, erwiderte Miller erzürnt, als er an ihm vorbei die Treppen nach oben stürmte. Terrence sah ihm nach und blickte dann auf Emmitt.

»Wie lange sitzt ihr hier schon fest?«

»Noch nicht so lange, ein paar Stunden.«

Sie folgten Miller hinauf in die Schreibstube.

»Bist du allein? Ich dachte, zwei Männer sollten kommen«, fragte Gilbert, als er sich sein Schwert wieder umgürtete, das Julian auf dem Tisch zurückgelassen hatte.

»Das war auch so geplant, aber Paul hat Dünnpfiff und ist auf der Strecke geblieben.« Er lachte dröhnend. »Das kommt davon, wenn man lieber Wasser als Bier trinkt. Nie weiß man, was man aus so einem Brunnen im Eimer hochzieht. Ungesunde Angewohnheit.« Wieder lachte er laut.

Emmitt lächelte höflich. Durchfall war keine schöne Sache und konnte schlimmstenfalls zu Austrocknung führen.

»Also, was gibt's? Wo ist Julian eigentlich? Der sollte sich umgehend beim Kardinal melden. Wenn er noch hier ist, sollte er eine gute Entschuldigung haben. Der König wird morgen zurückerwartet, und die Schlampe, die derzeit sein Bett wärmt, hat Julian angeschwärzt, dummes Stück. Als wenn da etwas Wahres dran sein könnte. Na ja, der Kardinal wird es wohl schon richten. Ich kann mir nicht vorstellen, dass König Henry dem falschen Weibsstück glauben wird.«

Er hielt inne und blickte Miller an.

»Du machst ein Gesicht wie drei Tage Regenwetter, Gilbert. Was ist los?«

»Hier hat sich einiges zugetragen. Melchor Thorn hat Julian White wegen Hochverrats festnehmen lassen.«

»Was?«, brüllte Terrence so laut, dass Emmitt einen Schritt zurücktrat.

»Allerdings, ich war auch erstaunt. Emmitt wird dir alles erklären, ich muss jetzt zum Sheriff und diesen Kerl verhören, der vorhin festgenommen worden ist. Ihr könnt euch ja schon einmal überlegen, wie wir White wiederfinden.«

Damit stürmte Miller aus der Tür. Terrence blickte Emmitt aus halb zusammengekniffenen Augen an.

»Thorn hat Julian wegen Hochverrats festgenommen? Das

kann doch wohl nicht sein Ernst sein!«, fragte er, als sie Miller die Straße hinunter folgten.

Emmitt nickte.

»Wo ist Julian?«

»Er ist ausgebrochen, deshalb saßen wir ja auch im Loch.«

Wieder lachte Terrence dröhnend, wurde dann aber schnell wieder ernst.

»Wo ist Thorn?«

»Er ist weg.«

»Wohin?«

»Das hat er nicht gesagt, vermutlich nach London.«

»Das sieht ihm ähnlich. Bringt hier alles zum Überkochen und haut dann ab. Habt ihr wenigstens diese seltsame Liste?«

Emmitt schüttelte den Kopf.

»Die ist auch weg.«

»Gütiger Himmel!«

~ 24 ~

Wie zu erwarten gewesen war, hatte Gilbert Miller nur die Fragen gestellt, die ihm keine weiteren Unannehmlichkeiten machten. Emmitt hatte den ranghöheren Agenten nicht vor den Leuten des Sheriffs unterbrechen können, und Terrence hatte dem Verhör lediglich schweigend zugehört. Der Mann behauptete, nichts mit der Angelegenheit zu tun zu haben. Miller würde das überprüfen, aber er war zuversichtlich, dass der Gefangene nicht gelogen hatte.

»Woher willst du wissen, dass Julian nicht doch recht hat?«, fragte Terrence, als sie am späteren Abend bei einem Krug Bier saßen, um das weitere Vorgehen zu besprechen.

»Wenn White die Liste nicht hat, wieso ist er dann geflohen? Er hat darauf bestanden, die Liste selbst zu holen, und sie dann nicht abgeliefert.« Gilbert Miller blickte Emmitt an. »Das ist doch richtig, oder?«

Widerwillig nickte Emmitt, fügte jedoch hinzu: »Aber er hat gesagt, dass er von diesen Kerlen überfallen worden ist und deshalb die Liste nicht zurückgeben konnte.«

»Unsinn. Er hat sich versteckt und hatte nicht die leiseste Absicht, uns die Liste zu übergeben.«

Miller stand auf.

»Ich werde jetzt noch die Aussage des Gefangenen überprüfen, und damit ist diese Sache hier beendet.«

»Nicht sehr erfolgreich, allerdings«, bemerkte Terrence.

Gilbert Millers Gesicht verzog sich unwillig.

»Wir müssen White wiederfinden«, sagte er heftig und verließ den Tisch.

Terrence griff nach Millers halb vollem Bierkrug und trank ihn aus.

»Jetzt erzähl du mir doch mal, was deiner Meinung nach hier vor sich geht, Emmitt, ich verstehe das alles immer noch nicht recht.«

»Melchor Thorn und ich haben Julian in Shaftesbury getroffen. Da dachten wir alle noch, der große Spanier sei der Kurier.«

»Welcher große Spanier?«

»Der ist jetzt nicht wichtig.«

Terrence zuckte mit den Schultern und winkte der Bedienung, noch eine Runde Bier zu bringen.

»Wir folgten dem Spanier in Richtung Saint Albans, holten ihn ein und nahmen ihn fest.«

»Du hast doch gerade gesagt, dass er nicht wichtig ist.«

»Ja, aber da dachten wir noch, dass er der Kurier sein könnte. Dann kam eine Nachricht, dass Mister Julian den wirklichen Kurier gefunden hatte und mit ihm, also ihr, nach Saint Albans unterwegs war. Wir waren da schon in Saint Albans.«

Die Bedienung stellte drei Bierkrüge ab.

»Ist euer Freund nicht mehr da?«, fragte sie und wollte einen der Krüge wieder wegnehmen.

»Die kannst du schön alle hier stehen lassen«, erwiderte Terrence. Nachdem sie wieder weg war, fuhr Emmitt fort.

»Dann kam Miller mit der Nachricht aus Westminster, dass Julian die Sache Thorn übergeben und sich dann sofort beim Kardinal melden sollte.«

»Und das hat er nicht gemacht.«

»Er war noch nicht einmal in Saint Albans angekommen. Irgendetwas hat ihn und Miss Viviana aufgehalten.«

»Miss Viviana?«

»Der Kurier.«

»Weißt du, was sie aufgehalten hat?«

»Nein.«

»Und dann?« Terrence leerte den zusätzlichen Bierkrug.

»Dann hat mich Mister Thorn beauftragt, die Stadt abzusuchen nach Mister Julian und Miss Viviana, und nach dem Kurier Ausschau zu halten.«

»Kannst du mal aufhören, so formell zu sein, das verwirrt mich«, unterbrach Terrence den Redestrom.

Emmitt errötete.

»Also, ich habe dann nach Mister …« Emmitt räusperte sich und setzte neu an. »Also, ich habe nach Julian und dem Kurier gesucht. Die Stadt ist ja nicht so groß, und mit etwas Glück habe ich sie gefunden und sie verfolgt.«

»Sie haben sich also nicht gleich gemeldet?«

Emmitt schüttelte den Kopf, fügte aber gleich erklärend hinzu: »Ich würde einem feindlichen Kurier auch nicht unseren geheimen Posten hier zeigen wollen.«

»Na gut.«

»Dann habe ich mit Julian gesprochen«, berichtete Emmitt weiter, seine unrühmliche Rolle in diesem Zusammentreffen nicht erwähnend, »und er hat gesagt, dass sie gerade auf dem Weg wären, die Liste zu holen.«

»Ich dachte, der Kurier hätte die Liste bei sich?«

»Nein, die Verschwörer sind sehr vorsichtig. Die Namen auf der Liste sind sogar verschlüsselt.«

Terrence griff nach Emmitts zweitem Bierkrug, der den seinen noch nicht ausgetrunken hatte, und nickte aufmunternd.

»Es ist alles sehr kompliziert, und ich weiß nicht, warum Julian nicht gleich mit der Liste zu Thorn gegangen ist. Eigentlich war es geplant, dass der Kurier die Übergabe macht und wir dann die Empfänger festnehmen können. Aber inzwischen war schon so viel Zeit verstrichen, dass der Plan wohl nicht mehr durchführbar war. Jedenfalls erwarteten wir an diesem Abend die Liste.«

Emmitt machte ein bedrücktes Gesicht.

»Was ist los?«

»Ich hatte herausgefunden, wo Julians Quartier war, und es Thorn berichtet. Es ist an demselben Abend niedergebrannt worden.«

»Julian hat sich folglich an dem Abend nicht gemeldet? Erzähl weiter.«

»Nein, er ist erst am nächsten Morgen von der Stadtwache festgenommen worden.«

»Wo?«

»Als er wieder in die Stadt kam. Das macht doch keinen Sinn. Wenn er tatsächlich die Liste hatte, dann würde er doch nicht in die Höhle des Löwen spazieren, wenn er weiß, dass Thorn auf ihn wartet.«

»Thorn hat also die Wache alarmiert?«

»Ja, schon am Abend vorher.«

»Immer eifrig dabei, jemanden reinzureiten«, brummte Terrence.

»Dann hat er Julian und den Kurier beim Sheriff verhört und ist mit dem Kurier verschwunden. Miller hat er beauftragt, Julian ins Loch zu sperren.«

»Und wo ist die Liste?«

Emmitt zuckte mit den Schultern.

»Julian glaubt, dass Thorn mit den Brandstiftern gemeinsame Sache gemacht, sie dann aber ausgetrickst hat und jetzt mit der Liste in Richtung London unterwegs ist. Thorn ist heute Mittag und in Begleitung des Kuriers abgereist.«

»Was? Woher weißt du das?«

»Das wurde mir in dem Gasthaus gesagt, in dem sich Thorn mit den Brandstiftern getroffen hat. Einer dieser Verräter ist der Mann, der jetzt im Verlies sitzt.«

»Woher weißt du, in welchem Gasthaus Thorn die Männer getroffen hat?«

Emmitt machte den Mund auf, aber Terrence winkte ab.

»Schon gut, ist auch nicht so wichtig.« Er überlegte einen Moment, nahm geistesabwesend einen der leeren Krüge hoch, um ihn dann enttäuscht wieder abzustellen.

»Ich würde gerne selbst mal ein Wörtchen mit dem Kerl sprechen, und zwar ohne dass Miller dabei ist.«

»Ist es nicht schon zu spät?«

»Für einen Agenten des Königs ist es nie zu spät!«

Der Wachmann drückte Emmitt die Kerze in die Hand, während er schläfrig den schweren Riegel zurückschob. Terrence und Emmitt traten in die Zelle. Der Glatzkopf, der auf einem Haufen Stroh in der Ecke gelegen hatte, erhob sich und sah sie misstrauisch an.

»Wir haben gute und schlechte Nachrichten«, begrüßte Terrence den Gefangenen.

Als der Glatzkopf nichts sagte, fuhr Terrence fort: »Die schlechten Nachrichten sind, dass du uns nach Westminster begleiten und dort aufgehängt wirst, weil wir herausgefunden haben, dass du eine Liste mit den Namen möglicher Hochverräter hast.«

Der Glatzkopf presste die Lippen zusammen und schwieg.

»Weitere schlechte Nachrichten sind, dass wir uns natürlich vorher sehr eindringlich nach dem Namen deines Herrn erkundigen werden.« Terrence lachte über seine beschönigende Beschreibung der Folter und beobachtete die Wirkung seiner Worte.

Der Glatzkopf presste immer noch stur die Lippen zusammen.

»Was ich mich frage, ist, warum du zurückgekommen bist und warum Melchor Thorn gemeinsam mit dem Kurier heute Mittag nach Süden geritten ist.«

»Das Weib lebt?«

Terrence nickte.

»Ich könnte mir vorstellen, mein Freund, dass Melchor Thorn dir die Liste abgenommen hat und jetzt auf eigene Faust arbeitet. Womit wir wieder zu den schlechten Nachrichten kommen, denn jetzt wird dein Herr dich sicher ebenso unfreundlich behandeln wollen wie wir.«

»Und was sind die guten Nachrichten?«

»Die guten Nachrichten sind, dass wenn du uns sagst, wer dein Herr ist, und außerdem bestätigst, dass Melchor Thorn mit von der Partie war, wir dich ungeschoren laufen lassen werden.«

Der Glatzkopf ging unschlüssig auf und ab. Emmitt wollte etwas sagen, aber Terrence legte ihm die Hand auf den Arm, und er schloss seinen Mund wieder. Nach einer Weile hatte sich der Glatzkopf entschieden, seinen Herrn zu verraten und seine eigene Haut zu retten.

»Thorn hat mit meinem Herrn Kontakt aufgenommen.«

»Wer ist dein Herr?«

»Hugh Bigod.«

Terrence nickte wissend.

»Weiter«, forderte er den Glatzkopf auf.

»Thorn hat gesagt, dass der König Wind von der Verschwörung bekommen hat. Er hat gesagt, dass man den Kurier abgefangen hätte, er uns die Liste aber trotzdem besorgen könnte. Dafür wollte er einen Titel und Geld, wenn die Verschwörung erfolgreich sei.«

»Er hat euch gesagt, wo der Kurier zu finden war?«

Der Glatzkopf nickte.

»Und dann?«

»Wir haben die Liste geholt. Dann stellte sich heraus, dass die Namen verschlüsselt sind.« Er stieß mit dem Stiefel gegen die Wand, und es war deutlich erkennbar, wie sehr er sich immer noch darüber ärgerte.

»Und? Nun rede schon, wir haben nicht die ganze Nacht über Zeit.«

»Thorn wollte den Schlüssel besorgen. Heute Morgen kam er dann mit einem Papier. Er hat es mit der Liste verglichen, und man konnte die Namen entschlüsseln. Jedenfalls hat er das gesagt. Es war schwierig, und ich bin kein Pfaffe und kann nicht so gut lesen. Jedenfalls hatten wir es sehr eilig, weil alles schon viel länger gedauert hat als erwartet. Wir haben einen Mann zurückgelassen, um sicherzustellen, dass alles reibungslos abläuft, und sind abgereist.«

»Dass was reibungslos abläuft?«, fragte Emmitt dazwischen.

»Thorn hatte jemanden, dem er den Verlust der Liste in die Schuhe schieben wollte.«

»Hat er gesagt, wer das war?«

»Nein, er hat keine Namen genannt.«

»Warum bist du zurückgekommen?«

»Es hat mir keine Ruhe gelassen. Thorn hatte diese Entschlüsselungssache so schnell gemacht, ich konnte das nicht richtig überprüfen. Ich habe nachgeschaut, ich hatte nur noch das Pergament mit dem angeblichen Schlüsselcode und nicht mehr die Originalliste.«

Terrence und Emmitt sahen sich an.

»Wirst du das, was du uns gerade erzählt hast, beschwören?«

»Komme ich dann frei?«

»Ja. Wir werden morgen nach Westminster aufbrechen.«

»He«, sagte der Glatzkopf, als sie die Tür fast erreicht hatten, »wer hat meinen Mann getötet?«

Terrence zuckte mit den Schultern.

»Keine Ahnung, und ehrlich gestanden interessiert mich das auch einen Dreck.«

»Du hast gute Arbeit geleistet, Emmitt.«

Sie gingen unter einem sternklaren Nachthimmel zu ihrem Posten.

»Damit hat Thorn wohl nicht gerechnet, dass wir ihm auf die Schliche kommen!« Emmitt lachte. »Was wird Julian jetzt machen?«

»Er wird Thorn verfolgen und versuchen, die Liste wieder an sich zu bringen. Immerhin wäre uns sehr damit gedient, die Namen der Verräter in England zu erfahren. Außerdem wird er seinen Namen reinwaschen wollen.«

Sie erreichten die unauffällige Tür im Hinterhof.

»Das jedenfalls würde ich tun.«

»Aber wir haben jetzt die Bestätigung des Brandstifters. Damit ist Julian doch entlastet.«

Terrence nickte.

»Deshalb werden wir den Mann morgen nach Westminster bringen und Julian aus der Patsche helfen.«

Terrence schob Emmitt durch die Tür.

»Du gehst jetzt schlafen, und ich werde nachsehen, ob ich nicht doch noch irgendwo ein Bierchen ergattern kann. Gute Nacht.«

Der Wachmann des Sheriffs blickte erstaunt auf, als er Terrence das zweite Mal die Tür öffnete.

»Habe etwas vergessen.«

»Schlaft ihr nie, ihr Leute?«

»Selten.«

Der Wachmann schlurfte den Gang hinunter zum Verlies und gähnte herzhaft.

»Ich könnte jetzt gut ein Nickerchen halten.«

»Das kannst du haben, und zwar ein sehr langes.«

Der Wachmann drehte sich überrascht um, und Überraschung stand immer noch in seinem Gesicht, als Terrence ihm ein Messer in die Brust rammte. Er sackte lautlos zusammen. Terrence bückte sich und nahm den Dolch des Toten an sich. Dann öffnete er die Tür zum Verlies des Gefangenen.

»He, beeil dich, Mann.«

Der Glatzkopf sprang auf und kam zur Tür.

»Was ist jetzt los?«

»Wir sind auf derselben Seite. Los, mach, dass du wegkommst.«

Das ließ sich der Gefangene nicht zweimal sagen und rannte in Richtung Ausgang.

»Ein Dankeschön wäre nett gewesen«, murmelte Terrence, holte aus und warf dem Glatzkopf das Messer der Wache hinterher. Es traf den Flüchtenden genau zwischen den Schulterblättern, und der Glatzkopf schlug der Länge nach zu Boden. Terrence legte den Wachmann so hin, dass es aussah, als wenn er mit letzter Kraft das Messer geworfen und getroffen hätte.

»Ich mache gerade einen verdammten Helden aus dir, du Schlafmütze«, brummte Terrence, als er den Arm des Toten ausstreckte. Dann trat er zu dem Glatzkopf, der keuchend versuchte, in einer immer größer werdenden Blutlache vorwärtszukriechen. Terrence nahm ein Tuch, packte den Mann am Nacken und presste es ihm auf Mund und Nase. Der Glatzkopf hatte keine Kraft mehr, sich zu wehren, und wenig später war er erstickt. Terrence ließ ihn wieder zu Boden gleiten, sorgfältig darauf bedacht, keine Spuren im Blut zu hinterlassen, und schlüpfte aus der Tür. Keiner von den Wachen, die im oberen Teil des Gebäudes Dienst hatten, hatte ihn gesehen.

~ 25 ~

Melchor Thorn hatte Viviana angewiesen, ihr Gesicht zu verschleiern, bis sie aus Saint Albans hinausgeritten waren.

»Ich würde nur ungern in Schwierigkeiten geraten, weil man mich mit Ihnen zusammen gesehen hat.«

»Sind Sie eigentlich verheiratet, Mister Melchor?«

Er blickte sie überrascht an.

»Nein, wieso fragen Sie das?«

»Neugierde.«

»In meinem Beruf ist es schwierig, eine Ehe zu führen.«

Nur einmal hatte er einer Dame sein Herz und seine Hand angetragen, aber er war abgelehnt worden. Es hatte sich um seinen Jugendschwarm Edris gehandelt. Lange hatte er mit sich gerungen, ob er ihr seine Gefühle offenbaren sollte oder nicht. Schließlich war er mutig genug gewesen, drei Humpen Bier hatten etwas nachgeholfen, und hatte sich ihr erklärt. Ihre Reaktion war in keiner Weise das gewesen, was er sich erhofft oder auch nur erwartet hatte. Sie hatte gelacht. Sie hatte ihn ausgelacht. Wie er auf eine solch abwegige Idee kommen könne, dass sie seine Frau werden würde. Als er in seiner Verzweiflung dann auch noch auf die Knie fiel, hatte sie nur noch mehr gelacht. Edris' älterer Bruder und zwei von dessen Freunden wurden unglücklicherweise Zeugen dieser Szene. Sie beschlossen, Edris von ihrem überschwänglichen Verehrer zu befreien, und in dem nachfolgenden Gerangel beschloss Melchors Magen, sich des Biers zu entledigen. Er erbrach sich über Edris' Kleid.

Es war unsäglich beschämend für Melchor, zumal er auch noch in Erfahrung brachte, dass das gesamte Dorf ihn hinter seinem Rücken »Vogelscheuche« nannte. Er erhielt eine Tracht Prügel von seinem Vater, der der Verwalter des Gutes war. Wegen seines ungebührlichen Verhaltens Edris gegenüber, die die Tochter des Gutsbesitzers war, wurde er zu seinem Onkel nach Kent geschickt. Obwohl diese schmerzhafte Erfahrung seiner abgewiesenen Liebe sein Selbstwertgefühl schwer erschüttert hatte, hatte die Ausquartierung nach Kent doch sein Gutes gehabt: Er hatte von seinem Onkel eine Ausbildung erhalten, die ihm den Eintritt in den königlichen Dienst ermöglichte. Hier hatte er gelernt, wie angenehm es sein konnte, Macht über andere Menschen auszuüben. Es war ein neues Gefühl, dass Männer ihn fürchteten, und er kostete es aus. Sein Talent, Menschen einzuschüchtern, und seine Fertigkeiten bei der Folter hatten schließlich dazu geführt, dass der Kardinal ihn in den Dienst genommen hatte. Dort traf er auf Julian White, und sie konnten sich von Anfang an nicht ausstehen. White war all das, was er selbst nicht war: ein gradliniger Ehrenmann, der seine zahlreichen Erfolge seinem Scharfsinn und seiner Menschenkenntnis verdankte. Melchor hingegen kannte weder Hemmungen noch Moral bei seiner Vorgehensweise, was ihm den Ruf von Charakterlosigkeit eingebracht hatte. White sah, besonders im Vergleich mit Melchor, gut aus und konnte ausgezeichnet mit seinen Waffen umgehen. Er war beliebt und respektiert und hatte zu allem Überfluss auch noch eine schöne Frau. Melchor hasste Julian White. Immerhin, die Frau hatte er inzwischen nicht mehr. Melchor blickte auf Viviana, die neben ihm ritt, und ein Lächeln zog sich über sein Gesicht. Jetzt hatte sich das Blatt gewendet. White würde wegen Hochverrats hängen, er selbst würde erfolgreich sein, und zumindest in diesem Augenblick hatte er die schöne Frau.

»Die gleiche Antwort hat mir Mister Julian gegeben.«

»White?«

Viviana nickte.

»Der war einmal verheiratet, aber dann ist ihm seine Frau abhandengekommen.«

»Wie das?«

»Er hat es nicht herausfinden können.«

»Dann kann er ja wohl nicht so ein guter Agent sein.« Viviana kicherte. Melchor nickte belustigt, sagte aber: »Täuschen Sie sich nicht, er ist ein gefährlicher Mann.«

»Er hat Dünkel.«

»Allerdings.« Melchor meinte, in Viviana eine verwandte Seele zu erkennen.

Sie musste ihn in Sicherheit wiegen und, so weit es möglich war, sein Vertrauen erlangen. Ihre Geschichte, dass sie den Schlüsselcode verloren hatte und es einen zweiten in London gäbe, war gelogen. Viviana kannte jemanden in der Stadt, der sie verstecken und sie für eine Heimreise ausrüsten würde. Saint Albans lag nur etwa einen Tagesritt nördlich von London. Es war nicht sehr weit, und bis dahin musste sie sich entschieden haben, was sie tun wollte. Immerhin hatte sie es augenblicklich nur mit einem Feind zu tun. Viviana dachte an Julian und spürte, wie ihr Herz sich schmerzhaft zusammenzog. Er war ihr zu nahegekommen, und eigentlich sollte sie froh sein, dass sich ihre Wege getrennt hatten. Aber Viviana wusste, dass diese Angelegenheit für sie noch nicht erledigt war. Der Anflug eines Lächelns huschte über ihr Gesicht. Armer Julian, er hatte immer gehofft, doch noch die Viviana aus dem Meer in ihr wiederzufinden. Zuerst hatte sie ihn für seine, wie sie zunächst fand, selbstgerechte Art gehasst, aber inzwischen hatte sie ihn besser kennengelernt. Julian White war ein Idealist und trotz aller gegenteiligen Erfahrungen auch ein Menschenfreund. Viviana kannte kaum Männer wie ihn. Es gab sicherlich noch mehr von ihnen, aber in ihrem Betätigungsfeld begegnete sie weitaus häufiger den skrupellosen Verbrechern. Es rührte Viviana, dass Julian an das Gute in ihr glaubte. Sie selbst war überzeugt davon, dass sie keinen verborgenen guten Kern hatte. Sie war nicht das, was er in ihr sah. Trotzdem oder vielleicht gerade deswegen konnte sie sich jetzt nicht einfach aus dem Staub machen. Es war unsinnig und gefährlich, aber sie würde versuchen, Thorn zu überführen und Julian zu entlasten. Wie, das wusste sie allerdings nicht, denn er war ein Agent von König Henry und sie seine Feindin. Sie könnte Melchor einfach ermorden und die Liste wieder an sich nehmen. Damit wäre Julian allerdings nicht gedient, denn es würde nicht beweisen, dass er unschuldig ist. Melchor musste auf frischer Tat ertappt und überführt werden, und das alles musste geschehen, ohne dass sie sich selbst ans Messer lieferte.

»Wie sieht der Schlüsselcode zu der Liste aus?«, fragte Melchor Thorn, als sie in einem kleinen Gasthaus Rast machten.

»Es ist ein Stück Pergament mit Zahlen und Buchstaben, und wenn man die Namen auf der Liste mit den Buchstaben des Schlüsselcodes vergleicht und sie dann in die richtige Reihenfolge bringt, hat man die echten Namen.«

»Wer hat Sie geschickt, Viviana?«

»Das kann ich Ihnen nicht sagen. Noch nicht«, fügte sie hinzu, als sie sah, dass sich sein Gesicht verfinsterte.

»Wer ist dieser Verbündete in London?«

»Ich kenne seinen richtigen Namen nicht, ich kenne ihn nur unter dem Namen Meister Hektor«, log Viviana. Sie musste Melchor ablenken, ehe er immer weiter Fragen stellte, auf die sie keine Antwort hatte. Zudem kannte sie sich in London nicht gut aus und konnte sich nicht auch noch irgendwelche Adressen ausdenken. Sie saßen im Garten der Schenke. Die Tische und Bänke waren rot gestrichen, genau wie der Zaun, der den Garten von der Straße abtrennte. Es war ein lauschiges Plätzchen, und die Büsche schirmten die Gäste von dem Leben auf der Straße ab. Wo hatte Thorn die Liste versteckt? Die lederne Rolle dürfte noch bei dem Glatzkopf sein. Viviana stand auf, ging um den Tisch herum und setzte sich dicht neben ihn.

»Ich finde es erstaunlich, dass ein so fähiger Mann wie Sie keine Frau hat«, gurrte sie und strich mit dem Zeigefinger über seine Brust. Unter der Jacke fühlte sie etwas Glattes, Festes. Das konnte das Pergament sein. Melchor nahm ihre Hand und drückte seine dünnen Lippen auf ihren Handrücken.

»Wie sieht es mit Ihnen aus, Mademoiselle Viviana? Sind Sie tatsächlich Jungfer oder doch Matrone?«

»Ist das denn wichtig?«

»Sie sind außerordentlich schön, aber ich weiß nicht, ob ich Ihnen trauen soll.«

»Wollen Sie mir denn trauen?« Mit beiden Händen strich sie über seine Brust, die sich etwas heftiger hob und senkte. Er hielt ihre Hände fest.

»Du wirst mich doch nicht betrügen?« Sie sah eine Spur von Misstrauen in seinen Augen. Viviana ging zum Angriff über. Sie antwortete nicht, sondern nahm seine Hände und legte sie auf ihre Brüste. Melchor keuchte. Während er sein Glück noch nicht recht fassen konnte und bemüht war, seiner Erregung nicht augenblicklich nachzugeben, konnte Viviana ihn in Ruhe weiter abtasten. Er hatte etwas um den Hals hängen, das verborgen unter seinem Hemd lag. Die Liste, wenn es denn die Liste war, steckte zwischen Hemd und Jacke auf der linken Seite. Außerdem hatte er einen flachen Dolch an seiner rechten Seite verborgen. Melchors Finger kneteten ihre

Brüste. Viviana lächelte und entzog sich Melchor mit einem kleinen Kichern.

»Wir sollten das nicht hier tun. Es könnte jederzeit jemand vorbeikommen.«

Melchor starrte sie an wie ein hungriger Hund seinen Knochen. Er atmete gepresst, und seine harte Männlichkeit drückte sich gegen die Hose. Viviana ordnete ihr Dekolleté.

»Sollten wir nicht aufbrechen?«, fragte sie mit provozierend unschuldigem Augenaufschlag.

»Du Hexe, du machst mich verrückt.«

Es wurde dunkel, und sie hatten London fast erreicht. Viviana zermarterte sich den Kopf, wie sie es anstellen könnte, Melchor zu überführen. Außer Emmitt kannte sie keinen der anderen Männer des Kardinals und wusste außerdem nicht, wie sie mit ihnen in Verbindung hätte treten können. Julian hatte einen Freund in London erwähnt, einen Mann namens Simeon. War auch er ein Agent des Königs?

»Wie kannst du dir so sicher sein, dass der Kardinal deine Geschichte von Julians Verrat glauben wird?«, fragte Viviana.

»Wieso willst du das wissen?«

»Weil ich ihn in Shaftesbury kennengelernt habe und er ein gescheiter Mann ist.«

Melchor Thorn schüttelte den Kopf.

»Der Kardinal ist kein gescheiter Mann?«

»Doch, durchaus. Aber er wird den Tatsachen glauben, und die deuten auf White.«

»Ich kann mir nicht helfen, aber so ein sauberer Kerl wie White wird doch Unterstützung von seinen Freunden haben?«

»Er ist zwar beliebt, aber eher ein Einzelgänger. Ich weiß nicht, ob er Freunde hat.«

»Er hat aber einen erwähnt, einen Simeon.«

Melchor lachte gehässig.

»Ein Bauer ist das. Hat sich hochgeheiratet, und rate mal, wohin?«

Viviana zuckte mit den Schultern.

»In eine Handwerkerfamilie!«

Viviana lachte, obwohl sie nicht wusste, was daran so komisch sein sollte.

»Kann kaum lesen oder schreiben, hat es aber in den Dienst geschafft.«

»Eine Handwerkerfamilie?«

»Simeon Cartwright nennt er sich. Er sollte sich Simeon Bauer nennen, aber seine Gattin wollte wohl lieber weiterhin zu einer Stellmacherwerkstatt gehören. Elender Emporkömmling.«

Wieder einmal war Viviana beeindruckt, welch ein gehässiger und neidischer Kerl Melchor Thorn war. Aber immerhin hatte er ihr mit seiner Hasstirade erheblich weitergeholfen. Jetzt wusste sie wenigstens, wo sie nach Julians Freund Simeon suchen musste. Ein Plan hatte sich in Vivianas Kopf geformt. Sie würde versuchen, Simeon zu sprechen, Julian hatte ihn als absolut vertrauenswürdig beschrieben. Vielleicht konnte er es ermöglichen, dass die Kanzlei Melchor eine Falle stellte, um so zu beweisen, dass tatsächlich er die Liste hatte und nicht Julian. Innerlich schüttelte sie den Kopf über sich selbst. Sie sollte lieber das Pergament wieder an sich bringen und an ihre Auftraggeber zurückgeben. Dann hätte sie auf dem Festland auch keine Schwierigkeiten zu erwarten.

»Wir werden die Stadtgrenze nicht mehr erreichen, ehe die Tore schließen, und ich habe keine Lust, aufzufallen. Also sollten wir in der Nähe eine Bleibe suchen.«

»In Ordnung.«

Sie wusste nicht, wie sie es vermeiden konnte, sein Lager zu teilen. Andererseits musste sie sicherstellen, dass das Pergament, was sie unter seiner Jacke ertastet hatte, tatsächlich die Liste war, sonst wäre alles umsonst. Viviana warf Melchor einen Seitenblick zu. Nein, er war wahrlich nicht sehr attraktiv, und er schien auch nicht viele Frauen gehabt zu haben. Seine Unsicherheit und sein Stolz ließen ihn keine Risiken mit Frauen eingehen. Wahrscheinlich ging er zu Huren, wenn überhaupt.

Natürlich war es Melchor in den Sinn gekommen, dass Viviana ihm die Liste stehlen wollte. Eigentlich dachte er über nichts anderes nach als darüber, ob er ihr trauen könnte. Fand sie ihn wirklich attraktiv? Er hatte einmal gehört, dass besonders schöne Frauen, diejenigen, die jeden haben konnten, sich häufig für Männer mit anderen Fähigkeiten entschieden. Melchor war sich nicht sicher, ob seine Fähigkeiten als Liebhaber überdurchschnittlich waren. Bisher hatte er das nicht angenommen, aber er stellte seine Manneskraft selten unter Beweis. Was wollte sie wirklich von ihm? Er hatte sie in Saint Albans aus einer misslichen Lage befreit. Mithilfe des Kardinals hatte sie ihre Freiheit gegen die Liste getauscht, aber in Saint Albans angekommen, konnte sie das Pergament nicht liefern. Es hatte also die Gefahr bestanden, dass sie nun doch als feindliche Spionin festgenommen werden würde. Dank seiner Hilfe war sie dem Zugriff des Kardinals entkommen. Jetzt aber machte sie keinerlei Anstalten, auch ihm entkommen zu wollen. Es konnte nicht anders sein, als dass sie tief in die Verschwörung verstrickt war und in ihm einen neuen Verbündeten sah. Das war gut, denn er wollte tatsächlich bei dieser Rebellion dabei sein. Möglicherweise suchte sie, genau wie er, ihre Gelegenheit für den großen Durchbruch und sah in ihm den richtigen

Mann. Wenn alles glattging, dann würde er mit seinem Wissen über Henrys Pläne sicherlich eine der wichtigen Figuren in dieser Verschwörung werden. Er blickte wieder zu Viviana hinüber. Sie zwinkerte ihm zu. Seine Lippen spannten sich zu einem Lächeln, endlich war er einmal an der Reihe, Glück zu haben.

Als sie in den Hof einer Herberge ritten, hatte Viviana das Gefühl, inzwischen jeden Gasthof im Reich kennengelernt zu haben. Der Wirt bot Melchor ein Bett in dem Schlafsaal an, es gab nur drei einzelne Kammern, und die waren belegt.

»Dann kehren wir woanders ein.« Melchor wandte sich zum Gehen.

»Das wird schwierig werden, Herr, um diese Zeit noch eine einzelne Kammer zu finden.«

Melchor zögerte. Er war es gewohnt, auf großem Fuß zu leben. Allerdings bezahlte er üblicherweise seine aufwändige Unterbringung nicht, da er nicht nur gute Beziehungen hatte, sondern auch keine Skrupel, Bestechungsgelder oder -dienste anzunehmen. Auf dieser Mission wollte er aber unerkannt bleiben, sonst hätte er gegen Mitternacht an die Tür des dritten Londoner Bürgervertreters geklopft und wäre auf der Stelle im besten Gemach des Hauses untergebracht worden. Gerne hätte er auch Viviana beeindruckt, davon abgesehen, dass er es kaum erwarten konnte, mit ihr allein zu sein. Viviana, die die Gelegenheit erkannte, dem missliebigen Schäferstündchen zu entkommen, legte Melchor die Hand auf den Arm.

»Es ist spät.«

Widerwillig nickte er.

»Na gut. Wir nehmen das Bett im Saal. Hoffentlich sind die Laken gut gelüftet!«

»Selbstverständlich, Sir«, erwiderte der Wirt im Brustton

der Überzeugung, dem Viviana aber nicht ganz glauben mochte. Melchor ging mit dem Knecht mit, um die Pferde unterzubringen und das Gepäck zu holen, während Viviana dem Wirt in den bereits gut gefüllten Schlafsaal folgte. Der langgestreckte Holzbau hatte auf beiden Seiten Fenster, die einen angenehm kühlen Luftzug ermöglichten. Obwohl es Sommer war und sich hier viele Menschen auf engstem Raum befanden, war es nicht stickig. Viviana war angenehm überrascht. Die meisten Gäste schliefen bereits, nur einige unterhielten sich leise im Dunkeln. Die Nacht war im Sommer kurz, und mit dem Morgengrauen würden die Ersten aufbrechen. Ein wenig in den Tag hineinschlafen, das konnte man bei so vielen Menschen sowieso nicht.

»Hier, Madame. Sie müssen Ihrem Mann ein Zeichen geben, denn ich kann die Kerze nicht hierlassen.«

»Das mache ich.«

Sie setzte sich auf das Bett. Die Strohmatratze lag auf einem nicht sehr sorgfältig gezimmerten Holzrahmen. Allerdings wurde das Bett dadurch auch von unten belüftet, und man hatte die Möglichkeit, sein Gepäck darunterzuschieben. Viviana dachte an den morgigen Tag. Sie würde sich etwas einfallen lassen müssen. Kaum merklich schüttelte sie den Kopf. Sie musste von Sinnen sein, solch ein Risiko einzugehen. Viviana streckte sich auf dem Lager aus. Ihr Blick fiel auf die Leute im Nachbarbett. Sie schliefen. Es war ein junges Paar, eng umschlungen lagen sie auf ihrer Matratze. Die Frau hatte ihren Kopf auf die Schulter des Mannes gelegt, und er hatte den Arm um sie geschlungen. Liebkosend lag ihr Arm auf seiner Brust, ihre Hand schmiegte sich an seinen Hals. Sie lächelte im Schlaf. Viviana blickte auf das Paar und schluckte hart. Die beiden dort waren mit sich und der Welt im Frieden, sie teilten das Bett mit dem Menschen, den sie liebten. Viviana dachte an all die Nächte, die sie das Lager von Männern geteilt hatte, die sie nicht einmal geachtet hatte. Sie fühlte sich plötzlich unendlich alt. Sie war gefühllos und kalt wie ein Stein. Auch heute Nacht würde sie mit einem Mann das Bett teilen, für den sie nichts als Ablehnung empfand. Sie würde nicht in seinem Arm liegen und lächeln, sie würde mechanisch tun, was sie tun musste, um an ihr Ziel zu gelangen. Wie lange sollte das noch so weitergehen? Viviana schloss die Augen und dachte an Julian. Er war mehr darauf bedacht gewesen, ihr Liebe zu schenken, als sich zu nehmen, wonach ihn gelüstete. Er war ein selbstloser Liebhaber. Sie hatte erlebt, was eine gemeinsame Nacht wirklich sein konnte, und das machte es jetzt umso schwerer, sich mit einem Mann wie Melchor Thorn einzulassen. Sie hörte ein Geräusch vom Eingang des Saals. Thorn stand in der Tür und blickte suchend über die Schlafenden. Einen Moment war Viviana versucht, die Augen zu schließen und einfach in der Menge unterzugehen. Sie hob den Arm und winkte. Melchor bahnte sich seinen Weg zwischen den Betten hindurch und über die Bündel.

»Alles erledigt?«, flüsterte Viviana.

»Elendiges Drecksloch, hier!«

»Es ist doch nur für eine Nacht.«

Melchor verstaute das Gepäck unter dem Bett und legte sich dann zu ihr auf die Matratze.

»Viviana, du machst mich verrückt.« Er zog sie an sich, und sie ließ sich von ihm küssen. Widerwille stieg in ihr auf, den sie kaum unterdrücken konnte.

»Was ist los?«, hauchte Melchor in ihr Ohr, und sie bekam eine Gänsehaut.

»Es sind mir zu viele Leute hier.«

»Die schlafen alle.« Seine Hand glitt unter ihr Kleid.

»Aber wir sind doch keine Bauern!«

Das hatte gesessen. Er zog seine Hand zurück. Viviana, die keine Unstimmigkeit zwischen ihnen aufkommen lassen wollte, schmiegte sich an ihn.

»Es ist doch nicht die letzte Gelegenheit«, schnurrte sie begütigend und kraulte die Haare in seinem Nacken. Melchor rollte sich auf den Rücken, und sie lehnte sich an ihn.

»Sei nicht gram, denk an etwas Angenehmes, an die Zukunft, zum Beispiel«, flüsterte Viviana leise.

Sie merkte, wie er sich entspannte, und fuhr fort: »Ich bin sicher, dass sich so einige Leute wundern werden, wenn du plötzlich dein eigener Herr mit Titel und Besitz bist.«

Melchor brummte seine Zustimmung zu dieser angenehmen Aussicht und hatte im Geiste auch schon eine Liste von Menschen, die er seine neue Stellung in der Gesellschaft spüren lassen würde. Nicht zuletzt Edris, die inzwischen die Frau eines unwichtigen Lords geworden war. Sie würde es noch bedauern, ihn abgewiesen zu haben, besonders, wenn er mit einer Schönheit wie Viviana am Arm erscheinen würde.

Vivianas Finger spielten mit dem Lederband um seinen Hals.

»Was ist das?«

»Eine Art Talisman. Ich weiß es nicht so genau, habe bisher keine Zeit gehabt, es zu untersuchen.«

»Wo hast du es her?«

»Habe ich so einem dicken Riesen abgenommen. Der hat tatsächlich geheult.« Melchor lachte leise.

Rinaldo! Vivianas Finger erstarrten einen winzigen Augenblick.

»Und was hast du mit dem Riesen gemacht?«

»Der sitzt noch in Saint Albans im Loch und wird dort verrotten, wenn ich ihn nicht rauslasse.«

»Der Arme.«

»Ach was, ein fettes Schwein war das, Ausländer noch dazu.« Melchor besann sich. »Nicht so wie du. Ich glaube, er kommt aus dem Maurenland, gottlose Bestien.«

Viviana juckte es, Melchor mit ihren schlanken Fingern den Hals zuzudrücken.

»Bist du nicht neugierig, was es ist? Wenn er aus dem Maurenland kommt, vielleicht ist es ein böser Zauber, den man nicht unbedingt um den Hals hängen haben will?«

»Das glaube ich nicht. Seiner Reaktion nach muss es etwas enorm Wertvolles sein.«

»Jetzt bin ich gespannt, was es sein könnte. Wollen wir nicht nachsehen, was es ist?«

»Nicht so voreilig, du neugieriges Kätzchen.« Er stupste seinen Zeigefinger mit einer herablassenden Geste an ihre Nase. »Erst werde ich dich genauestens untersuchen, dann darfst du den Anhänger ansehen.«

Viviana kicherte und verspürte den dringenden Wunsch, Melchor ihr Messer in die Brust zu rammen. Stattdessen kuschelte sie sich an ihn und schloss die Augen.

~ 26 ~

Sie brauchten eine Pause, und da kam ihnen das Gasthaus mit dem roten Zaun am Wegesrand gerade recht. Rinaldo stieg mit einem hörbaren Seufzer von seinem Pferd und ließ sich auf die Bank vor der Tür sinken.

»Ich werde die Tiere tränken«, sagte Julian, und Rinaldo nickte dankbar.

Als Julian zurück zur Bank kam, reichte Rinaldo ihm einen Krug mit Bier.

»Sie sind vor ein paar Stunden hier gewesen.«

»Viviana und Thorn?«

Rinaldo nickte. Julian stellte sein Bier ab und ging ins Haus. In der Küche stand eine Frau und rührte in einem großen Topf, der an einem Haken von der Decke über der offenen Feuerstelle hing. Eine bräunliche Flüssigkeit kochte schäumend und erfüllte die Küche mit Dampf, der, vermischt mit dem Rauch des Feuers, Julian für einen Moment den Atem verschlug.

»Verzeihung!«

Die Frau drehte sich um. Sie hatte ein rundliches Gesicht, und ihr rotes Kopftuch hing ihr in die Stirn. Als sie Julian erblickte, rückte sie es eilig zurecht und wischte sich die Hände an der Schürze ab.

»Sie sagten meinem Begleiter draußen, dass die Leute, die wir suchen, hier gewesen sind?«

Die Frau nickte.

»Ja, am frühen Nachmittag. Es war eine Frau, klein und zierlich, Ausländerin, und ein Mann. Er war groß und hatte ein längliches Gesicht. Sie wollten nach London.«

»Haben sie das gesagt?«

»Nein, aber der Herr sprach davon, dass er die Stadttore vor der Dunkelheit erreichen wollte. Das kann ja nur London sein, wenn sie in Richtung Süden reisen.«

Julian nickte. Unaufgefordert sprach die Frau weiter.

»Wenn Sie mich fragen, haben die beiden das nicht geschafft.« Sie kicherte. »Die hätten sich im Garten nicht so viel Zeit nehmen sollen.«

Julian hob fragend die Augenbrauen.

»Na ja, sie waren sich sehr zugetan.« Mit gesenkter Stimme fuhr sie fort: »Ich habe mich gewundert, dass der Mann eine so schöne Frau hatte.« Sie zuckte mit den Schultern. »Aber wo die Liebe hinfällt, da fällt sie hin.«

Julian spürte ein Stechen in der Magengegend.

»Wie meinen Sie das?«

»Also, ich konnte es nicht vermeiden, aber ich habe beobachtet, dass der Herr den Reizen der Dame durchaus nicht abgeneigt gewesen war, wenn Sie verstehen, was ich meine.« Die Wirtin kicherte anzüglich.

Julian blickte durch die Tür in den Garten, der sogar vom Haus aus schlecht einsehbar war. Die Frau war neugierig gewesen, aber das war einerlei. Viviana hatte sich Thorn an den Hals geworfen. Sie würde ihn benutzen, um sich aufs Festland abzusetzen. Thorn war ein durchtriebener Hund, aber er würde Viviana nicht gewachsen sein, wenn sie ihn richtig zu nehmen wusste. Offenbar hatte sie schon herausgefunden, was sein wunder Punkt war. Der wunde Punkt eines jeden Mannes, dachte Julian bitter, als er wieder hinaus zu Rinaldo ging.

»Nun?«

»Entweder hat sich Viviana tatsächlich mit Thorn verbündet, oder aber sie benutzt ihn für ihre Flucht.«

»Es könnte nicht sein, dass er sie zwingt, mit ihm zu reiten?«, fragte Rinaldo.

»Nein, die Frau hat gesagt, dass sich die beiden sehr gut verstehen.« Julian hob vielsagend die Augenbrauen.

»Das kann ich mir nicht vorstellen!«, widersprach Rinaldo mit Überzeugung.

»Die Viviana, die Sie kennengelernt haben, Rinaldo, gibt es nicht mehr. Sie hat sich erinnert und ist ein anderer Mensch geworden.«

»Trotzdem ist sie auch der Mensch, den ich in dem Fischerdorf getroffen habe. Sogar gerade dieser Mensch.«

Julian schüttelte den Kopf.

»Ich wünschte, Sie hätten recht, aber sogar Viviana würde Sie auslachen.« Er stand auf. »Die Frau, die hier zufällig alles Mögliche sieht und hört, hat gesagt, dass sie nach London wollten. Emmitts Informationen waren also richtig. Thorn wird vermutlich auch in Westminster vorsprechen wollen, um sicherzustellen, dass sein Plan wirklich funktioniert. Er muss den Kardinal überzeugen und die Sache im richtigen Licht darstellen, da kann er sich nicht auf Miller verlassen.«

»Wie wollen Sie aus der Sache wieder herauskommen, Julian?«

»Das weiß ich noch nicht. Aber London ist in jedem Fall unser Ziel. Dann muss ich abwarten, was Thorn vorhat.«

»Ich kann nicht abwarten, was der Mann vorhat, ich muss das wiederbekommen, was er mir weggenommen hat«, sagte Rinaldo mit Nachdruck. Julian sah die Entschlossenheit in seinen sanften Augen.

»Wenn wir etwas erreichen wollen, Rinaldo, müssen wir zusammenarbeiten.«

Der Spanier schwieg, und Julian setzte sich neben ihn und wartete. Schließlich sagte Rinaldo, und es fiel ihm sichtlich schwer: »Ich habe einen Eid geschworen, diesen Anhänger in Saint Albans an jemanden zu übergeben. Ehe ich diesen Auftrag nicht erfüllt habe, kann ich nicht nach Hause zurückkehren.«

»Was ist das für ein Anhänger?«

»Es ist etwas, das ich vor einer Ewigkeit im Heiligen Land unrechtmäßig behalten habe, und mein Herr besteht darauf, dass ich es zurückgebe.«

»In Saint Albans?«

Rinaldo schüttelte den Kopf.

»Nein, ich sollte es dort jemandem anvertrauen, der es auf seiner Reise nach Jerusalem mitnehmen würde.« Er seufzte tief. »Diesen Mann habe ich verpasst. Ich weiß nicht, wie ich den Auftrag doch noch erfüllen kann, aber zunächst muss ich den Anhänger wiederbekommen.«

»Und diese Männer, die uns im Wald überfallen haben?«

»Dieses Ding, was ich zurückgeben soll, ist für einige Leute von sehr großer Wichtigkeit. Von so großer Wichtigkeit, dass sie dafür morden und brandschatzen und foltern.«

»Aber wenn Sie diese Sache schon vor so langer Zeit gestohlen haben, wieso wird dann erst jetzt danach gesucht?«

»Ich habe den Anhänger nicht gestohlen!«

»Verzeihung, aber etwas ›unrechtmäßig behalten‹ halte ich für stehlen.«

Rinaldos lange Finger öffneten und schlossen sich um den leeren Bierkrug.

»Ich war ein Knabe. Es wurde mir anvertraut, und ich habe es nicht weitergegeben. Dann habe ich es einfach vergessen. Diese Leute suchen seit mehr als dreißig Jahren danach, aber das wusste ich nicht.«

»Wer sind diese Männer?«

»Ich weiß es nicht genau. Sie gehören zu einer Art Geheimbund. Alles, was ich weiß, ist, dass der Anhänger auf keinen Fall in ihre Hände geraten darf.«

Julian schüttelte ungläubig den Kopf.

»Aber Sie müssen doch wissen, mit wem Sie es zu tun haben! Wie können Sie sich denn sonst vor den Verfolgern schützen?« Er war inzwischen sehr neugierig geworden, und wenn diese Unbekannten ebenfalls in seinen Angelegenheiten mitmischten, dann wollte er gerne so viel wie möglich über diesen zusätzlichen Feind wissen. Aber der Spanier seufzte nur müde.

»Ich weiß nicht, warum dieses Ding so wichtig ist. Es ist mir auch gleichgültig. Ich will nur wieder nach Hause zurückkehren können.«

Wenig später brachen sie auf. Sie würden London heute nicht mehr erreichen, aber Julian wollte so weit wie möglich an die Stadt herankommen.

Emmitt rüttelte an Terrences Schulter. Zahlreiche Hähne hatten bereits gekräht, aber der Mann schlief, die Arme über seiner Brust verschränkt, auf einer der Bänke vor dem kalten Kamin.

»Ein Eimer Wasser, das würde schneller gehen«, stellte Miller missgelaunt fest. Emmitt hatte ihm von ihrer zusätzlichen Befragung des Gefangenen erzählt, und das hatte ihm gründlich die Laune verdorben.

»Terrence!«

»Was denn?«

Emmitt trat überrascht einen Schritt zurück.

»Du bist wach?«

»Kein Mensch kann schlafen, wenn du so brüllst.«

Terrence streckte sich und richtete sich gähnend auf.

»Was ist das für ein Unsinn, dass Thorn in die Sache verstrickt ist?«, fragte Miller sogleich, der Emmitts Bericht immer noch nicht glauben wollte.

»Er ist nicht in die Sache verstrickt, er ist die Sache.«

»Davon bin ich nicht überzeugt.«

»Das macht nichts.« Terrence stand auf und raufte sich die roten Haare.

»Haben wir Bier?«

»Nein, haben wir nicht. Ich würde zudem vorschlagen, dass wir so schnell wie möglich White verfolgen. Emmitt kann den Gefangenen nach Westminster bringen.«

»Wieso ich?«, beschwerte sich Emmitt, der sich abgeschoben fühlte und lieber Julian und damit Thorn verfolgen würde.

Terrence winkte Emmitt zu sich herüber.

»Ich würde den Gefangenen nicht gerne allein in Millers Obhut lassen, dem ist es doch nur recht, wenn Julian für die Sache hängt. Dann muss er auch nicht erklären, wie ihm die Liste durch die Lappen gegangen ist.«

Emmitt machte den Mund auf, um zu protestieren, aber Terrence sprach schnell weiter: »Wir reiten sowieso den Großteil des Weges zusammen.«

»Was tuschelt ihr da wie alte Weiber?«

Terrence richtete sich auf.

»Na, Gilbert, sitzt dir was quer, dass du so schlecht gelaunt bist heute Morgen? Die Sache ist natürlich noch peinlicher, wenn Thorn dich reingelegt hat.«

Emmitt unterdrückte ein Lachen.

Sie machten sich auf den Weg zur Wachstation. Als sie in das steinerne Gebäude traten, sahen sie sich ungewohnter Betriebsamkeit gegenüber. Ein etwas übernächtigt aussehender Offizier winkte sie zu sich.

»Der Sheriff will mit Ihnen sprechen, bitte folgen Sie mir.«

»Ist was mit unserem Gefangenen?«, fragte Terrence.

Der Offizier antwortete nicht, sondern öffnete die breiteste der vier Eichentüren, die von dem Gang abgingen. Der Sheriff sprach mit einem seiner Leute, entließ ihn aber mit einem Nicken, als die königlichen Agenten den Raum betraten.

»Setzen Sie sich, meine Herren, ich habe schlechte Nachrichten.«

Emmitt blickte Terrence besorgt an, aber der erwiderte seinen Blick nicht.

»Was ist passiert?«, fragte Miller, noch ehe er sich auf die Kante eines Stuhls mit hoher Lehne gesetzt hatte.

»Der Gefangene hat versucht auszubrechen. Er hat den Schließer erstochen, wurde aber selbst verwundet und ist auf dem Gang verblutet«, fasste der Sheriff das nächtliche Geschehen zusammen.

»Verflucht noch mal!«, stieß Terrence hervor. Miller warf ihm einen ungehaltenen Blick zu und wandte sich wieder an den Sheriff.

»Ich verstehe das nicht. Wieso hat Ihr Mann die Zelle mitten in der Nacht geöffnet?«

»Das möchte ich auch gerne wissen.«

»Kann ich mir das mal ansehen?«

»Selbstverständlich.«

Sie erhoben sich und folgten dem Sheriff hinunter in das Verlies. Die Blutspuren der beiden Männer waren auf dem steinernen Fußboden deutlich zu sehen.

»Hier hat mein Mann gelegen, dort der Gefangene.«

»Er hat Ihren Mann erstochen?«, fragte Miller.

»Ja, in die Brust. Wir haben kein anderes Messer gefunden. Ich nehme an, er hat die Wache überwältigt, ihn mit seinem eigenen Messer erstochen und ist getürmt. Mein Mann muss dann noch genug Kraft gehabt haben, das Messer zu werfen, das der Gefangene hat liegen lassen.«

Miller runzelte ungläubig die Stirn.

»Aber womit hat er ihn zuerst getroffen, also überwältigt?«

»Vielleicht mit der Tür?«, schlug Terrence vor.

Miller blickte von dem Blutfleck, neben dem sie standen, zu dem anderen Fleck, der gute zehn Fuß entfernt war.

»Das ist alles sehr seltsam.«

»Allerdings.«

»Es gab keine Spuren von einem Dritten?«

»Nein. Nichts.«

»Würde ja auch keinen Sinn machen, jemanden zu befreien und ihn dann abzustechen«, warf Terrence ein.

»Es tut uns leid um Ihren Mann.«

»Tut mir leid um Ihren Zeugen.«

Miller zuckte mit den Schultern.

»Da lässt sich nichts machen.«

»Verdammte Scheiße!«, schnaubte Terrence, als sie wieder auf der Straße standen.

»Kannst du nicht endlich das Gefluche lassen?«, beschwerte sich Miller.

»Das war unser einziger Zeuge, da kann ich ja wohl so viel fluchen, wie ich will!«

»Ich will jetzt los, White hat schon genug Vorsprung. Wir sollten uns trennen.«

»Ich bin mir ziemlich sicher, dass er in Richtung London geritten ist.«

»Er könnte auch woanders hin sein.«

»Er wird Thorn verfolgen, und der ist in Richtung London verschwunden.« Terrences Stimme klang ungeduldig. Miller blickte von ihm zu Emmitt.

»Macht, was ihr wollt, ich werde aufbrechen, und zwar nach Westminster. Einer muss ja Bericht erstatten, was hier alles schiefgegangen ist.«

»Mach das, ist auch richtig, dass es derjenige tut, der es verbockt hat.«

»Was meinst du damit?« Miller wurde wütend.

»Warum erstattet denn Thorn nicht Bericht?«, fragte Terrence provozierend.

»Das weiß ich doch nicht! Das ist mir auch gleichgültig. Ich habe hier nur versucht, meine Pflicht zu tun, und habe jetzt genug von diesem eigenmächtigen Lavieren.« Miller drehte sich auf den Hacken um und marschierte die Straße runter.

»Ich brauche ein Frühstück, sonst kann ich nicht klar denken«, brummte Terrence und dirigierte Emmitt in die nächste Schenke. Sie bestellten Eier und Speck und Bier.

»Ich kann das nicht glauben, dass der Wärter den Gefangenen noch erwischt haben soll. Nicht in seinem Zustand. Selbst wenn er unverletzt gewesen wäre, wäre es ein guter Wurf gewesen«, betonte Emmitt nachdrücklich. Terrence wischte sich den Schaum vom Mund und stellte seinen Krug ab.

»Es ist jetzt völlig gleichgültig, was passiert ist. Tatsache ist, dass unser einziger Zeuge, der Julian hätte entlasten können, jetzt in der Hölle schmort und keine Aussage mehr machen kann.«

»Aber wir haben doch seine Aussage gehört.«

Terrence wog den Kopf hin und her.

»Taten beweisen mehr als Worte, und es ist eine Tatsache, dass die Liste weg ist und Julian auch.«

»Wo ist Thorn? Ist der nicht auch weg?«

»Glaub mir, der wird mit einer guten Begründung schon bald wieder auftauchen.«

»Wie will er erklären, dass er mit dem Kurier zusammen nach London geritten ist?«

»Wieso? Er hat weitere Ermittlungen durchgeführt. Der Kardinal wird sicher nicht erfreut sein, dass Thorn den Kurier hat laufen lassen, aber er selbst hatte ja das Gleiche vor. Nur da wusste noch niemand, dass Julian zu den Verrätern gehörte.«

Emmitt rieb sich die Schläfen.

»Ja, mein Junge, es ist kompliziert.« Terrence bestellte noch zwei Krüge Bier.

»Was machen wir jetzt?«

»Jetzt essen wir, trinken unser Bier und machen uns dann auf den Weg nach London, um Julian zu finden oder Thorn, einen von beiden.«

~ 27 ~

Sie wusste nicht, wie lange sie gewartet hatte, bis Melchors regelmäßiges Atmen ihr sagte, dass er schlief. Vorsichtig hob sie den Kopf von seiner Schulter und rückte ein Stückchen von ihm ab. Er seufzte, rutschte in eine bequemere Position und schlief sogleich wieder tief ein. Viviana blickte in den Schlafsaal. Ihre Augen hatten sich an die Dunkelheit gewöhnt. Sie lauschte. Die geflüsterten Unterhaltungen waren beendet worden, und es war nichts zu hören außer vereinzeltem Schnarchen. Schlaflosigkeit war selten das Problem der einfachen Menschen, die den ganzen Tag über hart arbeiteten. Ein erschöpfter Körper suchte sich seinen Schlaf. Wenn aber der Geist geschäftiger als der Körper war, war es schwer, ihn zur Ruhe zu bringen, und man lag nachts lange wach. Viviana betrachtete Melchor, der auf dem Rücken lag. Rinaldos Anhänger steckte unter seiner Jacke, er zeichnete sich deutlich ab. Dieser Talisman, oder was immer es auch war, musste sehr wichtig für den Spanier sein. Melchor hatte ihn an sich genommen, um Rinaldo zu quälen. Er hatte nicht einmal genug Interesse an dem Ding gehabt, um nachzusehen, was es war. In der Position, in der Melchor schlief, war es unmöglich, ihm den Anhänger von der Brust zu ziehen, ohne dass er aufwachte. Sie musste ihn dazu bewegen, sich auf die Seite zu rollen. Vorsichtig und langsam bohrte sie ihren Finger in seine Seite. Nach einer Weile nahm er die Störung wahr und bewegte sich davon weg, er rollte sich auf die Seite. Jetzt lag er mit dem Rücken zu Viviana. Sie glitt lautlos vom Lager und kroch auf allen vieren um das Bett herum. Wieder warf sie einen Blick in die Runde, aber die zahlreichen Augen um sie herum waren alle geschlossen. Melchor lag zwar auf der Seite, aber seine Arme waren vor seiner Brust verschränkt. Viviana hockte vor dem Bett und überlegte, wie sie das Pergament am besten aus seiner Jacke ziehen könnte. Es war wie verhext. Sie würde ihn nochmals bewegen müssen. Entmutigt strich sie sich mit der Hand über das Gesicht. Sie hob den Kopf und blickte aus dem gegenüberliegenden Fenster. Still lag die nächtliche Landschaft in tiefem Frieden. Sie könnte jetzt einfach gehen. Sehnsucht erfüllte ihr Herz. Sie hörte, wie Melchor schluckte, und richtete ihre Augen wieder auf das Bett. Er sah sie an, und Viviana erstarrte. Sein Blick war jedoch seltsam leblos, dann schloss er die Augen wieder. Viviana huschte um das Bett herum und lag auch schon wieder neben ihm, als er vollständig erwachte. Sie hatte die Augen geschlossen und spürte, wie er sich aufrichtete und über sie beugte. Dann hörte sie, wie er unter seiner Jacke nach dem Pergament suchte. Mit einem Seufzer ließ er sich zurück auf die Matratze sinken und schlang den Arm um sie. Seine Finger tasteten nach ihren Brüsten. Wieder fühlte Viviana Widerwillen in sich aufsteigen. Sie seufzte und rollte sich auf den Bauch, und er ließ von ihr ab. Heute Nacht konnte sie nichts mehr ausrichten, dachte Viviana, aber an Schlaf war auch nicht mehr zu denken.

Der Morgen graute, und die ersten Vögel machten einen solchen Lärm, dass gleich mehrere Gäste aufwachten. Kurz darauf krähte der Hahn. Viviana beobachtete, wie die Menschen um sie herum begannen, sich zu recken und zu strecken. Manche gähnten herzhaft oder kratzten sich im Halbschlaf ausgiebig an Stellen, denen sie sich sonst nicht so schamlos zugewandt hätten. Einige schliefen trotz der wachsenden Unruhe weiter. Sie spürte, wie Melchor sich neben ihr regte. Er schüttelte sie an der Schulter und küsste sie auf den Nacken. Viviana bekam eine Gänsehaut. Was war nur los mit ihr? Er war sicherlich nicht der widerwärtigste Mann, dem sie etwas vorgespielt hatte, aber jedes Mal, wenn er sie berührte, hätte sie ihn am liebsten von sich gestoßen. Viviana drehte sich um, lächelte verschlafen und stand dann aber sofort auf, um weiteren Zudringlichkeiten zu entgehen.

Eine Stunde später ritten sie durch das Nordtor.

»Wir werden hier eine erheblich bessere Unterkunft haben«, stellte Melchor fest und griff nach Vivianas Hand.

»Meinst du, dass es klug wäre, wenn wir gemeinsam hier gesehen werden?«

»Was meinst du?«

»Ich meine, du solltest das tun, was du sonst auch tust, wenn du in London bist. Das wird am wenigsten Verdacht erwecken. Ich werde mich irgendwo einquartieren und mit meinen Leuten Kontakt aufnehmen.«

Der Griff um ihre Hand wurde fester. Viviana wandte den Kopf und sagte in einem Tonfall, der gekränkt und etwas ungeduldig zugleich war: »Wenn ich hätte verschwinden wollen, hätte ich das schon längst getan, Melchor. Du hast doch die Liste. Traust du mir etwa nicht?«

Sie sah Unsicherheit in Melchors Blick und fügte hinzu: »Ich dachte, wir wollten das Gleiche, du und ich. Aber wenn du mir nicht vertraust, wie kann ich dir dann vertrauen? Und wenn ich dir nicht vertraue, dann kann ich auch nicht den Schlüsselcode für die Liste holen.« Vivianas Augen füllten sich eindrucksvoll mit Tränen. Melchor blickte etwas gehetzt um sich.

»Viviana, beruhige dich doch bitte wieder. Wir dürfen nicht auffallen.«

Schniefend ließ sie den Kopf hängen. Melchor tätschelte ihre Hand.

»Natürlich traue ich dir. Wir besprechen alles gleich in Ruhe, einverstanden?«

Sie nickte stumm.

Wenig später, sie hatten die Pferde in einem Mietstall untergestellt, saßen sie bei einem verspäteten Frühstück. Als sie gestern Mittag aus Saint Albans losgeritten waren, war Viviana kaum mehr als seine Gefangene gewesen, die ihm für ihr Leben den Schlüsselcode zur Entzifferung der Liste besorgen wollte. Jetzt jedoch – und Melchor wusste nicht recht, wie – war aus ihr eine gleichwertige Partnerin in dieser Verschwörung geworden, und sie verfolgten ein gemeinsames Ziel. Er betrachtete Viviana, die ihm gegenübersaß und ihre Suppe löffelte. Eine solch schöne Frau zu besitzen, erfüllte ihn mit Stolz. Es war ein angenehmes, erhabenes Gefühl. Er wusste, was die Männer an den anderen Tischen dachten, und lehnte sich zufrieden zurück. Aber konnte er ihr trauen? Sie hatte nicht versucht, die Liste an sich zu bringen oder zu flüchten. Wenn er sie gehen ließ, um diesen Meister Hektor zu treffen, was konnte schlimmstenfalls passieren? Sie könnte nicht wiederkommen. Der Gedanke bohrte sich wie ein Dorn in sein Fleisch. Wenn sie fortwollte, hätte sie schon früher eine Gelegenheit gefunden, beruhigte er sich wieder. Melchor verstand, dass Viviana allein Kontakt aufnehmen musste, ehe sie ihn ins Spiel brachte, denn sonst könnte man glauben, sie wäre übergelaufen oder würde gezwungen werden oder dergleichen. Trotzdem sagte ihm eine kleine Stimme, dass es gefährlich wäre, sie aus den Augen zu lassen. Er haderte mit sich. Allerdings wäre es gut, wenn er sich bei einem seiner Bekannten blicken lassen würde, damit diese unverhoffte Reise nach London keinen

Anlass zu Nachfragen gäbe. Er musste es darauf ankommen lassen.

»Also gut, Viviana. Du gehst und sprichst mit deinen Leuten. Ich habe auch ein paar Dinge zu erledigen, und wir treffen uns hier vor dem Abendgebet wieder.«

Sie belohnte ihn für seine Einsicht mit einem strahlenden Lächeln. Wieder war sich Melchor der neidischen Blicke der anderen Männer bewusst, und er nahm ihre Hand und küsste sie.

Viviana atmete tief durch, als sie zügig die Straße hinunterging. Sie bog einige Male überraschend in Seitengassen ein, und als sie sich sicher war, dass Melchor ihr nicht folgte, begann sie nach der Stellmacherwerkstatt zu fragen. Es gab mehrere davon, die sich aber alle im gleichen Viertel befanden. Im Gegensatz zu Julian, der die Stille und Abgeschiedenheit des Landlebens vorzog, liebte Viviana das Gewimmel einer Großstadt. Sie genoss die vielen Menschen und die neuen Eindrücke, die Waren aus fernen Ländern und nicht zuletzt die Möglichkeit, in der bunten Menge problemlos untertauchen zu können.

»Einen Simeon suchen Sie?«

Viviana nickte.

»Was wollen Sie denn von dem, der ist kein Handwerker. Wenn Sie ein Rad zu flicken haben, sind Sie hier schon richtig.«

»Ich brauche keinen Stellmacher, ich möchte nur gerne mit Simeon sprechen.«

Der Mann in der Lederschürze wies, nachdem er festgestellt hatte, dass Viviana keine Arbeit zu vergeben hatte, die Straße hinunter.

»Da hinten, das Haus mit dem schiefen Dach, da wohnt einer, der so heißt.«

Viviana bedankte sich und trat wenig später durch die Toreinfahrt in den Hof der Werkstatt. Ein älterer Mann, ebenfalls in einer Lederschürze, kam ihr entgegen.

»Was kann ich für Sie tun, Madame?«

»Ich suche Simeon.«

»Der ist nicht da«, brummte der Alte und beäugte Viviana misstrauisch.

»Wann kommt er wieder?«

»Keine Ahnung.«

Eine Frau trat aus der Seitentür.

»Ich mache das schon, Vater«, sagte Janet. »Sie suchen meinen Mann?«

»Ja, es ist sehr dringend.«

Janet blieb zurückhaltend. Simeon legte größten Wert darauf, seine Arbeit nicht mit nach Hause zu bringen, und doch stand hier eine Ausländerin und wollte mit ihm sprechen.

»Worum geht es?«

»Es geht um Julian White.«

»Kommen Sie.«

Janet zog Viviana in das Wohnzimmer.

»Was ist mit Julian?«

»Er ist in Schwierigkeiten, und ich brauche Simeons Hilfe.«

»Hat Julian Sie geschickt?«

»Nein.«

»Woher wissen Sie dann, wo wir wohnen?«

»Ich habe mich durchgefragt. Hören Sie, ich habe nicht viel Zeit und muss unbedingt mit Simecn sprechen.«

»Er ist nicht da.«

Viviana fluchte leise auf Französisch.

»Wann kommt er wieder?«

»Heute Nachmittag.«

Viviana überlegte, was sie jetzt tun sollte.

»Ich werde später wiederkommen.«

Das war sehr misslich, dass sie Simeon nicht angetroffen hatte, dachte Viviana, während sie eilig wieder durch eine der Seitengassen lief. Je länger sie diese Maskerade mit Melchor aufrechterhalten musste, desto schwieriger würde die Sache werden. Außerdem wusste sie nicht, inwieweit der Kardinal bereits über Julians vermeintlichen Hochverrat informiert worden war. Vielleicht würde er Simeon überprüfen wollen, ob er, als sein bester Freund, da mit drinsteckte? Würde er sein Haus beobachten lassen? Viviana blickte sich schnell um. Es war schwierig, auf feindlichem Terrain ohne sichere Verbündete ein Komplott zu planen. Viviana beschloss, ihren Bekannten aufzusuchen, um ihre Abreise vorzubereiten. Er schuldete ihr einen Gefallen und würde sie mit allem ausrüsten, was sie brauchte, um so schnell wie möglich verschwinden zu können, wenn das hier alles erledigt war.

»Und sie hat nicht gesagt, was genau sie wollte?«, fragte Simeon seine Frau, als sie ihm ein paar Stunden später einen Bierkrug in die Hand drückte.

»Nein, hat sie nicht. Außerdem gefällt es mir nicht, wenn Fremde an meine Tür klopfen und nach dir fragen.«

Simeon hob beschwichtigend die Hand.

»Erstens ist das auch meine Tür, und zweitens, seit wann hast du etwas gegen Fremde?«

»Mit der hier stimmte etwas nicht.«

»Wie sah sie denn aus?«

»Das ist doch gleichgültig.«

»Aha! Sie sah gut aus«, neckte Simeon seine Frau, die zu Eifersucht neigte. Dann wurde er wieder ernst.

»Janet, ich habe heute seltsame Sachen in Westminster gehört. Du erinnerst dich, dass diese Mätresse, die König Henrys Bett wärmt, Julian angeschwärzt hat?«

»Natürlich. Der Vorwurf ist einfach lächerlich.«

Simeon nickte.

»Der Kardinal hat Julian deshalb von dem Fall mit dem Kurier abgezogen und sofort nach Westminster zurückbeordert.«

Janet blickte ihren Mann aufmerksam an. Es geschah nicht oft, dass er Dinge mit ihr teilte, die seine Arbeit betrafen. Je weniger sie wusste, desto besser, war sein Leitspruch.

»Aber er ist bis heute nicht in Westminster eingetroffen, oder auch nur eine Nachricht von ihm. Es gibt auch keine Erfolgsmeldung aus Saint Albans, dass man den Auftrag dort erfolgreich abgeschlossen oder einen der Verräter gefasst hat.« Simeons Hände strichen in kleinen Kreisbewegungen über die Tischplatte. »Julian war in Begleitung des Kuriers, einer Frau. Sie ist Französin und angeblich eine große Schönheit. Ist das die Frau, die hier gewesen ist?«

Janet schlug die Hände vor den Mund und blickte Simeon mit großen Augen an.

»Ja, das ist sie gewesen.«

Simeons Hände hielten in der Bewegung inne.

»Sie ist eine sehr gefährliche Person. Ich verstehe nicht, wie sie uns hier gefunden hat. Das ist gar nicht gut«, sagte Simeon mit Nachdruck, der sich Sorgen um seine Familie machte.

»Sie hat gesagt, dass Julian in Schwierigkeiten ist.«

»Das will ich gerne glauben! Ich kann mir nicht erklären, dass er noch immer mit ihr zusammen sein sollte. Das macht keinen guten Eindruck, da der Kardinal ihn schon vor drei Tagen von der Sache abgezogen hat und bisher noch keine Erfolgsmeldung aus Saint Albans in Westminster eingetroffen ist.« Simeon dachte laut nach.

»Sie hat aber gesagt, dass Julian sie nicht geschickt hat.«

Simeons Hände kreisten wieder über den Tisch.

»Wenn Julian sie nicht geschickt hat, was will sie dann?«

»Vielleicht ist er verletzt?« Janet blickte mit schreckensweiten Augen über den Tisch. »Oder tot?«

»Dann hätte die Französin wohl kaum gesagt, dass er in ›Schwierigkeiten‹ ist.«

»Natürlich nicht.« Sie lachte erleichtert.

»Trotzdem, es ist mehr als seltsam. Dass sie hier bei uns um Hilfe fragt, kann doch nur bedeuten ...« Simeon schlug ungehalten auf den Tisch. »Ach, verdammt, ich habe keine Ahnung, was das bedeuten soll!«

Janet sah ihren Mann unsicher an. »Sie wird ihn doch wohl nicht verhext haben?«

»Unsinn!«

Aber die Überzeugung in Simeons Stimme war nicht ganz echt. Was, zum Teufel, war nur in Julian gefahren? Er war sonst so zuverlässig. Wieso war der feindliche Kurier auf freiem Fuß und noch dazu in London? Wo war Julian, und wo war die elendige Liste? Was hatte die Französin mit ihm angestellt? Ein Mann wie Julian, der so lange allein gewesen war, war eine leichte Beute. Hatte sie ihn dazu überreden können, die Seiten zu wechseln? Energisch wischte Simeon den Gedanken beiseite. Er stand auf, ging hinaus und setzte sich auf die Bank vor dem Haus, um auf die Französin zu warten. In seinem Kopf entstanden alle möglichen Szenarien, die Julian dazu bewogen haben könnten, sich so sonderbar zu verhalten, aber keine der Möglichkeiten war befriedigend. Simeon hatte für einen winzigen Moment die Augen geschlossen, als er plötzlich eine etwas raue Frauenstimme mit einem französischen Akzent hörte.

»Sind Sie Simeon?«

Überrascht riss er die Augen auf. Eine zierliche, dunkle Frau stand vor ihm.

»Ich muss mit Ihnen sprechen.«

»Kommen Sie.«

Viviana folgte ihm die Straße hinunter und in eine schmale Gasse hinter den Werkstätten. Sie gingen über zwei Hinterhöfe durch eine Toreinfahrt zu einer uralten, winzigen Kirche, die dort schon von Anbeginn der Zeit zu stehen schien. Die Häuser um sie herum waren höher, aber keiner mochte das schäbige, unscheinbare Gotteshaus abreißen. Simeon hielt Viviana die Tür auf, und sie trat ein. In der Kirche war es dämmrig und roch muffig nach altem Holz. Sie setzten sich auf die letzte Bank.

»Wo ist Julian?«

»Als ich ihn das letzte Mal gestern Morgen gesehen habe, war er im Verlies des Sheriffs von Saint Albans.«

»Weshalb?«

»Weil Melchor Thorn es so angeordnet hat.«

Simeon ballte die Fäuste.

»Ich habe nicht viel Zeit, deshalb muss ich mich kurzfassen. Julian und ich haben die Liste aus dem Versteck geholt. Ehe wir die Liste zu Thorn bringen konnten, der die Sache für Julian übernehmen sollte, wurden wir überfallen, und die Liste ist geraubt worden. Am nächsten Morgen hat Thorn uns festnehmen lassen, weil wir angeblich zu den Verrätern übergelaufen sind. Also, Julian, ich bin ja schon eine Verräterin.«

Simeon verschluckte sich an seinem Husten. Die Französin war auf jeden Fall eine ungewöhnliche Frau.

»Thorn sagte uns, dass er die Liste hat. Also hat er uns überfallen lassen. Die Namen auf der Liste sind jedoch vorsichtshalber verschlüsselt worden. Von mir wollte er den Schlüsselcode. Ich habe den Code verloren, habe ihm aber, um Zeit zu gewinnen, gesagt, dass es einen zweiten in London bei einer Kontaktperson gäbe. Thorn hat sich mit mir verbündet, den ursprünglichen Verrätern die Liste gestohlen, und so sind wir heute hier angekommen.«

Simeon starrte sie an.

»So weit konnten Sie mir folgen?« Er nickte. Viviana fuhr fort:

»Julian ist in Saint Albans eingekerkert, weil er angeblich die Liste versteckt hat. Wir wurden auf unserer Reise von Shaftesbury nach Saint Albans aufgehalten und sind deswegen so spät dran. Julian wollte die Sache trotz der anderslautenden Anweisungen noch selbst zu Ende bringen, und daher sieht es jetzt so aus, als wenn diese Anschuldigungen von Melchor Thorn wahr sein könnten.«

Wieder blickte sie Simeon an, um zu überprüfen, ob er ihr folgen konnte.

»Wenn wir beweisen wollen, dass Thorn die Liste hat und sich mit dem Feind verbünden will, müssen wir ihn auf frischer Tat ertappen.«

Simeon rutschte unruhig auf der Bank hin und her.

»Wir müssen ihn auf frischer Tat ertappen?«, fragte er ungläubig.

»Natürlich. Mir allein wird doch keiner Glauben schenken.«

»Warum machen Sie das alles, Sie könnten sich doch einfach absetzen?«

»Ich habe meine Gründe.«

Simeon verkniff sich weitere Fragen in diese Richtung und fuhr fort: »Wenn Thorn die Liste bei sich hat, könnte ich ihn dann nicht einfach festnehmen?«

»Dann wird er behaupten, dass ich die Liste hatte und er sie mir gerade entwendet hat. Sein Wort stünde gegen das meine, und Sie können sich ja ausrechnen, wem der Kardinal glauben wird. Es würde eigentlich nur beweisen, dass ich mit Julian oder er mit mir gemeinsame Sache macht, um die Liste zu behalten. Deshalb müssen wir Thorn eine Falle stellen, die beweist, dass er ein Verräter ist.«

»Ich nehme an, Sie haben schon eine Idee«, fragte Simeon, der allmählich eine Vorstellung davon bekommen hatte, neben welcher Art von Frau er hier saß.

»Thorn erwartet, dass ich mit meiner angeblichen Kontaktperson ein Treffen vereinbare und er Teil der Verschwörung wird. Er glaubt, den Kopf der Verschwörer in England ausgeschaltet zu haben, und hofft nun, dessen Position einnehmen zu können.«

»Der Teufel!«, entfuhr es Simeon.

»Er wird mit mir und der Liste also zu einem vereinbarten Treffpunkt kommen. Wenn Sie ihn dort festnehmen, haben Sie den Beweis, dass er der Verräter ist. Können Sie das arrangieren?«

»Meine Güte, welch ein Durcheinander!«

~ 28 ~

Emmitt und Terrence waren scharf geritten und hatten die Pferde einmal gewechselt, als sie endlich durch das Nordtor in die Stadt kamen. Ohne weitere Verzögerung bahnten sie sich ihren Weg zu der Stellmacherwerkstatt von Simeons Schwiegervater. Terrence war sich sicher, dass Julian sich bei seinem Freund melden würde, sobald er in der Stadt war. Sie stiegen gerade ab, als Simeon von seinem Treffen mit Viviana zurückkam.

»Na, da mussten wir ja nicht lange warten!«, stellte Terrence befriedigt fest.

»Was macht ihr denn hier?«

»Wichtige Angelegenheit.«

»Lass mich raten, es hat mit Julian zu tun?« Simeon bat die beiden Männern in die Wohnstube. Janet servierte, mit säuerlichem Gesicht, Bier und verschwand dann in der Küche.

»Ihr müsst entschuldigen, sie hat es nicht gerne, wenn ich Arbeit mit heimbringe.«

»Julian steckt tief in der Scheiße!«, stellte Terrence in seiner üblichen drastischen Ausdrucksweise fest.

»Ich weiß, er ist von Thorn in Saint Albans festgesetzt worden.«

»Hat Miller Westminster schon erreicht und Bericht erstattet? Das ist dann aber eine echte Glanzleistung für ihn.«

Simeon schüttelte den Kopf.

»Nein, ich weiß es von jemand anderem, aber erzähl du erst einmal weiter.«

»Derjenige ist aber dann nicht auf dem neuesten Stand. Julian ist ausgebrochen und verschwunden.«

Simeon blickte von einem zum anderen.

»Kannst dir ja vorstellen, wie das jetzt aussieht«, fuhr Terrence fort.

»Wir hatten einen Zeugen, einen von Hugh Bigods Männern, der bestätigen konnte, dass Thorn der Verräter ist. Aber leider ist er gestern Nacht umgekommen.«

»Ich könnte schwören, er ist von jemandem zum Schweigen gebracht worden!«, unterbrach Emmitt Terrence.

»Das weiß ich, das weiß ich. Das hast du mir in den letzten Stunden ununterbrochen erklärt, und ich sage dir, dass das jetzt gleichgültig ist. Der Mann ist tot und uns nicht mehr nützlich.«

Emmitt errötete.

»Aber es ist doch wichtig, zu wissen, wer es gewesen ist!«, verteidigte er sich.

»Ja, aber nicht jetzt.« Terrence wandte sich wieder Simeon zu. »Du hast schon etwas von der Sache gehört, von wem?«

Simeon zögerte. Er kannte Terrence nur flüchtig und war erstaunt, dass Julian ihn anscheinend näher kannte, denn er war offensichtlich auf Julians Seite. Emmitt war Simeon schon ein paar Mal begegnet, ein etwas zu tatkräftiger Anfänger, aber er schien das Herz auf dem rechten Fleck zu haben. Vielleicht hatte sich eines der Probleme gerade erledigt.

»Die Französin war hier. Sie wird uns Thorn liefern.«

»Was?« Terrence machte große Augen.

Simeon nickte.

»Ich weiß nicht, warum sie das tut, aber sie hat vorgeschlagen, dass wir Thorn eine Falle stellen.«

»Können wir ihr trauen?«

»Ich weiß nicht. Andererseits hat diese Sache keine Vorteile für sie. Möglicherweise will sie nur mit dem Kardinal reinen

Tisch machen, aber ich wüsste nicht, warum. Sie könnte sich auch einfach absetzen.«

»Vielleicht will sie Julian helfen?«, schlug Emmitt vor.

»Wenn es nicht so unwahrscheinlich wäre, wäre das die einzige Erklärung.«

»Das nenne ich aber einen Glücksfall, dass Simeon mit von der Partie ist!«, sagte Terrence, als er die stumpfe Feder anspitzte, die der Wirt ihm gebracht hatte, und in das Tintenfass steckte. Doch ehe er den ersten Buchstaben geschrieben hatte, kam das Schankmädchen und stellte zwei Krüge Bier auf den Tisch. Terrence legte die Feder ab und wandte sich den wichtigeren Dingen zu.

»Auf dass die Gerechtigkeit siege!« Er prostete Emmitt, der ihm gegenübersaß, zu. Emmitt grinste. Einen Verbrecher festzunehmen war schon sehr spannend, aber einen Verräter aus den eigenen Reihen dingfest zu machen, das war großartig.

Sie hatten verabredet, dass Simeon eine Nachricht an Viviana schickte und den Treffpunkt angab. Sie würde dann so tun, als wenn sie diese Zusammenkunft mit dem angeblichen Meister Hektor abgemacht hätte.

Das Treffen sollte auf der Themse stattfinden. Das war zwar etwas ungewöhnlich, hatte aber den Vorteil, mögliche Fluchtversuche zu erschweren. Außerdem hatte Simeon richtig erkannt, dass Thorn über ein Netz von unbekannten Helfern und Helfershelfern verfügte, die seine Festnahme vereiteln könnten. Noch vor Morgengrauen wollten Simeon, Terrence und Emmitt mit einem Boot auf die Themse rudern und sich dort mit Melchor und Viviana treffen. Die Dämmerung würde ihnen dabei helfen, sich erst in letzter Minute zu erkennen zu geben. Sie würden Melchor mitsamt der Liste festnehmen, und Julian wäre entlastet. Terrence musste zugeben, dass Simeon da einen guten Plan gemacht hatte. Er schob Emmitt das Pergamentblatt zu.

»Hier, schreib du den Bericht an den Kardinal, du bist bestimmt schneller als ich.«

Emmitt nahm den Federkiel, tauchte ihn in die Tinte und schrieb einen genauen Bericht über die Sachlage und ihren Plan, Melchor morgen in aller Früh festzusetzen.

»Hoffentlich geht alles glatt«, brummte Terrence und nahm einen weiteren Schluck Bier. Emmitt nickte, aber Terrence und er dachten nicht an das Gleiche. Es war schade um einen guten Mann wie Julian, aber Terrence war schon so tief in Melchor Thorns Machenschaften verstrickt, dass es für ihn kein Zurück mehr gab. Er musste tun, was zu tun war, um diese Sache zu Ende zu bringen. Wenn Thorns Versprechungen wahr würden, könnte Terrence seine Schulden bezahlen und sich endlich zur Ruhe setzen. Hoffentlich hatte Thorn die Nachricht bei der Poststation abgeholt, die er ihm aus Saint Albans geschickt hatte. Er sollte Thorn auch vor dieser Falle warnen, aber er wusste nicht, wo er in London abgestiegen war. Es war zweifelhaft, ob er nochmals bei der Poststation nachfragen würde, wenn er keine Nachricht erwartete. Es war auch gleichgültig, denn bei diesem Treffen auf der Themse war das Überraschungsmoment auf seiner Seite. Das Einzige, was ihn wunderte und auch beunruhigte, war die Französin. Sie trieb ein doppeltes Spiel mit Thorn. Wenn er nicht selbst in die Sache verwickelt wäre, würde er Thorn einen solchen Misserfolg von Herzen gönnen. Aber was steckte wirklich dahinter? Er hatte zunächst geglaubt, dass sich die Französin tatsächlich mit Thorn verbündet hatte. Aber stattdessen hatte sie mit Simeon diese Falle ausgeheckt. Terrence leerte seinen Krug mit einem großen Schluck, um den bitteren Geschmack in seiner Kehle hinunterzuspülen. Jetzt würde Simeon auch noch dran glauben müssen, noch ein guter Mann. Das Schankmädchen brachte ihm einen zweiten Krug Bier. Es würde das allerletzte Mal sein, dachte Terrence, und dann musste endlich Schluss sein. Emmitt blickte von dem Pergament auf.

»So, ich hoffe, ich habe an alles gedacht.« Er reichte es Terrence.

»Hast du darauf hingewiesen, dass wir das unauffällig allein machen, damit Thorn keinen Verdacht schöpft?«

Emmitt nickte.

»Ich will nicht, dass Miller sich plötzlich besinnt und doch noch mitmachen will. Er ist zwar stinkend faul, aber wenn er ohne viel eigenen Aufwand an einem Erfolg teilhaben kann, dann kriegt er ganz schnell den Hintern hoch.« Terrence stürzte den Inhalt seines zweiten Krugs hinunter und stand auf.

»Los komm, wir sehen uns mal das Dock an, von dem wir morgen losrudern.«

»Sollte ich nicht lieber gleich nach Westminster reiten und den Bericht abgeben?«

»Das kannst du doch noch danach machen. Ich will nicht, dass du morgen den Weg nicht findest.«

Emmitt grinste.

»Da kannst du Gift darauf nehmen, dass ich mir das nicht entgehen lassen werde.«

Ein Schatten huschte über Terrences Gesicht, als er Emmitt aus der Schenke folgte. Es war bereits dunkel, als sie die Gasse hinunter ans Wasser gingen. Der durchdringende Geruch von Brackwasser wehte ihnen entgegen, und schon bald hörten sie die Wellen an das befestigte Ufer schlagen. Das Wasser sah fast schwarz aus. Emmitt stand auf dem gemauerten Kai und blickte in die Tiefe. Es war auflaufendes Hochwasser, und es erstaunte ihn jedes Mal wieder, wie weit im Inland die Gezeiten des Meeres noch zu merken waren.

»Wo ist das Boot?«

»Da drüben.« Terrence zeigte in eine Richtung, wo am Ufer ein Stück entfernt schemenhaft ein Steg zu erkennen war. Emmitt beugte sich vor, um besser sehen zu können.

»Tut mir leid, Junge.« Noch ehe sich Emmitt umdrehen konnte, traf ihn der Griff des Messers hart an der Schläfe. Er sackte in sich zusammen, und Terrence stieß ihn in die Dunkelheit. Klatschend schlug das Wasser über Emmitt zusammen, und sein lebloser Körper wurde von der schnellen Strömung davongetragen. Terrence sah ihm nach. Es tat ihm leid. Er hatte gehört, dass Ertrinken ein angenehmer Tod sein sollte, und ein Bewusstloser würde dem nichts entgegensetzen. Er konnte die Gestalt bereits nicht mehr sehen. Godefroy Helmet, der alte Tattergreis, war ebenfalls ein ganzes Stück flussabwärts getrieben, ehe man ihn entdeckt hatte. Er hatte Terrence immer an einen schnüffelnden, blinden, alten Dachshund erinnert, der hinter jedem Stein Gespenster witterte. Keiner hatte Godefroy mehr ernst genommen, doch ausgerechnet dieses eine Mal hatte er tatsächlich eine Verschwörung entdeckt. Es war fast tragisch, nach einem langen, gefährlichen Agentenleben auf den letzten Metern doch noch erwischt zu werden. Terrence bekreuzigte sich. Was war nur aus ihm geworden, dass er die eigenen Leute umbringen musste? Er knüllte Emmitts Nachricht an den Kardinal zusammen und warf sie ebenfalls in den dunklen Fluss. Missmutig drehte er sich um und ging die Straße zurück, um sich in der erstbesten Spelunke zu betrinken.

Die Nachrichten, die Melchor Thorn von Terrence aus Saint Albans erhalten hatte, waren unerfreulich. Der Kurier war die ganze Nacht durchgeritten und hatte tatsächlich in der Poststation auf ihn gewartet und ein stattliches Trinkgeld verlangt.

White war aus dem Loch ausgebrochen und ihm wahrscheinlich auf den Fersen, stand dort geschrieben. Immerhin hatte Terrence das Problem mit dem Glatzkopf gelöst, der, wie zu erwarten, ohne Bedenken die Sache seines Herrn verraten hatte. Jedenfalls würde er jetzt mit einem Messer im Rücken nichts mehr bezeugen können. Melchor hatte dem Kerl von Anfang an nicht getraut. Terrence wollte ein Auge auf Emmitt haben, der die Angelegenheit offenbar durchschaut hatte, und ebenfalls, so schnell es ging, nach London kommen. Er würde die Stadt nicht vor dem Nachmittag erreichen, dachte Melchor, als er aus dem Fenster sah und die Kirchenglocke zum Mittag schlug. Er hatte sich vor einer Stunde von Viviana getrennt, seine Post abgeholt und es sich in seinem neuen Quartier bequem gemacht. Melchor wusste, dass der Wirt dieser gediegenen Herberge dem König seine Steuern vorenthielt, und der Wirt wusste, dass Melchor es wusste. So hatten sie sich zu beiderseitigem Vorteil arrangiert, und Thorn hatte eine ausgezeichnete Unterkunft bezogen. Er blickte auf das breite Bett mit dem mit Gold verzierten Baldachin und dachte an Viviana. Heute Nacht würde er an das Ziel seiner Träume gelangen. Melchor betrachtete seine schmutzigen Fingernägel. Er sollte ein Bad nehmen, dachte er. Sehr wahrscheinlich würde er in einem der öffentlichen Bäder auch einen Bekannten treffen, was ihm die Gelegenheit geben würde, eine Geschichte in Umlauf zu bringen, weshalb er in London war. Die Leute bezeugten, wenn man sie befragte, eifrig alle möglichen Geschichten. Sie hatten keinerlei Beweise für das, was sie gehört hatten, präsentierten es aber, als wenn es die unbedingte Wahrheit wäre. Vermutlich lag es an dem urmenschlichen Bedürfnis, sich wichtigzumachen und dazuzugehören. Er musste aufpassen, dass White ihn nicht erwischte, ehe er den Kontakt mit den Verschwörern hergestellt hatte, dachte Melchor, als er die Treppe hinunterging und auf die Straße trat. Hoffentlich hatte er auch genug Zeit, die entschlüsselte Liste zu kopieren. Dann bräuchte er nur noch auf White zu warten. Er könnte ihn festnehmen und ihm die unverschlüsselte Liste unterschieben. In dem Fall war White der Strang sicher. Besser noch, er würde es Terrence überlassen, White festzunehmen, dann könnte niemand eine Verbindung zu ihm selbst herstellen. Terrence of Wiltonbridge war ein Mann, der gerne trank und gerne um Geld spielte. Er war Melchor bereits ein paar Mal behilflich gewesen, und dafür hatte er, Melchor, Terrence bei seinen Gläubigern ausgelöst. Besonders vorteilhaft war, dass niemand sie je miteinander in Verbindung bringen würde, ihre Bekanntschaft war rein geschäftlicher Natur. Terrence war sicherlich einmal so ein aufrechter Soldat wie White gewesen, aber Alkohol hatte sich in seine Seele gefressen und ihn korrumpiert. Umso besser für Melchor, der solche Männer für seine Zwecke zu nutzen wusste.

Julian und Rinaldo erreichten London am Vormittag. Nachdem sie die Pferde untergestellt hatten, hatten sie sich getrennt, um nach Thorn und Viviana zu suchen. Es war Julian nicht recht gewesen, dass Rinaldo ebenfalls Fragen stellen würde, denn seine Erscheinung war zu auffällig, und dies könnte Thorn vorzeitig warnen. Aber er konnte dem Spanier nichts vorschreiben, und außerdem war es nur eine Frage der Zeit, bis Thorn erfuhr, dass er aus dem Verlies entkommen war. Julian klapperte die üblichen Etablissements ab, die Thorn frequentierte, aber er hatte kein Glück. Am frühen Abend beschloss Julian, mit Simeon Kontakt aufzunehmen. Er hatte lange überlegt, ob er ihn in diese Sache mit hineinziehen sollte, aber er brauchte die Unterstützung seines Freundes. Immer noch nicht recht entschlossen, ging er durch die Straßen in Richtung des Handwerkerviertels. Es war ein Leichtes, sich in einer so großen Stadt wie London zu verstecken, und Melchor Thorn konnte überall sein. Wenn er nicht den Beweis führen konnte, dass Thorn im Besitz der Liste war, wäre er geliefert. Selbst wenn der Kardinal ihm seine Unschuld glauben würde, hätte Julian trotzdem durch sein eigenmächtiges Handeln die gesamte Mission zunichtegemacht. Jedenfalls sah es so aus. Die Anschuldigungen von Miss Marguerite erschienen, verglichen damit, fast nebensächlich. Doch es war fraglich, ob der König das auch so sah. Julian verlangsamte seinen Schritt, als er in die Eastlane abbog. Er hatte die Werkstatt fast erreicht, als er sah, wie die Tür des Hauses aufging und zwei Männer heraustraten. Julian verschwand in einer Toreinfahrt und spähte vorsichtig um die Ecke. Es waren Emmitt und Terrence. Was machte Terrence hier? Gehörte er zu der Verstärkung, die nach Saint Albans geschickt worden war? Sie kamen direkt an ihm vorbei. Julian drückte sich in den Schatten.

»Erst einmal brauche ich ein Bier!«

»Wir müssen einen Bericht an den Kardinal schicken«, hörte Julian Emmitt sagen.

»Schön eines nach dem anderen. Außerdem bin ich mir sicher, dass Miller inzwischen Westminster erreicht hat und wahrscheinlich gerade jetzt dem Kardinal mit dem Fiasko in Saint Albans in den Ohren liegt.«

Die beiden Männer bogen in eine Querstraße ab. Julian lehnte sich an die kühle Wand der Hausdurchfahrt. Sie waren ihm zuvorgekommen. Was hatte Emmitt damit gemeint, dass sie einen Bericht an den Kardinal schicken müssten? Hatte er den jungen Mann nicht in Saint Albans von seiner Unschuld überzeugen können? Immerhin hatte er ihm zur Flucht verholfen. Was machte er jetzt in Terrences Begleitung? Nachdenklich lehnte Julian an der Wand. Er wusste nicht viel über Terrence.

Er war älter als er selbst, vielleicht Ende dreißig oder bereits vierzig, und schon länger im Dienst. Er hatte früher einmal solide Arbeit geleistet, aber seine Erfolgsquote hatte in den letzten zwei Jahren stetig nachgelassen. Julian wusste, dass er zu viel trank und dass er immer wieder Wettschulden machte. Bisher hatte er nur ein Mal mit Terrence zusammengearbeitet, und damals hatte Terrence einen vernünftigen Eindruck auf ihn gemacht. Was hatten die beiden bei Simeon gewollt? Es war natürlich bekannt, dass Julian mit Simeon befreundet war, sie hatten sicherlich bei seinem Freund nach ihm gefragt. Miller war also nach Westminster geritten, um Bericht zu erstatten, grübelte Julian weiter. Ja, sie waren ihm auf den Fersen, die beiden. Selbst wenn Emmitt von seiner Unschuld überzeugt war, wusste er nicht, wo Terrence stand. Wenn er Simeon jetzt um Hilfe bat, würde er ihn in Schwierigkeiten bringen. Er blickte wieder um die Ecke zu dem Haus seines Freundes. Aus dem Hof kamen seine beiden kleinen Töchter mit einem großen Einkaufskorb, um für ihre Mutter eine Besorgung für das Abendessen zu machen. Julian seufzte. Er musste Simeon aus der Sache heraushalten. Hier ging es nicht um eine kleine Regelwidrigkeit, hier ging es um Hochverrat, und da konnten schnell Köpfe rollen.

Julian hatte sich mit Rinaldo an dem Stall verabredet, in dem sie die Pferde untergestellt hatten, aber »abends« war ein recht weit gefasster Zeitraum, und so musste er noch eine geschlagene Stunde warten, bis er den großen Spanier die Straße herunterkommen sah. Etwas in seinem Gesicht sagte Julian, dass Rinaldo erfolgreich gewesen war.

»Ich habe ihn gefunden!«, stellte er etwas atemlos fest, als er Julian erreicht hatte.

»Das ist großartig!«, beglückwünschte ihn Julian, »und auch ein wenig peinlich für mich, denn ich habe nicht die geringste Spur auftun können.«

Rinaldo lachte.

»Das macht nichts, ich habe einfach Glück gehabt.«

»Lassen Sie uns etwas essen, und dann überlegen wir, wie wir am besten weiter vorgehen.«

Wenig später saßen sie unter dem schattigen Strohdach einer Schenke.

»Haben Sie auch eine Spur von Viviana gefunden?«

Rinaldo legte seine Schweinshaxe auf den Holzteller vor sich und wischte sich mit der Serviette den Mund ab.

»Nein, das habe ich nicht. Und Thorn habe ich nur von hinten gesehen, und das ist auch gut so.«

»Gut, dann hat er Sie nicht bemerkt. Erzählen Sie mal, wie Sie ihn gefunden haben und vor allem, wo?«

»Ich habe ihn in einem Bad gesehen. Meine Gelenke schmerzen, wenn ich mich überanstrenge.« Rinaldo wischte sorgfältig jeden einzelnen seiner überlangen Finger ab. »Eigentlich muss ich sagen, habe ich mich permanent überanstrengt, seit ich den ersten Fuß auf diese Insel gesetzt habe.«

»Seien Sie froh, dass Sie nicht im Winter gekommen sind, da haben sogar die Einheimischen Gelenkschmerzen.«

»Widriges Klima!« Rinaldo schüttelte den Kopf und fuhr fort: »Jedenfalls kam ich auf meiner Suche an diesem öffentlichen Badehaus vorbei. Es sah angenehm und sauber aus, und ein heißes Bad lindert die Schmerzen.«

»Und?«

»Und da sah ich Thorn in einem der großen Bottiche sitzen.«

»Wo waren seine Sachen?«

»Die lagen daneben auf einem Hocker.«

»Konnten Sie die Liste sehen?«

»Nein, aber ich nehme an, dass das Pergament und auch

mein Anhänger bei seinen Sachen lagen. Wenn ich jünger gewesen wäre, dann hätte ich mir den Haufen geschnappt und wäre damit durchgebrannt.«

»Gut, dass Sie nicht jünger sind, denn das hätte mir gar nichts genützt.«

»Aber mir.«

Sie sahen sich einen Moment lang an, dann fuhr Rinaldo fort: »Ich habe also gewartet, bis er sich wieder angekleidet hatte, und bin ihm gefolgt, als er das Badehaus verließ.« Rinaldo legte die Serviette sauber gefaltet neben seinen Teller. »Er wohnt in einem Gasthaus hinter der Saint-Pauls-Kathedrale. Dort ist er hingegangen und dann nach etwa einer halben Stunde wieder weggegangen. Ich weiß aber nicht, in welcher Kammer er wohnt.«

»Ein Mann wie Thorn wird keine Kammer zum Hinterhof hinaus haben. Er hat die besten Gemächer, die zur Straße hinausgehen«, stellte Julian mit Überzeugung fest und fragte weiter: »Und keine Spur von Viviana?«

Rinaldo schüttelte den Kopf.

»Vielleicht hat sie sich schon abgesetzt?«

Fast hoffte Julian, dass das der Fall war. Der Gedanke, dass sie gemeinsame Sache mit seinem Erzfeind machte, war unerträglich. Immerhin, dank Rinaldo wusste er nun, wo Thorn zu finden war. Das Einzige, was er jetzt tun konnte, war, Thorn zu folgen und herauszufinden, was er vorhatte. Wenn er mit seiner Vermutung richtiglag, dann würde Thorn versuchen, die Liste entweder zu Geld zu machen oder aber bei den Verschwörern mit einzusteigen oder beides. Das heißt, wenn er ihm folgte, würde Thorn ihn früher oder später zu den Verrätern führen. Irgendwann würde ihm auch eine Idee kommen, wie er sich aus dem Schlamassel wieder herauswinden könnte, hoffte Julian.

»Sie haben einen neuen Verband.« Rinaldo deutete auf Julians Arm. Julian nickte.

»Ja, ich habe die Gelegenheit wahrgenommen, die Wunde von jemandem untersuchen zu lassen, der etwas davon versteht. Sie hat eine Salbe benutzt und den Arm neu verbunden. Trotz aller Anstrengungen heilt der Messerstich gut.«

»Die Person ist eine Frau?«

»Ja, die Witwe eines Böttchers, aber sie hilft nur Leuten, die sie kennt. Sie will nicht in Schwierigkeiten geraten.«

Das Schankmädchen räumte den Tisch ab.

»Wir sollten zu der Herberge gehen und auf Thorn warten. Vielleicht ist er inzwischen auch schon zurückgekommen«, schlug Rinaldo vor.

»Und dann?«

»Dann wird er mir wiedergeben, was er mir genommen hat.«

Julian runzelte die Stirn.

»Wenn wir ihn weiterhin nur beobachten, dann könnte ich vielleicht herausfinden, mit wem er sich wegen der Liste in Verbindung setzt.«

Jetzt runzelte Rinaldo die Stirn.

»Aber ich muss unbedingt meinen Anhänger wiederbekommen. Wenn ich jetzt warte, verpasse ich womöglich meine Chance.«

»Ja«, stimmte Julian dem Spanier zu, »das kann ich verstehen. Aber die Liste allein nützt mir nicht viel.«

»Immerhin besser als ohne Liste.«

»Aber die Liste beweist nur, was Thorn über mich behauptet hat, nämlich dass ich im Besitz des Pergaments bin. Melchor Thorn ist der Verräter, und ich muss ihn überführen. Sogar wenn ich die Liste beim Kardinal abgebe, habe ich keine Beweise gegen Thorn.«

Außerdem brannte Julian darauf, zu erfahren, welche Rolle Viviana in dieser Angelegenheit spielte. Hatte sie ihn tatsächlich ans Messer geliefert, um ihren Auftrag doch noch ausführen zu können, auch wenn die Liste jetzt nicht an die ursprünglichen Verräter weitergegeben werden würde? Er wollte es einfach nicht glauben, obwohl alles dafür sprach. Er war ein Narr.

»Na gut« – Julian stand auf –, »es dämmert bereits. Wir sollten jetzt zurückgehen, sonst bekommen wir womöglich gar nichts.«

~ 29 ~

Viviana wartete auf Melchor. Die Glocken läuteten zum Abendgebet. Ihr Gespräch mit Simeon war gut verlaufen. Er war ein verständiger, fähiger Mann und hatte eine sehr gute Idee gehabt. Sie würden sich vor Morgengrauen auf der Themse treffen. Melchor würde erst im allerletzten Moment Simeon und wohl noch einen zusätzlichen Agenten erkennen. Eine Flucht wäre weitaus schwieriger als in den verwinkelten Straßen von London. Julians Unschuld wäre bewiesen, und der Kardinal bekäme die Liste. Die würde ihm allerdings nichts nützen, weil sie immer noch verschlüsselt war. Also würde Viviana auch keine Schwierigkeiten mit ihren Auftraggebern bekommen, zumindest nicht so große, wie sie befürchtet hatte. Sobald alles erfolgreich zu Ende gebracht war, konnte sie zur Küste aufbrechen. Simeon hatte ihr freies Geleit zugesichert, und sie hatte sich bereits eine Ausrüstung besorgt. Nur davon, wie es danach weitergehen sollte, wie ihre Zukunft aussehen würde, davon hatte Viviana noch keine klare Vorstellung.

Melchor kam aus einer Seitengasse und überquerte den Marktplatz. Er hatte sein Haar und seinen Bart schneiden lassen und auch den hässlichen grünen Umhang abgelegt. Leider fand Viviana ihn in einer roten Jacke mit goldenem Rautenmuster auch nicht attraktiver. Er hatte sicher heute Nacht noch einiges vor, und sie ärgerte sich, dass sie Simeon nicht gedrängt hatte, ihr Treffen in die Zeit nach Einbruch der Dunkelheit zu legen. Aber er wollte noch einiges vorbereiten und musste nach Westminster, um noch einen Agenten zu holen und außerdem noch ein Boot zu organisieren. Warum sträubte sie sich derartig dagegen, Melchors Lager zu teilen? Irgendetwas an ihm stieß sie ab. Nein, es war nicht er, sie hatte sich verändert. Es schien, als könnte sie sich nicht mehr so gut von ihrem Körper lösen, wie sie das früher gekonnt hatte. Früher war es, als wenn die Dinge, die Männer mit ihr machten, nicht ihr geschahen, sondern einer Fremden. Ebenso war es eine Fremde, die den Männern Lust schenkte, nicht sie selbst.

Melchor hatte Viviana fast erreicht. Ihr Gesicht zeigte jetzt ein Lächeln. Sie würde nicht darum herumkommen, ohne dass es eine Verstimmung zwischen ihnen gäbe oder er gar Verdacht schöpfte. Immerhin, wenn er sich entkleidete, würde sie womöglich eine Gelegenheit bekommen, Rinaldos Anhänger zu stehlen, redete sie sich gut zu.

»Du siehst sehr stattlich aus, Melchor.«

Er war sichtlich erfreut über ihr Kompliment.

»Warst du erfolgreich? Hast du Meister Hektor getroffen?«

Viviana nickte und klopfte einladend auf die Steinbank, auf der sie saß.

»Wollen wir nicht lieber irgendwo anders sprechen?«

»Ich warte hier noch auf etwas.«

Melchor setzte sich.

»Auf was?«

»Meister Hektor wird eine Nachricht schicken, wo und wann wir beide uns mit ihnen treffen werden.«

»Ich habe eine ausgezeichnete Herberge für uns besorgt.« Vivianas Mund verzog sich zu einem Lächeln. Melchor hob ihre Hand an seine Lippen und küsste sie, und der kleine, feuchte Fleck, den sein Mund auf ihrer Haut hinterließ, ekelte sie.

Ein Junge in Lumpen kam langsam über den Platz gehumpelt und blieb schließlich vor ihnen stehen.

»Hier gibt es nichts, Bettelgöre!«, schnauzte Melchor das Kind an.

Der Junge starrte Viviana mit offenem Mund an.

»Verschwinde, oder ich mache dir Beine!«

»Ich habe eine Nachricht, Mister«, sagte der Junge, der sich endlich von Vivianas Anblick losgerissen hatte.

Melchor stutzte.

»Dann gib schon her.« Er streckte die Hand aus. Der Knabe presste eine kleine Rolle an die Brust.

»Erst will ich meinen Penny haben!«

Melchor wurde wütend, aber Viviana lachte.

»Nun gib ihm doch etwas, Melchor. Es ist eine gute Tat, und wir waren heute in keiner einzigen Messe.«

Ungeduldig wühlte Melchor in seinem Beutel und zog eine kleine Münze heraus. Der Junge reichte ihm die Nachricht. Melchor nahm die Rolle und wollte gerade dem Kind das Geldstück vor die Füße werfen, als er sich mit einem Seitenblick auf Viviana eines Besseren besann. Er drückte es in die ausgestreckte, schmutzige Hand und entrollte das Pergament.

»Verdammt, schwieriger ging es wohl nicht!«, beschwerte sich Melchor ungehalten.

»Was ist los, wo sollen wir uns treffen?«

Melchor senkte die Stimme.

»Noch vor Tagesanbruch zwischen Upper Thames und Southwark auf der Themse.«

»Auf der Themse, in einem Boot?«

Er nickte missgelaunt und blickte sich um. Der Junge war verschwunden.

»Dann müssen wir uns um ein Boot kümmern«, sagte Viviana. Hoffentlich würde Melchor dieses Treffen nicht verweigern.

»Warum, zum Teufel, in einem Boot mitten auf dem verdammten Fluss?«

»Du musst bedenken, dass du hier in London einen erheblichen Vorteil hättest, solltest du ein falsches Spiel treiben. Ich weiß, dass du auf unserer Seite bist, aber sie wissen das eben noch nicht.« Viviana schmiegte sich an ihn und lächelte aufmunternd.

Melchor beruhigte sich wieder und stand auf.

»Komm, wir haben noch einiges zu erledigen, ehe es dunkel wird.«

Sie ließen einen Wasserträger vorbei, ehe sie in eine der Gassen abbogen. Melchor führte Viviana in Richtung Flussufer, aber ehe sie dort angekommen waren, blieb er vor einer Kirche stehen.

»Ich will, dass du hier wartest.«

»Warum?«

»Ich werde jetzt ein Boot besorgen, und die Docks sind kein Aufenthaltsort für eine Dame.«

Viviana hätte fast laut gelacht, konnte sich aber gerade noch zusammenreißen. Melchor schob sie die zwei Stufen zur Kirchentür hinauf.

»Warum betest du nicht für einen erfolgreichen Ausgang unseres Treffens?«

Er würde sehr schnell zu einem überaus herrschsüchtigen Liebhaber werden, der keinerlei Widerrede zuließ, dachte Viviana, als sie folgsam die Treppen hinaufstieg. An der Tür blieb sie stehen und blickte sich um. Melchor ging schnellen Schrittes die Gasse hinunter, die goldenen Rauten seiner Jacke leuchteten im letzten Abendlicht. Sie wünschte, die Angelegenheit läge hinter ihr. Melchor war unberechenbar und jähzornig. Er zeigte sich ihr von seiner besten Seite, aber wenn sie ihn verärgerte, könnte seine Laune schnell umschlagen. Er war ein skrupelloser, gefährlicher Mann, und sie wusste, dass ihr einziger, wirklicher Trumpf die Tatsache war, dass er sie begehrte. Sie musste sich zusammennehmen und durfte bei einer so wichtigen Sache jetzt nicht die Nerven verlieren. Was war bloß los mit ihr? Sie ging in die Kirche und kniete sich in die erstbeste Bankreihe. Mit geschlossenen Augen begann sie ein Ave Maria zu sprechen, aber ihre Gedanken wollten nicht bei dem Gebet bleiben. Wie konnte sie die Heilige Jungfrau um Stärke bitten, wenn sie eine Sünde begehen wollte? Aber ihr gesamtes Leben war eine einzige Sünde. Viviana hatte sich frühzeitig damit abgefunden, dass ein gottgefälliges Leben für sie nicht vorgesehen war, und somit auch keine Versuche mehr unternommen, ihr Seelenheil zu retten. Sie würde in der Hölle brennen, und es galt nur, diese Verdammnis so weit wie möglich in die Zukunft hinauszuzögern. Viviana dachte an die kurze Zeit, in der sie in gnädiger Unkenntnis über ihre tatsächliche Identität gelebt hatte. Wie leicht war ihr Leben gewesen, frei von dem Joch der Erinnerung an all die furchtbaren Dinge, die sie getan hatte und die ihr angetan worden waren. Ihre Begegnung mit Julian und seiner idealistischen, ehrenhaften Gesinnung, die er auch auf sie übertrug, hatten Viviana zum ersten Mal seit langem wieder an ihrem Tun zweifeln lassen. Plötzlich spürte sie Bedenken, Widerwillen und Zögern bei Dingen, die sie noch vor Kurzem ohne weiteres einfach durchgeführt hätte. Viviana betrachtete ihre gefalteten Hände. Bei dieser Maskerade mit Melchor riskierte sie alles. Sie sollte eigentlich verschwinden, ihm die Liste abnehmen und sich aus dem Staub machen. Stattdessen spielte sie ein gefährliches Doppelspiel mit hohem Einsatz, und für was? Sie tat es für Julian, weil sie ihn liebte. Doch dieses Gefühl erfüllte ihr Herz nicht mit Erwartung oder Freude, es erfüllte es mit einer dumpf schmerzenden Hoffnungslosigkeit. Einmal von der offensichtlichen Tatsache abgesehen, dass ein Ehrenmann wie Julian White weit mehr als eine mörderische Hure verdient hatte, wusste Viviana, dass es

Liebe in ihrem Leben nicht geben würde. Für jemanden wie sie war schon lange jede Hoffnung verloren, und auf ihrem Weg gab es keine Umkehr. Viviana betrachtete die Madonna auf dem Altar mit ihrem lieblichen Gesicht, die versonnen vor sich hin lächelte. Nein, Viviana war sich gewiss, sie selbst befand sich bereits jenseits von Gnade. Aber Julian würde nicht dem Teufel zum Fraß vorgeworfen werden, und sie würde tun, was sie musste, um das zu verhindern!

Ein kalter Windzug ließ die Kerzen vor der Marienstatue flackern. Melchor Thorn trat in die Kirche. Viviana stand auf.

»Warst du erfolgreich?«

»Ja, alles geregelt. Jetzt können wir endlich zum angenehmen Teil des Abends übergehen.« Er zwinkerte ihr vielsagend zu. Wieder zeigte Vivianas Gesicht ein Lächeln.

»Willst du noch eine Kerze anzünden?«, fragte Melchor und wühlte in seinem Beutel nach einer Münze.

Viviana blickte auf die kleinen, grob geformten Wachsklumpen zu Füßen der Madonna. Sie schüttelte den Kopf und ging an Melchor vorbei hinaus in die Dämmerung.

Kaum waren sie die Treppen zu ihrem Zimmer emporgestiegen und hatten die Tür noch nicht ganz zugemacht, als Melchor Viviana schon in seine Arme riss. Seine feuchten Lippen und sein heißer Atem bedeckten ihr Gesicht. Sie schloss kurz die Augen und atmete tief durch. Dieses eine Mal noch, nur noch dieses eine Mal, dachte sie. Als sie die Augen wieder aufmachte, war ihr dunkler Blick verführerisch und schmeichelnd. Sie wand sich aus seinem gierigen Griff und schob ihn eine Armlänge von sich.

»Langsam«, schnurrte Viviana mit ihrer kehligen Stimme, und ihr Mund öffnete sich verlockend, als sie das Wort aussprach. Sie drückte Melchor nach hinten, bis er gegen den

Bettpfosten stieß. Die Fackeln, die draußen zu beiden Seiten des Eingangs brannten, erhellten durch die offene Fensteröffnung auch das Gemach im ersten Stock ein wenig.

»Du wirst jetzt erst einmal gar nichts machen.«

Sie legte ihren Finger auf seinen Mund, als er protestieren wollte. Dann glitten ihre Hände über seine Brust und unter seine Jacke. Sie schob den rotgoldenen Stoff nach hinten und über seine Schulter, sodass Melchor in der freien Bewegung seiner Arme eingeschränkt war. Langsam zog sie sein Hemd aus seiner Hose und glitt dann an ihm hinunter. Ihre Lippen berührten leicht seine nackte Haut. Sie nahm das Hosenband zwischen die Zähne und zog es, sich langsam rückwärtsbeugend, auf. Melchor blickte auf sie hinab und auf die verlockenden Rundungen ihres Dekolletés. Er erzitterte vor Erregung und versuchte, die Ärmel seiner Jacke abzustreifen. Viviana kam wieder hoch und rieb sich dabei gekonnt an seiner harten Männlichkeit. Sie blickte ihm tief in die Augen.

»Langsam«, sagte sie wieder und formte jede Silbe des Wortes.

Melchor stöhnte, eine Schweißperle rann ihm von der Stirn.

Viviana stieß ihn auf das Bett. Sie stand zwischen seinen Beinen an der Bettkante und blickte ihn an. Dann drehte sie sich um, beugte sich vor und zog ihm langsam die Schuhe aus. Es war eine provozierende, fast obszöne Geste, mit der sie ihm ihr Hinterteil darbot, und Melchor kämpfte sich schwer atmend aus seiner Jacke. Doch ehe er die Hände wieder frei hatte, um nach Viviana greifen zu können, hatte sie sich aufgerichtet und war einen Schritt von ihm weggetreten. Melchor saß, nur noch mit Hemd und Hose bekleidet, zitternd auf dem Bett, und Viviana hatte den Eindruck, dass er jeden Moment die Beherrschung verlieren würde. Sie löste die seitliche Schnur ihres Gewandes und reichte sie Melchor. Mit ein paar anzüglichen, geschmeidigen Bewegungen tänzelte Viviana rückwärts, und das Band löste sich. Dasselbe tat sie mit dem anderen Band, um sich dann schließlich mit einer geschickten Bewegung das Kleid über den Kopf zu ziehen. Melchor wollte aufstehen, aber Viviana war schneller, streckte das Bein aus und legte ihren nackten Fuß auf seinen Bauch. Er sank zurück auf das Lager. Gekonnt zog sie Melchor die Hose aus und rieb sich wieder kurz an ihm. Er keuchte, aber ehe er sie festhalten konnte, war sie leichtfüßig um das Bett herum auf die andere Seite gelaufen. Sie stellte sich vor das Fenster und zog sich langsam mit lasziven Bewegungen das Unterkleid aus. Sie hörte sein erregtes Stöhnen, und seine Begierde schien den Raum zu füllen. Jetzt stand sie nackt vor ihm, und doch konnte er nur ihren Umriss sehen. Sie hob die Arme und löste ihr Haar, dass es wie ein Wasserfall über ihre Schultern fiel. Dann kam sie auf ihn zu, jeden Schritt genau bemessen. Melchor starrte sie wie hypnotisiert an. Er atmete stoßweise. Viviana erreichte das Bett.

»Willst du das nicht auch ausziehen?«, flüsterte sie und zog ihm das Hemd über den Kopf. Mit der gleichen Bewegung fasste sie auch Rinaldos Anhänger. Melchor bemerkte es nicht, zu sehr war er auf das Ziel seiner Wünsche, auf seine bevorstehende Erlösung, fixiert. Das Hemd samt Anhänger fiel neben das Bett, und Viviana ließ sich jetzt von Melchor festhalten. Er hatte keine Zeit mehr für Küsse oder Liebkosungen, er kam gleich zur Sache. Viviana lauschte auf seinen Atem, und einen kurzen Augenblick später machte sie eine geschickte, schnelle Bewegung, die ihn aus ihr gleiten ließ, und im gleichen Moment ergoss er sich mit einem fast schrillen Schrei auf das Laken. Keuchend lag er schweißgebadet auf dem Bauch. Viviana betrachtete ihn kalt. Er war ein Wicht und ein leichtes Opfer gewesen. Durch ihre Verführungskünste hatte sie ihn so aufgeheizt, dass er nur noch zum Ziel kommen wollte, und damit hatte er die Gelegenheit für ein langes Liebesspiel verpasst. Was genau das war, was Viviana sich erhofft hatte. So musste sie nicht seine Hände auf ihrem Körper spüren oder seine Küsse ertragen. Sie rutschte vom Bett und ging zu dem kleinen Beistelltisch, auf dem ein Krug mit Wein stand. Sie füllte Melchors Becher bis zum Rand und trug ihn samt Krug zu ihm hinüber. Er würde durstig sein. Lächelnd reichte sie ihm den Becher. Er hatte das beschmutzte Laken an das Fußende des Bettes geschoben und lag auf dem Rücken.

»Warum hast du das gemacht?«, fragte er, immer noch erschöpft. Viviana kniete sich neben ihn auf das Bett und reichte ihm den Becher.

»Ich wusste nicht, dass du schon einen Sohn wolltest.«

Er stürzte den Becher Wein hinunter, und sie füllte ihn erneut.

»Du bist eine Hexe, du raubst mir die Sinne.«

»Dann hat es dir also gefallen?«, fragte sie unnötigerweise.

Er trank auch den zweiten Becher Wein aus und ließ sich wieder in die Kissen sinken.

»Morgen machen wir es nach meinen Spielregeln.«

Melchor hatte keine Kraft mehr für einen zweiten Versuch. Er war selten mit Frauen zusammen, und die ungewohnte Anspannung mit der anschließenden Entspannung hatte ihn erschöpft, zwei große Becher Wein hatten dabei nachgeholfen. Fürsorglich legte Viviana das zweite Laken über ihn und ließ sich neben Melchor nieder. Kurz darauf war er eingeschlafen.

Der seltsame Anhänger war eine Art flacher Lederbeutel, vielleicht so groß wie der Daumen eines Mannes. Im Mondlicht konnte Viviana gut die winzige Stickerei und die sorgfältig gearbeiteten Nähte erkennen. Vorsichtig löste sie die Verschnürung und zog den Inhalt heraus. Es war etwas Hartes, das in ein Stück Leinen gewickelt war. Es schien alt zu sein, denn das Gewebe war an den Kanten brüchig. Viviana wickelte das kleine Paket aus, und in ihrer Hand lag ein Knochen. Stirnrunzelnd betrachtete sie das weiße Ding. Es sah aus wie das Glied eines menschlichen Fingers. Sorgfältig wickelte sie den Knochen wieder in das Stoffstück und blickte sich suchend im Zimmer um. Das kleine Paket in ihrer Hand wiegend, ging sie suchend im Raum umher. Sie wühlte leise in ihrem Gepäck und zog schließlich ihren Kamm hervor. Es war ein schönes Stück aus wunderbar meliertem Horn, das sie auf Melchors Kosten in Saint Albans gekauft hatte. Kurz entschlossen brach sie einen der großen Zinken ab. Sie hielt inne und lauschte, aber Melchor schlief fest. Nachdem sie den Zinken mit einem ihrer Bänder fest umwickelt hatte, wog sie beide Pakete in ihren Händen. Viviana konnte keinen Unterschied feststellen, steckte den Zinken in den kleinen Lederbeutel und zog ihn fest zu. Dann legte sie den Anhänger wieder unter Melchors Hemd, das andere Päckchen steckte sie in ihren Beutel, den sie in der tiefen Tasche ihres Kleides immer bei sich trug. Sie kleidete sich an, trank den Rest des Weines, setzte sich auf die Fensterbank und starrte hinaus in die Nacht.

~ 30 ~

Julian hatte die Vorderseite des Gasthauses unter Beobachtung, Rinaldo die Rückseite. Der Nachtwächter war auf seiner ersten Runde bereits vorbeigekommen, als Thorn in Begleitung von Viviana zu seinem Quartier zurückkehrte. Sie hatte sich bei ihm eingehakt, und Thorn machte auf Julian den Eindruck eines aufgeplusterten Gockels. Wenn er wirklich glaubte, der schönen Frau an seiner Seite läge tatsächlich etwas an ihm, war er ein armer Tropf. Julian wusste das, denn er hatte es am eigenen Leib erfahren. Aber er selbst war noch verblendeter als Thorn, denn Viviana war sogar ehrlich zu ihm gewesen. Sie hatte ihm nichts vorgemacht, und doch hatte er wie ein Narr gehofft. Julian beobachtete, wie sie ins Haus gingen. In keinem der Räume wurde ein Licht angezündet. Er wartete. Nichts geschah. Allmählich fragte er sich, ob sie die Herberge auf einem anderen Weg wieder verlassen haben könnten, da sah er Viviana kurz in einem der Fenster. Sie streifte ihr Unterkleid ab und löste ihr Haar, dann verschwand sie wieder im Dunkeln des Zimmers. Ein nie gekanntes Gefühl der Eifersucht durchflutete Julian wie ein Feuerstrom. Er wollte auf der Stelle in die Herberge stürmen und Thorn sein Schwert in die Brust rammen. Er atmete tief durch und versuchte, sich zu beruhigen. Viviana gehörte ihm nicht. Sie hatte ihm nie etwas anderes versprochen, sie tat, was sie wollte, und das tat sie gerade mit Thorn. Julian machte ein paar Schritte und verharrte. Die Knöchel seiner geballten Hände waren weiß. Er trat zurück in den Schatten des überhängenden Daches. Es bedurfte seiner ganzen Selbstbeherrschung, nicht doch loszustürmen. Seine rechte Hand hatte den Griff seines Schwertes gepackt. Die Vorstellung, Viviana könnte in Thorns Armen liegen, brachte ihn fast um den Verstand. Wie konnte sie nur, wie konnte sie sich an einen solchen Mann vergeben? Langsam gewann Julians Verstand wieder die Oberhand. Sie setzte die Gaben, die Gott ihr so verschwenderisch geschenkt hatte, als Waffe ein. Er wusste, dass sie nicht die einzige schöne Frau war, die die Schwäche des männlichen Geschlechts zu nutzen wusste. Sie hatte nie einen Hehl daraus gemacht, dass Emmanuelle Foulaise ihren Körper ohne jeden Skrupel benutzte, um zu bekommen, was sie wollte. Doch es war auch ein Stück von Viviana dort oben in dem dunklen Zimmer, und es machte Julian rasend, dass Thorn sie jetzt besaß. Einen Moment später wurde er abgelenkt. Viviana erschien wieder im Fenster. Sie war jetzt angekleidet. Julian starrte zu ihr hinauf. Das war schnell gegangen, dachte er sich und schüttelte den Kopf. Thorn war ein noch größerer Tropf, als er angenommen hatte. Sie verschwand erneut, kam nach einer kleinen Weile wieder, setzte sich auf die Fensterbank und blieb dort sitzen. Sehnsucht zog in Julians Herz. Er hatte die Leere in seinem Herzen wieder füllen wollen, aber er hatte nicht erwartet, dass Gott ihm dafür Feuer geben würde. Er sah hinauf zu ihr. Viviana blickte in die Nacht. Sie beide warteten auf das Morgengrauen.

Es war immer noch stockdunkel, als Viviana den ersten verschlafenen Vogel hörte. Durch die Fensteröffnung drang feuchtkalter Nebel in das Gemach. Es war so weit. Sie stand auf und ging zum Bett hinüber, auf dem Melchor unter dem Laken schlief. Sie fühlte nichts als Verachtung für ihn.

»Melchor!«

Er schreckte hoch, seine Hand suchte nach seinem Schwert, das er aber am Abend neben der Tür abgestellt hatte.

»Melchor, der Tag bricht an, wir müssen gehen.«

Er rieb sich die Augen.

»Du bist schon angekleidet?«, murmelte er.

»Ich war zu aufgeregt, um zu schlafen. Komm, es wird bald hell.«

Er schwang sich aus dem Bett und hob sein Hemd auf. Der Anhänger fiel zu Boden. Stirnrunzelnd griff er nach dem kleinen Lederbeutel. Er blickte zu Viviana, die aber damit beschäftigt war, die Bänder ihres Kleides festzuziehen. Melchor streifte sich Hemd und Anhänger über, tastete suchend unter der Matratze, zog die Liste hervor und steckte sie unter sein Hemd.

Schweigend ging Viviana neben Melchor die menschenleere Straße hinunter zur Themse. Der Nebel, der durch die Straßen quoll, war so dicht, dass man die Hand nicht vor Augen erkennen konnte. Wenn sie sich einfach zwei Schritte zurückfallen ließ, würde sie von der undurchsichtigen Masse verschluckt werden und Melchor würde sie nicht wiederfinden, dachte Viviana. Vielleicht war es nur das unheimliche, gespenstische Grau, das jedes Geräusch, jedes Licht, die ganze Stadt verschlang, aber plötzlich wurde Viviana von einer bösen Ahnung ergriffen. Es würde nicht gut gehen, die ganze Sache würde nicht gut gehen! Irgendetwas würde falsch laufen! Viviana versuchte, sich zu beruhigen: Ja, es war gefährlich, aber sie war schon viel größere Risiken eingegangen und war bisher immer mit heiler Haut davongekommen. Warum also jetzt plötzlich feige werden? Aber je näher sie dem Flussufer kamen, desto größer wurde Vivianas Unruhe, und sie konnte ihren Fluchtinstinkt kaum noch beherrschen. Abrupt blieb sie stehen. Melchor hatte es nicht bemerkt und war im nächsten Moment schon nicht mehr auszumachen. Vivianas Herz raste. Was, zum Teufel, war nur los mit ihr? Einen kleinen Moment stand sie still, als sie unvermutet hinter sich Schritte hörte. Der Schatten, der sich aus dem Nebel löste, stand plötzlich vor ihr. Es war Julian. Überrascht streckte sie die Hand nach ihm aus.

»Was machst du hier?«

»Dasselbe wollte ich gerade dich fragen.« Seine Stimme klang hart so wie damals in Shaftesbury, als er sie von den Wachen hatte verhaften lassen.

Viviana ließ den Arm sinken und trat einen winzigen Schritt zurück. Obwohl Julian natürlich nicht wissen konnte, was sie vorhatte, kränkte seine offene Feindschaft sie. Verdammt, er durfte jetzt nicht alles zunichtemachen!

»Wo ist Thorn?«

»Julian, höre mir zu, ich muss dir etwas erklären.«

»Du musst mir überhaupt nichts mehr erklären. Ich habe mich lange genug wie ein Narr aufgeführt.«

»Du musst mir zuhören!«

»Wo ist Thorn?«

Viviana hatte keine Zeit, sie konnte Julian nicht alles erklären, und selbst wenn, würde er ihrem Plan vielleicht nicht zustimmen und sie aufhalten wollen.

»Ich kann dir das jetzt nicht sagen. Bitte, Julian, du musst mir vertrauen.«

»Dir vertrauen?«

Sein bitteres Lachen durchfuhr Viviana wie ein Messer. Ehe sie antworten konnte, fuhr er fort: »Mit wem wollt ihr euch treffen, du und Thorn? Ihr wollt doch jemandem das Pergament übergeben, oder etwa nicht?«

»Nein. Das heißt, ja. Das verstehst du nicht, verdammt!«

»Das verstehe ich nicht? Doch, ich verstehe das alles sehr

gut. Du hast dich Thorn an den Hals geworfen und benutzt ihn für deine Pläne, diese Verschwörung doch noch durchzubringen. Oder hast du etwa aus Leidenschaft sein Bett geteilt?«

Viviana blinzelte. Natürlich, was sonst sollte er auch von ihr denken? Was hatte sie sich nur gedacht? Sie musste von Sinnen gewesen sein.

»Ja, du hast recht, Julian White, ich bin eine Hure und eine Verräterin.«

Blitzschnell drehte sie sich um und rannte die Gasse hinunter. Die ledernen Sohlen ihrer Schuhe machten kaum Geräusche auf dem Boden, und sie verschwand schnell in einem Hauseingang. Viviana drückte sich in die schützende Nische. Sie hörte Julians Schritte und sein leises Fluchen, aber der dichte Nebel war undurchdringlich. Nach einer kleinen Weile war er nicht mehr zu hören, und Viviana löste sich aus der Nische. Ein Gefühl von Enttäuschung und Bitterkeit hatte sich in ihr breitgemacht. Hatte sie tatsächlich gedacht, sie könnte plötzlich ein rettender Engel werden? Sie war verblendet gewesen, dachte Viviana wütend. Sie hatte geglaubt, Julian sähe mehr in ihr als die anderen Männer. Wie ein kleines Mädchen hatte sie versucht, ihm zu gefallen, seinen Erwartungen zu genügen. Sie war die Närrin gewesen. Viviana wollte nichts mehr, als sofort aus London zu verschwinden. Die Liste war ihr völlig gleichgültig, keine der beiden Parteien konnte etwas damit anfangen. Eilig tappte sie durch das dichte Grau. Sie musste so schnell wie möglich das Haus ihres Bekannten finden, um ihre Ausrüstung zu holen. Unmittelbar vor ihr tauchte plötzlich ein großer, dunkler Schatten auf, fast wäre sie mit ihm zusammengeprallt. Es war Thorn.

»Da bist du ja endlich! Verflucht, wo warst du denn?«

Er packte sie ungehalten am Arm.

»Warum weinst du?«, fragte er etwas milder.

Viviana fuhr sich über die Augen.

»Es ist nichts.«

»Gut, dann lass uns gehen, wir sind spät dran.« Er hatte sie fest am Arm gefasst und schob sie vorwärts. Ehe sie sich noch entscheiden konnte, ob sie einen Nahkampf mit Thorn und eine Flucht wagen sollte, hatten sie das Flussufer erreicht. Viviana hörte das gedämpfte Gluckern des Wassers.

»Ist alles bereit?«, fragte Melchor in das graue Nichts.

»Alles klar«, antwortete eine tiefe Stimme. Als Viviana noch einen Schritt näher trat, konnte sie schemenhaft einen Mann ausmachen, der in einem Boot stand. Er reichte ihr die Hand. Seit Melchor am Abend zuvor zum Hafen gegangen war, hatte Viviana sich überlegt, mit wie vielen zusätzlichen Männern sie würde rechnen müssen. Es schien nur einer zu sein, ein kräftiger Geselle mit einem dichten Bart. Sie konnte erkennen, dass sein Gesicht von Narben entstellt war. Er musste eine dieser schrecklichen Krankheiten gehabt haben, die in kürzester Zeit ganze Dörfer dahinraffen konnten. Nur sehr selten gab es Überlebende, und die waren für den Rest ihres Lebens entstellt.

Viviana stieg in das Boot. Es blieb ihr nichts anderes übrig. Melchor folgte. Die Ruderblätter, die fast lautlos ins Wasser glitten, waren kaum zu erkennen. Wie der Mann wissen konnte, wohin er ruderte, war Viviana unbegreiflich, aber er schien seinen Weg zu kennen.

~ 31 ~

Verdammt, wo steckt der Junge bloß?« Terrences Stimme klang ungehalten. Simeon zog seinen Umhang fester um seine Schultern, die kalte, feuchte Luft kroch durch jede Falte. Es war ein ungemütlicher, bedrückender Tagesanbruch, und der Nebel behinderte ihre Aktion genauso sehr wie er ihr förderlich war.

»Wir können nicht mehr auf Emmitt warten.«

»Ich verstehe nicht, wo er bleibt! Er ist gestern nach Westminster geritten, um den Bericht abzugeben, und wollte dann gleich wieder umkehren«, beschwerte sich Terrence.

»Vielleicht hat er den Weg zurück nicht gefunden, es ist ja eine unglaubliche Suppe heute!«

Terrence stapfte erneut die Straße hinauf und starrte ein letztes Mal vergeblich in das dichte, dunkle Grau. Natürlich würde Emmitt nicht kommen, der lag irgendwo auf dem Grund der Themse. Terrence ging zurück und schüttelte den Kopf.

»Keine Spur von ihm.«

»Wir müssen los.« Simeon stieg in das Boot und löste die Leine. Terrence stieß das Boot ab und sprang dann mit einem Satz ebenfalls hinein. Er überlegte kurz, ob er Simeon nicht gleich hier auf dem Wasser erledigen sollte, aber dann würde die Französin gewarnt werden. Wer weiß, was sie dann machen würde, zumal Thorn nicht gewarnt war. Nein, besser, er wartete, bis es zum Zusammentreffen kam.

Sie ruderten schweigend durch die Dunkelheit. Simeon blickte über die Schulter und versuchte im Nebel etwas zu erkennen. Hoffentlich hatte Thorn sich nicht noch Unterstützung angeheuert, dachte er. Es war ärgerlich, dass Emmitt nicht mit von der Partie war, aber immerhin hatten sie die Überraschung auf ihrer Seite, und nach allem, was er gehört hatte, war die Französin selbst auch recht wehrhaft. Er dachte an die zierliche, kleine Frau, mit der er in der versteckten Kirche heute Nachmittag diesen Plan ausgeheckt hatte. Kaum vorzustellen, dass sie eine Agentin der Feinde war.

»Dort hinten!« Terrence wies in das dunkle Grau, in dem sich ein kleines Licht im Rhythmus der Wellen auf und ab bewegte. Sie zogen die Kapuzen ihrer Umhänge über die Köpfe und legten sich in die Riemen. Aus dem Nebel schälten sich die Umrisse eines Bootes.

»Meister Hektor?«, Es war die Stimme von Thorn.

»Ganz richtig!«, antwortete Simeon. »Haben Sie die Liste?«

»Ich habe sie dabei.«

Simeon blickte Terrence an. Er nickte. Sie hatten das Boot jetzt erreicht. Der Bootsmann zog sie mit einem Haken an einem langen Stab heran und angelte nach dem Seil, um die Boote miteinander zu vertäuen.

Simeon zog sein Schwert und warf die Kapuze zurück.

»Du bist des Hochverrats überführt, Thorn!«

Melchor prallte zurück.

»Was, zum Teufel …?«

Viviana hatte ihr Messer gezogen, um den Bootsmann in Schach halten zu können, als der zweite Mann im Boot sich plötzlich mit einem Dolch hinter Simeon erhob.

»Vorsicht, von hinten!«, schrie Viviana.

Simeon wirbelte herum. Das Messer traf ihn an der Schulter. Er verlor das Gleichgewicht, rutschte auf dem nassen Holz aus und fiel der Länge nach ins Boot. Der zweite Mann stürzte sich auf ihn und holte gerade mit dem Dolch aus, als sich Vivianas Wurfmesser in seinen Arm bohrte. Mit einem Schrei ließ er die Klinge los, die über Bord ins Wasser fiel. Simeon rappelte sich auf und ging zum Angriff über.

»Terrence?« Melchor starrte ungläubig auf den Mann, der fluchend mit Simeon kämpfte, und dann wieder auf Viviana. »Du Luder!«

Viviana zog ihr zweites Messer und sprang den überraschten Bootsmann von hinten an. Das Boot schaukelte wild, und er griff nach der Bootswand, um nicht umzufallen. Dabei ließ er das Seil los, mit dem er das andere Ruderboot an das eigene Boot herangezogen hatte. Das andere Boot bewegte sich durch den Zweikampf der Männer wild schaukelnd neben ihnen hin und her. Melchor zog sein Schwert.

»Du elende Hure, du Luder, du falsches Stück!«

Was Thorns Falle hatte sein sollen, war ihre eigene geworden. Viviana biss wütend die Zähne zusammen.

»Wenn ich dich in meine Finger bekomme, du dreckiges Weibsstück, ich werde dir jeden Knochen einzeln brechen.« Thorn schäumte vor Wut. Das andere Boot schaukelte gefährlich und stieß hart an das ihre. Der Bootsmann stolperte nach hinten und begrub Viviana unter sich, Melchor verlor sein Schwert. Vivianas Arm schlug schmerzhaft auf eine der hölzernen Bänke, und das Messer entglitt ihrer Hand. Der Bootsmann rappelte sich auf und packte sie. Melchor stürmte vor und schlug ihr mit der Faust ins Gesicht. Ihr Mund füllte sich mit Blut. Der Bootsmann hielt sie mit beiden Armen umklammert, sie zog die Beine an und trat Melchor mit voller Wucht in den Magen. Der Aufprall warf den Bootsmann zurück, und er lockerte seinen Griff.

»Stich ihn ab, Terrence!«, hörte sie Melchor brüllen, als sie ihren Ellenbogen dem Bootsmann in den Unterbauch rammte. Er schrie auf und ließ sie los. Viviana sah ihr Messer auf den Planken hin und her rutschen. Sie sprang nach vorn, aber Melchor war schneller. Die Spitze seines Schwertes zielte auf ihre Brust. Sie standen sich auf dem schaukelnden Boot gegenüber.

»Du elende Hure!«, keuchte er.

»Ja, ja«, zischte sie, »das habe ich schon so oft gehört.«

War es das jetzt? Ihr letzter Moment? Es grenzte an ein Wunder, dass sie überhaupt so lange überlebt hatte.

»Du, du …« Melchor suchte nach Worten. Sie empfand tiefe Verachtung für diese selbstgerechten, bigotten Männer, deren Wort nichts galt, die aber, wenn sie selbst das Opfer eines Betruges wurden, mit empörter Wut reagierten. Terrence richtete sich im Ruderboot auf. Es war vorbei.

»Nun stich schon zu, du widerlicher, ehrloser Kerl!«

Lieber ein kurzes Ende, dachte Viviana, als wenn er auf die Idee käme, sie seinen Männern zu überlassen, und sie erst dann umbrachte. Sie provozierte ihn weiter.

»So etwas Lächerliches wie dich habe ich schon lange nicht mehr im Bett gehabt. Für den winzigen Augenblick, den du durchhältst, musst du bei einer Hure bestimmt nur die Hälfte zahlen.«

Melchors Gesicht wurde weiß. Er zitterte vor Zorn, und sein Arm spannte sich. Viviana schloss die Augen.

Mit einem Krachen rammte ein drittes Boot ihren Kahn. Sie wurden auf die Seite geschleudert. Melchors Schwert sauste dicht neben Vivianas Bein durch den Stoff ihres Kleides und in das Holz des Bootes. Er selbst konnte sich gerade noch festhalten, um nicht über Bord zu gehen. Mit einem Satz sprang Julian auf das Deck und versetzte dem Bootsmann einen Fausthieb, dass er in die Knie ging. Melchor rappelte sich auf. Viviana versuchte Melchors Schwert aus ihrem Kleid zu ziehen, aber es gelang ihr nicht.

»Die Liste, Thorn.«

»Zum Teufel mit dir, White.«

Julians Schwertspitze kam Melchors Hals gefährlich nahe.

»Glaub mir, Thorn, ich habe nicht die geringsten Hemmungen, dich aufzuspießen. Gib mir nur einen Grund, und ich schlitze dich mit Vergnügen auf.«

Melchors Gesicht zuckte. Einen Moment starrten sie sich in dem grauen Licht des beginnenden Tages an. Schließlich griff Thorn in seine Jacke, zog die zusammengedrückte Pergamentrolle heraus und warf sie Julian hin. Er fing sie auf, als Viviana hinter ihm Terrence aus dem anderen Boot zu ihnen herübersteigen sah. Noch ehe sie Julian warnen konnte, wurde Terrence von einem Paddel am Kopf getroffen. Mit einem Klatschen fiel er über Bord.

»Fisch ihn wieder raus, Rinaldo, wir brauchen ihn noch.«

Der Spanier griff mit seinen langen Armen nach dem Bewusstlosen und zog ihn an Bord.

»Wo ist mein Anhänger?«, fragte er.

Melchor zog den kleinen Lederbeutel aus seinem Hemd.

»Meinst du den hier, Fettsack?«, höhnte er.

»Gib den Anhänger zurück, Thorn«, befahl Julian.

»Ich glaube, ich bin für einen Tag großzügig genug gewesen.« Damit zog er das Lederband über den Kopf und schleuderte den Anhänger in den Fluss.

»Nein!« Rinaldo machte einen Satz nach vorn. Unter seinem Gewicht bäumte sich der Kahn auf, Melchor verlor die Balance und kippte zuerst nach vorn und dann nach hinten. Er schlug mit den Knien gegen die Reling und fiel, wild mit den Armen rudernd, über Bord. Rinaldo beugte sich über das Boot.

»Der Anhänger!« Seine Stimme war fast ein Schluchzen.

Viviana riss den Stoff ihres Kleides los und rappelte sich auf. Sie packte Rinaldo am Arm.

»Rinaldo! Ich habe ihn. Ich habe deinen Anhänger! Er ist hier in meinem Beutel!«

Er drehte sich zu ihr um, und sie fielen sich in die Arme.

»Viviana, es ist so schön, dich wiederzusehen.«

»Hilfe!« Melchor planschte panisch im Wasser.

»Hilfe, Hilfe«, gurgelte er.

Sie ließen einander los und drehten sich wieder zum Wasser.

»Ich kann nicht schwimmen!« Melchor prustete und streckte verzweifelt einen Arm aus.

»Schade«, antwortete Viviana kalt und stand auf. Rinaldo blickte auf den Ertrinkenden und sagte nichts. Julian war in das andere Boot gestiegen.

»Simeon!«, rief er überrascht und beugte sich über seinen Freund.

»Ist er tot?«, fragte Viviana.

»Nein, Gott sei Dank ist er nur bewusstlos. Er hat aber eine Messerwunde an der Schulter.«

»Ich war das nicht!«

Julian drehte sich zu ihr um. Sie sahen sich einen Moment lang in die Augen. Um Julians Mundwinkel zuckte ein Grinsen, aber er schüttelte nur den Kopf.

»Was geht hier eigentlich vor sich?«, fragte Julian.

»Jetzt soll ich es also doch erklären, wie?«

»Es tut mir leid, Viviana.« Seine grünen Augen blickten sie ernst an. Sie wusste, dass er es ehrlich meinte, und sie wusste auch wieder, warum sie sich auf diese Sache eingelassen hatte. Viviana lächelte.

»Ich erkläre es dir später, kümmere du dich erst einmal um deinen Freund.« Sie wandte sich wieder dem anderen Boot zu, fragte dann aber über die Schulter: »Willst du Thorn retten?«

Julian hielt einen Augenblick inne und rang mit sich. Viviana reckte sich und warf einen Blick über den Bootsrand.

»Zu spät, er ist bereits untergegangen«, log sie.

Julian nickte und wandte sich wieder Simeon zu. Viviana und Rinaldo fesselten Terrence und den Bootsmann. Als sie fertig waren, war Melchor Thorn tatsächlich nicht mehr zu sehen.

Simeon kam stöhnend wieder zu sich, und sie halfen ihm in das größere Boot. Die beiden kleineren Boote im Schlepptau, ruderten Julian und Rinaldo in Richtung Ufer zurück. Es war inzwischen heller geworden, und der dichte Nebel löste sich allmählich auf. Viviana holte ihren Beutel aus ihrer Kleidertasche und zog das kleine Paket heraus. Sie reichte es Rinaldo.

»Hier ist das Ding, was in dem Anhänger war.«

Er ließ das Ruder los und nahm das kleine Paket entgegen. Er küsste es und steckte es vorsichtig in seine Tasche. Dann, als wäre nichts gewesen, ruderte er weiter. Vivian und Julian blickten sich an.

»Also?«, fragte Julian.

»Also was?«

»Was hattest du hier vor?«

Plötzlich war es Viviana peinlich, Julian so offen ihre wirklichen Beweggründe zu sagen. Sie erzählte ihm alles, was vorgefallen war, seitdem sie in Saint Albans getrennt worden waren, doch ihre Erklärung, warum sie das getan hatte, blieb etwas vage.

»Wie habt ihr uns gefunden?«, fragte Viviana Rinaldo, um das Thema zu wechseln und Julians forschendem Blick zu entgehen.

»Wir haben ein bisschen Glück gehabt«, sagte Rinaldo mit seiner weichen, hellen Stimme und lächelte zufrieden.

»Es war Rinaldo, der Glück gehabt hat. Ich habe kaum zum erfolgreichen Ausgang dieser Angelegenheit beigetragen«, schaltete sich Julian ein. »Rinaldo war derjenige, der Thorn gefunden hat, und er war auch derjenige, der sich nicht mit unsinnigem Gerede aufgehalten hat, als wir euch auf dem Weg zum Boot verfolgten.«

»Du bist auch dort gewesen, Rinaldo?«, fragte Viviana.

Der Spanier nickte.

»Ihr beide wart so mit euch selbst beschäftigt, ich bin einfach an euch vorbeimarschiert.«

»Unglaublich!« Viviana schüttelte den Kopf.

»Ich hatte das Glück, Rinaldo wiederzufinden, gerade als er das Boot klargemacht hatte.«

»Und ich hatte das ›Glück‹, Thorn wiederzufinden, gerade als ich mich aus dem Staub machen wollte.« Viviana lachte. »Oder besser, er hatte das Glück, mich wiederzufinden.«

»Ich glaube, das ist nicht wirklich glücklich für ihn ausgegangen«, meinte Rinaldo mit einem Blick auf das dunkle Wasser der Themse.

~ 32 ~

Sie hatten das Ufer fast erreicht. An der Kaimauer, von der aus Simeon und Terrence abgelegt hatten, standen Menschen.

»Da ist Emmitt«, sagte Julian.

»Das wurde aber auch Zeit!«, brummte Simeon, dessen Kopf eine gigantische Beule zierte.

Terrence, der gefesselt im Boot lag, versuchte, über die Bordwand zu sehen.

»Emmitt? Bist du sicher?«

»Wieso?« Simeon blickte Terrence misstrauisch an. »Was hast du mit ihm gemacht?«

Terrence antwortete nicht.

Sie legten an, und Emmitt und zwei weitere Agenten aus Westminster halfen ihnen aus dem Boot. Terrence und der Bootsmann wurden sofort abgeführt. Julian umarmte Simeon. »Danke für deine Hilfe, alter Freund.«

Emmitt trat von einem Fuß auf den anderen.

»Sir, der Kardinal will Sie sofort sprechen. Er ist an der anderen Anlegestelle. Uns war nicht klar, wo Sie anlanden würden.« Er blickte sich um. »Wo ist Thorn?«

»Er ist über Bord gegangen und konnte nicht schwimmen.«

Ein zufriedenes Lächeln huschte über Emmitts junges Gesicht.

»Es ist gut, schwimmen zu können. Ich bin am Severn aufgewachsen und schwimme wie ein Fisch.«

Julian blickte ihn neugierig an.

»Ich kann auch dann noch schwimmen, wenn man mir von hinten was über den Kopf schlägt!«

»Deine Verspätung ist entschuldigt«, sagte Simeon.

Julian klopfte Emmitt auf die Schulter.

»Du wirst ein sehr guter Agent werden, Emmitt! Danke für deine Hilfe.«

Emmitt errötete.

»Sir, der Kardinal.«

»Der muss noch einen Moment warten. Geht schon vor. Simeon hat eine Schulterwunde, die versorgt werden muss.«

Julian drehte sich zu Viviana um.

»Wo ist Rinaldo?«

»Er ist dort drüben.« Sie zeigte auf eine Schenke, wo gerade die Holzläden an den Fenstern aufgeklappt wurden. »Er hat noch nichts gegessen!«

Sie blickten einander an. Julian strich zärtlich mit der Hand über Vivianas Wange.

»Du hast das alles auf dich genommen, nur um mich zu retten?«

»Nein, habe ich nicht.«

»Doch, das hast du.«

»Nein.«

Julian legte den Kopf schief.

»Na ja, vielleicht habe ich das für dich gemacht«, gab sie zu.

Julian lächelte. Sie erwiderte sein Lächeln, doch es war ein wenig traurig.

»Wahrscheinlich habe ich es deshalb gemacht, weil du an das Gute in mir glaubst.«

Julian nahm Vivianas Hand.

»Und da ist auch Gutes in dir.«

Wieder huschte das traurige Lächeln über ihr Gesicht.

»Es ist aber nur ein kleiner Teil, täusche dich nicht.«

»Viviana, kannst du nicht …«

Sie legte ihm den Finger auf die Lippen.

»Nein, Julian. Ich kann nicht ändern, wer ich bin. Es würde niemals gut gehen zwischen uns. Du weißt das, und ich weiß es auch.«

Er nahm sie in die Arme und drückte sie an sich.

»Und überhaupt bin ich eine Feindin des Reiches, hast du das schon vergessen?«, murmelte Viviana an seiner Brust. Eine kleine Weile standen sie nur da, und keiner sprach. Dann löste sie sich aus der Umarmung.

»Du kannst jetzt nicht gehen, ich habe doch noch so viele Fragen«, versuchte Julian sie zurückzuhalten.

»Du hast deine Liste, und ich muss jetzt fort.«

Er schloss gequält die Augen.

»Mach es mir doch nicht so schwer, Julian. Dein Zuhause ist hier, und du weißt, ich kann nicht bleiben.«

Er nahm ihr Gesicht in seine Hände und gab ihr einen Kuss auf den Mund, zärtlich und unendlich traurig. Dann ließ er sie los. Viviana wandte sich um und lief die Gasse hinauf. Nach ein paar Schritten drehte sie sich um und winkte. Sie hob ihren zerrissenen Rock.

»Ich brauche schon wieder ein neues Kleid!« Sie lachte. Julian winkte und lächelte ihr nach, obwohl ihm zum Heulen zumute war.

Viviana war längst in einer Seitengasse verschwunden, als Julian Hufgeklapper hörte. Der Kardinal mit einem Gefolge von vier Männern und Emmitt kamen die Straße heruntergeritten. Er hielt vor Julian und stieg ab.

»Wo ist die Französin?«

»Sie ist fort.«

»Sie haben sie einfach gehen lassen?«

Julian nickte, zog die Liste aus der Tasche und reichte sie dem Kardinal.

»Sie hat ihren Teil des Handels erfüllt.«

»Na und?«

Julian blickte den Kardinal an.

»Ihre Grundsätze machen mich ungeduldig, White!«

Der Kardinal entrollte die Liste und warf einen Blick darauf.

»Sie ist also verschlüsselt.«

»Soweit ich weiß, ja.«

»Und der Schlüsselcode ist abhandengekommen?«

»Sie hat ihn im Meer verloren.«

Der Kardinal presste ungehalten die Lippen zusammen.

»Dann ist das hier auch nichts mehr wert!«

Er ging zu dem Feuerkorb, der als Leuchtzeichen diente und den Simeon vor ihrer Abfahrt entzündet hatte, und warf das Pergament hinein. Julian sah die Rolle in Flammen aufgehen. Er hätte das nicht getan, er hätte versucht, die Namen zu entschlüsseln, dachte er. Vermutlich vergeblich, aber er hätte es zumindest versucht.

Der Kardinal saß wieder auf.

»Ich will einen vollständigen Bericht vor Sonnenuntergang.«

»Wollen Sie gleich nach Westminster mitkommen, Sir?«, fragte Emmitt, der als Letzter sein Pferd wendete.

»Nein, ich habe noch etwas zu erledigen. Aber heute Abend trinken wir ein Bier zusammen, einverstanden?«

Emmitt nickte erfreut und trieb sein Pferd an, um den Kardinal nicht aus den Augen zu verlieren.

Julian ging zu der Schenke hinüber, vor der ein Junge den gepflasterten Eingang fegte. Der Rest der Straße war nicht befestigt, aber auf diesem kleinen Stück vor der Tür durfte sich offenbar kein Sand befinden. Er setzte sich zu Rinaldo.

»Die Köchin muss erst das Feuer im Herd schüren, ehe sie uns etwas zubereiten kann.«

»Es ist noch sehr früh.«

»Der gewürzte Wein ist gut.« Rinaldo schob Julian den Krug über den Tisch, und er nahm einen tiefen Schluck daraus, ohne auf einen Becher zu warten. Sie schwiegen eine Weile, bis Julian feststellte: »Viviana ist fort.«

»Ich weiß, sie hat sich von mir verabschiedet, als Sie mit den anderen Männern sprachen.«

»Ich hätte sie nicht gehen lassen sollen.«

»Wie hätten Sie sie denn aufhalten wollen?«

Julian zuckte hilflos mit den Schultern.

»Ich weiß es nicht. Ich hätte etwas tun oder sagen sollen.«

»Was denn?«

»Irgendwas. Aber jetzt ist es zu spät.«

»Es ist nie zu spät.«

Julian seufzte, schüttelte aber erneut den Kopf.

»Was haben Sie jetzt vor, Rinaldo?«

»Ich werde mich nach Leuten umsehen müssen, die ins Heilige Land reisen.«

»Sie wollen den Anhänger selbst zurückbringen?«

»Ich kann sonst nicht wieder nach Hause zurückkehren.«

Julian blickte Rinaldo mitleidig an. Kinder taten häufig unbedachte Sachen. Es war tragisch, dass dieses kleine Vergehen Rinaldo so spät in seinem Leben einholte und ihm nun so große Schwierigkeiten bereitete. Für eine Reise ins Heilige Land brauchte man nicht nur Mut, sondern auch eine umfangreiche Ausrüstung und ein gerüttelt Maß Glück obendrein.

»Wenn ich Ihnen bei der Vorbereitung helfen kann, Rinaldo, werde ich das gerne tun.«

Die Sonne war aufgegangen und stand hoch am blauen Himmel, als Julian durch die belebten Gassen zu Simeons Haus ging.

»Ich habe dich schon erwartet«, begrüßte ihn sein Freund, der draußen auf der Bank neben der Eingangstür saß. »Du siehst müde aus, Julian.«

»Das bin ich auch.« Er ließ sich neben Simeon nieder.

»Immerhin hast du die Weitergabe der Liste verhindert.«

»Das war nicht ich, das war Viviana.«

»War ihr Name nicht Emmanuelle?«

»Für mich ist sie Viviana.«

Simeon blickte ihn von der Seite an.

»War da etwas zwischen euch?«

»Es war alles und ist nichts.«

»Wie meinst du das?«

»Das weiß ich selbst nicht so genau. Bei all den Lügen und den falschen Identitäten weiß man nicht mehr, wer man wirklich ist.«

Simeon bemerkte die tiefe Erschöpfung und Resignation Julians, was ihm Sorge bereitete. »Ich habe übrigens vergessen, dir eine erfreuliche Nachricht zu übermitteln.«

»Etwas Erfreuliches?«, fragte Julian übertrieben ungläubig.

»Allerdings. Miss Marguerite ist bei Henry in Ungnade gefallen.«

»Tatsächlich? Wie konnte ihr das nur passieren?«

»Henry ist doch nicht nach Devon gereist. Da hat sie sich mit dem Gutsverwalter vergnügt, und leider ist das herausgekommen. Jedenfalls sind diese Anschuldigungen jetzt vom Tisch.«

»Aha.«

»Bist du nicht froh darüber?«

»Doch.«

»Das hört sich aber nicht so an.«

Julian lehnte sich gegen die warme Hauswand und schloss schläfrig die Augen. Simeon sprach weiter.

»Terrence wird heute noch in Westminster verhört werden. Er ist tief in Thorns Machenschaften verstrickt und wird vielleicht mit den Namen von ein paar anderen zwielichtigen Burschen herausrücken. Ich bin schon sehr gespannt. Das wird sicher eine interessante Untersuchung werden.«

Julian brummte etwas Unverständliches.

»Wann willst du nach Westminster aufbrechen?«

»Wieso will ich nach Westminster?«

»Ich dachte, du würdest die Verschwörung und die Sache mit Terrence untersuchen wollen.«

»Das kann jemand anderer übernehmen.«

»Was? Bist du von Sinnen, so kenne ich dich gar nicht.« Simeon rüttelte Julian an der Schulter, aber der öffnete die Augen nicht.

»Was hast du denn dann vor?«

»Ich glaube, ich werde eine Reise unternehmen.«

»Eine Reise? Wohin denn?«

»Ins Heilige Land.«

»Allein? Wozu denn?«

»Nicht allein, und ich kann dir nicht sagen, warum, weil es ein Geheimnis ist.«

»Zum Teufel, Julian. Wann hast du dir denn das ausgedacht?«

»Gerade eben.«

Simeon starrte seinen Freund überrascht und irritiert an.

»Ich glaube, ich werde über Frankreich reisen«, sagte Julian und faltete zufrieden die Hände über dem Bauch.